# PLA

*gan*

*Albert Camus*

*Cyfieithiad o'r Ffrangeg gan*

*Anna Gruffydd*

PLA

LA PESTE
Hawlfraint © Editions Gallimard, Paris, 1947
Cedwir pob hawl.

Argraffiad cyntaf: 2022

ⓗ testun: Albert Camus

ⓗ cyfieithiad o'r Ffrangeg: Anna Gruffydd

Rhif Llyfr Safonol Rhyngwladol:
ISBN e-lyfr: 978-1-84524-465-1
ISBN clawr meddal: 978-1-84527-871-7

CYNGOR LLYFRAU CYMRU
BOOKS COUNCIL OF WALES

Cyhoeddwyd gyda chymorth Cyngor Llyfrau Cymru

Llun clawr: Der Tanz der Ratten ('Dawns y Llygod Mawr'), Ferdinand van Kessel,
casgliad Straedelmuseum (drwy law WikiMedia)
Cynllun clawr: Eleri Owen

Cyhoeddwyd gan Wasg Carreg Gwalch,
12 Iard yr Orsaf, Llanrwst, Dyffryn Conwy, Cymru LL26 0EH
☎ 01492 642031
e-bost: llyfrau@carreg-gwalch.cymru
lle ar y we: www.carreg-gwalch.cymru

*'Tis as reasonable to represent one kind of imprisonment by another, as it is to represent anything that really exists by that which exists not.*

**Daniel Defoe**, Rhagair trydedd gyfrol *Robinson Crusoe*, 1719

*Mon rôle n'est pas de transformer le monde ni l'homme. Je n'ai pas assez de vertu ni de lumières pour cela. Mais il est peut-être de servir à ma place les quelques valeurs sans lesquelles un monde, même transformé, ne vaut pas la peine d'être vécu – sans lesquelles un homme, même nouveau, ne vaudra pas d'être respecté.*

*Nid gweddnewid na'r byd na dyn mo fy rôl i. Does gen i ddim digon nac o rinwedd na doniau at hynny. Ond hwyrach mai fy rôl ydi cynnig yn fy nhro yr ychydig werthoedd hynny nad ydi byd, hebddynt, hyd yn oed wedi'i weddnewid, yn werth ei fyw – ac nad ydi dyn, hebddynt, hyd yn oed ar newydd wedd, yn haeddu parch.*

**Albert Camus**, *Paris-Match*, 16eg Ionawr 1960

*Au milieu de l'hiver, j'apprenais enfin qu'il y avait en moi un été invincible.*

*Yn nhwll y gaeaf dysgais o'r diwedd fod ynof haf anorchfygol.*

**Albert Camus**, *Retour à Tipasa* (*L'Été*, 1954)

# Cyflwyniad

## Golwg ar yr Awdur

A ninnau ers dwy flynedd dan glo oherwydd perygl marwol pla byd-eang, onid amserol a chyfleus yw inni groesawu *Pla*, cyfieithiad mentrus Anna Gruffydd o *La Peste*, campwaith Albert Camus (1913–1960)? Mawr ddiolch am ei gwcledigaeth a'i hymroddiad i'r nofel hon – neu i'r *cronicl*, chwedl yr awdur.

Pwy oedd Albert Camus? Nofelydd, dramodydd, athronydd moesegol a gwleidyddol oedd – ac yw o hyd – gyda llenorion blaenllaw Ffrainc ac yn wir Ewrop yr ugeinfed ganrif: yn 1957 dyfarnwyd iddo Wobr Nobel am lenyddiaeth. Erys ei glod o hyd.

Ei gefndir: ganed ef yn 1913 yn Algeria, gwlad dan reolaeth Ffrainc. Hanai ei deulu o Ffrainc a Mallorca, ers ymhell cyn 1870. Lladdwyd ei dad yn y Rhyfel Mawr yn 1914. Magwyd ef a'i frawd gan fam weddw mewn tlodi affwysol, yn Algers, prif dref Algeria. Yn 1924 enillodd le yn yr ysgol uwchradd. Yn 1930 cafodd bwl o'r diciâu na chafodd wared arno'n llwyr erioed; dyna bla nad oedd brechlyn ar ei gyfer. Yn 1933 aeth i Brifysgol Algers; yno, athroniaeth oedd ei ddewis bwnc, a daeth i amau pob ideoleg wleidyddol haniaethol, ac er mai anghrediniwr pendant a fu erioed, yno y dysgodd fagu ymdeimlad dyfnach â dirgelion rhyfeddol bodolaeth. Bu'n aelod o gwmni theatr teithiol, a bu byd y ddrama (a chwaraeon) yn hoff bethau ganddo ar hyd ei oes.

Tra oedd yn fyfyriwr, ymwelodd sawl gwaith â Ffrainc, yr Eidal ac Awstria, ac ymserchodd ym mywyd a diwylliant gwledydd y Canolfor. Wedi graddio, erbyn 1938 gallai ymgynnal trwy ymhél â newyddiaduraeth a llenydda, gydag ysgrifau ar foeseg, athroniaeth a gwleidyddiaeth. Aeth yn ohebydd gyda'r papur *Alger Républicain*, ac yna'n olygydd arno. Cyhoeddodd ysgrifau o blaid Arabiaid y wlad, na chaent chwarae teg gan lywodraeth Ffrainc, er na fu erioed o blaid Algeria annibynnol. Am gyfnod byr buasai'n aelod o'r Blaid Gomiwnyddol, gyda'r dasg o wthio'r achos ymhlith yr Arabiaid. Pa faint o Arabeg a fedrai, ni wyddys: ond siaradai iaith sathredig strydoedd Algers, cymysgedd o Arabeg, Ffrangeg ac ambell iaith arall, a bu'n cyflwyno rhaglenni radio lle clywid cerddi gan feirdd yn y strydiaith honno! Bu'n gweithio yn y Swyddfa Dywydd; gellir synhwyro hynny'n aml yn ei waith (yn enwedig yn y nofel hon!).

Cyhoeddodd ddau gasgliad o ysgrifau gorfoleddus: *L'Envers et l'Endroit* (1937) a *Noces* (1938). Hawdd y gellir synhwyro yn ei waith ei gariad angerddol at ei famwlad, sef Algeria.

Daeth y rhyfel. Gorfu iddo fynd i Baris ac i Lyon, i weithio gyda'r papur *Paris-Soir*. Yn Lyon ymbriododd. Yn 1942 glaniodd lluoedd Prydain ac America yn Algeria, fel na allod Camus fynd i'w famwlad nac at ei wraig, bellach yn Oran, hyd ddiwedd y rhyfel. Gwahanu teuluoedd a chariadon yw un o brif themâu *Pla*, y bu'n gweithio arno o 1941 i 1947. Yn Ffrainc cyhoeddwyd yn 1942 ei nofel *L'Étranger* (*Y Dieithryn*) a *Le Mythe de Sisyphe* (chwedl Sisiffos), a'i gwnaeth yn enwog. Yn 1943 daeth yn olygydd *Combat*, cylchgrawn sosialaidd cudd y Gwrthsafiad i'r Almaenwyr.

Blynyddoedd y rhyfel ac wedi'r rhyfel fu cyfnod mwyaf ffrwythlon Camus. Gyda chyhoeddiad *La Peste* (*Pla*) yn 1947, daeth yn un o lenorion pwysicaf Ffrainc. Ond ar ôl pwl difrifol o'r diciâu, yn 1949, rhoes y gorau i lawer o weithgaredd cyhoeddus. Buasai'n gydnabod i'r athronydd Jean-Paul Sartre, comiwnydd ac anghrediniwr rhonc, a phleidiwr gwrthryfela gwaedlyd, ond ymwadodd Camus ag ef ac yn 1951, pan gyhoeddodd Camus *L'Homme révolté*, yn cadarnhau'r hollt rhyngddynt, aeth yn helynt yng ngwasg lenyddol a gwleidyddol Ffrainc. Cadarnhawyd y rhwyg gan nofel olaf Camus, *La Chute* (*Y Cwymp*) (nofel ryfedd iawn, werth ei darllen). Yn y pumdegau fe aeth yn rhyfel cartref gwaedlyd iawn yn Algeria, er mawr loes i Camus: ni allai ochri â'r naill ochr na'r llall, ac yn 1956 galwodd am saib yn y rhyfela, ond ni wrandawodd neb. Yn 1957 cyhoeddodd *L'Exil et le royaume*, cyfrol o straeon byrion, a dyfarnwyd iddo'r Wobr Nobel am lenyddiaeth. Prynodd dŷ yn ne Ffrainc. Oddi yno y dychwelai i Baris gyda chyfaill, Ionawr 4, 1960, pan laddwyd ef mewn damwain car. Nid anghofiaf fyth, un bore oer ar drothwy Coleg Iesu, Rhydychen, glywed y newydd trist hwn: colli llenor a edmygem gymaint.

## Golwg ar *Pla*

(Sylwer: bydd yr adran hon yn datgelu ffawd rhai o gymeriadau'r hanes.)

Nid nofel, meddai Camus, ond *cronicl* yw hwn, a gedwir gan y meddyg, y Dr Rieux, na chyfeddyf hynny tan y bennod olaf. Ni cheir ymyriadau amlwg gan yr awdur yn mynegi barn bersonol. Hawdd fu gan lawer dybio mai hanes ffeithiol pla yw a gaethiwodd bobl

Oran rywbryd yn y pedwardegau, pla y bu Camus yn dyst iddo. Ni fu pla yn Oran, nac yn unman yn Algeria yn y pedwardegau na chynt – oni bai bod gan Camus frith gof plentyn, tua chwe blwydd oed, o Ffliw Sbaen, pla byd-eang tua 1918–20. Adwaenai Camus Oran, porthladd lle croesid i Ffrainc, ond ni fu'n trigo yno erioed. Teg dweud bod gorthrwm y pla ar symudiadau a bywyd cymdeithasol y trigolion yn adlewyrchu peth o gyflwr trigolion Ffrainc dan orthrwm yr Almaenwyr, ond ni fu rhyfela yn Oran, ac ni welir y trigolion yn ymranedig fel yr oedd pobl yn Ffrainc. Daw terfyn ar y pla, ond nid oherwydd unrhyw frwydro milwrol.

Rhennir hanes y pla'n bum rhan.Yn y rhan gyntaf a'r olaf, disgrifir y ddinas cyn y pla ac ar ei ôl, adegau pan ellir sôn am ddyddiadau ac am weithgareddau unigolion. Dinas fodern brysur, ariangar, yw hi, gyda bae a mynyddoedd hardd. Ni thery'r trefwyr y gallai trychineb ddinistrio eu buchedd. Ond y trefwyr didaro, a'r pla ei hun, yw prif gymeriadau'r hanes. Yn yr ail a'r bedwaredd ran, canolbwyntir ar ddioddefaint yr holl boblogaeth. Yn y rhan ganol fer, gwelir Oran ar ei gwaethaf: peidiodd amser, collodd unigolion eu nodweddion personol, gan ddirywio i gyflwr is na dynol, gyda dioddefaint ac anobaith yn arferol.

Trown at rai unigolion y manyla Rieux arnynt (sylwer nad oes benyw nac Arab, na Moslem yn eu plith!). Er enghraifft, dyna'r Tad Paneloux, offeiriad Catholig sy'n dwrdio'r ffyddloniaid gan bregethu mai cosb Duw ar bechaduriaid yw'r pla, ond sydd, o weld marw plant diniwed, yn gorfod lleddfu ei farn. Deil i dderbyn popeth, hyd yn oed dioddefaint ac angau, fel ewyllys Duw, ond dyry gymorth i'r rhai dioddefus, gan farw o'r pla ar ôl gwrthod galw meddyg. Y Barnwr Othon yw'r lleiaf hoffus yn y llyfr, a gaiff dröedigaeth wedi colli ei fab ifanc; yn hytrach na mynd yn ôl i fainc yr ynadon, myn weinyddu gwersyll ar gyfer cleifion y pla. A dyna Raymond Rambert, gohebydd o Baris, yn ceisio dianc at y wraig a gâr, yn methu, ac yn aros i weithio dros y dref. Fe wêl na all fod yn ddedwydd tra bo eraill yn dioddef; nid dieithryn bellach yw yn Oran, rhaid iddo aros a rhoi cymorth, a dioddef.

O ran y meddyg Rieux ei hun, mynegir yn gynnil ddatblygiad yn ei agwedd ef. Ar y cychwyn, sonia'n eironig a braidd yn nawddoglyd am bobl y ddinas. Ond trwy ymladd y pla, daw i weld bod dynion er eu ffolineb a'u hanwybodaeth eto i'w hedmygu. Gwêl na thâl ei ymdrechion fawr ddim. Mae ei wraig yn marw yn yr ysbyty, a lleddir Tarrou, ei gyfaill pennaf, gan y pla. Y cwbl y gall dyn ei ennill yn y frwydr rhwng y pla a bywyd yw ychydig wybodaeth, ac atgofion.

Roedd Tarrou, mab erlynydd cyhoeddus, wedi gwrthryfela yn erbyn ei dad, gan gydymdeimlo hyd yn oed â dyn a gyhuddwyd o lofruddiaeth. Aeth yn chwyldröwr gwleidyddol, ond daeth i weld bod chwyldrowyr yn coleddu ymosod a lladd, sef llofruddio. Rhoes y pla iddo gyfle i liniaru dioddefaint trwy ymladd dros y dioddefwyr. Ceidw Tarrou gofnodion o'i weithgareddau, a ddyfynnir gan Rieux. Ynddynt, dywed Tarrou mai ei nod yw bod yn sant heb Dduw, cyrraedd purdeb llwyr meddwl a gweithred. Bodlona Rieux ar fod yn ddyn yn gwneud ei orau, nid yn arwr. Yn hytrach, mae'n enwi Joseph Grand fel gwir arwr ei gronicl – yn eironig braidd. Clerc disylw, gwas gwael ei gyflog, mewn swyddfa lywodraeth, yw Grand. Gadawsai ei wraig ef ers blynyddoedd, a deil i ddioddef unigrwydd a diffyg cariad. Arwr yw oherwydd y gwna ei orau i helpu Rieux, a cheidw ei fywyd personol yn gyfan a di-fefl. Ni ellir disgwyl mwy ganddo.

O'r diwedd, lleiha'r nifer sy'n marw, ac fe gilia'r pla, mor annealladwy â'r modd y daethai. Sylw olaf Rieux: 'Gwyddai yntau be na wyddai'r dyrfa orfoleddus yma, be sydd i'w ddarllen mewn llyfrau: nad ydi basilws y pla byth yn marw nac yn diflannu'. Prin bod rhaid dweud hynny wrthym ni bellach, gellid tybio. Tybed na chyfeirir yma at y pla sy'n lladd miloedd bob dydd, sef angau?

Am astudiaeth drwyadl o'r nofel, chwilier am *Canllaw i La Peste Camus*, gan Emyr Tudwal Jones, cyh. gan Y Colegiwm Cymraeg, 1989. Hefyd, fe dalai darllen cyfieithiad o *L'Étranger*, sef Y *Dieithryn*, cyf. B. Griffiths, cyh. gan yr Academi Gymreig, 1972.

*Bruce Griffiths*

# Y RHAN GYNTAF

## I

Yn Oran, ym 194., y digwyddodd y pethau rhyfedd yn y cronicl yma. Yn ôl y farn gyffredinol, doedden nhw ddim yn eu hiawn le, braidd yn anghyffredin – ac Oran, ar yr olwg gyntaf, yn dref mor gyffredin, a dweud y gwir, yn ddim mwy na llai na *préfecture* Ffrengig ar lannau Algeria.

Heb flewyn ar dafod, digon hyll ydi'r ddinas ei hun. Golwg dawel sydd arni ac mae gofyn peth amser i sylwi ar y gwahaniaeth rhyngddi ac unrhyw dref fasnachol drwy'r byd yn grwn. Er enghraifft, sut mae dychmygu tref heb golomennod, heb goed a heb erddi, lle na chlyw dyn na churo adenydd na siffrwd dail, lle di-ddim yn y bôn? Dim ond yn yr awyr mae newid y tymhorau i'w weld. Dim ond ansawdd yr awyr sy'n cyhoeddi'r gwanwyn, neu'r cewyll â'u llond o flodau mae pacmyn yn eu cyrchu o'r cyrion i'w gwerthu; gwanwyn ar werth ar ben stryd ydi hwn. Yn ystod yr haf mae'r haul yn llosgi'r tai sychion ac yn taenu lludw llwyd dros y muriau; does dim modd byw ond yng nghysgod y llenni ar gau. Yn yr hydref, i'r gwrthwyneb, mae'r lle'n foddfa o fwd. Dim ond yn y gaeaf mae yna ddiwrnodiau braf.

Un ffordd hwylus o ddod i adnabod tref ydi canfod sut mae gweithio yno, sut mae caru yno a sut mae marw yno. Yn ein tref fach ni, hwyrach oherwydd y tywydd, efo'i gilydd mae gwneud y rhain i gyd, ar ras wyllt a'r meddwl ymhell. Hynny ydi, mae rhywun yn laru ac yn dod i arfer â phethau. Mae ein cyd-ddinasyddion yn gweithio'n galed, ond er mwyn ennill arian bob gafael. Masnach ydi'u pethau nhw a gwneud busnes, yn eu maes, ydi'u pennaf ddiddordeb. Mae pleserau syml at eu dant nhw, debyg iawn, maen nhw wrth eu boddau'n mercheta, yn mynd i'r pictiwrs ac yn ymdrochi yn y môr. Ond, wrth reswm pawb, pleserau nos Sadwrn a dydd Sul ydi'r rhain ac ennill hylltod o arian piau hi weddill yr wythnos. Fin nos, ar ôl gadael eu swyddfeydd, maen nhw'n cyfarfod ar awr benodol mewn caffis, yn mynd am dro ar hyd yr un strydoedd neu'n eistedd ar eu balconis. Mae nwydau'r ieuaf yn chwyrn ac yn fyr, a chwantau'r hŷn yn ddim mwy na chwarae bowls, prydau bwyd efo ffrindiau a chylchoedd chwarae cardiau lle maen nhw'n mentro cryn dipyn.

Go brin y dywedai neb fod ein tref ni'n arbennig yn hyn o beth – siawns nad ydym i gyd 'run fath yn yr oes sydd ohoni. Does dim dwywaith nad ydi'n gyffredin heddiw gweld pobl yn gweithio o fore gwyn tan nos ac wedyn yn dewis afradu'r amser sydd weddill iddyn nhw i'w fyw – ar gardiau, mewn caffis ac mewn mân siarad. Ond mae yna drefi a gwledydd lle mae gan bobl, o bryd i'w gilydd, ryw arlliw o rywbeth arall. Fel arfer dydi hyn yn newid dim ar eu bywydau. Dim ond bod yna ryw arlliw ac mae hynny bob amser er gwell. Mae Oran, ar y llaw arall, yn dref sydd fel petai heb arlliw, hynny ydi yn dref hollol fodern. Gan hynny, does dim gofyn egluro sut rydym yn caru acw. Mae dynion a merched naill ai'n traflyncu'i gilydd yn yr hyn sy'n mynd dan yr enw'r weithred garu, neu'n ymgartrefu'n ddau mewn hir arfer. Rhwng y ddau begwn yma, yn amlach na heb, does dim man canol. Dydi hyn ddim yn beth hynod chwaith. Yn Oran fel mewn llefydd eraill, heb nac amser na meddwl, mae gofyn caru fel petai'n ddiarwybod.

Y peth rhyfedd yn ein tref ni ydi ein bod yn ei chael hi'n anodd marw. Wedi dweud hynny, dydi'r gair "anodd" ddim yn taro deuddeg a rheitiach peth fyddai sôn am fod yn anghysurus. Dydi bod yn wael byth yn braf, ond mae yna drefi a gwledydd sy'n gefn i chi mewn gwaeledd, lle medar rhywun ymlacio rywsut. Mae ar glaf angen tynerwch, mae'n dda ganddo roi ei bwysau ar rywbeth, wrth reswm pawb. Ond yn Oran, mae eithafion yr hinsawdd, pwysigrwydd y busnes sydd ar fynd yno, y cwmpasoedd di-ddim, cyflymdra'r cyfnos ac ansawdd y pleserau i gyd yn galw am iechyd da. Mae claf yn ei gael ei hun yn bur unig. Meddylier felly am y sawl sydd ar farw, yn gaeth y tu ôl i gannoedd o barwydydd sy'n clecian gan y gwres, ac ar yr un pryd mae'r bobl i gyd, ar y ffôn neu mewn caffis, yn sôn am gytundebau, am filiau llwytho a gostyngiadau. Hawdd deall be sy'n anghysurus ynghylch marw, serch bod yn fodern, a hwnnw'n digwydd mewn lle sych.

Hwyrach bod yr ambell awgrym yma'n rhoi rhyw syniad o be ydi ein dinas. Serch hynny, rhaid peidio â gor-ddweud. Y peth i'w bwysleisio ydi'r agwedd ddiddrwg ddidda ar y dref ac ar fywyd.

Ond mae rhywun yn treulio'i ddyddiau'n ddigon didrafferth cyn belled â bod gan rywun arferion. A gan mai arferion sy'n mynd â hi yn ein tref ni, mae'n deg dweud bod popeth o'r gorau. Ar y wedd yma, does dim dwywaith nad ydi bywyd yn ddigon braf. O leiaf mae anhrefn yn ddieithr i ni. Ac mae ein pobl ddidwyll, glên a bywiog yn ennyn parch teg y teithiwr erioed. Yn y pen draw mae'r ddinas yma, heb harddwch, heb wyrddni a heb enaid, i'w gweld yn orffwyslon, yn suo i gysgu. Ond teg dweud hefyd ei bod wedi'i phlannu ar dirwedd ddihafal, ar ganol llwyfandir noeth, yng nghanol bryniau llachar, o flaen bae perffaith ei siâp. Dagrau pethau ydi ei bod wedi'i chodi â'i chefn at y bae yma, a chan hynny does dim golwg ar y môr ac mae gofyn mynd ar ei drywydd.

Yn y fan hon, hawdd gweld nad oedd dim byd i beri i'n cyd-ddinasyddion ni ddisgwyl y pethau ddigwyddodd yng ngwanwyn y flwyddyn honno ac y daethom i ddeall wedyn eu bod yn arwyddion cyntaf y gyfres o ddigwyddiadau difrifol rydym yn bwriadu eu croniclo yma. Bydd rhai'n gweld y ffeithiau hyn yn bur naturiol ac eraill, ar y llaw arall, yn eu cael yn anhygoel. Ond, wedi'r cyfan, does dim modd i groniclwr gymryd i ystyriaeth y croesddywediadau hyn. Ei dasg yn y bôn ydi dweud, "Digwyddodd hyn" ac yntau'n gwybod bod hyn wedi digwydd mewn gwirionedd, bod a wnelo hyn â bywyd poblogaeth gyfan a bod yna filoedd o dystion fydd yn gwybod yn eu calonnau ei fod yn dweud y gwir.

Am y gweddill, fyddai'r adroddwr – y cawn wybod ei enw maes o law – fyth yn honni ei fod yn tebol i ysgwyddo tasg fel hon oni bai bod hap a siawns wedi rhoi lle iddo gasglu llond gwlad o wybodaeth, ac amgylchiadau, o raid, wedi'i roi yng nghanol be mae'n bwriadu'i adrodd. Dyna sy'n rhoi hawl iddo fod yn hanesydd. Wrth reswm pawb, mae gan hanesydd, hyd yn oed hanesydd amatur, bob amser gofnodion. Ac mae gan adroddwr yr hanes yma ei gofnodion: i ddechrau, ei dystiolaeth ei hun, wedyn tystiolaeth pobl eraill, gan ei fod, yn rhinwedd ei swydd, mewn lle i gasglu cyfrinachau holl gymeriadau'r cronicl yma, ac yn olaf, y dogfennau ddaeth i'w law wedyn. Mae'n bwriadu tynnu ar y rhain pan wêl yn dda a'u defnyddio fel y myn. At hynny mae'n bwriadu... Ond hwyrach ei bod hi'n hen bryd rhoi'r gorau i egluro a hel dail a dod at y stori ei hun. Mae gofyn adrodd hanes y dyddiau cynta'n bur fanwl.

# II

Fore'r 16eg o Ebrill aeth y doctor Bernard Rieux allan o'i feddygfa a tharo'i droed ar gorff llygoden fawr ar ganol y landin. Yn y fan ciciodd y greadures o'r neilltu heb feddwl a mynd i lawr y grisiau. Ond wedi cyrraedd y stryd trawodd ei ben bod rhywbeth o'i le ar weld corff llygoden fawr a throdd ar ei sawdl i ddweud wrth y *concierge*. Pan welodd adwaith Monsieur Michel sylweddolodd mor anarferol oedd ei ddarganfyddiad. Dim ond rhywbeth rhyfedd iddo yntau fuasai gweld corff y llygoden fawr ond i'r *concierge* roedd yn gywilydd gwlad. Ac ar un peth roedd yn ddi-droi'n-ôl: does yna ddim llygod mawr yn yr adeilad. Doedd y doctor ddim haws â mynnu bod yna un ar landin y llawr cyntaf, mwy na thebyg wedi marw, doedd dim syflyd ar Monsieur Michel. Doedd yna ddim llygod mawr yn yr adeilad, felly mae'n rhaid bod rhywun wedi dod â hi yno o'r tu allan. Mewn byr o eiriau, rhyw ddrygau oedd ar droed.

Yr un noson, roedd Bernard Rieux yn y cyntedd yn chwilio am ei oriadau cyn mynd i fyny'r grisiau am adref pan welodd lygoden fawr dew yn dod tuag ato o ben tywyll y coridor, yn simsanu a'i blew yn wlyb. Arhosodd y greadures, fel petai'n ceisio cael ei chefn ati, ei chychwyn hi am y doctor drachefn, aros eto, troi yn ei hunfan efo cri fach, wedyn syrthio gan chwydu gwaed drwy ei genau lledagored. Syllodd y doctor arni am ennyd, wedyn mynd i fyny.

Nid y llygoden fawr oedd ar ei feddwl. Roedd y chwydu gwaed yn ei atgoffa o'i boen meddwl. Drannoeth roedd ei wraig, oedd yn wael ers blwyddyn, yn mynd i ysbyty yn y mynyddoedd. Fe'i cafodd ar ei gorwedd yn eu llofft, fel y gofynsai iddi'i wneud yn barod at flinder y daith. Roedd yn gwenu.

'Dwi fel y gog,' meddai.

Edrychodd y doctor ar yr wyneb wedi'i droi tuag ato yng ngolau lamp yr erchwyn. I Rieux, serch ei ddeng mlynedd ar hugain ac olion y gwaeledd, wyneb glasoed oedd hwn o hyd, hwyrach oherwydd y wên oedd yn chwalu'r gweddill i gyd.

'Cysga os medri di,' meddai. 'Mae'r nyrs yn dod am un ar ddeg ac mi a' i â chi i ddal y trên canol dydd.'

Cusanodd ei thalcen tamp. Aeth y wên i'w ganlyn at y drws.

Drannoeth, yr 17eg o Ebrill, am wyth o'r gloch, stopiodd y *concierge* y doctor fel roedd yn mynd allan a chyhuddo rhyw gnafon bach o adael cyrff tair llygoden fawr yng nghanol y coridor. Rhaid eu bod wedi'u dal nhw mewn trapiau cryfion gan eu bod yn waed i gyd. Buasai'r *concierge* yn sefyll am beth amser ar y rhiniog yn dal y llygod mawr gerfydd eu traed, gan ddisgwyl i'r euogion eu bradychu'u hunain â rhyw sylw bachog. Ond yn ofer.

'Aaa'r tacla iddyn nhw,' meddai Monsieur Michel, 'ond mi ro i halan yn eu potas nhw.'

Mewn tipyn o benbleth, penderfynodd Rieux ddechrau ei rownd ar gyrion y dref lle'r oedd ei gleifion tlota'n byw. Yma cesglid y sbwriel yn hwyrach o lawer ac ar hyd strydoedd sythion llychlyd yr ardal roedd y car bron â tharo'r biniau lludw ar ymyl y pafin. Ar un o'r strydoedd hynny cyfrodd y doctor ddwsin o lygod mawr wedi'u taflu ar ben y llysiau a'r sbwriel arall.

Cafodd ei glaf cyntaf yn ei wely mewn stafell a edrychai allan ar y stryd ac a wnâi'r tro'n llofft ac yn stafell fwyta. Hen Sbaenwr oedd hwn, ei wyneb yn galed ac yn arw. O'i flaen ar y cwrlid roedd dwy sosban llawn pys sychion. Pan ddaeth y doctor i mewn roedd y claf ar ei hanner eistedd yn ei wely, yn gwyro'n ôl yn ceisio cael ei wynt ato. Daeth ei wraig â phowlen o ddŵr.

'Wel, doctor,' meddai pan oedd yn cael ei bigiad, 'dacw nhw'n dŵad allan, welsoch chi?'

'Ia wir,' meddai ei wraig, 'gafodd y cymydog 'cw dair.'

Roedd yr hen glaf yn rhwbio ei ddwylo.

'Dacw nhw'n dŵad allan, maen nhw i'w gweld yn y biniau i gyd – newyn!'

Buan y cafodd Rieux ar ddeall mai'r llygod mawr oedd y sôn drwy'r ardal. Ar ôl gorffen ei ymweliadau aeth yn ôl adref.

'Mae 'na delegram i chi, i fyny grisia,' meddai Monsieur Michel.

Gofynnodd y doctor iddo a welsai ragor o lygod mawr.

'Naddo,' meddai'r *concierge*. 'Dwi â'n llygad ar f'ysgwydd, dalltwch. A feiddia'r cnafon ddim.'

Rhoddai'r telegram wybod i Rieux fod ei fam yn cyrraedd drannoeth. Roedd yn dod i gadw tŷ i'w mab tra oedd y claf oddi cartref. Pan aeth y doctor i'r tŷ roedd y nyrs yno'n barod. Gwelodd Rieux ei wraig ar ei thraed, siwt amdani a cholur ar ei hwyneb. Gwenodd arno.

'Da iawn,' meddai yntau, 'da iawn chdi.'

Toc wedyn roedd yn ei rhoi yn y cerbyd cysgu. Edrychodd hithau ar y cerbyd.

'Mae'n rhy ddrud i ni, yn tydi?'

'Roedd rhaid,' meddai Rieux.

'Be 'di'r holl sôn 'ma am lygod mawr?'

'Dwn i ddim. Mae'n od iawn, ond mi ddaw i ben.'

Wedyn dywedodd wrthi fod yn ddrwg ganddo, dylsai ofalu amdani a buasai'n esgeulus. Ysgydwodd ei phen fel pe bai am iddo dewi. Ond meddai yntau wedyn,

'Fydd popeth yn well pan ddoi di yn d'ôl. Ddechreuwn ni o'r newydd.'

'Ia,' meddai, ei llygaid yn pefrio, 'ddechreuwn ni o'r newydd.'

Y funud wedyn trodd ei chefn arno ac edrych drwy'r ffenest. Ar y platfform roedd y bobl yn penelinio'i gilydd yn eu brys. Deuai hisian yr injan at eu clustiau. Galwodd enw ei wraig a phan drodd ato gwelodd fod ei hwyneb yn foddfa o ddagrau.

'Paid,' meddai'n dyner.

Dan ei dagrau daeth y wên yn ei hôl, braidd yn dynn. Anadlodd yn ddwfn.

'Dos, mi fydd popeth yn iawn.'

Gwasgodd hi'n dynn, a bellach ar y platfform ar ochr arall y gwydr dim ond ei gwên a welai.

'Da chdi,' meddai, 'cymer ofal.'

Ond fedrai hi mo'i glywed.

Ar y platfform yn ymyl y fynedfa cyfarfu Rieux â Monsieur Othon, yr ynad archwilio, law yn llaw â'i fachgen bach. Gofynnodd y doctor iddo a oedd yn ei chychwyn hi ar daith. Roedd Monsieur Othon yn hir ac yn ddu, yn lled debyg i "ddyn y byd hwn" yn ôl yr hen air, ac yn lled debyg i elorgludwr, ac atebodd yn eitha clên ond yn gwta,

'Dwi'n aros am Madame Othon sydd wedi bod yn edrych am fy nheulu.'

Chwythodd yr injan.

'Y llygod mawr...' meddai'r ynad.

Gwnaeth Rieux ystum tua'r trên, ond trodd yn ôl tua'r fynedfa.

'Ia,' meddai, 'dim byd o bwys.'

Yr unig beth arhosodd yn ei gof o'r ennyd hwnnw oedd dyn rheilffordd yn mynd heibio a llond bocs o gyrff llygod mawr dan ei gesail.

Yr un pnawn, ar ddechrau ei apwyntiadau, daeth gŵr ifanc at Rieux – newyddiadurwr fuasai yno'n barod y bore hwnnw. Raymond Rambert oedd ei enw. Dyn byr, ysgwyddau llydan, wyneb penderfynol, llygaid golau craff, dillad sbortsmon a golwg un sy'n gartrefol ei le yn y byd. Daeth at ei neges heb hel dail. Roedd yn gwneud adroddiad i un o bapurau newydd mawr Paris ar gyflwr byw'r Arabiaid ac arno eisiau gwybodaeth am eu cyflwr glanweithdra. Doedd y cyflwr yna ddim yn dda, meddai Rieux wrtho. Ond roedd am gael gwybod, cyn mynd ymhellach, a fedrai'r newyddiadurwr ddweud y gwir.

'Debyg iawn,' meddai'r llall.

'Hyn sy gen i: fedrwch chi gondemnio'n llwyr?'

'Yn llwyr, na fedra, rhaid i mi ddweud. Ond fasa 'na ddim sail i gondemniad o'r fath, ddyliwn?'

Dywedodd Rieux yn dawel na fyddai sail i gondemniad o'r fath ond, o ofyn y cwestiwn, ei fod am wybod a fedrai Rambert siarad heb flewyn ar dafod.

'Does gen i ddim i'w ddeud wrth adroddiadau sydd heb fod yn gwbl ddidwyll. Felly fedra i yn fy myw roi gwybodaeth yn gefn i'ch adroddiad chi.'

'Dach chi'n siarad fel Saint-Just,' meddai'r newyddiadurwr dan wenu.

Heb godi ei lais dywedodd Rieux bid a fo am hynny ond ei fod yn siarad fel dyn wedi cael llond bol ar y byd lle'r oedd yn byw, er ei fod yn ddigon hoff o'i gyd-ddyn – a'i fod wedi penderfynu, o'i ran yntau, gefnu ar anghyfiawnder a chyfaddawdu. Yn ei gwman, edrychodd Rambert ar y doctor.

'Dwi'n meddwl ein bod ni'n deall ein gilydd,' meddai dan godi ar ei draed.

Aeth y doctor ag o at y drws.

'Diolch i chi am beidio digio.'

Roedd Rambert i'w weld yn ddiamynedd.

'Ydan, dan ni'n deall ein gilydd, mae'n ddrwg gen i am darfu arnoch chi.'

Ysgydwodd y doctor ei law a dweud bod yna adroddiad hynod i'w wneud ar yr holl gyrff llygod mawr oedd i'w cael yn y dref ar y pryd.

'A!' meddai Rambert. 'Mae hynny o ddiddordeb i mi.'

Am bump o'r gloch, ar gychwyn ar ei rownd, ar y grisiau aeth y doctor heibio i balff o ŵr ifanc, ag wyneb mawr rhychiog ac aeliau trwchus. Roedd wedi'i gyfarfod o bryd i'w gilydd yn fflat y dawnswyr Sbaenaidd ar lawr ucha'r adeilad. Roedd Jean Tarrou yn pwffian ar ei sigarét dan wylio cyffylsiwns olaf llygoden fawr yn trengi ar y gris wrth ei draed. Cododd ei lygaid llwyd, tawel, taer tua'r doctor, ei gyfarch a dweud mor rhyfedd oedd gweld cyrff y llygod mawr yn dod i'r fei.

'Ydi wir,' meddai Rieux, 'ond mynd yn dân ar ein croen ni fydd ei diwedd hi.'

'Ar un wedd, doctor, dim ond ar un wedd. Welson ni erioed rotsiwn beth, a dyna ni. Ond dwi'n cael hyn yn ddiddorol, yn ddiddorol go iawn.'

Brwsiodd Tarrou ei wallt yn ôl â'i law, edrych drachefn ar y llygoden fawr, bellach yn llonydd, a gwenu ar Rieux.

'Ond yn y pen draw, doctor, busnes y *concierge* ydyn nhw.'

Ac yn y fan cafodd y doctor y *concierge* o flaen y tŷ, yn pwyso yn erbyn y wal yn ymyl y drws, a golwg flinderus ar ei wyneb oedd fel arfer yn writgoch.

'Wn i,' meddai'r hen Michel wrth Rieux pan soniodd wrtho am y llygoden fawr ddiweddaraf. 'Fesul dwy a thair maen nhw i'w cael rŵan. Ond mae'r tai eraill i gyd 'run fath.'

Roedd i'w weld yn isel ac yn bryderus. Rhwbiai ei wddw'n ddiarwybod iddo'i hun. Gofynnodd Rieux iddo sut roedd. Âi'r concierge ddim mor bell, yn wir, â dweud ei fod yn symol. Dim ond ei fod braidd yn giami. Yn ei dyb o, y felan oedd arno. Y llygod mawr wedi'i daro yn ei wendid ac unwaith y deuai diwedd ar y rheini byddai popeth yn iawn.

Ond y bore trannoeth, y 18fed o Ebrill, pan ddaeth y doctor â'i fam o'r orsaf, cafodd Monsieur Michel â golwg fwy cwla fyth arno: o'r seler i'r groglofft roedd yna gryn ddwsin o lygod mawr ar hyd y grisiau. Roedd biniau lludw'r tai cyfagos yn heigio ganddyn nhw. Clywodd mam y doctor y newydd heb synnu.

'Fel'na mae hi weithia.'

Pwten fach oedd hi, arianwallt, â llygaid duon tyner.

'Mae'n dda gen i dy weld di, Bernard,' meddai. 'Fedar y llygod mawr ddim altro hynny.'

Roedd yn llygad ei lle, meddyliodd Rieux, roedd popeth i'w weld yn hawdd pan oedd hi yno.

Fodd bynnag, ffoniodd gyngor y dref. Roedd yn adnabod

pennaeth y gwasanaeth difa llygod a gofynnodd iddo a glywsai sôn am y cannoedd o lygod mawr oedd yn dod allan i farw yn yr awyr agored. Clywsai Mercier, y pennaeth, sôn amdanyn nhw ac a dweud y gwir cawsid cryn hanner cant yn ymyl eu swyddfeydd heb fod ymhell o'r cei. Roedd yn meddwl tybed a oedd yn rhywbeth difrifol. Doedd Rieux ddim yn siŵr ond roedd o'r farn y dylai'r gwasanaeth fynd ar ôl y peth.

'Debyg iawn,' meddai Mercier. 'Gorchymyn. Os wyt ti'n meddwl go iawn ei bod hi'n werth chweil fedra i roi cynnig ar gael gorchymyn.'

'Does dim dwywaith nad ydi'n werth chweil,' meddai Rieux.

Roedd ei ddynes lanhau newydd ddweud wrtho'u bod wedi casglu cannoedd o gyrff llygod mawr yn y ffatri fawr lle'r oedd ei gŵr yn gweithio.

Tua'r adeg yma y dechreuodd ein cyd-ddinasyddion anesmwytho. O'r 18fed allan roedd y ffatrïoedd a'r warysau'n heigio gan gyrff llygod mawr. O bryd i'w gilydd roedd gofyn lladd y creaduriaid i roi pen ar eu gwayw. Ond o'r maestrefi hyd at ganol y dref, ym mhob man lle'r âi'r doctor Rieux, ym mhob man lle'r ymgasglai ein cyd-ddinasyddion, dacw'r llygod mawr yn dasau, yn y biniau lludw, neu mewn rhesi hir yn y gwteri. Y diwrnod hwnnw aeth y papurau gyda'r nos ar ôl y mater a holi a oedd y cyngor yn bwriadu gweithredu ai peidio, a pha gamau brys oedd ganddo mewn golwg i roi pen ar y fath ffieiddbeth. Heb feddwl gweithredu'r oedd y cyngor a doedd ganddo ddim byd mewn golwg, ond galwyd cyfarfod i drafod y mater. Rhoddwyd gorchymyn i'r gwasanaeth difa llygod gasglu cyrff y llygod mawr bob bore gyda'r wawr. Ar ôl eu casglu âi dau o gerbydau'r cyngor â'r cyrff i'w llosgi efo'r sbwriel.

Ond yn y dyddiau nesaf aeth y sefyllfa o ddrwg i waeth. Roedd yna fwy a mwy o lygod mawr ar hyd y strydoedd a chasgliad y bore'n fwy ac yn fwy. O'r pedwerydd diwrnod allan deuai'r llygod mawr allan i farw'n heidiau. O dyllau dan grisiau, isloriau, seleri, carthffosydd deuent allan mewn rhesi dan wegian, i simsanu yng ngolau dydd, gogor-droi a threngi yng ngŵydd dynion. Gefn nos, mewn aleon a strydoedd cefn roedd eu gwichiadau angau i'w clywed yn glir. Yn y bore yn y maestrefi heigiai'r gwteri ganddyn nhw, blodyn bach o waed ar eu trwynau pigfain, rhai wedi chwyddo ac yn pydru, eraill yn gelain gegoer a'u wisgers wedi stiffio o hyd.

Yng nghanol y dref ei hun roedden nhw i'w cael yn domenni bychain ar landins ac mewn iardiau cefn. Deuai rhai i farw ar eu pennau'u hunain yng nghynteddoedd swyddfeydd cyhoeddus, yng nghaeau chwarae ysgolion, hyd yn oed ar derasau caffis. Roedd ein cyd-ddinasyddion yn syn o'u gweld yn y rhannau prysuraf o'r dref – roedd Place d'Armes, y rhodfeydd, stryd glan y môr yn afiach ac yn frith ganddyn. Ar doriad dydd câi'r cyrff eu casglu ond o dipyn i beth yn ystod y dydd roedd mwy a mwy i'w gweld. Droeon câi cerddwyr gefn nos eu traed yn taro ar dalp ystwyth corff newydd farw. Roedd hi fel petai'r ddaear ei hun lle safai ein tai yn cael ei charthu, a'i chasgliadau a'i chornwydydd yn codi i'r wyneb o'i pherfedd. Meddyliwch am bensyfrdandod ein tref fach, mor ddigyffro hyd hynny – y fath ysgytwad o fewn deuddydd, 'run fath â dyn iach fel cneuen ar amrantiad yn teimlo'i waed yn ffrydio tân.

Aeth pethau mor bell nes i swyddfa RANSDOC (gwybodaeth, dogfennau, gwybodaeth ynghylch unrhyw beth) gyhoeddi yn ei rhaglen radio am ddim fod chwe mil, dau gant ac un ar ddeg ar hugain o lygod mawr wedi'u casglu a'u llosgi mewn un diwrnod yn unig, sef y 25ain o Ebrill. Roedd y rhif yma'n cyfleu'n gignoeth be welai'r dref o flaen ei thrwyn bob dydd ac roedd yn ysgytwad. Hyd hynny dim ond grwgnach am ddigwyddiad annifyr fuasai. Bellach daeth sylweddoli bod yna fygythiad yn y peth rhyfedd hwn nad oedd dim modd darganfod ei darddiad ac nad oedd dim mesur arno. Dim ond yr hen Sbaenwr caeth ei frest oedd yn dal i rwbio'i ddwylo a dweud, 'Dacw nhw'n dŵad allan, dacw nhw'n dŵad allan,' â gorfoledd henwr.

Wedyn ar yr 28ain o Ebrill cyhoeddodd swyddfa RANSDOC fod tuag wyth mil o lygod mawr wedi'u casglu a dychrynodd y dref drwyddi. Roedd galw am gamau eithafol ac eisoes roedd y rheini a chanddyn dai haf ar lan y môr yn sôn am fynd yno. Ond drannoeth cyhoeddodd y swyddfa fod y rhyfeddod wedi peidio yn y fan ac mai nifer pitw o gyrff llygod mawr a gasglodd y gwasanaeth lladd llygod. Anadlodd y dref drachefn.

Fodd bynnag, yr un diwrnod am ganol dydd pan oedd y doctor Rieux yn parcio'i gar o flaen ei adeilad, gwelodd y *concierge* yn dod tuag ato'n llafurus, ei ben i lawr, ei freichiau a'i goesau ar led, fel pyped. Roedd ym mraich offeiriad a adnabu Rieux. Y Tad Paneloux oedd hwn, Jeswit hyddysg a milwriaethus a gyfarfuasai o bryd i'w gilydd ac a oedd yn fawr ei barch yn ein tref, hyd yn oed ymhlith y rheini nad oedden nhw'n malio dim am grefydd. Roedd llygaid Monsieur Michel yn pefrio ac anadlai fel megin. Y bore hwnnw teimlai braidd yn gwla, meddai, ac aethai am dro i gael awyr iach. Ond roedd ganddo wayw ofnadwy yn ei wddw, dan ei geseiliau ac yn ei afl a gorfu iddo droi'n ôl a gofyn am help llaw'r Tad Paneloux.

'Chwyddo drosta, wyddoch chi, ro'n i'n methu dod i'r lan.'

Drwy ffenest y car rhedodd y doctor ei fys dros wddw Monsieur Michel. Roedd yna lwmp fel darn o bren.

'Ewch i'ch gwely, teimlo'ch gwres, ddo i'ch gweld chi pnawn 'ma.'

Aeth y *concierge* am adref a gofynnodd Rieux i'r offeiriad am ei farn ynghylch hanes y llygod mawr.

'Haint, decini,' meddai'r Tad a gwenai ei lygaid y tu ôl i'w sbectol.

Ar ôl cinio roedd Rieux yn ailddarllen y telegram gan y sanatoriwm i ddweud wrtho fod ei wraig wedi cyrraedd pan ganodd y ffôn. Un o'i hen gwsmeriaid oedd yno, un o weithwyr y cyngor. Roedd yn dioddef ers talwm gan gaethni'r aorta a gan ei fod yn dlawd doedd Rieux yn codi dim arno.

'Ydach, dach chi'n fy nghofio i. Ond rhywun arall sy dan sylw. Dewch, da chi. Mae rhywbeth wedi digwydd i nghymydog i.'

Roedd yn fyr ei wynt. Meddyliodd Rieux am y *concierge* a phenderfynu mynd i'w weld wedyn. Ymhen dim roedd yn agor drws tŷ bychan yn Rue Faidherbe ar gyrion y dref. Ar ganol y grisiau drafftiog drewllyd cyfarfu Joseph Grand, y clerc, ar ei ffordd i lawr i'w gyfarfod. Gŵr tua'i hanner cant oedd hwn, â mwstás melyn, cono tal, llipa, ei sgwyddau'n gul a'i freichiau a'i goesau'n denau.

'Mae'n well erbyn hyn,' meddai pan ddaeth at Rieux, 'ond roeddwn i'n meddwl siŵr ei bod hi wedi canu arno fo.'

Chwythodd ei drwyn. Ar yr ail lawr, yr olaf, ar y drws ar y chwith gwelodd Rieux mewn pensel goch, 'Dewch i mewn, rwyf wedi fy nghrogi fy hun'.

Aethant i mewn. Roedd y rhaff yn hongian oddi ar lamp, uwchben cadair ar ei hochr. Roedd y bwrdd wedi'i wthio i gornel ond hongiai'r rhaff yn wag.

'Mi'i tynnais i o i lawr mewn pryd,' meddai Grand, oedd bob amser i'w weld fel petai'n chwilota am eiriau er ei fod yn siarad iaith gyda'r symlaf. 'Ar fynd allan roeddwn i ac mi glywais i sŵn. Pan welais i'r nodyn ar y drws, be fedra i'i ddeud – feddyliais i mai jôc oedd o. Ond mi glywais ryw riddfan rhyfadd, digon i godi croen gŵydd arnoch chi, fel maen nhw'n deud.'

Crafodd ei ben.

'Hen ffordd boenus o'i neud, ddyliwn. Felly es i mewn wrth reswm.'

Roeddent wedi agor y drws a'u cael eu hunain mewn stafell olau ond prin ei dodrefn. Gorweddai pwtyn bach o ddyn ar y gwely pres. Roedd yn anadlu'n drwm ac yn edrych arnynt â llygaid coch gan waed. Safodd y doctor yn stond. Yn y seibiau yn anadlu'r dyn roedd fel petai'n clywed gwichiadau bach llygod mawr. Ond doedd dim yn symud yn y corneli. Aeth Rieux tuag at y gwely. Roedd y dyn heb syrthio o ddigon o uchdwr, nac yn ddigon sydyn, a phont yr ysgwydd wedi dal. Tipyn o fyctod, wrth reswm. Roedd gofyn pelydr-X. Rhoes y doctor bigiad camffor iddo a dweud y byddai'n iawn ymhen deuddydd dri.

'Diolch, doctor,' meddai'r dyn yn floesg.

Gofynnodd Rieux i Grand a oedd wedi dweud wrth yr heddlu.

'Naddo, naddo wir,' meddai'n benisel ei olwg. 'Roeddwn i'n meddwl mai gora po gynta...'

'Debyg iawn,' meddai Rieux ar ei draws. 'Mi a' i ar ei ôl o'n syth.'

Ond y funud honno dechreuodd y claf gynhyrfu yn ei wely a mynnu ei fod yn iawn ac nad oedd angen mynd i'r drafferth.

'Gan bwyll,' meddai Rieux, 'dydi o'n ddim o beth, wir i chi, ac mae'n rhaid i mi ei riportio.'

'O,' meddai'r llall.

Syrthiodd yn ei ôl ar y gwely a dechrau igian crio. Roedd Grand yn bodio'i fwstás ers rhai munudau ac aeth at y gwely.

'Dewch rŵan, Mistar Cottard bach. Trïwch ddallt. Fedran nhw ddeud bod y doctor ar fai... ddeudan ni, tasach chi'n meddwl rhoi cynnig eto arni...'

Ond dywedodd Cottard yn ei ddagrau na rôi gynnig eto arni, dim ond munud wan oedd hi a'r cwbl roedd arno eisiau bellach oedd llonydd. Roedd Rieux yn sgrifennu sgripsiwn.

'Iawn,' meddai. 'Dyna ni am y tro. Ddo i'n ôl i'ch gweld chi ymhen deuddydd dri. Ond peidiwch â gneud dim byd gwirion.'

Ar y landin dywedodd wrth Grand fod rhaid iddo riportio'r peth ond y gofynnai i arolygydd yr heddlu beidio â chychwyn yr ymholiad cyn pen deuddydd.

'Mae gofyn cadw llygad arno fo heno. Oes ganddo fo deulu?'

'Ddim yn eu nabod nhw. Ond mi gadwa i lygad arno fo. Prin dwi'n ei nabod o, cofiwch. Ond mae'n rhaid i ni helpu'n gilydd, yn does.'

Ar hyd y coridorau cafodd Rieux ei hun yn llygadu pob twll a chornel a gofynnodd i Grand oedd y llygod mawr wedi diflannu'n llwyr o'r ardal. Doedd gan hwnnw ddim syniad. Clywsai ryw si amdanyn ond doedd ganddo fawr i'w ddweud wrth hel clecs.

'Mae gin i betha eraill ar fy meddwl.'

Roedd Rieux eisoes yn ysgwyd ei law, ac arno eisiau edrych am y *concierge* cyn sgrifennu at ei wraig.

Gwaeddai'r gwerthwyr papurau y newydd diweddaraf fod mewnlifiad y llygod mawr wedi peidio. Ond cafodd Rieux ei glaf yn gwyro allan o'i wely, un llaw ar ei fol a'r llall am ei wddw, yn chwydu'n berfeddrwygol fustl pinc i fin sbwriel. Ar ôl hir ymdrech gorweddodd yn ei ôl wedi colli'i wynt. Roedd ei wres yn dri deg naw a hanner, gieuglymau ei wddw a'i aelodau wedi chwyddo a dau glwtyn du'n dod i'r fei ar ei gluniau. Roedd yn cwyno bellach am boen yn ei berfedd.

'Mae'n llosgi,' meddai, 'mae'r sglyfath yn llosgi.'

Prin y medrai ei geg dew yngan y geiriau a throai tua'r doctor ei lygaid chwyddedig, llawn dagrau gan y cur yn ei ben. Edrychai ei wraig yn bryderus ar Rieux oedd heb ddweud dim.

'Doctor,' meddai hi, 'be sy arno fo?'

'Does wbod yn y byd. Rhy fuan i ddeud. Tan heno chydig i'w fwyta a digon i'w yfed.'

Ac yn wir, roedd ar y *concierge* syched anniwall.

Wedi mynd adref ffoniodd Rieux ei gyd-weithiwr Richard, un o feddygon pwysica'r dref.

'Naddo,' meddai Richard, 'dwi heb weld dim byd rhyfedd.'

'Dim twymyn a llid lleol?'

'A! Erbyn i chi sôn, dau achos efo gieuglymau llidiog iawn.'

'Yn abnormal felly?'

'Wel, dibynnu be dach chi'n ei alw'n normal...'

Beth bynnag, y noson honno, roedd y *concierge* yn ffwndro, ei wres yn ddeugain, a chwynai am y llygod mawr. Rhoddodd Rieux gynnig ar gornwyd sefydlogi. Pan losgodd y tyrpant gwaeddodd y *concierge*, 'A! Y cnafon!'

Roedd y gieuglymau wedi chwyddo fwy fyth, i'w teimlo'n galed ac yn wydn. Roedd ei wraig ar ben ei thennyn.

'Arhoswch ar eich traed efo fo,' meddai'r doctor, 'a ngalw i os oes rhaid.'

Drannoeth, y 30ain o Ebrill, roedd yr awyr yn las ac ychydig yn niwlog a'r awel gynnes yn dod ag oglau blodau o'r maestrefi pellaf. Roedd sŵn y bore i'w glywed yn uwch ac yn fwy llawen nag arfer. Y diwrnod hwnnw ledled ein tref fach roedd yna ymdeimlad o adfywio, ar ôl y pryder trwm fuasai arni yn ystod yr wythnos. Ac roedd Rieux ei hun, ar ôl cael llythyr gan ei wraig a gododd ei galon, mewn hwyliau da pan aeth i lawr at y *concierge*. Ac yn wir, erbyn y bore roedd ei wres wedi disgyn i dri deg wyth ac er ei fod yn wan gwenai'r claf o'i wely.

'Mae'n well, yn tydi, doctor?' meddai ei wraig.

'Gawn ni weld.'

Ond am ganol dydd roedd ei wres wedi llamu i ddeugain gradd, y claf yn ffwndro'n ddi-baid a dechreusai'r chwydu drachefn. Roedd gieuglymau ei wddw'n boenus i'w cyffwrdd a'r *concierge* fel petai am ymestyn ei ben ymhell o'i gorff. Eisteddai ei wraig wrth droed y gwely, ei dwylo ar y cwrlid, yn dal traed y claf yn dyner. Edrychai ar Rieux.

'Clywch,' meddai yntau. 'Mae gofyn ei ynysu a rhoi cynnig ar driniaeth arbennig. Mi ro i ganiad i'r ysbyty ac awn ni ag o yno mewn ambiwlans.'

Ddwyawr wedyn, yn yr ambiwlans, gwyrai'r meddyg a'r wraig dros y claf. O'i geg llawn briwiau deuai hyrddiau o eiriau. 'Y llygod mawr!' meddai. A'i wyneb yn wyrddlwyd, ei wefusau fel cwyr, ei amrannau'n drwm, yn fyr ac ysbeidiol ei wynt, y gieuglymau'n ei rwygo, wedi'i sodro yn y gwely fel petai am ei gladdu'i hun ynddo neu fel petai rhywbeth o grombil y ddaear yn galw arno, mygai'r *concierge* dan bwysau anweledig. Wylai ei wraig.

'Does 'na'm gobaith, nag oes, doctor?'

'Mae o 'di marw,' meddai Rieux.

# III

Teg dweud i farw'r *concierge* nodi diwedd cyfnod – cyfnod llawn arwyddion oedd yn peri pryder – a dechrau un arall tipyn anos lle newidiodd pensyfrdandod y dyddiau cyntaf, o dipyn i beth, yn fraw. O feddwl yn ôl, fyddai ein cyd-ddinasyddion erioed wedi meddwl y gallasai fod yn yr arfaeth i'n tref fach ni fod yn fan lle'r oedd llygod mawr yn marw yng ngolau dydd a *concierges* yn marw o ryw glefyd dieithr. Yn hyn o beth roedd yn amlwg eu bod wedi camsynied a bod gofyn ailfeddwl. Petai popeth wedi dod i ben yn y fan honno mae'n siŵr y byddai hen arfer wedi ennill y dydd. Ond bu i eraill o blith ein cyd-ddinasyddion – a'r rheini nid bob tro nac yn *concierges* nac yn dlodion – ddilyn y llwybr yr aethai Monsieur Michel ar hyd-ddo gyntaf. Yr ennyd hwn y cychwynnodd yr ofn, a synfyfyrio i'w ganlyn.

Ond cyn cychwyn ar fanylion y digwyddiadau newydd hyn, mae'r adroddwr yn meddwl mai da o beth fyddai taro golau ar y cyfnod mae newydd ei ddisgrifio drwy lais llygad-dyst arall. Jean Tarrou, rydych eisoes wedi'i gyfarfod ar ddechrau'r hanes yma, oedd wedi ymgartrefu yn Oran ychydig wythnosau ynghynt ac yn byw ers hynny mewn gwesty mawr yng nghanol y dref. Yn ôl pob golwg roedd yn ddigon tebol i allu byw ar be oedd ganddo wrth gefn. Ond, er ei fod bellach yn ddigon cyfarwydd yn y dref, wyddai neb o ble'r oedd yn hanu na pham y daethai i Oran. Roedd i'w weld yn yr holl fannau cyhoeddus. Ers dechrau'r gwanwyn roedd i'w weld yn aml ar lan y môr, yn amlwg yn cael blas ar ymdrochi. Roedd yn glên, yn barod ei wên ac yn cael blas ar yr holl bleserau arferol heb fod yn gaeth iddynt. Hyd y gwyddai neb, yr unig beth a wnâi'n fynych oedd galw heibio i'r dawnswyr a'r cerddorion Sbaenaidd oedd yn bur niferus yn ein tref.

Beth bynnag, mae ei ddyddiaduron yntau'n rhyw fath o gronicl o'r cyfnod anodd hwnnw. Ond cronicl rhyfedd sydd fel pe'n gwneud ati i fynd ar ôl y di-nod. Ar yr olwg gyntaf gellid tybio bod Tarrou yn gweld pethau a phobl drwy sbenglas o chwith. Yn y llanast cyffredinol, yn y bôn ymroddai i adrodd hanes y pethau sydd heb fod i'w gweld yn y llyfrau hanes. Gellid wfftio'r chwiw hon, wrth reswm pawb, a'i gyhuddo o fod yn galongaled. Ond does dim dwywaith nad ydi'r dyddiaduron hyn yn cynnig i'r hanesydd lond gwlad o fanylion sy'n fychain ond sydd er hynny'n bwysig, ac sydd ynddyn nhw'u hunain yn ddigon rhyfedd i nadu i ni feirniadu'r cymeriad diddorol hwn yn rhy hallt.

Mae nodiadau cyntaf Jean Tarrou yn dyddio o gyrraedd Oran. O'r cychwyn cyntaf maen nhw'n dangos rhyw foddhad rhyfedd o'i gael ei hun mewn tref mor hanfodol hyll. Mae yna ddisgrifiad manwl o'r ddau lew efydd sy'n addurno neuadd y dref, sylwadau rhadlon ar y diffyg coed, y tai di-lun a chynllun lloerig y dref. Mae Tarrou yn britho hyn â phytiau o sgwrs a glywai ar y tramiau ac ar ben stryd, heb unrhyw sylwebaeth heblaw un tro, yn ddiweddarach, ar sgwrs rhwng dau docynnwr tramiau, am un o'r enw Camps.

'Roeddat ti'n nabod Camps, yn doeddat?' meddai'r naill.

'Camps? Boi tal efo mwstás du?'

'Ia, hwnnw. Pwyntiwr.'

'Oeddwn tad.'

'Mae 'di marw, cofia.'

'Duwch, pryd d'wad?'

'Ar ôl y busnes 'na efo'r llygod mawr.'

'Taw deud! Be oedd arno fo?'

'Dwn i ddim, rhyw dwymyn. Ac wedyn roedd o braidd yn wantan, cofia. Gafodd o gornwydydd dan ei geseilia. Rheini wnaeth amdano fo.'

'Ond roedd golwg 'run fath â phawb arall arno fo.'

'Dwn i ddim, sti, roedd gynno fo frest wan ac roedd o'n canu'r trombôn ym mand y dre. Chwythu mewn i hen beipan rownd y ril, mae'n deud ar rywun.'

'Dyna chdi, yli, thâl hi ddim chwythu mewn i hen beipan os 'di rhywun yn llegach.'

Ar ôl taro'r pwt bach yma ar bapur gofynnodd Tarrou tybed pam yr ymunodd Camps â'r band, yn amlwg yn groes i'w les ei hun, ac mae'n rhaid bod yna resymau ym mêr ei esgyrn dros iddo fentro'i hoedl dim ond er mwyn cael paredio ar hyd y stryd ar fore Sul.

Wedyn roedd Tarrou fel petai wedi cymryd at olygfa oedd ar fynd yn aml ar y balconi gyferbyn â'i ffenest. Roedd ei lofft yn edrych dros lôn gefn fach lle'r oedd cathod yn cysgu yng nghysgod y muriau. Ond bob dydd ar ôl cinio pan oedd y dref i gyd yn pendwmpian yn y gwres, byddai hen ŵr bach yn dod i'r fei ar falconi gyferbyn. Roedd ei wallt yn wyn ac fel pìn mewn papur, yntau'n dorsyth, ac yn llym yn ei wisg fel milwr, galwai, 'Pwws, pws, pws' ar y cathod, yn dyner ond ar yr un pryd heb agosatrwydd. Codai'r cathod eu llygaid gwelw gan gwsg, ond heb symud. Taflai'r hen gono dameidiau bach o bapur i'r stryd, a'r gawod o ieir bach yr haf gwynion yn llygad-dynnu'r cathod a'i mentrai hi i ganol y lôn, gan estyn pawen betrus tua'r tameidiau olaf o bapur. Wedyn poerai'r hen ŵr arnyn nhw'n fanwl chwyrn. Pan gyrhaeddai poeriad ei nod byddai'n chwerthin yn braf.

Yn y pen draw, roedd Tarrou yn ôl pob golwg wedi cymryd at naws fasnachol y dref – ei golwg, ei gweithgareddau a hyd yn oed ei phleserau oedd fel petaen nhw'n gaeth i anghenion busnes. Roedd yr hynodrwydd yma (y gair sydd yn ei ddyddiadur) yn mynd â bryd Tarrou ac un o'i glodydd hyd yn oed yn dod i ben â'r ebychiad "O'r diwedd!" Dyma'r unig lefydd lle'r oedd nodiadau'r teithiwr, ar yr adeg yma, yn bersonol eu tinc. Mae gofyn bod yn graff i ganfod eu harwyddocâd a'u pwys. Er enghraifft, mae Tarrou yn sôn am dderbynnydd y gwesty'n gwneud camgymeriad yn ei gyfrifon o ddod ar draws corff llygoden fawr ac meddai wedyn, mewn ysgrifen lai twt nag arfer, "Cwestiwn: sut mae rhywun yn mynd ati i beidio â cholli amser? Ateb: drwy fod yn ymwybodol ohono'n ddi-baid. Dull: treulio diwrnodiau bwygilydd yn stafell aros y deintydd, ar gadair anghyfforddus; eistedd ar y balconi ar bnawniau Sul; gwrando ar ddarlithoedd mewn iaith ddieithr; dewis y teithiau trên hiraf a lleiaf hwylus, ac ar ei draed yr holl ffordd wrth gwrs; ciwio mewn swyddfeydd tocynnau theatrau heb godi tocyn, etc." Ond yn syth ar ôl y chwiwiau iaith neu feddylwedd yma, cychwynnodd y dyddiaduron ar ddisgrifiad manwl o dramiau ein tref, eu siâp cychod, eu lliw di-ddim, eu budreddi parhaol, a'r sylwadau'n dod i ben mewn "od iawn" nad ydi'n egluro dim.

Ond dyma be sydd gan Tarrou i'w ddweud am y llygod mawr:

Heddiw roedd yr hen gono gyferbyn yn biwis. Does yna ddim cathod. Maen nhw wedi darfod o'r tir, wedi myllio gan yr hylltod o gyrff llygod mawr sydd i'w cael ar hyd y strydoedd. I'm tyb i, digon o waith bod y cathod yn bwyta cyrff y llygod mawr. Dwi'n cofio'n iawn fod fy nghathod i'n eu hwfftio nhw. Beth bynnag, mae'n siŵr mai rhedeg o gwmpas yn y seleri maen nhw a'r hen foi wedi llyncu mul. Mae ei wallt yn llai trwsiadus ac yntau'n llai bywiog. Mae ei anniddigrwydd i'w glywed. Ymhen munud aeth yn ei ôl i'r tŷ. Ond poerodd, unwaith, i'r gwagle.

Heddiw yn y dref fe stopiwyd tram am iddyn nhw gael corff llygoden fawr ynddo, wedi dod yno'r dyn a ŵyr sut. Disgynnodd dwy neu dair gwraig oddi arno. Taflwyd y corff. Ailgychwynnodd y tram.

Yn y gwesty dywedodd y porthor nos – dyn y medar rhywun ymddiried ynddo – wrtha i fod y llygod mawr, yn ei dyb o, yn darogan trybini. 'Pan fo llygod mawr yn gadael llong...' Roedd hynny'n wir yn achos llongau, meddwn i wrtho fo, ond heb eto ei brofi yn achos trefi. Ond doedd dim troi arno. Gofynnais iddo pa anffawd, yn ei dyb o, y gellid ei ddisgwyl. Wyddai o ddim, doedd dim modd rhagweld yr anffawd. Ond synnai damaid nad daeargryn oedd ar droed. Digon posib, meddwn i a gofynnodd imi onid oedd hynny'n peri pryder i mi.

'Yr unig beth sy'n mynd â'm bryd i,' meddwn i, 'ydi cael hedd calon.'

Fe'm deallodd i'r dim.

Yn nhŷ bwyta'r gwesty mae yna deulu pur ddiddorol. Dyn tal, tenau ydi'r tad, yn ei ddu, efo coler galed. Mae canol ei ben yn foel, a dau dwffyn llwyd ar y dde ac ar y chwith. Llygaid bychain crynion, caled, trwyn tenau, ceg lorwedd – golwg gwdihŵ foesgar. Mae bob amser yn cyrraedd drws y tŷ bwyta'n gyntaf, yn sefyll yn ôl i roi lle i'w wraig – pwtan fach fel llygoden ddu – ddod i mewn, wedyn daw i mewn ei hun ac wrth ei sodlau fachgen bach a merch fach wedi'u gwisgo fel cŵn syrcas. Ar ôl cyrraedd y bwrdd mae'n aros i'w wraig gymryd ei lle, yn eistedd, wedyn mae'r ddau gi bach yn cael eistedd ar ymyl eu seddi. Mae'n dweud "chi" wrth ei wraig a'r plant, yn faleisus gwrtais wrth y gyntaf ac yn siarad heb flewyn ar dafod wrth yr epiloedd.

'Nicole, rydych chi'n ymddwyn yn warthus!'

A'r ferch fach bron yn ei dagrau – fel sydd iawn.

Bore heddiw roedd y bachgen bach yn llawn o stori'r

llygod mawr ac arno eisiau dweud rhywbeth wrth y bwrdd.

'Nid wrth y bwrdd bwyd mae sôn am lygod mawr, Philippe. O hyn allan rwy'n eich gwahardd rhag yngan y gair.'

'Mae'ch tad yn llygad ei le,' meddai'r llygoden ddu.

Claddodd y ddau gi bach eu trwynau yn eu platiau a nodiodd y gwdihŵ ei ddiolch yn gwta.

Serch yr esiampl dda yma, mae sôn am y llygod mawr ar gyrn a phibau yn y dref. Mae'r papur newydd wedi mynd ar ei ôl. Mae colofn leol y dref, sydd fel arfer yn bur amrywiol, yn ymwneud yn gyfan gwbl ag ymgyrch yn erbyn y cyngor: "Onid yw ein henaduriaid yn ymwybodol o berygl dybryd celanedd madredig y llygod mawr hyn i'r cyhoedd?" Mae rheolwr y gwesty'n methu sôn am ddim byd arall. Ond mae wedi digio o'i ran ei hun hefyd. Iddo fo, gwarth ydi cael llygod mawr yn lifft gwesty o fri.

O ran cysur iddo, meddwn i, 'Ond fel'na mae hi ar bawb.'

'Dyna hi ar ei phen,' meddai, 'rŵan dan ni fel pawb arall.'

Fo oedd y cyntaf i sôn wrtha i am achosion cynta'r dwymyn syfrdanol oedd yn dechrau peri pryder. Roedd un o'i forynion wedi'i chael.

'Ond dydi hi ddim yn heintus,' meddai wedyn yn syth.

'Ta waeth am hynny,' meddwn innau.

'A! Wela i. Dach chi fel fi, syr, yn ffatalydd.'

Doeddwn i ddim wedi dweud dim byd o'r fath a beth bynnag, nid ffatalydd mohona i. A dyna ddwedais i wrtho...

O'r funud hon y dechreuodd dyddiaduron Tarrou sôn am y dwymyn anhysbys roedd y bobl eisoes yn poeni amdani. Soniodd am yr hen gono oedd wedi cael ei gathod yn ôl wedi i'r llygod mawr ddiflannu ac oedd drachefn yn perffeithio ei annel, ond dywedodd wedyn fod yna eisoes ddwsin o achosion o'r dwymyn a'r rhan fwyaf o'r rheini'n angheuol.

O ran yr hanes, da o beth yma fyddai rhoi portread Tarrou o'r doctor Rieux. Hyd y gŵyr yr adroddwr, mae'n bur agos at ei le.

Tua phymtheg ar hugain yn ôl pob golwg. Taldra cymhedrol. Ysgwyddau cryfion. Ei wyneb bron yn sgwâr. Ei lygaid yn dywyll ac yn unionsyth ond ei ên yn sefyll allan. Mae ei drwyn cryf yn dwt. Gwallt du cwta iawn. Ei geg yn fwa a'i wefusau'n llawn a bron bob amser yn dynn. Mae arno ryw olwg gwerinwr o Sicilia, â'i liw haul, y blew du a'i ddillad sydd bob amser yn dywyll ond yn gweddu iddo.

Mae'n cerdded yn gyflym. Yn disgyn oddi ar y pafin heb newid ei gam ond ddwywaith yn y deirgwaith mae'n rhoi rhyw sbonc fach at y pafin nesaf. Mae'n bell ei feddwl wrth yrru ac yn aml yn gadael yr arwyddion ochr ar fynd ar ôl iddo droi. Byth â het am ei ben. Golwg wybodus.

# IV

Roedd ffigyrau Tarrou yn gywir. Gwyddai'r doctor Rieux yn iawn pa mor ddifrifol oedd pethau. Ar ôl ynysu corff y *concierge* rhoesai ganiad i Richard i'w holi ynghylch y twymynau arffedol hyn.

'Dwi'n deall dim arnyn nhw,' meddai Richard. 'Dau wedi marw, un o fewn wyth awr a deugain a'r llall o fewn tridiau. Gadewais i'r ola un bore a phob golwg ei fod yn cael ei gefn ato.'

'Rhowch wbod i mi os cewch chi achosion eraill,' meddai Rieux.

Rhoddodd ganiad i feddygon eraill. Cafodd wybod am tuag ugain o achosion tebyg o fewn ychydig ddyddiau. Buasent bron i gyd yn angheuol. Gofynnodd i Richard, llywydd cymdeithas feddygol Oran, am i gleifion newydd gael eu hynysu.

'Ond fedra i neud dim,' meddai Richard. 'Mae hynny'n gofyn gorchymyn gan y *préfecture*. Beth bynnag, be sy'n peri i chi feddwl bod 'na beryg ei fod o'n heintus?'

'Dim byd, ond mae'r symptomau'n ddychryn.'

Doedd camau o'r fath ddim yn ei faes, meddai Richard wedyn. Yr unig beth y medrai ei wneud oedd cael gair â'r *préfet*.

Ond yn ystod y sgyrsiau hyn aethai'n dywydd mawr. Drannoeth marw'r *concierge* roedd yr awyr yn niwl i gyd. O bryd i'w gilydd disgynnai cenllif byr o law ar y dref, wedyn gwres trymaidd. Roedd y môr ei hun wedi colli ei las dwfn ac o dan darth yr awyr roedd arno lewyrch arian neu ddur, yn boen i'r llygad. Ysai'r dref am danbeidrwydd yr haf yn lle gwres mwll y gwanwyn hwn a daeth syrthni prudd drosti, fel malwen ar ei llwyfandir, prin yng ngolwg y môr. Rhwng y muriau hir geirwon, ar hyd y strydoedd a'u ffenestri llychlyd, ar y tramiau melyn budron roedd yna deimlad o fod dan balf y tywydd. Dim ond hen glaf Rieux oedd yn cael modd i fyw.

'Mae'n eich cwcio chi,' meddai, 'yr union beth i frest gaeth.'

Yn ddi-os roedd "yn eich cwcio chi" ond dim mwy na llai na'r dwymyn. Pan aeth y doctor Rieux i Rue Faidherbe i'r ymholiad i ymgais Cottard i'w ladd ei hun roedd y dref gyfan i'w gweld iddo fel petai dan dwymyn, ond roedd hynny'n hurt o beth. Roedd ar bigau drain a'i bryderon yn pwyso arno ac roedd hi'n hen bryd iddo sadio.

Heb gyrraedd roedd arolygydd yr heddlu. Roedd Grand yn aros ar y landin.

'Dowch acw,' meddai, 'adawn ni'r drws yn agorad.'

Dwy stafell oedd gan y clerc a'r rheini wedi'u dodrefnu'n foel. Yr unig bethau i ddal sylw oedd silff lyfrau o bren gwyn ac arni ddau neu dri geiriadur, a bwrdd du ac arno'r geiriau, wedi'u lled-ddileu, "llwybrau llawn blodau". Yn ôl Grand, cawsai Cottard noson dda o gwsg ond deffrodd â chur pen ac yn hollol swrth. Roedd Grand i'w weld yn flinedig ac fel gafr ar dranau, cerddai yn ôl ac ymlaen gan agor a chau ffeil ar y bwrdd â'i llond o ddalennau llawysgrif.

'Prin dwi'n ei nabod o, doctor. Mae ganddo fo dipyn o fodd, am wn i. Cradur od. Dim ond rhyw "helô" ar y grisia sy rhyngon ni ers tro byd. Dwy sgwrs ges i efo fo erioed. Ryw ddeuddydd yn ôl ar ben y grisiau ollyngais i focs o greons roeddwn i'n mynd â nhw adra. Roedd 'na greons coch a rhai glas. Y funud honno daeth Cottard allan ar y landin a rhoi help llaw i mi'u hel nhw. Mi ofynnodd i mi be oedd creons o wahanol liwia'n dda. "Dwi'n trio caboli fy Lladin," me fi wrtho fo. Mae wedi mynd dros go ers i mi adael yr ysgol, doctor, ac mae'n handi iawn, meddan nhw, er mwyn dallt ystyr geiria Ffrangeg yn well. Felly fydda i'n sgwennu geiria Lladin ar y bwrdd du. Wedyn ailsgwennu mewn sialc glas y rhan o'r gair sy'n newid yn ôl ffurfdroad ne rediad, wedyn y rhan nad ydi byth yn newid mewn sialc coch. Dwn i ddim wir ddaru Cottard ddallt yn iawn ond roedd i'w weld yn ymddiddori a gofynnodd imi am sialc coch. Roeddwn i'n synnu braidd ond ta waeth... Doedd gin i ddim syniad, debyg iawn, be oedd o'n meddwl ei neud ag o.'

'Ac am be oedd yr ail sgwrs?' gofynnodd Rieux.

Ond roedd yr arolygydd, yng nghwmni ei glerc, wedi cyrraedd ac am glywed datganiad Grand yn gyntaf. Sylwodd y doctor fod Grand, pan soniai am Cottard, bob amser yn ei alw'r "truan". Un tro defnyddiodd hyd yn oed y tro ymadrodd "penderfyniad tyngedfennol". Wrth sôn am y rheswm dros ei ladd ei hun, roedd Grand yn gysetlyd dros ei ddewis eiriau. O'r diwedd "trallod personol" aeth â hi. Gofynnodd yr arolygydd a fuasai yna unrhyw beth yn ymddygiad Cottard allasai ragweld ei "benderfyniad", chwedl yntau.

'Curodd ar fy nrws i ddoe,' meddai Grand, 'i ofyn am fatsys. Rhois fy mocs iddo. Roedd yn ddrwg ganddo darfu arna i, meddai, ond rhwng cymdogion... Addawodd ddod â'r bocs yn ôl ond ddeudais i wrtho fo am ei gadw o.'

Gofynnodd yr arolygydd a oedd unrhyw beth yn rhyfedd ynghylch Cottard.

'Be o'n i'n ei weld yn rhyfadd oedd ei fod fel petai am godi sgwrs. Ond roeddwn i wrthi'n gweithio.'

Trodd at Rieux a dweud braidd yn swil, 'Gwaith preifat sy gin i ar y gweill.'

Roedd yr arolygydd am weld y claf ond roedd Rieux o'r farn y byddai'n well paratoi Cottard at yr ymweliad. Pan aeth i'r llofft fe'i cafodd ar ei eistedd yn ei wely, crys nos llwyd amdano, yn edrych tua'r drws yn bryderus.

'Yr heddlu sy 'na'n te?'

'Ia, ond peidiwch â phoeni. Dau ne dri matar bach swyddogol a gewch chi lonydd.'

Doedd dim galw am ddim byd o'r fath, meddai Cottard, a beth bynnag dda ganddo mo'r heddlu.

'Na finna,' meddai Rieux yn swta. 'Dim ond ateb cwestiwn neu ddau'n gywir mewn byr o eiriau a dyna ddiwadd arni.'

Atebodd Cottard ddim ac aeth y doctor yn ôl at y drws. Ond galwodd y dyn bach arno'n syth a chydio yn ei ddwylo pan oedd yn ymyl y gwely.

'Fedran nhw ddim gneud dim byd i ddyn gwael, i ddyn sy wedi'i grogi'i hun, na fedran, doctor?'

Syllodd Rieux arno am ennyd, wedyn meddai, 'Fu dim byd o'r fath erioed dan sylw. A beth bynnag, i warchod fy nghlaf rydw i yma.' Roedd Cottard i'w weld yn dawelach ei feddwl ac agorodd Rieux y drws i'r arolygydd.

Darllenwyd datganiad Grand a gofynnwyd i Cottard a fedrai roi rheswm dros ei weithred. Heb edrych ar yr arolygydd dywedodd mai "trallod personol oedd piau hi". Gofynnodd yr arolygydd iddo heb hel dail a oedd yn meddwl rhoi cynnig arall arni. Bywiogodd Cottard a dweud, 'Na, yn bendifaddau,' a dim ond cael llonydd oedd arno eisiau.

'Ga i'ch atgoffa chi,' meddai'r arolygydd yn flin, 'mai ar hyn o bryd, chi sy'n tarfu ar lonydd pobol eraill.' Ond amneidiodd Rieux arno a thawodd.

'Mae gennym ni reitiach pethau i'w gneud,' meddai'r arolygydd dan ochneidio pan aethant drwy'r drws. 'Y sôn sy ar led am y dwymyn 'ma... Ydi'r peth yn ddifrifol?'

'Dwn i ddim.'

'Y tywydd sydd, dyna'r cwbl,' oedd casgliad yr arolygydd.

Ie, diau mai'r tywydd oedd. Fel yr âi'r diwrnod rhagddo roedd popeth yn ludiog i'w gyffwrdd a Rieux yn fwyfwy pryderus ar ôl pob ymweliad. Y noson honno yn y maestrefi roedd un o gymdogion yr hen glaf yn cydio yn ei afl ac yn chwydu, twymyn arno, ac yn ffwndro. Roedd y gieuglymau yn fwy o lawer na rhai'r *concierge*. Roedd un wedi dechrau crawni a chyn hir ymagorodd fel ffrwyth pwdr. Ar ôl mynd adref ffoniodd Rieux storfa nwyddau meddygol yr ardal. Yr unig beth yn ei nodiadau proffesiynol ar y dyddiad yma oedd "Ateb negyddol". Ac roedd eisoes yn cael galwadau i achosion tebyg mewn rhannau eraill o'r dref. Roedd yn amlwg bod gofyn agor y cornwydydd. Dau doriad fflaim ar eu traws a'r cornwydydd yn tywallt crawn yn gymysg â gwaed, a'r cleifion yn galetsyth, yn colli gwaed. Deuai smotiau duon ar eu coesau a'u boliau, peidiai cornwyd â chrawni, wedyn chwyddo drachefn. Y rhan amlaf byddai'r claf farw, mewn drewdod dychrynllyd.

Buasai'r wasg yn rhydd ei pharabl am y llygod mawr ond bellach doedd ganddi ddim i'w ddweud. Mae llygod mawr yn marw ar ben stryd, dynion yn eu lloffttydd. A dim ond â'r stryd y mae a wnelo papurau newydd. Ond roedd y *préfecture* a'r cyngor yn dechrau ymgynghori. Cyn belled â'i bod yn fater o bob meddyg yn dod ar draws dau neu dri achos, feddyliodd neb am weithredu. Dim ond clandro'r cyfanswm oedd eisiau. Roedd y cyfanswm yn ddychryn. O fewn dyddiau cwta cynyddodd yr achosion angheuol o lam i lam a daeth yn bur amlwg i'r rheini oedd ynghlwm â'r clefyd rhyfedd ei fod, heb flewyn ar dafod, yn haint. Dyna pryd daeth Castel, un o gyd-weithwyr Rieux, a thipyn hŷn nag o, i'w weld.

'Wrth reswm pawb,' meddai wrth Rieux, 'mi wyddoch chi be ydi hwn.'

'Dwi'n aros am ganlyniadau'r post-mortemau.'

'Mi wn inna. A does arna i ddim angan canlyniadau post-mortemau. Fûm i'n gweithio yn Tsieina am beth amsar a welais i ambell i achos ym Mharis tuag ugain mlynedd yn ôl. Ond y tro hwnnw doedd neb yn meiddio rhoi ei enw iddo fo. Barn y bobol, dyna sy'n mynd â hi bob gafael: rhaid peidio â'u dychryn, yn anad dim rhaid peidio â'u dychryn. Ac at hynny, fel y dywedai un o'm cyd-weithwyr: "Mae'n amhosib, fe ŵyr pawb ei fod wedi darfod o'r tir yn y Gorllewin." O ia, fe'i gwyddai pawb, heblaw'r meirw. Dewch o 'na, Rieux, mi wyddoch chi gystal â minnau be ydi hwn.'

Pendronodd Rieux. Drwy ffenest ei feddygfa edrychai ar ysgwydd y clogwyn caregog oedd yn amgylchynu'r bae ar y gorwel. Er ei bod yn bwrw glaw roedd gan yr awyr wawr bŵl fwynach fwynach fel y nosai.

'Gwn, Castel,' meddai. 'Choelia i fawr. Ond does dim dwywaith nad y pla ydi o.'

Cododd Castel a mynd tuag at y drws.

'Mi wyddoch chi be ddeudan nhw wrthon ni,' meddai'r hen feddyg. 'Mae wedi darfod o'r tir mewn gwledydd tymherus ers blynyddoedd.'

'Darfod o'r tir – be mae hynny'n ei feddwl, dwch?' atebodd Rieux gan godi ei sgwyddau.

'Yn hollol, a chofiwch, ym Mharis prin ugain mlynedd yn ôl.'

'Iawn. Gobeithio na fydd yn fwy difrifol heddiw nag o'r blaen. Ond wir, choelia i fawr.'

# V

Roedd y gair "pla" newydd ei yngan am y tro cyntaf. Yn y fan hon yn yr hanes lle gwelwn Rieux y tu ôl i'w ffenest, hwyrach y caiff yr adroddwr gyfiawnhau ansicrwydd a syndod y doctor gan fod ei adwaith at ei gilydd yr un fath â'r rhan fwyaf o bobl y dref. Mae heintiau'n ddigon cyffredin, bid siŵr, ond mae'n anodd gan bobl gredu mewn heintiau sy'n disgyn arnynt fel barcud ar gyw. Fe fu'r un faint o blâu yn y byd ag o ryfeloedd. Ac eto mae plâu a rhyfeloedd bob amser yn dal pobl ar y gamfa. Roedd y doctor Rieux yntau ar y gamfa, 'run fath â phobl ein tref, ac yn hyn o beth dylem ddeall ei betruso. Yn hyn o beth hefyd dylem ddeall ei fod mewn cyfyng-gyngor – ar y naill law ei bryder ac ar y llall ei hyder. Pan gychwynna rhyfel, 'Phery o fawr o dro, mae'n rhy wirion,' medden nhw. A does dim dwywaith nad ydi rhyfel yn rhy wirion, ond wnaiff hynny ddim nadu iddo bara. Gwiriondeb sy'n ennill y dydd, fel y gwelem pe na baem bob amser yn meddwl amdanon ni'n hunain. Yn hyn o beth roedd pobl ein tref ni 'run fath â phawb, yn meddwl amdanyn nhw'u hunain; mewn geiriau eraill dyneiddwyr oedden nhw, heb fod yn credu mewn plâu. Dydi pla ddim yn cyd-daro â dyn, felly mae rhywun yn dweud nad ydi'r pla ddim yn bod, mai hunllef ydi o – fe ddaw i ben. Ond nid dod i ben mo'i hanes bob tro ac o hunllef i hunllef, dynion sy'n dod i ben a dyneiddwyr yn anad neb am eu bod heb ymorol am eu hiechyd. Doedd pobl ein tref ni ddim ar fai rhagor na neb arall yn hyn o beth, dim ond eu bod yn anghofio bod yn wylaidd, gan feddwl bod popeth yn dal i fod yn bosib iddyn nhw, oedd yn rhagdybio bod heintiau'n amhosib. Dalient i fasnachu, cynllunio teithiau a choleddu barn. Sut yn y byd fedren nhw feddwl am bla sy'n diddymu'r dyfodol, yn canslo teithiau, yn rhoi taw ar leisio barn? Credent eu bod yn rhydd, a fydd neb fyth yn rhydd tra bydd plâu.

Er i'r doctor Rieux gydnabod yng ngŵydd ei ffrind fod dyrnaid o gleifion ar wasgar newydd farw'n ddirybudd o'r pla, roedd y peryg yn dal i deimlo'n afreal iddo: mae meddyg yn llunio ei syniadau ei hun ynghylch dioddef, a chanddo ychydig mwy o grebwyll. Wrth edrych drwy'r ffenest ar y dref oedd heb newid dim, yr unig beth deimlai'r doctor oedd rhyw ysictod am a ddeuai, rhyw gysgod anesmwythyd. Ceisiodd gasglu yn ei feddwl be wyddai am y clefyd. Nofiai ffigyrau yn ei gof a chofiodd fod y deg ar hugain, fwy neu lai, o blâu mawr a welsai hanes wedi lladd agos i gan miliwn. Ond be ydi can miliwn o feirwon? Pan fo rhywun wedi gwasanaethu mewn rhyfel, cyn hir prin y gŵyr rhywun be ydi celain. A gan nad oes i gelain sylwedd oni bai i rywun ei gweld yn gelain, dim ond blewyn o fwg ydi can miliwn o gelanedd ar daen ar draws hanes. Cofiodd y doctor am bla Caer Gystennin a laddodd, yn ôl Procopiws, ddeng mil mewn un diwrnod. Mae deng mil o feirwon yn bum gwaith cynulleidfa sinema go fawr. Dyna be oedd gofyn ei wneud. Cynnull y bobl o fynedfeydd pum sinema, mynd â nhw i sgwâr yn y dref a pheri'u marw mewn tasau er mwyn dirnad y peth. Wedyn gellid o leiaf ychwanegu ambell i wyneb cyfarwydd at y das anhysbys. Does dim dichon ei wneud, wrth reswm pawb; ac at hynny, pwy sy'n nabod deng mil o wynebau? Beth bynnag, wyddai pobl fel Procopiws ddim sut i gyfri, fel y gwyddon ni'n iawn. Yn Canton, ddeng mlynedd a thrigain yn ôl, buasai farw deugain mil o lygod mawr o'r pla cyn i'r haint ymddiddori yn y trigolion. Ond, ym 1871, doedd dim modd cyfri llygod mawr. Clandro'n fras oedd piau hi, felly wrth reswm gallai'r ffigwr fod ymhell ohoni. Ond wedyn, os ydi llygoden fawr yn ddeg sentimedr ar hugain o ran hyd, byddai deugain mil o lygod mawr benben yn...

Twt lol. Roedd yn mwydro a thalai hynny ddim. Doedd dyrnaid o achosion ddim yn haint, digon oedd bod yn ofalus. Roedd gofyn meddwl am y ffeithiau: y syrthni a'r llethu, y llygaid coch, y geg aflan, y cur pen, y llinorod, y syched anniwall, y ffwndro, y smotiau ar y corff, y chwalu mewnol, ac ar ddiwedd hynny i gyd... Ar ddiwedd hynny i gyd, un frawddeg ddeuai'n ôl at y doctor Rieux, yr union frawddeg ar ddiwedd y rhestr symptomau yn ei Lawlyfr Meddygol: "Mae curiad y gwaed yn mynd yn dila fel edau a daw marw yn sgil y symudiad lleiaf." I gloi, roedd y claf yn crogi ar edau a thri chwarter y cleifion – a dyna'r union nifer – yn rhy ddiamynedd i beidio â gwneud y symudiad bychan bach hwnnw oedd yn ddigon i dorri'r edau.

Daliai'r doctor i edrych drwy'r ffenest. Ar un ochr i'r gwydr awyr iach y gwanwyn, a'r ochr arall y gair oedd yn dal i atseinio yn y stafell: pla. Roedd i'r gair nid yn unig be ddewisai gwyddoniaeth ei roi ynddo, ond cyfres hir o ddelweddau rhyfeddol nad oedden nhw'n cyd-fynd damaid â'r dref felen, lwyd hon, oedd yn bur fywiog ar yr awr yma, yn suo rhagor nag yn swnllyd, yn llawen at ei gilydd os oes modd bod yn llawen ac yn ddigalon ar yr un pryd. Ac roedd llonyddwch mor dangnefeddus a difater yn nacáu bron yn ddiymdrech hen luniau'r haint: Athen yn drewi a hyd yn oed yr adar wedi'i gadael, trefi yn Tsieina yn heigio gan gleifion distaw yn tynnu tua'u terfyn, carcharorion yn Marseille yn pentyrru cyrff diferol mewn tyllau, codi'r mur mawr yn Provence i gadw draw wynt gwyllt y pla, Jaffa a'i chardotwyr erchyll, y gwlâu gwlybion wedi pydru ac yn glynu wrth lawr pridd yr ysbyty yng Nghaer Gystennin, llusgo cleifion â bachau, carnifal y meddygon mewn mygydau yn ystod y Marw Du, dynion a merched yn cyplu ym mynwentydd Milano, llond troliau o feirwon yn Llundain yn ei braw, ddydd a nos ym mhob man ac yn ddi-baid cri ddiddiwedd dynion. Na, doedd hynny i gyd ddim eto'n ddigon cryf i aflonyddu ar hedd y diwrnod. Ar ochr arall y gwydr yn sydyn atseiniodd cloch tram anweladwy a gwrthbrofi yn y fan greulondeb a gwayw. Dim ond y môr, yn murmur y tu draw i fwrdd gwyddbwyll pŵl y tai, oedd yn deffro yn y cof bryder ac aflonyddwch y byd. A gan syllu ar y bae meddyliai'r doctor Rieux am y coelcerthi angladd mae Lwcretiws yn sôn amdanyn, a daniai'r Atheniaid. Cludid y meirwon yno liw nos, ond doedd dim digon o le felly ymladdai'r byw â ffaglau dros le i roi eu hanwyliaid – gwell ganddyn frwydro gwaedlyd na gadael y celanedd. Gallai weld adlewyrchiad y coelcerthi'n goch yn y dŵr llonydd, tywyll, cad y ffaglau yn y nos yn clindarddach gan wreichion a'r mwg tew drewllyd yn codi tua'r awyr wyliadwrus. Roedd y peth yn annirnad... ond tybed?

Roedd gofyn callio, ac wfft i'r gorffwylltra yma. Ynganwyd y gair "pla", digon gwir. Y funud honno roedd yr haint yn sgrytian ac yn llorio un neu ddwy ysglyfaeth, digon gwir. Ond medrai hynny ddod i ben. Cydnabod yn glir be oedd gofyn ei gydnabod oedd piau hi, hel ymaith feddyliau di-fudd a chymryd y camau'r oedd gofyn eu cymryd. Wedyn deuai'r pla i ben am ei fod y tu hwnt i amgyffred neu am ein bod yn ei amgyffred ar gam. Pe deuai i ben, a dyna oedd fwyaf tebygol, popeth yn iawn. Onide, byddent yn gwybod be oedd a pha gamau'r oedd gofyn eu cymryd i ddygymod ag o a'i orchfygu yn y pen draw.

Agorodd y doctor y ffenest a chwyddodd sŵn y dref yn y fan.

Deuai si byr ysbeidiol llif gron o weithdy cyfagos. Daeth Rieux at ei goed. Dyna lle'r oedd sicrwydd, yn ei waith pob dydd. Roedd y gweddill yn crogi ar edau ac ar hap a damwain a dim diben mynd ar ei ôl. Gwneud ei waith fel roedd gofyn, dyna'r peth pwysig.

# VI

Yn y fan honno yn ei feddyliau'r oedd y doctor Rieux pan gyhoeddwyd bod Joseph Grand yno i'w weld. Clerc yn neuadd y dref oedd Grand a chan fod ei swyddogaethau yno'n bur amrywiol, weithiau gweithiai i'r gwasanaeth ystadegau. Gan hynny fo oedd piau casglu nifer y meirw. Ac yntau'n barod ei gymwynas, roedd wedi cynnig mynd â chopi at Rieux.

Daeth Grand i mewn yng nghwmni ei gymydog, Cottard. Chwifiai'r clerc ddalen o bapur.

'Mae'r ffigyra'n codi, doctor,' meddai, 'un ar ddeg wedi marw o fewn wyth awr a deugain.'

Ysgydwodd Rieux law Cottard a gofyn iddo sut hwyl oedd arno. Eglurodd Grand fod Cottard am ddiolch i'r meddyg ac ymddiheuro am ei drafferth. Ond roedd Rieux yn edrych ar y ddalen ystadegau.

'Wel,' meddai Rieux, 'hwyrach ei bod hi'n hen bryd galw'r clefyd yma wrth ei enw. Hyd yn hyn fuon ni'n hel dail. Rhaid i mi fynd i'r labordy, dowch efo fi.'

'Ia, ia,' meddai Grand ar y grisiau. 'Mae gofyn galw petha wrth eu henwa. Ond be ydi'r enw yma?'

'Fedra i ddim deud wrthoch chi, a beth bynnag fasech chi fawr callach o'i wbod.'

'Dyna hi, ylwch,' meddai'r clerc. 'Tydi hi ddim cyn hawsad â hynny.'

Roedden nhw'n mynd tua Place d'Armes. Heb ddweud dim roedd Cottard o hyd. Roedd y strydoedd yn dechrau llenwi, a gwyll byr ein gwlad eisoes yn ildio'i le i'r nos, a'r sêr cynta'n dod i'r golwg ar y gorwel oedd eto i'w weld yn glir. Eiliad neu ddau wedyn goleuodd lampau'r stryd a chuddio'r awyr, a sŵn y lleisiau i'w clywed yn fwy croch.

'Maddeuwch i mi,' meddai Grand ar gornel Place d'Armes, 'ond mae gofyn i mi ddal y tram. Mae fy nosweithia'n gysegredig. "Na ohiried tan yfory..." fel byddwn ni'n deud ffor'cw.'

Roedd Rieux eisoes wedi sylwi ar gast Grand, brodor o Montélimar, sef crybwyll rhyw dro ymadrodd "o ffor'cw" ac wedyn ychwanegu rhyw ystrydeb ddi-ddim o nunlle fel "hardd pob newydd" neu "gwyn y gwêl y frân ei chyw".

'Digon gwir,' meddai Cottard, 'does dim gobaith ei dynnu o'i wâl ar ôl cinio.'

Gofynnodd Rieux i Grand ai gwaith i'r cyngor oedd ganddo. Nage, atebodd Grand, er ei fwyn ei hun roedd yn gweithio.

'A,' meddai Rieux er mwyn cael rhywbeth i'w ddweud. 'A sut hwyl dach chi'n ei chael arni?'

'Dwi wrthi ers blynyddoedd, felly ydw, dwi'n cael hwyl arni, debyg iawn. Ond ar yr un pryd, bach o gynnydd sydd.'

Arhosodd y doctor. 'Ga i fod mor hy â gofyn be sy gennych chi ar y gweill?'

Tynnodd Grand ei het gron dros ei glustiau mawr a mwmial rhywbeth a chafodd Rieux ar ryw fudr ddeall fod a wnelo fo rywbeth â thwf personoliaeth. Ond troesai'r clerc ar ei sawdl, gan fynd yn fân ac yn fuan dan y prennau ffigys ar hyd Boulevard de la Marne. Dywedodd Cottard wrth y doctor ei fod am ei weld i ofyn ei gyngor. Roedd Rieux yn bodio'r ddalen ystadegau yn ei boced a dywedodd wrtho am ddod i'r feddygfa, wedyn ailfeddwl a dweud y byddai yn ei ran o o'r dref drannoeth ac y galwai heibio iddo ddiwedd y pnawn.

Ar ôl gadael Cottard cafodd y doctor ei hun yn meddwl am Grand. Fe'i dychmygodd yng nghanol pla – nid hwn gan mai go brin y byddai fawr o beth – ond un o blâu mawr hanes. 'Dyma'r math o ddyn sydd bob amser yn dod drwyddi'n groeniach.' Cofiai ddarllen yn rhywle fod y pla'n arbed pobl legach eu cyfansoddiad ac yn lladd y cedyrn. Daliai i feddwl am y clerc a phenderfynu ei fod yn dipyn o ddirgelwch.

Ar yr olwg gyntaf, mae'n wir nad oedd Grand i'w weld yn ddim mwy na llai nag un o glercod di-nod y cyngor. Yn dal ac yn denau, roedd fel petai ar goll mewn dillad ddewisai bob amser yn rhy fawr, yn y gred y byddai gwell para ynddyn nhw. Roedd y rhan fwyaf o'i ddannedd gwaelod ganddo fyth ond ei enau top heb yr un dant ar ôl. Pan wenai ei wefus uchaf a godai, felly roedd ei geg fel twll. At y llun yma, cerddai fel offeiriad ifanc, yn llithro ar hyd muriau ac yn sleifio drwy ddrysau, oglau seleri a mwg arno. Yn y bôn roedd pob agwedd arno'n ddi-nod a doedd dim modd ei ddychmygu ond yn ei gwrcwd o flaen desg, wrthi'n adolygu prisiau baddondy'r dref neu'n casglu i ryw fân swyddog fanylion adroddiad ar dreth newydd hel sborion. Hyd yn oed cyn gwybod be oedd ei waith, dywedai rhywun mai diben ei ddwyn i'r byd oedd swyddogaethau cudd ond anhepgor clerc cyngor dros dro ar gyflog o 62 ffranc a 60 sentîm y diwrnod.

A dyna'r union gofnod roddai bob mis yn y gofrestr yn y cyngor o dan y pennawd "Swydd". Ddwy flynedd ar hugain ynghynt ar ôl cael tystysgrif na allai ganlyn arni o ddiffyg arian, cymerodd y swydd yma ac ar y pryd, meddai, addawsant iddo y câi ei 'gadarnhau' ynddi rhag blaen. Doedd gofyn dim ond profi cyn hir ei fod yn gallu dod i'r lan â phroblemau dyrys gweinyddu'r ddinas. Wedyn, medden nhw, doedd dim dwywaith nad âi yn ei flaen i ddod i swydd roddai ddigon o fodd iddo. Nid uchelgais, bid siŵr, oedd hwb Joseph Grand fel yr haerai â gwên drist. Yr unig beth âi â'i fryd oedd gwaith gonest roddai iddo fywyd braf heb boeni am arian a lle iddo ganlyn ei hoff ddiddordebau. O dderbyn y cynnig, fe'i gwnaethai am resymau anrhydeddus ac, os câi ddweud, o ffyddlondeb i ddelfryd.

Buasai'r sefyllfa dros dro yma ar fynd ers blynyddoedd lawer, costau byw yn fwyfwy byth dragywydd a chyflog Grand, ar wahân i ryw gil-dwrn yma a thraw, yn bitw. Soniodd am y peth wrth Rieux ond wyddai neb arall am ei sefyllfa. A dyma lle gwelwn ni'r cast rhyfedd oedd yn Grand, neu awgrym ohono. Gallasai sôn wrth yr awdurdodau am ei hawliau – er ei fod yn ansicr ohonynt – neu o leiaf yr addewidion wnaed iddo pan gymerodd y swydd. Ond, yn y lle cyntaf, buasai farw ers rhai blynyddoedd y pennaeth adran wnaethai'r addewidion hynny, ac at hynny doedd Grand ddim yn cofio union eiriau'r addewid wnaed. Ac yn y pen draw, yn anad dim, roedd Joseph Grand druan yn methu cael hyd i'r geiriau.

Hyd y gwelai Rieux dyma'r peth mwyaf nodweddiadol ynghylch yr hen gono. Dyma'r peth oedd yn nadu iddo sgrifennu'r llythyr achwyn oedd yn ei feddwl, rhag cymryd y camau'r oedd rhaid. Chwedl yntau, roedd yn gas ganddo ddefnyddio'r gair "hawl" – roedd yn ansicr yn ei gylch beth bynnag – a hefyd "addewidion" oedd yn awgrymu ei fod yn mynnu'r hyn oedd ddyledus iddo a chan hynny'n bowld, yn fwy powld na'r swydd ddistadl oedd ganddo. Ac ar y llaw arall, roedd gas ganddo ddefnyddio geiriau fel "caredigrwydd", "diolchgarwch", "erfyn" gan ei fod yn teimlo eu bod yn anghydnaws â'i urddas personol. Ac felly, heb fedru taro ar y gair iawn, daliai i wneud ei waith di-nod hyd at dipyn o oed. At hynny, yn ôl be ddywedai wrth y doctor Rieux, wedi hir ymgodymu gwyddai y medrai ddod i ben, a bwrw ei fod yn torri'i gôt yn ôl y brethyn. Gan hynny roedd yn cadarnhau doethineb barn roedd y maer – dyn busnes mawr yn y dref – yn hoff iawn o'i lleisio. Byddai'n taeru: 'wedi'r cyfan (gan bwysleisio'r ymadrodd, fel petai'n cloi'r ddadl), wedi'r cyfan fu farw neb erioed o newyn yn ein tref fach ni.' Beth bynnag, o gofio bywyd mynachaidd Joseph Grand, go brin bod gofyn iddo, yn y pen draw, boeni am ddim byd o'r fath. Daliai i ymbalfalu am ei eiriau.

Ar un wedd gellid dadlau bod ei fywyd heb ei fai. Roedd ymhlith y dynion hynny sy'n brin yn ein tref ni fel ymhob man, sydd bob amser yn barod i sefyll dros eu teimladau da. Roedd yr ychydig a ddadlennai amdano'i hun yn dyst i gymwynasau a hoffter nad oes neb y dyddiau hyn yn meiddio'u haddef. Cydnabyddai heb flewyn ar dafod ei fod yn meddwl y byd erioed o'i chwaer, ei unig berthynas agos, yr âi i edrych amdani yn Ffrainc bob yn ddwy flynedd. Cyfaddefai fod meddwl am ei rieni, a gollasai pan oedd yn ifanc, yn loes iddo. Doedd dim chwith ganddo sôn ei fod yn dotio at gloch yn ei ran o o'r dref a ganai'n fwyn am bump o'r gloch yr hwyr. Ond i gyfleu teimladau mor syml â hynny roedd pob gair yn ymdrech aruthrol iddo. Yn y diwedd daethai'r anhawster yma'n bla ar ei enaid. 'Doctor bach,' meddai, 'mi fasa'n dda gin i ddysgu fy mynegi fy hun.' A soniai am hynny wrth Rieux bob tro y cyfarfydden nhw.

Y noson honno, wrth wylio'r clerc yn gadael, deallodd y doctor be oedd gan Grand ar y gweill: sgrifennu llyfr, neu rywbeth felly, debyg iawn. Roedd hyn yn rhyw godi calon Rieux yr holl ffordd i'r labordy. Gwyddai'n iawn fod hyn yn wirion, ond ni fedrai yn ei fyw gredu y medrai pla ddod ar warthaf tref lle ceid clercod di-nod yn dilyn chwiwiau diniwed. Yn y bôn, be roedd yn methu'i ddirnad oedd chwiwiau o'r fath yng nghanol pla. Ac os felly, heb flewyn ar dafod, doedd gan y pla ddim gobaith ymhlith ein cyd-ddinasyddion.

# VII

Drannoeth, diolch i daerineb roedd rhai'n ei weld yn ddi-alw-amdano, darbwyllodd Rieux yr awdurdodau i alw cyfarfod o'r pwyllgor iechyd yn y *préfecture*.

Roedd Richard eisoes wedi cydnabod bod y bobol yn anesmwytho, digon gwir. 'Ac wedyn maen nhw'n hel clecs a phob peth yn cael ei chwyddo. "Gweithredwch yn ddi-oed os mynnwch chi, ond yn ddistaw bach," meddai'r *préfet* wrtha i. Mae yntau'n argyhoeddedig mai braw di-sail ydi hwn.'

Rhoddodd Bernard Rieux bàs i Castel i'r *préfecture*.

'Wyddoch chi nad oes gan y rhanbarth ddim serwm?' meddai'r olaf.

'Gwn. Rois i ganiad i'r storfa. Roedd y cyfarwyddwr yn syn. Bydd gofyn ei anfon o Baris.'

'Gobeithio na fydd o ddim yn hir.'

'Dwi wedi telegraffio'n barod,' atebodd Rieux.

Roedd y *préfet* yn ddigon clên ond ar bigau drain.

'Gychwynnwn ni, foneddigion,' meddai. 'Oes gofyn i mi grynhoi'r sefyllfa?'

Nac oedd, ym marn Richard. Roedd y meddygon i gyd yn gybyddus â hi. Dim ond mater oedd hi o wybod pa gamau i'w cymryd.

'Mater ydi hi,' meddai'r hen Castel yn ddi-lol, 'o wybod ai'r pla ydi hwn ai peidio.'

Ebychodd dau neu dri o'r meddygon. Roedd y lleill i'w gweld yn betrus. Rhoes y *préfet* naid fach a throi tua'r drws heb feddwl, fel pe i wneud yn siŵr fod yr enbydrwydd heb dreiddio drwodd i'r coridorau. Y peth mawr yn ei dyb o, meddai Richard, oedd peidio â chynhyrfu. Twymyn oedd dan sylw ac iddi gymhlethdodau'r arffed, dyna'r cwbl oedd yn bendant. Ym maes meddygaeth, fel mewn bywyd pob dydd, roedd damcaniaethau bob amser yn beryglus. Roedd yr hen Castel yn cnoi ei fwstás melyn yn ddigynnwrf a chododd ei lygaid golau ar Rieux. Wedyn, ar ôl bwrw cip cyfeillgar o gwmpas y gweddill, dywedodd ei fod yn gwybod o'r gorau mai'r pla oedd hwn ond, wrth reswm pawb, byddai cydnabod hynny'n swyddogol yn gorfodi'r awdurdodau i gymryd camau didostur. Gwyddai mai hyn, yn y bôn, oedd yn peri bod ei gydweithwyr yn petruso ac o'r herwydd, i dawelu eu meddyliau, roedd yn fodlon dweud nad y pla mohono. Cynhyrfodd y *préfet* a dweud nad oedd hyn, beth bynnag, ddim yn ffordd gall o resymu.

'Y peth pwysig ydi,' meddai Castel, 'nid a ydi hon yn ffordd gall o resymu, ond ei bod yn gwneud i ni feddwl.'

Heb ddweud dim roedd Rieux a gofynnwyd iddo am ei farn.

'Twymyn o fath teiffoidaidd sydd yma, ac i'w chanlyn linorod a chwydu. Rwyf wedi hicio'r llinorod yma a chael eu dadansoddi ac mae'r labordy o'r farn ei fod wedi canfod basilws y pla. Ond, a bod yn fanwl gywir, rhaid i mi ddweud bod yna rai newidiadau penodol sydd heb fod yn cyd-fynd â'r disgrifiad clasurol.'

Pwysleisiodd Richard fod hynny'n argymell oedi ac o leiaf aros i weld canlyniadau ystadegol y gyfres o ddadansoddiadau oedd ar fynd ers rhai diwrnodiau.

'Pan fo meicrob,' meddai Rieux ar ôl distawrwydd byr, 'o fewn tridiau, yn medru pedwarblygu maint y ddueg, gwneud y gieuglymau mesenterig yn faint orenau a'r un teimlad â griwel, thâl hi ddim oedi. Mae canolbwyntiau'r haint yn lledu. Ar y cyflymdra mae'r clefyd yn lledaenu, os na chaiff ei atal, gallai hanner y ddinas fod yn farw o fewn deufis. Gan hynny, does fawr o ots a ydach chi'n ei alw'n bla ynteu'n rhyw dwymyn ymledol. Yr unig beth o bwys ydi i chi nadu i hanner y dref farw.'

'Dewch i ni beidio â rhoi golwg rhy ddu ar bethau,' meddai Richard. 'Beth bynnag, does dim prawf bod y clefyd yn heintus – mae perthnasau cleifion ar yr un aelwyd heb ei gael.'

'Ond bu farw eraill,' meddai Rieux. 'Ac wrth reswm pawb dydi heintio ddim bob amser yn llwyr. Neu fe fyddai yma dwf mathemategol diddiwedd a diboblogi aruthrol. Nid rhoi golwg rhy ddu ar bethau piau hi damaid. Rhagolygon piau hi.'

Ond roedd Richard am grynhoi'r sefyllfa yn ôl ei dyb o:

'Os na ddaw'r clefyd i ben ohono'i hun, mae gofyn rhoi ar waith y camau clwyfataliol llym yn ôl y gyfraith. Er mwyn gwneud hyn mae gofyn datgan yn swyddogol mai'r pla ydi hwn. Ond does dim sicrwydd o hyn, felly mae gofyn ystyried y peth.'

'Nid mater mo hyn,' meddai Rieux, 'o benderfynu a ydi'r camau clwyfataliol yn ôl y gyfraith yn llym, ond a oes eu hangen nhw er mwyn nadu i hanner y ddinas gael eu lladd. Mater gweinyddol ydi'r gweddill ac â phob rheswm mae yna *préfet* yn ei le yn rhan o'n cyfansoddiad sy'n gallu ymorol am bethau o'r fath.'

'Debyg iawn,' meddai'r *préfet*, 'ond mae gofyn i chi ddatgan yn swyddogol mai brigiad o'r pla ydi hwn.'

'Os na wnawn ni'r datganiad hwnnw,' meddai Rieux, 'mae peryg i hanner y ddinas farw.'

Torrodd Richard ar ei draws yn bur ddiamynedd.

'Y gwir amdani ydi bod ein cyd-weithiwr yn credu mai'r pla sydd yma. Mae ei ddisgrifiad o'r syndrom yn brawf o hynny.'

Atebodd Rieux nad disgrifio syndrom a wnaethai, ond disgrifio be welsai. A be welsai oedd llinorod, ysmotiau, twymynau ffwndrus, angheuol o fewn wyth awr a deugain. Tybed allai Monsieur Richard ysgwyddo'r cyfrifoldeb o gadarnhau y deuai'r haint i ben heb gamau clwyfataliol llym?

Petrusodd Richard ac edrych ar Rieux.

'Dwedwch i mi, yn gwbl ddidwyll, ydych chi'n gwbl sicr eich meddwl mai'r pla ydi hwn?'

'Nid dyna'r cwestiwn. Nid geiriau sy'n bwysig – ond amser.'

'Yn eich barn chi,' meddai'r *préfet*, 'hyd yn oed os nad y pla sydd dan sylw, dylid rhoi ar waith y camau clwyfataliol ar gyfer y pla.'

'Os oes rhaid i mi fynegi barn, dyna hi i'r dim.'

Ymgynghorodd y meddygon. Ac wedyn meddai Richard:

'Felly mae gofyn i ni ysgwyddo'r cyfrifoldeb o ymddwyn fel petai'r pla ar ein gwartha.'

Roedd pawb o blaid y ffurf yma o fynegi'r sefyllfa.

'Iawn gennych chi?' gofynnodd Richard.

'Dwi'n malio dim be ydi'r ffurf,' meddai Rieux. 'Digon dweud na ddylen ni ddim ymddwyn fel pe na bai peryg i hanner y ddinas gael eu lladd, neu dyna fyddai ei hanes hi.'

Ar ganol y cynnwrf cyffredinol gadawodd Rieux. Rai munudau wedyn mewn maestref oedd yn drewi o ffrio a phiso, dacw wraig oedd yn bloeddio o loes, ei gafl yn diferu gwaed, yn estyn ei breichiau tuag ato.

# VIII

Drannoeth y cyfarfod rhoes y dwymyn naid fach eto. Roedd hyd yn oed y papurau newydd yn sôn amdani, serch yn bur gynnil – dim ond ambell i gyfeiriad. Ond drennydd gwelai Rieux rybuddion bychain roedd y *préfecture* newydd eu rhoi yng nghorneli mwyaf cudd y dref. Prin bod y rhybuddion bach yma'n dangos bod yr awdurdodau'n wynebu'r sefyllfa. Doedd y camau ddim yn llym a'u bryd pennaf, yn ôl pob golwg, ar beidio â chodi ofn ar y bobl. Yn y bôn dywedai rhagarweiniad y cyhoeddiad fod rhai achosion o dwymyn beryglus, na ellid dweud eto a oedd yn heintus, wedi'u cael yn Oran. Doedd yr achosion hyn ddim eto'n ddigon penodol i beri pryder ac yn bendifaddau byddai'r bobl yn cadw'u pwyll. Serch hynny, mewn ysbryd gofalgar y gallai pawb ei ddeall, roedd y *préfet* yn cymryd rhai camau ataliol. O'u dirnad a'u rhoi ar waith fel y dylid, byddai'r rhain yn rhwystro'n llwyr unrhyw berygl o ddal haint. Gan hynny, roedd y *préfet* yn argyhoeddedig y byddai pawb yn ei etholaeth yn cefnogi'n ddygn ei ymdrechion personol.

Wedyn cyhoeddai'r rhybudd y camau, yn eu plith difa llygod mawr yn wyddonol drwy chwistrellu nwy gwenwynig i'r carthffosydd a goruchwylio'r cyflenwad dŵr yn fanwl. Argymhellai i'r bobl lendid gyda'r mwyaf a chyfarwyddo'r neb a gâi chwain arno'i hun i fynd i'r clinigau cymdeithasol. At hynny gorchmynnid i deuluoedd ddatgan achosion a ganfyddai'r meddyg a chydsynio ag ynysu eu cleifion mewn wardiau arbennig mewn ysbytai. Roedd gan y wardiau hyn y cyfarpar i drin cleifion rhag blaen gan gynnig y gobaith gorau o wella. Roedd rheoliadau ychwanegol yn gorchymyn diheintio stafell y claf a'r cerbyd a'i cludodd. Am y gweddill, dim ond argymell bod pawb fu mewn cysylltiad â'r claf yn cael archwiliad meddygol.

Cefnodd y doctor Rieux ar y rhybudd yn swta a'i chychwyn hi am ei feddygfa. Yno'r oedd Joseph Grand yn ei aros a chododd ei freichiau o'i weld.

'Ia,' meddai Rieux, 'wn i, mae'r niferoedd yn codi.'

Y diwrnod cynt buasai farw dwsin o gleifion yn y dref.

'Hwyrach y gwela i chi heno,' meddai, 'dwi'n galw heibio i Cottard.'

'Siort ora,' meddai Grand. 'Dach chi'n gneud byd o les iddo fo. Dwi'n ei gael o'n ddyn newydd.'

'Sut felly?'

'Mae o wedi mynd yn glên.'

'Doedd o ddim yn glên cynt?'

Petrusodd Grand.

'Faswn i ddim yn deud ei fod o'n surbwchaidd, nid dyna fasa'r gair iawn. Mae'n gradur di-ddeud, tawedog, fel baedd gwyllt rywsut. Ei stafall, tŷ byta rhad, rhyw fynd a dŵad dirgel, dyna i chi holl fywyd Cottard. Mae'n deud mai teithiwr mewn gwinoedd a gwirodydd ydi o a phob hyn a hyn mae dau neu dri o ddynion yn galw i'w weld – ei gwsmeriaid, mae'n siŵr. Weithia fin nos fydd o'n mynd i'r pictiwrs am y ffordd â ni. Dwi 'di sylwi mai llunia gangstars sy ora gynno fo. Cynt roedd o bob amser yn cadw rhywun o hyd braich, fel tae o heb fod yn trystio neb. Ond mi ddaeth tro ar fyd erbyn hyn. Dwn i ddim sut i gyfleu hyn, ond dwi'n cael yr argraff, ylwch, ei fod yn gneud ati i gymodi â phobol, i fynd i'w llawas nhw. Mae'n codi sgwrs â mi'n aml, yn fy ngwadd i fynd allan efo fo a fedra i yn fy myw ddeud "na" bob tro. Beth bynnag, mae gin i ddiddordeb ynddo fo, ac wedi'r cyfan ddaru mi achub ei fywyd o.

'Ers iddo fo roi cynnig ar ei ladd ei hun fuo 'na neb yn galw heibio iddo fo. Ar ben stryd, yn y siopa, mae'n gneud ei ora glas i fod yn glên efo pawb, yn gneud ati i sgwrsio efo'r groser, i wrando ar glecs y ddynas siop baco. Ac mae honna'n hen gnawas os buo un erioed. Mi ddeudais i hynny wrth Cottard ond "na", me fo, roeddwn i'n methu ac roedd ganddi'i hochor dda dim ond i rywun gael hyd iddi.

'Ddwywaith neu dair yn ddiweddar mae wedi mynd â fi i dai byta moethus – mae o 'di dechra mynychu'r rheini. Siort ora, ac wedyn mae rhywun mewn cwmni da. A taech chi'n gweld y tendans maen nhw'n ei roi iddo fo, a ges i wbod pam – cildwrn fel na welsoch chi rioed. Mae Cottard yn dallt i'r dim yr hawddgarwch mae'n ei gael yn dâl am hynny. Un tro pan hebryngodd y prif wetar o at y drws a rhoi help llaw iddo roi'i gôt amdano, medda fo wrtha i: "Hen foi iawn, mi wnaiff dyst da." "Tyst i be?" me fi. Mi betrusodd, wedyn deud, "Wel, mi fedra fo ddeud nad ydw i ddim yn hen gena."'

'Ond mae'n oriog, cofiwch. Un diwrnod pan fuo'r groser yn llai clên nag arfar mi ddaeth adra'n wyllt gacwn. "Mae o'n llawiach â'r gweddill, y sglyfath," me fo. "Pwy weddill?" me fi. "Y cwbl lot ohonyn nhw."

'Mi welais i olygfa ryfadd hefyd yn y siop baco. Roedd 'na sgwrs fywiog ar fynd ac mi soniodd dynas y siop am restio oedd wedi codi stŵr yn ddiweddar yn Algeria. Clerc ifanc ym myd masnach wedi lladd Arab ar lan y môr. "Tasan nhw'n rhoi'r rapsgaliwns 'na i gyd dan glo fasa'n rheitiach peth i bobol ddesant." Ond roedd gofyn iddi dewi pan ruthrodd Cottard allan o'r siop yn y fan a'r lle heb air o'i ben. Ddaru'r ddau ohonon ni edrach arno fo'n mynd, wedi hurtio.'

Wedyn roedd rhaid i Grand gael sôn wrth Rieux am newidiadau eraill yng nghymeriad Cottard. Buasai'r olaf bob amser yn rhyddfrydig ei farn: "Trechaf treisied, gwannaf gwichied" oedd ei hoff ddihareb. Ond ers peth amser dim ond papur newydd ceidwadol Oran a brynai a gwneud sioe o'i ddarllen mewn mannau cyhoeddus. Ac yn yr un modd, rai dyddiau ar ôl iddo gael ei draed dano, gofynnodd i Grand, oedd yn mynd i swyddfa'r post, fod mor garedig ag anfon archeb arian can ffranc y byddai'n ei hanfon bob mis at ei chwaer oedd yn byw ymhell. Ond pan oedd Grand ar fin cychwyn, meddai:

'Na, anfonwch ddau gan ffranc ati, fydd yn syrpréis bach braf iddi. Mae hi'n meddwl na fydda i byth yn meddwl amdani, ond y gwir amdani ydi mod i'n meddwl y byd ohoni.'

Yn olaf, cawsai'r ddau sgwrs ryfedd. Roedd Cottard yn ysu am gael gwybod be oedd gan Grand ar y gweill fin nos a chafodd yr olaf ei hun yn gorfod ateb ei gwestiynau.

'Wela i,' meddai Cottard, 'sgwennu llyfr dach chi.'

'Os mynnwch chi, ond mae'n fwy cymhleth na hynna!'

'A!' meddai Cottard. 'Fasa'n dda gin inna neud 'run fath.'

Roedd Grand yn syn a dywedodd Cottard dan ei wynt fod artist yn ei chael hi'n haws ar lawer gwedd.

'Pam?' gofynnodd Grand.

'Am fod gan artist fwy o hawlia na neb arall, debyg iawn, fel y gŵyr pawb. Mae'n cael pardwn am betha.'

'Wel,' meddai Rieux wrth Grand y bore'r ymddangosodd y rhybuddion, 'yr hanes 'ma efo'r llygod mawr sy wedi mwydro'i ben o, 'run fath â chymaint o bobol, decini. Neu hwyrach bod ofn cael y dwymyn arno.'

'Go brin, doctor, ac os ca i leisio fy marn...'

Aeth y cerbyd difa llygod heibio o dan y ffenest, yn sŵn mawr y bibell fwg. Tawodd Rieux nes bod modd clywed gair, wedyn gofyn â'i feddwl yn bell be oedd barn y clerc. Edrychodd hwnnw'n ddifrif arno:

'Mae'n ddyn a chanddo fo rwbath ar ei gydwybod.'

Cododd y doctor ei sgwyddau. Chwedl yr arolygydd, roedd yna reitiach pethau i'w gwneud.

Yn y pnawn cafodd Rieux sgwrs eto â Castel. Heb gyrraedd roedd y serwm.

'Beth bynnag,' meddai Rieux, 'fyddai'n dda i rywbeth? Mae'r basilws 'ma'n rhyfedd.'

'Dwi ddim o'r un farn â chi,' meddai Castel. 'Mae golwg wreiddiol ar y creaduriaid yma bob amser. Ond yr un peth ydyn nhw yn y bôn.'

'Rhydd i bawb ei farn. Mewn gwirionedd wyddon ni affliw o ddim am y peth.'

'Dim ond fy marn i, wrth reswm. Ond dyna lle dan ni i gyd arni.'

Drwy'r dydd teimlai'r doctor fwyfwy'r bendro ddeuai arno bob tro y meddyliai am y pla. O'r diwedd sylweddolodd fod arno ofn. Ddwywaith aeth i gaffis a'u llond o bobl. Roedd yntau, 'run fath â Cottard, yn teimlo angen cynhesrwydd pobl. Gwyddai fod hyn yn wirion ond bu'n gyfrwng ei atgoffa iddo addo galw heibio i'r teithiwr.

Y noson honno, o flaen y bwrdd bwyd roedd Cottard pan gyrhaeddodd y doctor. Pan aeth i mewn roedd nofel dditectif yn agored ar y bwrdd. Ond roedd hi'n dechrau nosi a heb os yn anodd darllen. Rhaid bod Cottard, funud ynghynt, ar ei eistedd yn synfyfyrio yn y gwyll. Gofynnodd Rieux iddo sut roedd. Eisteddodd Cottard a dweud yn bur biwis y byddai'n teimlo'n well o wybod y câi lonydd.

'Fedrwch chi ddim bod ar eich pen eich hun drwy'r amser,' meddai Rieux.

'O! Nid dyna be sy gin i. Sôn ydw i am bobol sy'n busnesa â chi dim ond i godi helynt.'

Ddywedodd Rieux ddim.

'Nid fel'na mae hi i mi, cofiwch. Ond roeddwn i'n darllan y nofal 'na. Truan yn cael ei restio un bora'n sydyn reit. Pobol wedi bod yn ymddiddori ynddo fo a wyddai ynta ddim. Sôn amdano fo mewn swyddfeydd, sgwennu'i enw ar gardia mynegai. Ydi hynny'n iawn, meddach chi? Oes gin rywun hawl i neud hynny i ddyn, meddach chi?'

'Mae'n dibynnu,' meddai Rieux. 'Ar un wedd, does gan rywun byth mo'r hawl yn y pen draw. Ond ta waeth am hynny. Thâl hi ddim i chi aros adra ormod. Rhaid i chi fynd allan.'

Cynhyrfodd Cottard braidd a dweud ei fod yn mynd allan byth a beunydd ac os oedd rhaid medrai'r ardal gyfan ategu hynny. Hyd yn oed y tu allan i'r ardal roedd ganddo gydnabod rif y gwlith.

'Ydach chi'n nabod Monsieur Rigaud, y pensaer? Mae o'n un o nghydnabod i.'

Roedd hi'n tywyllu yn y stafell. Roedd y stryd yn bywiogi a phan gynheuodd goleuadau'r stryd cododd rhyw furmur isel o ryddhad. Aeth Rieux at y balconi a Cottard ar ei ôl. O'r cyffiniau, fel pob nos yn ein tref ni, deuai awel fach â murmur lleisiau, oglau cig wedi'i grilio, suo rhyddid yn llawen a phêr yn llenwi'r stryd o dipyn i beth a phobl ifanc swnllyd yn heidio iddi. Y nos, brefu'r llongau anweledig, sŵn y môr a'r dorf yn ymdroi, yr awr hon roedd Rieux mor gyfarwydd â hi, oedd gynt mor hoff ganddo – heno'n pwyso arno oherwydd be wyddai.

'Gawn ni gynnau'r golau?' meddai wrth Cottard.

Yn y golau edrychodd y dyn bach arno gan smicio'i lygaid.

'Deudwch i mi, doctor, taswn i'n mynd yn sâl, fasach chi'n fy rhoi yn eich ward yn yr ysbyty?'

'Pam lai?'

'Oes 'na rywun mewn cartra nyrsio neu ysbyty wedi'i restio erioed?'

'Oes, ond mae'n dibynnu ar gyflwr y claf.'

'Dwi'n eich trystio chi, cofiwch. Fasach chi gystal â rhoi pàs i'r dre i mi?'

Yng nghanol y dref roedd llai o bobl eisoes ar y stryd a llai o oleuadau. Roedd plant yn dal i chwarae o flaen y drysau. Ar gais Cottard stopiodd y doctor y car o flaen grŵp o blant. Roedden nhw'n chwarae sgots yn fawr eu sŵn. Ond safodd un yn stond – plentyn â gwallt du, twt a rhesen wen berffaith ac wyneb budr – a syllu ar Rieux â llygaid disglair beiddgar. Trodd y doctor ei lygaid draw. Roedd Cottard ar y pafin ac ysgydwodd ei law. Wcdyn dywedodd yn gryg ac yn llafurus, gan edrych dros ei ysgwydd ddwywaith neu dair,

'Maen nhw'n sôn bod 'na haint. Ydi'n wir, doctor?'

'Sôn a siarad mae pobol o hyd. Fel'na mae hi.'

'Dach chi yn llygad eich lle. Ac os bydd farw deg fydd hi'n ddiwadd y byd. Nid dyna be sy angan yma.'

Roedd yr injan yn ticio a llaw Rieux eisoes ar y ffon newid gêr. Ond edrychodd drachefn ar y plentyn oedd yn dal i syllu arno'n astud, dawel. Ac yn sydyn ac yn ddirybudd gwenodd y plentyn fel giât.

'A be felly sy arnon ni'i angen yma?' gofynnodd y doctor dan wenu ar y plentyn.

Yn sydyn cydiodd Cottard yn y drws a bloeddio, ei lais yn llawn dagrau a dig,

'Daeargryn. Un go iawn!'

Ni fu daeargryn a thrannoeth, o fore gwyn tan nos, teithiau hir i bob twll a chornel o'r dref fu hanes Rieux, yn trafod â theuluoedd cleifion ac yn dadlau â'r cleifion eu hunain. Chawsai Rieux erioed mo'i waith yn gymaint o fwrn. Cyn hynny buasai'r cleifion yn ysgafnu'i dasg, yn ymddiried ynddo. Am y tro cyntaf roedd y doctor yn eu cael yn ei gadw o hyd braich, yn cilio i ddyfnder eu clefyd yn rhyw ddrwgdybus syn. Roedd hi'n frwydr anghyfarwydd iddo. A thua deg o'r gloch y nos pan stopiodd o flaen tŷ'r hen Sbaenwr caeth ei frest, ymweliad ola'r dydd, prin y medrai ei lusgo'i hun o'i sêt. Oedodd i syllu ar y stryd dywyll a'r sêr yn smicio yn yr awyr ddu.

Roedd yr hen ŵr ar ei eistedd yn ei wely. Roedd i'w weld yn llai caeth ei frest a chyfrai'r pys sychion gan eu symud o'r naill badell i'r llall. Rhoes groeso brwd i'r doctor.

'Wel, doctor, y geri dio?'

'Lle clywsoch chi hynna?'

'Yn y papur newydd. Dyna be ddeudodd y radio hefyd.'

'Na, nid y geri ydi o.'

'Beth bynnag,' meddai'r hen ŵr, ar ben ei ddigon, 'maen nhw'n ei 'mystyn hi, tydyn, y byddigions!'

'Peidiwch â choelio dim ar hynny,' meddai'r doctor.

Roedd wedi archwilio'r hen ŵr a bellach eisteddai yng nghanol y stafell fwyta dlodaidd. Oedd, roedd arno ofn. Gwyddai fod dwsin o gleifion yn ei aros drannoeth yn yr ardal honno'n unig, yn eu cwman dros eu llinorod. Dim ond mewn dau neu dri o achosion y buasai hicio'r llinorod o les. Ond at ei gilydd yr ysbyty fyddai piau hi a gwyddai o'r gorau be oedd yr ysbyty'n ei olygu i dlodion. 'Does arna i ddim isio iddo fo fod yn destun eu harbrofion nhw,' meddai gwraig un claf wrtho. Ni fyddai'n destun eu harbrofion, byddai farw a dyna ddiwedd arni. Roedd hi'n berffaith amlwg nad oedd y camau ar waith yn gwneud y tro. Ac o ran "y wardiau â chyfarpar arbenigol", gwyddai'n iawn amdanynt – dwy ward, y cleifion eraill wedi'u symud oddi yno ar frys, eu ffenestri wedi'u selio, cadwyn iechydol o'u cwmpas. Pe na bai'r haint yn peidio ohono'i hun, wnâi'r camau ddyfeisiodd yr awdurdodau mo'i drechu damaid.

Serch hynny, roedd datganiadau swyddogol y noson honno'n dal i fod yn hyderus. Drannoeth cyhoeddodd asiantaeth RANSDOC fod y cyhoedd yn derbyn camau'r awdurdodau'n ddigynnwrf a thua deg ar hugain o gleifion eisoes wedi ymgyflwyno.

Rhoes Castel ganiad i Rieux.

'Faint o lefydd sydd yn y wardiau?'

'Pedwar ugain.'

'Does dim dwywaith nad oes yna ddeg ar hugain o gleifion yn y dre?'

'Mae 'na'r rheini ac arnyn nhw ofn a'r lleill, y mwya niferus, na chawson nhw mo'r amser i feddwl am ofn.'

'Does 'na neb yn goruchwylio'r claddu?'

'Nac oes. Rois i ganiad i Richard a deud wrtho fod gofyn camau llym, nid geiriau gwag, a bod gofyn codi clawdd go iawn yn erbyn yr haint neu ddim byd o gwbl.'

'Ac felly?'

'Doedd ganddo fo mo'r awdurdod, meddai. I'm tyb i gwaethygu fydd yr hanes.'

Ac yn wir, cyn pen tridiau roedd y ddwy ward yn llawn. Yn ôl Richard roedd yna sôn am gymryd ysgol drosodd ac agor ysbyty dros dro. Daliai Rieux i ddisgwyl y brechlyn ac agor y llinorod. Aeth Castel yn ôl at ei hen lyfrau a threulio oriau bwygilydd yn y llyfrgell.

'Fuo farw'r llygod mawr o'r pla neu rywbeth tebyg iawn iddo,' oedd ei farn. 'Maen nhw wedi lledaenu degau o filoedd o chwain fydd yn trosglwyddo'r haint yn ôl cyfradd geometrig, oni bai ei fod yn cael ei atal mewn pryd.'

Ddywedodd Rieux ddim.

Roedd hi'n argoeli tywydd braf ar y pryd. Yr haul wedi sychu pyllau'r cawodydd olaf. Awyr las hyfryd llawn golau melyn, grŵn awyrennau yn y gwres mwyfwy, popeth yn ei le ac yn cymell tawelwch meddwl. Ond o fewn pedwar diwrnod gwnaeth y dwymyn bedwar llam syfrdanol: un ar bymtheg wedi marw, pedwar ar hugain, wyth ar hugain a deuddeg ar hugain. Y pedwerydd diwrnod cyhoeddwyd agor yr ysbyty ategol mewn ysgol feithrin. Hyd hynny buasai ein cyd-ddinasyddion yn dal i guddio'u pryder dan gellwair, ond bellach roedden nhw i'w gweld yn fwy penisel a thawel ar y strydoedd.

Penderfynodd Rieux ffonio'r *préfet*.

'Dydi'r mesurau ddim yn ddigon.'

'Mae'r ffigyrau gen i,' meddai'r *préfet*. 'Maen nhw'n boen meddwl.'

'Maen nhw'n fwy na phoen meddwl, maen nhw'n ddiymwad.'

'Ofynna i i'r brif lywodraeth am orchmynion.'

Roedd Rieux yn gandryll pan welodd Castel.

'Gorchmynion! Dychymyg sy isio arno fo.'

'A'r serwm?'

'Fydd o yma ymhen yr wythnos.'

Drwy Richard, gofynnodd y *préfecture* i Rieux am adroddiad i'w anfon i brifddinas y drefedigaeth i ofyn am orchmynion. Rhoddodd Rieux ynddo ddisgrifiad clinigol a'r ffigyrau. Y diwrnod hwnnw bu farw deugain. Ysgwyddodd y *préfet* y cyfrifoldeb, chwedl yntau, o wneud y mesurau'n fwy caeth drannoeth. Yn eu lle o hyd roedd y datgan gorfodol a'r ynysu. Roedd gofyn cau a diheintio tai'r cleifion, a chwarantin diogelwch i'r rheini fu'n agos atynt, claddedigaethau wedi'u trefnu gan y dref mewn dull a ddisgrifir maes o law. Drannoeth cyrhaeddodd y serwm mewn awyren. Digon i'r achosion oedd eisoes mewn gofal. Ond dim digon petai'r haint yn lledaenu. Yr ateb gafodd Rieux i'w delegram oedd bod y stoc wrth gefn wedi'i ddisbyddu ond bod cyflenwad newydd ar y gweill.

Yn y cyfamser ac o'r cyrion i gyd deuai'r gwanwyn i'r marchnadoedd. Gwywai miloedd o rosod yng nghewyll y gwerthwyr ar hyd y palmentydd a'u hoglau pêr yn nofio yn y dref drwyddi draw. Doedd dim i'w weld wedi newid. Roedd y tramiau bob amser yn llawn ar oriau brig, yn wag ac yn fudr drwy'r dydd. Gwyliai Tarrou yr hen gono a phoerai'r hen gono ar y cathod. Âi Grand adref bob nos at ei waith dirgel. Âi Cottard ar hyd y lle a gwnâi'r ynad Othon sioe o'i nythaid. Daliai'r hen ŵr caeth ei frest i drosglwyddo ei bys ac o bryd i'w gilydd roedd Rambert y newyddiadurwr i'w weld, yn ddigyffro ei olwg ac yn llawn diddordeb. Fin nos roedd yr un dorf yn llenwi'r strydoedd a chynffonnau hir o flaen y tai pictiwrs. At hynny roedd yr haint fel petai'n cilio ac am rai dyddiau dim ond dwsin fu farw. Wedyn, yn ddisymwth, saethodd y nifer i fyny. Y diwrnod pan gyrhaeddodd nifer y meirwon tua deg ar hugain eilwaith, edrychai Bernard Rieux ar y telegram swyddogol roedd y *préfet* newydd ei roi iddo gan ddweud, 'Maen nhw wedi dychryn.'

Geiriau'r telegram oedd: 'Cyhoeddwch y dref dan bla. Caewch y pyrth.'

# YR AIL RAN

## I

O'r funud honno allan gellid dweud bod y pla yn perthyn i ni i gyd. Hyd hynny, serch y syndod a'r pryder yn sgil y digwyddiadau hynod hyn, buasai pob un o'n cyd-ddinasyddion yn canlyn ei waith, fel y medrai, yn ôl ei arfer. A does dim dwywaith na fyddent wedi dal i wneud hynny. Ond unwaith y caewyd y pyrth sylweddolodd pawb ohonom, gan gynnwys yr adroddwr, ein bod i gyd yn yr un cwch a bod rhaid i ni ymgodymu. Gan hynny, er enghraifft, o fewn yr wythnosau cyntaf yn sydyn daeth rhywbeth mor bersonol â bod yn ysgar â rhywun annwyl yn deimlad oedd gan bawb ar y cyd a hynny, ynghyd ag ofn, yn brif ddioddefaint cyfnod hir yr alltudio.

Mewn gwirionedd, un o ganlyniadau mwyaf trawiadol cau'r pyrth fu gwahanu pobl yn sydyn a'u dal ar y gamfa. Mamau a phlant, gwŷr a gwragedd, cariadon ychydig ddyddiau ynghynt yn disgwyl ymwahanu dros dro, wedi canu'n iach yng ngorsaf ein tref â chusan, heb ddweud fawr o bwys gan wybod y gwelent ei gilydd eto ymhen deuddydd dri neu wythnos neu ddwy, yn nwfn hyder gwirion dynion, a'r canu'n iach prin yn tynnu eu sylw oddi ar eu gofalon pob dydd – i gyd yn eu cael eu hunain wedi'u gwahanu'n ddi-droi'n-ôl, wedi'u hatal rhag gweld ei gilydd na hyd yn oed cysylltu â'i gilydd. Caewyd y pyrth ychydig oriau cyn cyhoeddi gorchymyn y *préfecture* ac wrth reswm pawb, doedd dim modd ystyried achosion arbennig. Gellid dweud mai effaith gynta'r ymosodiad ciaidd yma gan y clefyd oedd gorfodi ein cyd-ddinasyddion i ymddwyn fel pe na bai ganddynt deimladau personol. Yn ystod oriau cyntaf diwrnod rhoi'r gorchymyn mewn grym boddwyd y *préfecture* gan ddeisyfwyr – dros y ffôn neu yn y cnawd – i gyd yn datgelu sefyllfaoedd yr un mor ddiddorol ac ar yr un pryd yr un mor amhosib eu hystyried. A dweud y gwir, aeth rhai dyddiau heibio cyn i ni sylweddoli ein bod mewn twll, a bod y geiriau "cyfaddawd", "ffafr", "eithriad" bellach yn ddiystyr.

Chaem ni ddim hyd yn oed y pleser pitw o sgrifennu llythyrau.

Yn y bôn doedd y dref ddim mewn cysylltiad â gweddill y wlad drwy'r dulliau arferol, ac at hynny roedd gorchymyn newydd yn gwahardd unrhyw lythyrau rhag ofn iddyn nhw ledaenu'r haint. I ddechrau roedd modd i ambell un breintiedig gael gan warcheidwaid y pyrth drosglwyddo negeseuon i'r tu allan. Yn nyddiau cynta'r haint roedd hynny, a'r gwarcheidwaid, yn ddigon naturiol, yn teimlo'n drugarog. Ond wedi peth amser, a'r gwarcheidwaid hynny'n llawn sylweddoli mor ddifrifol roedd pethau, gwrthodent gymryd cyfrifoldebau na fedrent weld mo'u canlyniadau. Ar y dechrau caniateid galwadau ffôn rhyngdrefol ond parodd hynny dagfeydd mewn blychau ffôn cyhoeddus ac ar y llinellau ac fe'u hataliwyd yn llwyr am rai dyddiau, wedyn eu cyfyngu at be elwid yn achosion brys – marw, geni a phriodi. Felly telegramau oedd ein hunig ddewis. A dacw bobl oedd ynghlwm gan ddeall, y galon a'r cnawd yn eu cael eu hunain yn gorfod ymfodloni ar chwilio am arwyddion yr hen berthynas yma mewn llythrennau bras o fewn deg gair cwta. Ac ychydig o ymadroddion sydd yna i'w defnyddio mewn telegram, felly buan y dihoenodd bywydau ynghyd ar yr aelwyd ac angerdd dirdynnol yn cael ei ddisodli gan ymadroddion parod fel "Yn iawn. Cymer ofal. Cofion".

Ond roedd rhai ohonom yn dygnu arni, yn sgrifennu llythyrau a dychmygu'n ddi-baid, er mwyn cyfathrebu â'r byd y tu allan, ddulliau oedd yn freuddwyd gwrach bob tro. Hyd yn oed petai un o'r dulliau wedi llwyddo, wyddem ni ddim, heb gael ateb. Felly am wythnosau bwygilydd ailddechrau'r un llythyr oedd ein hanes ni, ailgopïo'r un newyddion a'r un cofion a gan hynny ymhen tipyn roedd y geiriau ddaethai o eigion calon wedi colli'u hystyr. Byddem yn eu hailgopïo'n beiriannol, yn ceisio cyfleu yn y geiriau meirwon ryw amcan o'n bywyd anodd. Ac yn y diwedd, yn hytrach na'r ymson seithug a chyndyn yma, y sgwrs lom yma â wal frics, roedd yn well gennym apêl gonfensiynol y telegram.

At hynny, ar ôl rhai dyddiau pan ddaeth yn amlwg na fedrai neb adael ein dinas, dyma feddwl tybed gâi'r rheini oedd wedi gadael cyn yr haint ddod yn eu holau. Ar ôl ystyried am rai dyddiau dywedodd y *préfecture* y caen nhw. Ond nododd yn bendant na châi'r rhai a ddychwelai, ar unrhyw gyfrif, ddim gadael y dref drachefn a thra bo croeso iddynt ddod yn eu holau na chaen nhw ddim gadael. Yn hyn o beth bu rhai teuluoedd – ychydig, rhaid dweud – yn ddi-hid o'r sefyllfa a'u hawydd i weld eu teuluoedd yn achub y blaen ar bwyll a dyma ofyn iddynt fachu ar y cyfle. Ond buan y sylweddolodd carcharorion y pla mor beryglus oedd hyn i'w hanwyliaid ac ymfodloni ar y gwahanu hwn. Ar gyfnod mwyaf difrifol y clefyd dim ond un achos a welwyd lle'r oedd teimladau pobl yn gryfach nag ofn marwolaeth arteithiol. Nid dau gariad – fel y disgwyliai rhywun, a chariad yn eu lluchio at ei gilydd uwchlaw dioddef: dim ond yr hen ddoctor Castel a'i wraig oedd dan sylw, a hwythau'n briod ers blynyddoedd lawer. Ychydig ddyddiau cyn brigo'r haint rhoesai Madame Castel dro am dref gyfagos. Doedd hi ddim hyd yn oed yn briodas oedd yn esiampl i'r byd o ddedwyddwch pur ac mae'r adroddwr mewn lle i ddweud nad oedd y ddau, hyd hynny, yn ôl pob tebyg hyd yn oed yn siŵr eu bod yn fodlon eu byd. Ond bu'r gwahanu ciaidd, maith yn gyfrwng eu darbwyllo na fedren nhw ddim byw ar wahân ac, yn ymyl y gwirionedd hwnnw ddaethai i'r fei'n sydyn, roedd y pla megis dim.

Eithriad oedd hwn. Gan amlaf roedd yn amlwg mai diwedd y pla'n unig roddai ben ar y gwahanu. Ac i ni i gyd roedd y teimladau oedd yn hanfod ein bywydau, a ninnau eto'n meddwl ein bod yn hen gyfarwydd â nhw (fel y dywedwyd eisoes nwydau syml sydd gan bobl Oran), bellach ar newydd wedd. Gwŷr a chariadon a chanddyn nhw hyder perffaith yn eu cymar yn eu cael eu hunain yn genfigennus. Dynion a ymffrostiai mewn bod yn ferchetwyr yn ailddarganfod ffyddlondeb. Meibion fuasai'n rhannu aelwyd â'u mam heb brin fwrw cipolwg arni yn gweld yn ddi-baid bob rhych ar ei gwedd â gofid a hiraeth. Yn wyneb y gwahanu ciaidd llwyr, heb fedru gweld dyfodol, roeddem wedi drysu, yn ddiymadferth yn erbyn yr atgof am y presenoldeb hwnnw, mor agos ac eto mor bell, oedd bellach yn llenwi ein dyddiau. Mewn gwirionedd roeddem yn dioddef yn ddeublyg – ein dioddef ninnau'n gyntaf a'r dioddef roeddem yn dychmygu ddeuai i ran yr absennol, yn fab, yn ŵr neu'n wraig neu'n gariad.

Dan amgylchiadau gwahanol, wrth gwrs, bywyd prysur, digon o fynd a dod, fuasai'r ateb i'n cyd-ddinasyddion. Ond ar yr un pryd roedd y pla'n eu gadael yn segur, heb ddim i'w wneud ond gogor-droi yn eu tref brudd heb ddim cysur, ddydd ar ôl dydd, ond chwaraeon twyllodrus eu hatgofion. Pan aent am dro'n ddibwrpas roedd gofyn mynd ar hyd yr un hen strydoedd a gan mwyaf, a hithau'n dref mor fach, strydoedd oedd y rheini lle'r aent am dro efo'r rheini'r oeddent yn eu colli.

Gan hynny, alltudiaeth oedd y peth cyntaf ddaeth i ran ein cyd-ddinasyddion ynghlwm â'r pla. Ac felly mae'r adroddwr yn argyhoeddedig y caiff sgrifennu yma, yn enw pawb, be ddaeth i'w ran yntau gan iddo ddod i'w ran ar yr un pryd â llawer o'n cyd-ddinasyddion. Ie, alltudiaeth oedd y teimlad yma o wacter roeddem yn ei gario ynom byth a hefyd, yr union deimlad hwnnw, awydd afresymol mynd yn ôl, neu'n gwbl groes, cyflymu amser, a saethau llosg atgof. Bid siŵr, o bryd i'w gilydd byddem yn rhoi tragywydd heol i'r dychymyg ac yn morio mewn disgwyl caniad cloch y drws – rhywun yn dod adref – neu sŵn traed cyfarwydd ar y grisiau. Yn y munudau hynny, byddem yn gadael i ni'n hunain anghofio bod y trenau'n stond, yn trefnu i fod gartref ar yr awr pan fyddai teithiwr ar y trên brys fel arfer yn cyrraedd y tŷ. Ond, wrth reswm pawb, byrhoedlog oedd y gemau yma. Deuai'r ennyd bob amser pan welem yn glir na chyrhaeddai'r trenau. A gwyddem mai parhau fyddai hanes ein gwahanu a bod gofyn i ni ddygymod â'r diwrnodiau. O hynny allan doedd dim byd amdani ond derbyn ein carchardod, dim ond y gorffennol oedd gennym, a hyd yn oed os oedd yn demtasiwn gan ambell un ohonom fyw yn y dyfodol, buan y rhoddai'r gorau iddi, hyd y gallai, o deimlo'r loes mae'r dychymyg yn ei roi yn y pen draw i'r rheini sy'n hyderu ynddo.

Yn benodol, yn bur fuan cefnodd ein cyd-ddinasyddion, hyd yn oed ar goedd, ar yr arfer y gallasent fynd iddo o glandro am ba hyd y bydden nhw'n ysgar. Pam felly? Fel hyn roedd hi – y mwyaf pesimistaidd wedi amcangyfrif y byddai'n para, er enghraifft, chwe mis, wedi disbyddu ymlaen llaw holl chwerwder y misoedd i ddod, ymwroli â mawr ymdrech i ddygymod â hyn, rhoi pob gewyn ar waith i beidio â gwanychu ar begwn dioddef am ddyddiau maith, wedyn, weithiau, cyfarfod ffrind, gweld erthygl mewn papur newydd, rhyw awgrym ar wib, rhyw graffter sydyn yn taro'u pennau nad oedd dim dal, yn y pen draw, na fyddai'r clefyd yn para'n hwy na chwe mis, blwyddyn efallai, neu fwy fyth.

Yr ennyd hwnnw, âi eu gwroldeb, eu hewyllys a'u hamynedd yn ddim – mor sydyn fel eu bod yn teimlo na fedren nhw fyth eto ddod allan o'r twll hwnnw. Felly gorfodent eu hunain i beidio byth â meddwl am ddiwrnod eu rhyddhau, i beidio ag edrych eto tua'r dyfodol ac i gadw, ddwcdwn ni, cu llygaid tua'r llawr. Ond wrth reswm doedden nhw fawr elwach o'r pwyll yma, o'r chwarae mig â gwewyr, o godi caer o'u cylch er mwyn peidio ag ymladd. Ar yr un pryd ag osgoi'r chwalfa na fynnent er dim, roedden nhw'n ymwadu â'r munudau pur aml hynny roesai le iddyn nhw anghofio'r pla o feddwl am yr aduno oedd i ddod. Ac yn hynny o beth, yn stond rhwng y dibyn a'r copa, mynd gyda'r gwynt roedden nhw yn hytrach na byw, eu dyddiau heb gyfeiriad a'u hatgofion yn sychion, cysgodion crwydrol a'u hunig nerth yn deillio o'u plannu'u hunain ym mhwll eu poen.

Felly roedd ganddyn nhw wayw dwfn pob carcharor a phob alltud, sef cyd-fyw â chof sy'n dda i ddim. A dim ond blas hiraeth ar yr union orffennol hwnnw'r oedden nhw'n meddwl amdano'n ddi-baid. Mewn gwirionedd buasai'n dda ganddyn nhw ychwanegu ato bopeth roedd yn edifar ganddyn nhw beidio â'i wneud pan oedd eto fodd ei wneud gyda'r hwn neu'r hon oedd yn destun eu hiraeth; a'r un fath ym mhob peth – hyd yn oed y pethau gweddol hapus – yn eu bywyd carcharorion ceisient gynnwys yr un absennol, felly âi popeth yn seithug. Yn ddiamynedd yn y presennol, yn elynion y gorffennol a heb ddyfodol, roeddem fel y rheini mae cyfiawnder neu gas dynion yn eu gorfodi i fyw'r tu ôl i'r barrau. Yn olaf, yr unig ffordd o ddianc o'r gwyliau annioddefol hyn oedd rhoi'r trenau ar fynd unwaith eto yn y dychymyg a llenwi'r oriau â chanu mynych cloch y drws oedd yn gyndyn o ddistaw.

Ond os alltudiaeth amdani, o leiaf i'r rhan fwyaf o bobl roedd yn alltudiaeth yn eu milltir sgwâr eu hunain. Ac, er mai alltudiaeth pawb ddaeth i ran yr adroddwr, mae gofyn iddo gofio'r rheini, fel y newyddiadurwr Rambert neu eraill. Iddyn nhw, ar y llaw arall, roedd poen bod ar wahân yn waeth byth am eu bod ar daith a'r pla wedi'u dal ar y gamfa a'u cadw yn y dref, ymhell oddi wrth yr un roedd yn chwith ganddynt ar ei ôl ac ar yr un pryd ymhell o'u bro eu hunain. Yn yr alltudiaeth gyffredinol, nhw oedd y rhai mwyaf alltud: os oedd amser yn deffro ynddyn nhw, 'run fath ag i ni, y gwewyr meddwl oedd iddo, iddyn nhw roedd hefyd loes man a lle, yn ddiddiwedd benben â'r muriau oedd yn gwahanu eu lloches heintus a'u cartref coll. Does dim dwywaith nad y nhw oedd i'w gweld yn crwydro bob awr o'r dydd yn y dref lychlyd, yn dwyn i gof yn ddistaw nosweithiau cyfarwydd dim ond iddyn nhw, a boreau eu bro. Bwydent eu poen ag arwyddion annirnad ac argoelion anesmwythol fel ehediad gwenoliaid, gwlith ar fachlud haul, neu'r pelydrau rhyfedd hynny mae'r haul weithiau'n eu gadael yn y strydoedd gweigion. Caeent eu llygaid ar y byd oddi allan, fedar fod yn ddinas noddfa inni ym mhob helbul, a mynnu cofleidio eu breuddwyd gwrach rhy real a mynd yn ddiwrthdro ar drywydd delweddau'u cynefin – golau neilltuol, dau neu dri bryn, eu hoff goeden a wynebau merched yn llunio eu bro ddigymar eu hunain.

Yn olaf, soniwn yn fwy penodol am y cariadon, y bobl fwyaf diddorol a'r adroddwr efallai mewn gwell lle i sôn amdanynt – roedd mwy fyth o ofidiau'n eu plagio nhw, yn eu plith yn anad dim edifeirwch. Yn y bôn rhoddai'r sefyllfa yma le iddyn nhw ystyried eu teimladau â rhyw fath o wrthrychedd gwyllt. Ac yn amlach na heb dyna pryd roedd eu diffygion eu hunain i'w gweld yn glir. Y peth cyntaf i daro'u pennau oedd eu bod yn ei chael hi'n anodd dychmygu'n union be oedd yr un absennol yn ei wneud. Felly roedden nhw'n gresynu at gyn lleied wydden nhw am sut roedd y llall yn treulio'i amser; yn eu diawlio'u hunain am beidio â thrafferthu dod i wybod, am beidio â sylweddoli'r llawenydd sydd o wybod. O'r funud honno, peth hawdd oedd troi'n ôl at eu carwriaeth a bwrw golwg ar ei diffygion. Ar adegau normal gwyddom i gyd o'r gorau – boed yn ymwybodol neu'n ddiarwybod – nad carwriaeth berffaith mohoni, ond derbyniwn fwy neu lai'n dawel ein meddwl ei bod yn gwneud y tro. Ond mae atgof yn fwy llym. Ac wrth reswm pawb, nid yn unig bod gwewyr anhaeddiannol – yn sgil y gwae ddaethai ar ein gwar o'r tu allan ac a drawodd dref gyfan – yn ein cythruddo ni. Roedd yn ein cymell ni hefyd i wneud i ni'n hunain ddioddef, i gydsynio â phoen. Dyna un ffordd oedd gan y clefyd o droi'r sylw a drysu pethau.

Felly roedd rhaid i ni i gyd ymgodymu â byw o ddydd i ddydd, ar ein pennau'n hunain dan yr awyr fawr las. I gyd yn teimlo wedi'n gadael, allasai ymhen amser roi rhuddin i ni ond yn hytrach dechreuodd ein llesgáu. Er enghraifft, daeth rhai o'n cyd-ddinasyddion yn gaeth i'r haul a'r glaw. O'u gweld, fe ddywedai rhywun fod y tywydd wedi gwawrio arnyn nhw am y tro cyntaf, eu hwynebau'n tywynnu o weld llygedyn o olau euraid a diwrnodiau o law yn tynnu llen dywyll dros eu min a'u meddyliau. Rai wythnosau cynt doedd arnyn nhw mo'r gwendid a'r caethiwed afresymol yma am nad oedden nhw'n unig yn wyneb y byd, a'r un roedden nhw'n cyd-fyw ag o i ryw raddau ar dir blaen eu byd. Ond o'r funud hon allan roedden nhw i'w gweld ar ddisberod, yn mynd efo llif hindda a drycin, mewn geiriau eraill yn dioddef ac yn gobeithio heb sail na sylwedd.

Yn y pen draw, yn nyfnderoedd yr unigedd yma fedrai neb ddibynnu ar gymorth ei gymdogion ac roedd pawb ar ei ben ei hun efo'i ofid. Petai un ohonom yn digwydd rhoi cynnig ar fwrw'i fol a sôn am ei deimladau, rhan amlaf roedd yr ateb, ta waeth be, yn ei frifo. Felly fe welai nad oedd y ddau ar yr un cywair. Siaradai'r naill o bwll diwrnodiau meithion o feddwl a dioddef a'r llun roedd am ei dynnu wedi hir bobi yn nhân aros ac angerdd. Ond teimlad cyffredin oedd gan y llall yn ei feddwl, poen sy'n cael ei werthu ar ben stryd, prudd-der ffatri. Boed glên, boed gas, mynd o chwith wnâi'r ateb bob gafael ac roedd rhaid rhoi'r ffidil yn y to. O ran y rheini na fedrent ddioddef tewi, ac eraill yn methu dod o hyd i wir iaith y galon, mynd gyda'r llif oedd piau hi a mabwysiadu iaith siop, siarad â'r geiriau oedd ar enau pawb, cronicl syml pethau pob dydd. Yno hefyd âi'r gwewyr mwyaf enbyd dan gochl ystrydebau sgwrs. Dyna'r pris roedd gofyn i garcharorion y pla ei dalu er mwyn ennyn cydymdeimlad y *concierge* neu ddiddordeb eu gwrandawyr.

Ond bwysicaf oll, er mor boenus oedd y gofidiau yma, er mor drwm oedd y galon er ei bod yn wag, medrwn ddweud heb flewyn ar dafod mai'r alltudion hyn oedd y rhai breintiedig yn ystod cyfnod cynta'r pla. Ar yr union funud y dechreuodd trigolion y dref rusio, roedd eu meddyliau nhw'n troi'n gyfan gwbl o gwmpas yr un a gollent. Yn y trybini cyffredinol roedd hunanoldeb cariad yn eu cadw'n ddianaf ac, os meddylient am y pla, yr unig beth i daro'u pennau oedd bod peryg iddyn nhw fod yn ysgar am byth. Gan hynny, ym mherfedd yr haint roedd ganddyn nhw ddihangfa ac arni olwg pwyll. Roedd eu hanobaith yn eu gwarchod rhag y dychryn, deuai lles yn sgil eu loes. Er enghraifft, petai un ohonyn nhw'n clafychu o'r pla, roedd hynny bron bob gafael heb iddo gael amser i'w sylweddoli. Câi ei dynnu o'r sgwrs hir fewnol honno â chysgod a'i luchio'n syth i ddistawrwydd dyfnaf y pridd. Heb amser i droi.

# II

A'n cyd-ddinasyddion yn ceisio ymgodymu â'r alltudiaeth ddisymwth, roedd y pla wrthi'n gosod gwarcheidwaid wrth y pyrth ac yn troi draw'r llongau ar eu ffordd i Oran. Ers y cloi, ddaethai'r un cerbyd i'r dref. Ers y diwrnod hwnnw roedd ceir fel petaen nhw'n troi yn eu hunfan. Roedd golwg ryfedd ar y porthladd hefyd, i'r rheini edrychai arno o bennau'r rhodfeydd, a'r prysurdeb arferol a'i gwnâi'n un o bennaf borthladdoedd y glannau wedi peidio yn y fan. Ambell i long mewn cwarantin i'w gweld o hyd ond ar hyd y ceiau craeniau segur fel sgerbydau, wageni ar eu hochrau, tomenni unig o focsys neu fagiau i gyd yn dwyn tyst bod busnes, yntau, wedi marw o'r pla.

Serch y golygfeydd anarferol, yn ôl pob golwg roedd ein cyd-ddinasyddion yn ei chael hi'n anodd deall be oedd yn digwydd iddyn nhw. Roedd yna deimladau ar y cyd, fel bod ar wahân ac ofn, ond pryderon personol oedd yn mynd â hi o hyd. Doedd neb eto wedi dirnad y clefyd mewn gwirionedd. Yr hyn deimlai trwch y boblogaeth yn fwyaf byw oedd drysu eu harferion ac effeithio ar eu diddordebau: roedden nhw'n ddig, yn biwis o'r herwydd ac nid dyma'r teimladau iawn i fynd i'r afael â'r pla. Yr adwaith cyntaf, er enghraifft, oedd beio'r awdurdodau. Cryn syndod oedd ymateb y *préfet* i'r feirniadaeth roedd y wasg yn ei hadleisio – "Oni ellid llacio'r mesurau oedd mewn golwg?" Hyd hynny ni chawsai na'r papurau newydd nac asiantaeth RANSDOC ddatganiad swyddogol o ffigyrau'r clefyd. Bellach roedd y *préfet* yn eu trosglwyddo i'r asiantaeth ddydd ar ôl dydd ac yn gorchymyn iddi wneud cyhoeddiad wythnosol.

Ond unwaith eto nid yn y fan yr adweithiodd y bobl. Yn y bôn doedd cyhoeddiad moel trydedd wythnos y pla, sef tri chant wedi marw, ddim yn taro tant. Yn un peth, efallai nad o'r pla y buasent i gyd farw. A pheth arall, wyddai neb yn y ddinas faint o bobl yr wythnos fyddai farw fel arfer. Roedd hi'n ddinas o ddau gan mil o drigolion. Pwy wyddai a oedd hyn yn arferol ar gyfartaledd ai peidio. Fydd pobl fyth yn poeni am y fath fanylion er gwaetha'r ffaith amlwg eu bod o bwys. Mewn byr o eiriau, doedd gan y bobl ddim man cymharu. Dim ond gyda threigl amser, o weld chwyddo nifer y meirw, y gwawriodd y gwirionedd ar y bobl. Yn y bumed wythnos bu farw tri chant ac un ar hugain ac yn y chweched, tri chant a phump a deugain. Roedd chwyddo'r nifer, o leiaf, yn siarad yn groyw. Ond heb fod yn ddigon croch – a'n cyd-ddinasyddion yn dal i gredu, yng nghanol eu pryder, mai damwain oedd hyn, yn dân ar y croen bid siŵr ond yn rhywbeth dros dro.

Felly dacw nhw, yn dal i fynd am dro ar hyd y strydoedd, wrth fyrddau ar derasau caffis. At ei gilydd doedden nhw ddim yn llyfrgwn, roedd yna fwy o dynnu coes nag o gwyno, ac roedden nhw i'w gweld yn derbyn mewn hwyliau da'r trafferthion oedd yn amlwg yn fyrhoedlog. Roedden nhw'n cadw wyneb. Ond tua diwedd y mis, fwy neu lai yn ystod yr wythnos o weddïau y soniwn amdani maes o law, daeth gweddnewidiadau mwy difrifol yng ngolwg ein tref. I ddechrau cymerodd y *préfet* gamau i reoli trafnidiaeth a'r cyflenwad bwyd. Cyfyngwyd ar fwydydd a rhoddwyd petrol ar ddogn. Gorchmynnwyd darbodion trydan. Dim ond cynhyrchion hanfodol gyrhaeddai Oran, dros dir a thrwy'r awyr. Gan hynny teneuodd trafnidiaeth o dipyn i beth nes ei bod bron yn ddim, caeodd siopau moeth dros nos, eraill yn rhoi arwyddion "Popeth Wedi'i Werthu" yn eu ffenestri, a phrynwyr yn ciwio'r tu allan.

Felly roedd golwg ryfedd ar Oran. Roedd mwy o gerddwyr ar y stryd ac at hynny, ar oriau brig, oherwydd cau'r siopau a rhai swyddfeydd, hylltod o bobl segur yn llenwi'r strydoedd a'r caffis. Am y tro nid di-waith mohonyn nhw ond ar eu gwyliau. Gan hynny, tua thri o'r gloch y pnawn er enghraifft, o dan awyr las, rhoddai Oran y gamargraff ei bod yn ddinas ar ddydd gŵyl, ei thrafnidiaeth wedi'i stopio a'i siopau wedi cau i roi lle i orymdaith gyhoeddus a'r bobl ar y stryd i gymryd rhan yn y miri.

Roedd y pictiwrs, wrth reswm, ar ben eu digon yn sgil y gwyliau cyffredinol. Ond bellach roeddent wedi'u diarddel o gylchrediad ffilmiau'r rhanbarth. Ar ôl pythefnos, roedd gofyn iddyn nhw ffeirio'u rhaglenni ac ymhen tipyn doedd dim byd amdani ond dangos yr un ffilm fel tôn gron. Serch hynny gwneud arian fel y mwg oedd eu hanes.

O ran y caffis, mewn tref lle'r oedd masnach gwinoedd a gwirodydd ar y blaen roedd ganddynt ddigon wrth gefn i fodloni eu cwsmeriaid. A dweud y gwir roedd yna ddigonedd yn mynd i lawr y lôn goch. Trawodd un caffi ar y syniad o godi arwydd "gorau moddion gwin mwyn" a chydiodd y syniad fel tân gwyllt, a phobl yn gwybod eisoes fod y ddiod yn gwarchod rhag clefydau heintus. Gefn nos, tua dau o'r gloch, roedd y strydoedd dan eu sang o feddwon wedi cael blaen esgid o'r caffis a'u sgwrs yn llawn hyder.

Ond ar un wedd, gan mor rhyfedd ac mor sydyn oedd yr holl newidiadau hyn, doedd dim dichon eu hystyried nac yn bethau pob dydd nac yn bethau parhaol. Gan hynny ein teimladau personol oedd ein pennaf ofal.

Ddeuddydd ar ôl cau'r pyrth roedd y doctor Rieux ar ei ffordd allan o'r ysbyty pan gyfarfu Cottard a golwg wrth ei fodd arno.

'Golwg dda arnoch chi,' meddai Rieux.

'Dwi fel y gog,' meddai'r dyn bach. 'Deudwch i mi, doctor, mae'r pla goblyn 'ma'n dechra mynd yn ddifrifol, yn tydi?'

Cytunodd y doctor ac aeth y llall rhagddo fel petai hynny'n fêl ar ei fysedd.

'A does dim rheswm dros iddo fo beidio rŵan. Fydd hi'n draed moch yma.'

Cydgerddodd y ddau am dipyn. Soniodd Cottard am groser yn ei ardal fuasai'n pentyrru bwydydd er mwyn eu gwerthu am grocbris, ac iddynt ddod o hyd i lond bocsys o fwyd tun dan ei wely pan ddaethant i fynd ag o i'r ysbyty. 'Fuo farw yno. Mistar calad di'r pla.' Roedd Cottard yn llawn straeon yr haint, yn wir neu'n gau. Er enghraifft, yng nghanol y dref roedd yna ddyn ac arno arwyddion y pla ac un bore, medden nhw, yn wyllt gan y dwymyn rhedodd allan i'r stryd, ei luchio'i hun ar y ddynes gyntaf welodd a'i chofleidio dan weiddi bod y pla arno.

'Da iawn fo!' meddai Cottard yn ysgafn ac wedyn, a'i eiriau'n groes i'w oslef, 'Cyn pen dim mi fyddwn ni i gyd wedi drysu'n lân, raid chi'm peryg.'

Yr un pnawn, o'r diwedd dyma Joseph Grand yn bwrw'i fol wrth y doctor Rieux. Gwelsai lun Madame Rieux ar y ddesg ac edrych ar y doctor. Eglurodd Rieux fod ei wraig yn cael triniaeth y tu allan i'r ddinas.

'Lwcus mewn ffordd,' meddai Grand.

Lwcus heb os nac oni bai oedd ateb Rieux a doedd ond gobeithio y gwellai ei wraig.

'A!' meddai Grand. 'Wela i.' Ac am y tro cyntaf ers i Rieux ei gyfarfod dechreuodd siarad fel melin bupur. Er ei fod yn dal i ymbalfalu am eiriau, llwyddai i ddod o hyd iddynt bron bob gafael fel petai'n meddwl ers tro byd am be ddywedai.

Roedd wedi priodi'n ifanc iawn â merch ifanc dlawd o'r cyffiniau. Er mwyn priodi y rhoesai'r gorau i'w astudiaethau a chael gwaith. Doedd na Jeanne nac yntau fyth yn mynd allan o'u rhan nhw o'r dref. Pan oedden nhw'n canlyn galwai o heibio i'w gweld yn ei chartref a gwnâi rhieni Jeanne hwyl am ben y cariadfab tawedog a thrwsgl. Dyn trwsio'r ffordd oedd y tad. Pan oedd yn segur roedd bob amser i'w weld yn eistedd mewn cornel yn ymyl y ffenest, yn fyfyrgar, yn gwylio'r mynd a dod ar y stryd, ei ddwylo anferth ar led ar ei liniau. Roedd y fam bob amser wrthi'n gwneud gwaith tŷ a Jeanne yn rhoi help llaw iddi. Pwten fechan fach oedd Jeanne a fedrai Grand fyth ei gweld yn croesi'r stryd heb boeni amdani, y cerbydau i'w gweld mor anferthol yn ei hymyl. Un diwrnod, syllai Jeanne ar ffenest siop pethau Nadolig, wedyn trodd ato a dweud, 'O, dyna ddel!' Gwasgodd yntau ei harddwrn a dyna sut y penderfynwyd priodi.

Yn ôl Grand roedd gweddill yr hanes yn syml iawn. Felly mae hi i bawb: priodi, dal i garu'ch gilydd am dipyn, gweithio. Gweithio hyd nes anghofio caru. Roedd Jeanne yn gweithio hefyd gan na chadwodd pennaeth y swyddfa mo'i addewidion. Yn hyn o beth roedd gofyn peth dychymyg i ddirnad be oedd Grand am ei gyfleu. Yn sgil blinder, aeth yn ddifater, yn fwyfwy tawedog ac anghofio cynnal yn ei wraig ifanc y syniad ei fod yn ei charu. Dyn sy'n gweithio, tlodi, dyfodol yn graddol gau, distawrwydd y nosweithiau wrth y bwrdd, bach o le sydd i angerdd yn y fath fyd. Yn ôl pob tebyg roedd Jeanne wedi dioddef. Ond arhosodd: mae rhywun yn gallu dioddef am beth amser heb sylweddoli. Aeth blynyddoedd heibio. Yn ddiweddarach gadawodd Jeanne. Nid ar ei phen ei hun wrth reswm. "Roeddwn i'n dy garu di, ond bellach dwi wedi blino... Paid â meddwl mod i'n hapus o adael, ond does dim gofyn bod yn hapus er mwyn ailddechrau." Dyna ei llythyr fwy neu lai.

Dioddefodd Joseph Grand yn ei dro. Gallasai ailddechrau, fel y dywedodd Rieux wrtho. Ond roedd wedi colli ffydd.

Heb flewyn ar dafod, meddyliai amdani'n ddi-baid. Buasai'n dda ganddo sgrifennu ati i'w gyfiawnhau ei hun.

'Ond mae'n anodd,' meddai. 'Dwi'n meddwl am y peth ers oesoedd. Pan oedden ni'n caru'n gilydd doedd dim angan geiria i ddallt ein gilydd. Ond dydi cariad ddim yn para am byth. Ar ryw fan mi ddylswn ddod o hyd i'r geiria i'w chadw hi, ond fedrais i ddim.'

Chwythodd Grand ei drwyn â rhyw fath o napcyn sgwarog, wedyn sychu ei fwstás. Edrychai Rieux arno.

'Maddeuwch i mi, doctor,' meddai'r hen ŵr, 'ond, sut ca i ddeud?... Dwi'n eich trystio chi. Fedra i siarad efo chi. Ac "mae'r esgid fach yn gwasgu", wchi.'

Roedd Grand yn amlwg fil o filltiroedd o'r pla.

Y noson honno anfonodd Rieux delegram at ei wraig yn dweud bod y ddinas ar gau, ei fod yn iawn, y dylai ofalu drosti'i hun a'i fod yn meddwl amdani.

Dair wythnos ar ôl cau'r pyrth, cafodd Rieux ŵr ifanc yn aros amdano pan adawodd yr ysbyty.

'Dach chi'n fy nghofio i, am wn i?' meddai hwnnw.

Roedd Rieux yn meddwl ei fod yn ei gofio ond petrusodd.

'Ddois i'ch gweld chi cyn yr helbul yma,' meddai'r llall, 'i ofyn am wybodaeth am gyflwr byw'r Arabiaid. Raymond Rambert ydi f'enw i.'

'Ia, debyg iawn!' meddai Rieux. 'Wel, mae gennych chi sgŵp go dda i'ch papur rŵan.'

Roedd y llall ar bigau drain. Nid dyna be oedd dan sylw, meddai, ond daethai i ofyn cymorth y doctor Rieux.

'Maddeuwch i mi,' meddai wedyn, 'ond dwi'n nabod neb yn y dre 'ma ac mae cynrychiolydd fy mhapur newydd i fel het.'

Cynigiodd Rieux ei fod yn dod i'w ganlyn i fferyllfa yng nghanol y dref gan fod ganddo archebion i'w gwneud. Aethant i lawr strydoedd cefn yr ardal negroaidd. Roedd hi'n nosi ond y dref, fuasai gynt mor swnllyd ar yr awr honno, yn rhyfedd o ddistaw. Deuai ambell i utganiad drwy'r awyr oedd eto'n aur, yn arwydd bod y milwyr yn profi eu bod yn dal wrth eu gwaith. Ar hyd y lonydd serth, rhwng muriau glas, melyn a fioled y tai Mwraidd, siaradai Rambert, yn bur gynhyrfus. Gadawsai ei wraig ym Mharis. A dweud y gwir, nid ei wraig mohoni, ond bid a fo am hynny. Anfon telegramau ati cyn gynted ag y caeodd y ddinas. Meddyliai i ddechrau mai digwyddiad dros dro oedd hwn a'r unig beth wnaethai oedd ceisio anfon llythyr ati. Dywedodd ei gyd-weithwyr yn Oran na allent wneud dim, cafodd ei hel o swyddfa'r post, chwarddodd clerc yn y *préfecture* yn ei wyncb. Yn y diwedd, ar ôl aros mewn ciw am ddwyawr, doedd dim byd amdani ond derbyn telegram lle sgrifennodd: "Popeth yn iawn. Hwyl am y tro."

Ond y bore trannoeth pan gododd trawodd ei ben yn sydyn na wyddai, wedi'r cyfan, faint fedrai'r strach yma bara. Penderfynodd adael. Diolch i ddull a modd ynghlwm â'i waith, roedd mewn lle i weld pennaeth swyddfa'r *préfecture* a dweud wrtho nad oedd a wnelo fo ddim ag Oran, ei fod yno ar ddamwain heb ddim rheswm dros aros yno a'i bod yn deg gadael iddo fynd oddi yno, hyd yn oed os oedd gofyn iddo fynd i gwarantin ar y tu allan. Roedd y pennaeth yn deall yn iawn, meddai, ond doedd dim eithriadau; fe âi ar ôl y peth ond yn y bôn roedd y sefyllfa'n ddifrifol a waeth iddo heb â disgwyl penderfyniad.

'Ond dwi'n perthyn dim i'r dre 'ma,' dywedasai Rambert.

'Debyg iawn, ond beth bynnag, gobeithio na pharith yr haint fawr o dro.'

A rhoes gynnig ar godi calon Rambert drwy dynnu'i sylw at y cyfleoedd newyddiadura diddorol roedd Oran yn eu cynnig a dweud bod ymyl arian i bob cwmwl du. Cododd Rambert ei sgwyddau. Roeddent yn nesu at ganol y dref.

'Twt lol, doctor. Nid i newyddiadura ges i fy rhoi ar y ddaear. Ond hwyrach i mi gael fy rhoi ar y ddaear i gyd-fyw â merch. Dyna drefn pethau, siawns?'

Roedd yn ddigon rhesymol beth bynnag, meddai Rieux.

Doedd yna mo'r tyrfaoedd arferol ar rodfeydd canol y dref. Brysiai ambell un heibio i gartrefi pell. Ni wenai neb. Yn nhyb Rieux roedd hynny oherwydd y cyhoeddiad wnaethai RANSDOC y diwrnod hwnnw. Ar ôl pedair awr ar hugain byddai ein cyd-ddinasyddion yn dechrau gobeithio drachefn. Ond ar ddiwrnod eu cyhoeddi roedd y ffigyrau'n rhy fyw yn y cof.

'Fel hyn mae hi,' meddai Rambert yn sydyn, 'does 'na fawr o dro ers i ni gyfarfod a dan ni'n deall ein gilydd i'r dim.'

Ddywedodd Rieux ddim.

'Dwi'n bigyn yn eich clust chi,' meddai Rambert wedyn. 'Dim ond isio gofyn i chi'r oeddwn i fedrech chi roi tystysgrif i mi yn datgan nad ydi'r clefyd goblyn 'ma ddim arna i. Dwi'n meddwl hwyrach y basa hynny'n gneud y tro.'

Nodiodd Rieux, dal bachgen bach oedd wedi rhedeg yn erbyn ei goesau a'i godi'n ôl ar ei draed yn dyner. Ailgychwynnodd y ddau a chyrraedd Place d'Armes. Hongiai cangau'r coed ffigys a'r palmwydd yn llonydd, yn llwyd gan lwch, o gwmpas delw'r Wcriniaeth. Arhosodd y ddau dan y gofeb. Y naill ar ôl y llall trawodd Rieux ar y llawr ei draed dan eu haen ledwyn. Edrychodd ar Rambert. A'i het ar du ôl ei ben, coler ei grys yn agored dan ei dei, wedi'i siafio'n flêr, roedd golwg styfnig, sorllyd ar y newyddiadurwr.

'Dwi ddim nad ydw i'n eich deall chi,' meddai Rieux ymhen yr hir a'r hwyr, 'ond dydi'ch dadl chi ddim yn dal dŵr. Fedra i ddim gneud y dystysgrif 'na i chi. Yn un peth dwn i ddim a ydi'r clefyd yma arnoch chi ai peidio. A pheth arall, hyd yn oed pe gwyddwn i, fedra i ddim ardystio, rhwng yr eiliad dach chi'n gadael fy swyddfa a'r eiliad y cyrhaeddwch chi'r *préfecture*, na chewch chi mo'ch heintio. Ac at hynny...'

'Ac at hynny?' meddai Rambert.

'Ac at hynny, hyd yn oed os rho i'r dystysgrif 'ma i chi, fyddai hi'n dda i ddim.'

'Pam?'

'Am fod 'na filoedd o ddynion yn eich lle chi yn y dre 'ma a dim modd gadael iddyn nhw fynd o 'ma.'

'Ond os nad ydi'r pla arnyn nhw chwaith?'

'Dydi hynny ddim yn ddigon o reswm. Wn i fod yr holl gybôl yn hurt bost ond dan ni i gyd yn ei chanol hi. Plygu i'r drefn piau hi.'

'Ond dwi ddim yn perthyn yma!'

'O hyn allan, gwaetha'r modd, yn fa'ma dach chi'n perthyn, 'run fath â phawb arall.'

Roedd y llall yn cynhyrfu.

'Ond chwara teg, neno'r tad! Pam na fedrwch chi ddeall be mae'n ei olygu i ddau sy'n meddwl y byd o'i gilydd fod ar wahân fel hyn?'

Atebodd Rieux ddim ar ei union. Wedyn dywedodd ei fod yn credu ei fod yn deall. Dymunai â'i holl galon weld Rambert yn cael dychwelyd at ei wraig, gweld aduno pawb oedd yn caru'i gilydd, ond roedd yna reolau a deddfau, roedd yna'r pla, ei waith o oedd gwneud be oedd rhaid.

'Na,' meddai Rambert yn chwerw, 'fedrwch chi ddim deall. Dach chi'n siarad iaith rheswm, yn byw mewn byd o haniaethau.'

Cododd y doctor ei lygaid tua'r Weriniaeth a dweud na wyddai a oedd yn siarad iaith rheswm ai peidio ond roedd yn siarad iaith tystiolaeth, ac nid yr un peth mo hynny o reidrwydd. Sythodd y newyddiadurwr ei dei.

'Rhaid i mi gael ffordd arall o ddod i'r lan, felly? Ond dalltwch chi,' aeth yn ei flaen yn herfeiddiol, 'mi adawa i'r dre 'ma.'

Dywedodd y doctor ei fod yn dal i'w ddeall ond nad ei fusnes o mohono.

'Ia, eich busnes chi ydi o,' meddai Rambert gan godi'i lais yn sydyn. 'Mi ddois atoch chi am i mi glywed bod a wneloch chi lawar â'r penderfyniadau sy wedi'u gneud. Felly dyma feddwl y medrech chi, mewn un achos o leia, ddad-neud be oeddech chi'n rhan o'i neud. Ond dach chi'n malio dim. Feddylioch chi am neb. Ddaru chi ddim ystyried y rheini oedd yn ysgar.'

Addefodd Rieux fod hynny'n wir ar un wedd, doedd arno ddim eisiau eu hystyried.

'O, wela i,' meddai Rambert, 'dach chi am sôn wrtha i am fudd y cyhoedd. Ond hapusrwydd pob un ohonon ni ydi lles y cyhoedd.'

'Dewch rŵan,' meddai'r doctor fel petai'n deffro o freuddwyd, 'nid fel'na mae'i gweld hi. Dach chi'n siarad ar eich cyfer. Ond dach chi ar fai'n gwylltio. Os llwyddwch chi i ddod i'r lan, mi fydda i wrth fy modd. Ond mae 'na bethau mae fy swydd yn nadu i mi'u gneud.'

Ysgydwodd y llall ei ben yn ddiamynedd.

'Oeddwn, roeddwn ar fai'n gwylltio. A dwi wedi mynd â hen ddigon o'ch amser chi.'

Dywedodd Rieux wrtho am roi gwybod iddo sut yr âi pethau ac i beidio â dal dig wrtho. Siawns nad oedd yna dir cyffredin lle medren nhw gyfarfod. Yn sydyn roedd Rambert i'w weld mewn penbleth.

'Oes, siawns,' meddai ar ôl distawrwydd. 'Siawns nad oes, er fy ngwaetha i ac er gwaetha popeth dach chi wedi'i ddeud wrtha i.'

Petrusodd.

'Ond fedra i ddim cytuno â chi.'

Tynnodd ei het dros ei dalcen a brysio i ffwrdd. Fe'i gwelodd Rieux yn mynd i'r gwesty lle'r oedd Jean Tarrou yn byw.

Ymhen munud ysgydwodd y doctor ei ben. Roedd y newyddiadurwr yn llygad ei le'n dyheu am hapusrwydd. Ond tybed oedd yn llygad ei le'n gweld bai arno – 'Dach chi'n byw mewn byd o haniaethau.' Ai haniaeth yn wir oedd y diwrnodiau hynny yn yr ysbyty lle'r oedd y pla'n llowcio, a'i brae bellach yn bum cant ar gyfartaledd o feirwon yr wythnos? Oedd, mewn gwewyr roedd yna ryw gymaint o haniaeth ac afrealaeth. Ond pan fo haniaeth yn dechrau eich lladd, mae gofyn mynd i'r afael â hi. A gwyddai Rieux o'r gorau nad peth hawdd mohono. Er enghraifft, nid peth hawdd oedd rhedeg yr ysbyty atodol (roedd yna dri bellach) roedd yn gyfrifol amdano. Roedd wedi addasu'n dderbynfa un stafell yn sownd wrth ei feddygfa. Mewn cafn yn y llawr roedd llyn o ddŵr a diheintydd, ac ynys frics yn ei ganol. Câi'r claf ei gario at yr ynys, tynnid amdano'n gyflym a syrthiai'r dillad i'r dŵr. Wedi'i olchi, ei sychu a chrys garw'r ysbyty amdano, deuai i ddwylo Rieux, wedyn câi ei gludo i un o'r wardiau. Buasai'n rhaid defnyddio stafelloedd dosbarth ysgol, oedd bellach yn cynnwys pum cant o wlâu wedi'u llenwi bron bob un. Ar ôl derbyniad y bore, roedd Rieux ei hun yn ei oruchwylio, y cleifion wedi'u brechu, eu llinorod wedi'u rhicio, bwriai Rieux olwg ar yr ystadegau, wedyn mynd yn ôl at ymgyngoriadau'r pnawn. Yn olaf gwnâi ei rowndiau'n gynnar gyda'r nos a mynd adre'n hwyr y nos. Y noson cynt pan roddodd ei fam delegram iddo gan ei wraig dywedodd fod dwylo'r doctor yn crynu.

'Ydyn,' meddai, 'ond o ddygnu mlaen mi ddo i i'r lan.'

Roedd yn egnïol ac yn gadarn. A dweud y gwir, doedd o ddim eto wedi blino. Ond roedd ei ymweliadau'n mynd yn annioddefol. Roedd diagnosio twymyn yr haint yn golygu cludo'r claf ymaith ar unwaith. A dyna lle cychwynnai'r haniaethu a'r helbul, a theulu'r claf yn gwybod na welen nhw fyth mohono eto onid wedi gwella neu wedi marw. 'Tosturi, doctor!' meddai Madame Loret, mam y forwyn stafell yng ngwesty Tarrou. Be oedd hynny'n ei feddwl? Oedd, roedd ganddo dosturi, wrth reswm pawb. Ond thalai hynny ddim i neb. Roedd rhaid ffonio. Cyn hir canai cloch yr ambiwlans. I ddechrau agorai'r cymdogion eu ffenestri a gwylio. Yn ddiweddarach eu cau ar frys. Wedyn y dechreuai'r gwrthdaro, y dagrau, y perswâd – mewn gair, yr haniaethu. Yn y rhandai hynny'n boeth gan dwymyn a gwewyr meddwl âi golygfeydd lloerig rhagddynt. Ond cludid y claf i ffwrdd. Gallai Rieux adael.

Y troeon cyntaf dim ond ffonio oedd rhaid, wedyn mynd ar ras at gleifion eraill heb aros am yr ambiwlans. Ond byddai'r teulu'n cau'r drysau'n syth, yn well ganddynt fod geg yng ngheg â'r pla na'r gwahanu y gwyddent yn iawn bellach be fyddai ei ganlyniad. Gweiddi, gorchmynion, ymyrryd yr heddlu ac, yn ddiweddarach, y lluoedd arfog, yna mynd â'r claf ymaith drwy nerth bôn braich. Yn ystod yr wythnosau cyntaf buasai rhaid i Rieux aros nes i'r ambiwlans gyrraedd. Wedyn, pan oedd arolygydd gwirfoddol yn mynd yn gwmni i bob meddyg ar ci rowndiau, gallai Rieux frysio o'r naill glaf at y llall. Ond i ddechrau roedd pob noswaith fel y noson pan aeth at Madame Loret, i randy bach wedi'i addurno â ffaniau a blodau cogio, a'r fam yn ei groesawu â glaswen a'r geiriau:

'Gobeithio'n wir nad y dwymyn 'na sydd, honna mae pawb yn sôn amdani.'

Ac yntau'n codi'r dillad gwely a'r crys nos ac yn ystyried yn ddistaw'r staeniau coch ar y stumog a'r cluniau, y gieuglymau chwyddedig. A'r fam yn edrych rhwng coesau ei merch ac yn gweiddi'n ddireolaeth. Bob nos roedd mamau'n oernadu fel yna, fel pe'n ddifeddwl, o weld y stumogau'n dangos eu holl arwyddion angheuol, bob nos byddai breichiau'n cydio ym mreichiau Rieux, geiriau di-fudd, addewidion a dagrau'n llif, bob nos clychau ambiwlans yn symbylu codi twrw'r un mor ofer ag unrhyw wewyr. Ac ar derfyn rhesiad faith o nosweithiau'r un fath bob un, doedd gan Rieux ddim i'w ddisgwyl ond rhesiad faith o olygfeydd tebyg, y naill ar ôl y llall, yn ddiddiwedd. Oedd, roedd y pla, fel haniaeth, yn undonog. Un peth oedd yn newid hwyrach, sef Rieux ei hun. Fe'i teimlai'r noson honno, wrth droed cofeb y Weriniaeth, yn ymwybodol o ddim ond y difaterwch oedd yn dechrau ei lenwi, yn dal i edrych ar ddrws y gwesty lle'r oedd Rambert wedi diflannu.

Ar ôl lladdfa'r wythnosau hyn, ar ôl yr holl gyfnosau pan dywalltai'r dref i'r strydoedd er mwyn troi yn ei hunfan, sylweddolodd Rieux nad oedd dim gofyn iddo bellach ei amddiffyn ei hun yn erbyn tosturi. Mae rhywun yn blino ar dosturi pan fo tosturi'n ofer. Ac yn y teimlad hwnnw, ei galon yn araf gau, y câi'r doctor yr unig gysur yn y dyddiau llethol hynny. Gwyddai y byddai hynny'n gwneud ei orchwyl yn haws, a chan hynny roedd yn falch ohono. Pan ddeuai adref yn oriau mân y bore a'i fam yn gresynu at yr olwg wag ar ei wyneb, gresynu'r oedd at yr unig gysur oedd gan Rieux bellach. Er mwyn brwydro yn erbyn haniaeth mae gofyn ymdebygu iddi rywfaint. Ond sut gallai Rambert yn ei fyw deimlo hynny? I Rambert haniaeth oedd popeth a safai rhyngddo a'i hapusrwydd. Ac a dweud y gwir, gwyddai Rieux fod y newyddiadurwr ar un wedd yn llygad ei le. Ond gwyddai hefyd fod haniaeth weithiau'n dangos ei bod yn gryfach na hapusrwydd a bod gofyn wedyn, a dim ond wedyn, ei chymryd i ystyriaeth. Roedd gofyn i hyn ddigwydd i Rambert a daeth y doctor i ddirnad hynny'n well pan ymddiriedodd Rambert ynddo'n ddiweddarach. Gan hynny medrodd ddilyn, o safbwynt gwahanol, y math hwnnw o frwydr brudd rhwng hapusrwydd pob un a haniaethau'r pla, a barhaodd ar hyd oes ein dinas drwy'r cyfnod maith hwnnw.

# III

Ond lle gwelai rhai haniaeth, y gwir welai eraill. Taflwyd cysgod dros ddiwedd mis cynta'r pla: cynnydd sylweddol yn yr haint a phregeth danbaid gan y Tad Paneloux, y Jeswit roes gymorth i'r hen Michel pan glafychodd. Roedd y Tad Paneloux eisoes wedi'i amlygu ei hun yn sgil ei gyfraniadau mynych i gylchgrawn daearyddol Oran, ym maes arysgrifau hynafol lle'r oedd yn gryn awdurdod. Ond yn sgil cyfres o ddarlithoedd ar unigolyddiaeth fodern cyrhaeddodd gynulleidfa dipyn ehangach na chynulleidfa arbenigwr. Ynddyn nhw pleidiai'n daer Gristnogaeth lem, yr un mor bell oddi wrth benrhyddid yr oes oedd ohoni ag oddi wrth dywyllfrydedd canrifoedd a fu. Y tro hwn ni fuasai'n brin o roi'r caswir i'w gynulleidfa. A dyna lle'r enillodd ei fri mawr.

Rŵan, tua diwedd y mis hwnnw, penderfynodd awdurdodau eglwysig ein dinas frwydro yn erbyn y pla yn eu ffordd eu hunain a threfnu wythnos o gyfarfodydd gweddi. Deuai'r sioe yma o dduwioldeb cyhoeddus i ben ar y Sul mewn uchel offeren dan nawdd Sant Roch, y sant llawn pla. Gofynnwyd i'r Tad Paneloux bregethu ar yr achlysur hwn. Am tua phythefnos cefnodd hwnnw ar ei waith ar Sant Awstin a'r Eglwys yn Affrica a'i rhoesai mewn lle da yn ei urdd. Roedd yn danbaid ac yn angerddol ei anian a derbyniodd ei dasg ag arddeliad. Ymhell cyn y bregeth roedd sôn amdani ar hyd ac ar led ac yn ei ffordd ei hun roedd yn garreg filltir yn hanes y cyfnod hwn.

Aeth tyrfaoedd i gyfarfodydd gweddi'r wythnos. Nid bod trigolion Oran yn arbennig o dduwiol fel arfer. Er enghraifft, ar fore Sul mae yna fwy o fynd ar ymdrochi yn y môr nag ar yr offeren. Ac nid ychwaith bod tröedigaeth sydyn wedi'u goleuo. Ond, yn un peth, roedd y dref dan glo a'r porthladd dan waharddiad, ac ymdrochi bellach yn amhosib; a pheth arall, caent eu hunain mewn ysbryd pur neilltuol: yn nwfn eu calonnau roedden nhw'n methu dirnad y digwyddiadau syfrdanol oedd yn eu taro ond wrth reswm, gwyddent o'r gorau fod rhywbeth wedi newid. Fodd bynnag, gobeithiai llawer fod yr haint ar fin peidio ac y caen nhw a'u teuluoedd eu harbed. O ganlyniad doedden nhw ddim yn teimlo fod rhaid iddyn nhw wneud dim. Iddyn nhw doedd y pla'n ddim ond gwestai hyfach na'i groeso, a fyddai'n siŵr o adael un diwrnod yn yr un modd ag y daeth. Roedden nhw wedi dychryn, ond nid heb obaith, heb eto gyrraedd y funud pan welen nhw'r pla'n hanfod eu bywydau ac anghofio'r bywyd oedd ganddyn cynt. Mewn gair, aros roedden nhw. O ran crefydd, yr un fath â llawer o broblemau eraill, rhoesai'r pla dymer meddwl ryfedd iddyn nhw, cyn belled oddi wrth ddifaterwch ag oedd oddi wrth angerdd – a'r gair "gwrthrychedd" yn ei ddiffinio i'r dim. Buasai'r rhan fwyaf o fynychwyr yr wythnos weddi yn coleddu'r geiriau ddywedodd un o'r ffyddloniaid yng nghlyw'r doctor Rieux: 'Wnaiff hi ddim drwg, beth bynnag.' Nododd Tarrou yn ei ddyddiaduron fod y Tsieineaid ar adegau o'r fath yn chwarae'r tambwrîn o flaen ysbryd y pla a gwneud y sylw nad oedd modd o fath yn y byd wybod a oedd y tambwrîn yn fwy effeithiol na chamau clwyfataliol. A dywedodd wedyn heb hel dail fod gofyn gwybod – er mwyn torri'r ddadl – a oedd ysbryd y pla'n bod ai peidio a heb wybod hynny bod unrhyw farn ar y mater yn ddi-fudd.

Beth bynnag, roedd eglwys gadeiriol ein dinas bron dan ei sang o ffyddloniaid ar hyd yr wythnos weddi. Y diwrnodiau cyntaf daliai llawer o'r trigolion i aros yn y gerddi palmwydd a phomgranadwydd o flaen y cyntedd, i wrando ar y llif o ymbiliau a gweddïau oedd i'w clywed o'r stryd. O dipyn i beth penderfynai'r gwrandawyr hynny ddilyn a mynd i mewn i ymuno'n swil yn yr atebion. Ac ar y Sul heidiodd tyrfa fawr i gorff yr eglwys a gorlifo i'r grisiau a'r cwmpasoedd. Ers y noson cynt buasai'r awyr yn tywyllu ac roedd yn tywallt y glaw. Roedd y rheini'r tu allan wedi agor eu hambarelau. Nofiai oglau thus a dillad gwlyb yn yr eglwys gadeiriol pan ddaeth y Tad Paneloux i'r pulpud.

Dyn byrdew oedd a phan bwysai ar ymyl y pulpud gan wasgu'r pren yn ei ddwylo mawr, y cwbl oedd i'w weld ohono oedd siâp mawr du o dan ddau smotyn ei fochau cochion a'i sbectol ddur. Roedd ganddo lais cryf, i'w glywed o bell, a phan ymosododd ar y gynulleidfa ag un frawddeg danbaid, pob gair yn dyrnu fel morthwyl: 'Frodyr, rydych yn ei haeddu', aeth cryndod drwy'r gynulleidfa hyd ei chyrion.

A siarad yn rhesymegol, doedd be ddaeth wedyn ddim i'w weld yn cyd-fynd â'r dechrau dramatig yma. Dim ond yn sgil gweddill y bregeth y deallodd ein cyd-ddinasyddion fod y Tad, drwy ddyfais rethregol grefftus, wedi mynegi ag un ergyd thema'i bregeth ar ei hyd. Yn syth ar ôl y frawddeg yma dyfynnodd Paneloux o'r testun yn Ecsodus sy'n ymwneud â'r pla yn yr Aifft ac meddai, 'Y tro cyntaf yr ymddangosodd y felltith mewn hanes, er mwyn taro gelynion Duw yr oedd hynny. Mae Pharo'n mynd yn erbyn yr amcanion tragwyddol, felly mae'r pla'n ei fwrw at ei liniau. Ers cyn hanes mae melltith Duw yn darostwng y balch eu calonnau a'r deillion. Dwysystyriwch a syrthio ar eich gliniau.'

Roedd hi'n bwrw hen wragedd a ffyn y tu allan a'r frawddeg olaf hon, yng nghanol distawrwydd llethol – distawrwydd dyfnach fyth oherwydd y curlaw ar y ffenestri – yn diasbedain fel taran nes i rai o'r gwrandawyr, ar ôl petruso ennyd, lithro oddi ar eu seddi at eu gliniau. Tybiai eraill fod gofyn dilyn eu hesiampl ac o dipyn i beth, heb na siw na miw ond gwichian ambell i gadair, cyn hir roedd y gynulleidfa gyfan ar eu gliniau. Wedyn ymsythodd Paneloux, anadlu'n ddwfn ac ailgychwyn, yn fwyfwy taranllyd ei oslef:

'Os ydi'r pla yn eich plith chi heddiw, daeth yr awr i fyfyrio. Ni raid i'r cyfiawn ei ofni ond mae gofyn i'r drygionus grynu. Yn ysgubor anferth y bydysawd, y fflangell ddidostur a ddyrna wenith y ddynoliaeth hyd nes nithio'r grawn oddi wrth yr us. Fe fydd mwy o us nag o rawn, fe elwir mwy nag a ddewisir, ond nid Duw a ewyllysiodd y drychineb hon. Ers gormod o amser mae'r byd hwn lawlaw â drygioni, ers gormod o amser mae'n dibynnu ar drugaredd ddwyfol. Digon oedd edifarhau, yr oedd popeth yn oddefedig. Ac o ran yr edifarhau, yr oedd pawb yn dawel ei feddwl: pan ddeuai'r awr, deuai'r edifeirwch yn ddi-os. O'r awron hyd y dydd hwnnw y llwybr rhwyddaf oedd ymollwng i'r hyn a fynno, ymorolai trugaredd ddwyfol am y gweddill. Ond ni allai hyn barhau. Ers oesoedd byd mae Duw'n troi wyneb trugarog ar ddynion y ddinas hon, ond syrffedodd ar aros, fe'i siomwyd yn ei obaith tragwyddol a throdd ei wyneb ymaith. Heb oleuni Duw, dyma ni am hydoedd yn nhywyllwch y pla.'

Yn yr eglwys ffroenochodd rhywun, fel ceffyl rhuslyd. Ar ôl saib byr ailgydiodd y Tad yn ei bregeth, yn is ei oslef:

'Yn Y *Chwedl Euraid* darllenwn fod yr Eidal, yn Lombardia yn oes y Brenin Umberto, wedi'i difrodi gan bla mor ffyrnig fel mai prin yr oedd digon yn fyw i gladdu'r meirwon ac mai yn Rhufain a Pavia'n bennaf yr oedd y pla hwn yn rhemp. Ac ymddangosodd angel da a rhoi gorchmynion i'r angel drwg a chanddo waywffon hela a gorchymyn iddo guro ar y tai, a'r nifer o ergydion a gâi'r tŷ oedd y nifer o feirw a ddeuai ohono.'

Estynnodd Paneloux ei ddwy fraich fer tua'r cyntedd, fel pe'n dangos rhywbeth y tu ôl i lenni symudol y glaw.

'Frodyr,' meddai'n chwyrn, 'yr un helfa angheuol yn union sy'n rhodio'n strydoedd ni heddiw. Edrychwch arno, angel y pla, yn olygus fel Lwsiffer ac yn disgleirio'r un fath â drygioni ei hun, yn ymgodi uwchlaw eich toeau, yn ei law dde'r waywffon goch uwch ei ben, ei law chwith yn pwyntio bys at un o'ch tai. Y funud hon hwyrach bod ei fys yn pwyntio at eich drws chi, y waywffon yn diasbedain ar y pren; a'r funud honno daw'r pla i'ch cartref, eistedd ar eich aelwyd ac aros i chi ddod adref. Yno y mae, yn amyneddgar ac yn astud, cyn sicred â threfn y byd ei hun. Ac nid oes dim – dim meddaf, na'r un gallu ar y ddaear, dim hyd yn oed, cofiwch chi, gwyddoniaeth ofer dynion – o gymorth i chi'i osgoi. Ac wedi'ch dyrnu ar lawr gwaedlyd gwewyr, cewch chithau'ch taflu o'r neilltu fel yr us.'

Yn y fan hon aeth y Tad rhagddo i fanylu ar ddelwedd ddramatig y fflangell. Deffrodd yn y cof y darn anferthol o bren yn troelli uwchben y dref, yn curo ar hap ac yn ailgodi'n waed i gyd, yn tasgu gwaed a gwewyr dyn 'ar gyfer yr hadau a fydd yn paratoi cynaeafau'r gwirionedd'.

Ar ddiwedd ei araith hir tawodd y Tad Paneloux, ei wallt ar hyd ei dalcen, ei gorff yn ysgwyd gan gryndod roedd ei ddwylo'n ei drosglwyddo i'r pulpud, wedyn aeth rhagddo, yn dawelach ond yn gyhuddgar ei oslef:

'Do, daeth awr myfyrio. Fe gredoch mai digon oedd galw heibio i Dduw ar y Sul er mwyn bod yn rhydd weddill eich dyddiau. Meddyliioch fod plygu glin yn awr ac yn y man yn ddigon o dâl iddo am eich difrawder cywilyddus. Ond nid un llugoer mo Duw. Nid oedd rhyw berthynas bob yn ail â pheidio yn ddigon i'w gariad ysol. Yr oedd arno eisiau'ch gweld am fwy o amser ac yn amlach, dyna Ei ffordd Ef o'ch caru ac a dweud y gwir, dyna'r unig ffordd o garu. Dyna pam, wedi diflasu ar aros amdanoch, y gadawodd i'r fflangell ddod ar eich gwarthaf, fel y daeth ar warthaf pob tref bechadurus ers cyn cof. Fe wyddoch bellach beth yw pechod, fel y daeth Cain a'i feibion i wybod, a'r rheini cyn y Dilyw, pobl Sodom a Gomora, Pharo a Job ac at hynny bob enaid colledig. A'r un fath ag y gwelodd pob un o'r rheini, rydych yn gweld bodau a phethau â llygaid newydd, ers y diwrnod pan gaeodd pyrth y ddinas arnoch chi a'r pla. Bellach, ac o'r diwedd, mae gennych yr hyn sydd angen i dreiddio i hanfod pethau.'

Erbyn hyn sgubai gwynt llaith drwy gorff yr eglwys gan wneud i fflamau'r canhwyllau blygu a neidio. Cododd oglau myglyd cwyr, sŵn pesychu a thisian tua'r Tad Paneloux ac ailgydiodd yn ei bregeth, yn gynnil – er mawr ryddhad i'w gynulleidfa – ac yn ddigynnwrf:

'Gwn o'r gorau fod llawer ohonoch, yn ddigon teg, yn meddwl tybed at ba fan rwy'n dod. Mae arnaf eisiau dod â chi at y gwir a dysgu i chi lawenhau, er gwaethaf popeth yr wyf wedi'i ddweud. Aeth heibio'r awr pan oedd gair o gyngor, help llaw yn ddigon i'ch rhoi ar y trywydd iawn. Heddiw, mae'r gwirionedd yn orchymyn. A gwaywffon goch yw ffordd iawchawdwriaeth, gwaywffon sy'n eich rhoi ar ben y ffordd honno ac yn eich gwthio tuag ati. Yma, frodyr, y mae trugaredd ddwyfol i'w gweld, y drugaredd roes ym mhopeth ddaioni a drygioni, dicter a thosturi, y pla ac iechyd. Mae'r union bla sy'n eich clwyfo yn eich codi ac yn eich rhoi ar ben y ffordd.

'Amser maith yn ôl roedd Cristnogion Abysinia'n gweld y pla'n foddion effeithiol, o darddiad dwyfol, iddynt ennill bywyd tragwyddol. Byddai'r rhai oedd heb eto eu heintio yn eu rholio'u hunain yng nghynfasau cleifion y pla er mwyn ymorol eu bod yn marw. Afraid dweud nad yw'r gynddaredd iachawdwriaeth hon i'w chymeradwyo. Mae'n dangos brys gresynus, balchder bron. Thâl hi ddim bod ar fwy o frys na Duw, a gau gred – gau gred, frodyr – yw pen y daith i bopeth sy'n meiddio cyflymu'r drefn ddigyfnewid a sefydlodd Ef unwaith ac am byth. Ond o leiaf mae i'r enghraifft hon ei gwers. Rydym ni'n fwy craff ein hysbryd, ond mae'n rhoi cip i ni ar oleuni bendigedig tragwyddoldeb, yr hwn sydd ym môn pob poen. Mae'r goleuni hwn yn goleuo'r ffyrdd llwydolau sy'n arwain tua gwaredigaeth. Mae'n dangos yr ewyllys dwyfol sy'n ddi-ffael yn gweddnewid drygioni'n ddaioni. Heddiw fyth, ar hyd yr hynt yma, hynt angau, gofid a gweiddi, mae'n ein harwain tua'r distawrwydd hanfodol a thuag at egwyddor holl einioes. Frodyr, dyna'r cysur enfawr yr oedd arnaf eisiau'i ddwyn atoch, fel nad geiriau o gerydd yn unig a fydd gennych i'w dwyn ymaith, ond hcfyd gair o gysur.'

Roedd Paneloux i'w weld wedi gorffen. Y tu allan roedd y glaw wedi peidio ac awyr bwrw haul yn taro golau iau ar y sgwâr. O'r stryd codai sŵn lleisiau a thraffig, iaith tref yn deffro. Dan do, murmur y gynulleidfa'n hel eu pethau'n ddistaw bach. Ond dechreuodd y Tad siarad drachefn: ar ôl dangos tarddiad dwyfol y pla ac anian gosbol y clefyd, meddai, roedd wedi dweud ei ddweud; i gau pen y mwdwl nid oedd ar fedr mynd i hwyl – byddai'n ddi-alw-amdano o gofio trueni'r sefyllfa. Yn ei dyb o dylai popeth fod yn eglur i bawb. Ond roedd am ddwyn un peth i gof: yn ystod pla mawr Marseille mae'r croniclwr Mathieu Marais yn achwyn am fod ym mhydew Uffern, am fyw felly heb na chymorth na gobaith. Wel! Roedd Mathieu Marais yn ddall! Heddiw, yn anad unrhyw adeg, teimlai'r Tad Paneloux gymorth Duw a gobaith Cristnogol ar gynnig i bawb. Gobeithiai er ei waethaf, serch arswyd y dyddiau hyn a chri'r cleifion yn tynnu tua'u terfyn, y byddai ein cyd-ddinasyddion yn offrymu i'r nefoedd yr unig air sy'n Gristnogol, gair o gariad. Duw oedd piau ymorol am y gweddill.

# IV

Tybed effeithiodd y bregeth yma ar ein cyd-ddinasyddion? Anodd dweud. Dywedodd Monsieur Othon, yr ynad archwilio, wrth y doctor Rieux ei fod yn cael dadl y Tad Paneloux "yn gwbl ddiymwad". Ond doedd pawb ddim o'r un farn bendant. I rai, effaith y bregeth fu deffro fwyfwy yn eu hymwybod y syniad, hyd hynny'n niwlog, eu bod wedi'u collfarnu am drosedd anhysbys i garchar annirnad. A thra âi rhai rhagddynt â'u bywyd bach ac ymgodymu â'r caethiwed, un syniad yn unig oedd gan eraill, sef dianc o'r carchar hwn.

I ddechrau derbyniai pobl eu hynysu o'r byd, yr un fath â derbyn unrhyw drafferth dros dro oedd yn amharu ar ambell un o'u harferion. Ond yn sydyn daethant yn ymwybodol o ryw fath o gaethiwed dan gaead yr awyr oedd eisoes yn hisian gan wres yr haf, a theimlo'n ddryslyd fod y carcharu yma'n bygwth eu holl fywyd, ac weithiau roedd egni o'r newydd yn yr oerni braf gyda'r nos yn eu symbylu i wneud pethau byrbwyll.

Yn gyntaf oll – ai drwy gyd-ddigwyddiad ai peidio – o'r dydd Sul hwnnw allan roedd rhyw fath o ofn yn ein tref, yn bur eang ac ym mhwll y galon, a gellid tybio bod ein cyd-ddinasyddion yn dechrau dirnad eu sefyllfa go iawn. O'r safbwynt yma newidiodd tymer y dref. Ond mewn gwirionedd – a dyma'r cwestiwn – ai'r dymer newidiodd ynteu'r calonnau?

Ddiwrnod neu ddau ar ôl y bregeth, roedd Rieux yn sôn amdani wrth Grand, a'r ddau ar eu ffordd tua'r maestrefi, pan drawodd Rieux yn y tywyllwch yn erbyn dyn yn simsanu o'u blaenau heb geisio mynd yn ei flaen. Yn y fan cynheuodd goleuadau'r stryd – gâi eu cynnau'n hwyrach ac yn hwyrach fin nos – a'r lamp uchel y tu ôl i'r ddau gerddwr yn taro golau'n syth ar y dyn, oedd yn chwerthin heb wneud sŵn, ei lygaid ar gau. Roedd ei wyneb llwyd, yn gegrwth o glust i glust gan rialtwch mud, yn chwys diferol. Aeth y ddau heibio.

'Dio ddim llawn llathan,' meddai Grand.

Roedd Rieux newydd afael yn ei fraich i'w dynnu yn ei flaen a theimlai'r clerc bach yn crynu gan gynnwrf.

'Cyn bo hir fydd yna neb rhwng y muriau 'ma llawn llathen,' meddai Rieux.

Roedd wedi blino ac yn tagu o isio diod.

'Dowch, gymrwn ni lasiad.'

Yn y caffi bach lle'r aethant, yng ngolau un lamp uwchben y cownter, yn yr awyr drymaidd gochlyd, am ryw reswm dan eu gwynt y sgwrsiai pawb. Wrth y cownter, er mawr syndod i Rieux, gofynnodd Grand am wirod a'i yfed ar ei dalcen a dweud bod cic ynddo. Wedyn roedd yn barod i fynd. Yn yr awyr agored roedd y noson i'w chlywed i Rieux yn llawn griddfan. Yn rhywle yn yr awyr ddu uwchben goleuadau'r stryd roedd chwibanu annelwig a'i hatgoffai o'r fflangell anweledig yn dyfal droi'r awyr boeth.

'Diolch byth, diolch byth,' meddai Grand.

Gofynnodd Rieux iddo be oedd ganddo.

'Diolch byth,' meddai'r llall, 'bod fy ngwaith gin i.'

'Ia wir,' meddai Rieux, 'mae'n dda i chi wrtho fo.'

Penderfynodd beidio â gwrando ar y chwibanu a gofyn i Grand sut roedd pethau'n mynd.

'Dwi'n meddwl mod i wedi'i gweld hi.'

'Oes gennych chi lawer eto i'w wneud?'

Bywiogodd Grand drwyddo, a gwres y ddiod yn ei lais.

'Dwn i ddim, cofiwch. Ond nid dyna'r peth, doctor, nid dyna be sy pia hi o gwbl.'

Yn y tywyllwch tybiai Rieux ei fod yn chwifio'i freichiau. Roedd fel petai'n paratoi rhywbeth, a ddaeth yn sydyn, yn dafodrydd:

'Dyma be sy arna i isio, welwch chi, doctor, y diwrnod y bydd y llawysgrif yn cyrraedd y golygydd, iddo godi ar ôl ei darllan a deud wrth ei gyd-weithwyr: *Foneddigion, tynnwch eich capiau!*'

Synnodd Rieux at y datganiad annisgwyl. Teimlai fod ei gydymaith yn gwneud yr union ystum, yn codi ei law at ei ben a'i sgubo o'r dde i'r chwith. Uwchlaw roedd y chwibanu rhyfedd i'w glywed yn ailddechrau'n uwch.

'Ia,' meddai Grand, 'mae gofyn iddi fod yn berffaith.'

Ychydig wyddai Rieux am arferion byd llên ond roedd dan yr argraff nad oedd pethau llawn mor syml ac, er enghraifft, nad oedd golygyddion yn gwisgo hetiau am eu pennau yn y swyddfa. Ond doedd wybod yn y byd ac roedd yn well gan Rieux ddal ei dafod. Er ei waethaf gwrandawai ar sŵn annirnad y pla. Roeddent bron wedi cyrraedd rhan Grand o'r dref, a chan ei bod ar fryn bach teimlent awel fach braf oedd ar yr un pryd yn glanhau holl sŵn y nos. Ond roedd Grand yn dal i siarad a fedrai Rieux ddim dilyn popeth ddywedai ei gyfaill gwiw. Deallodd un peth, sef bod gan y gwaith eisoes dudalennau lawer, ond bod ei ddwyn i berffeithrwydd yn drafferth enbyd i'r awdur.

'Nosweithia, wythnosa ar eu hyd ar un gair... ac weithia dim ond cysylltair bach.' Yn y fan hon stopiodd Grand yn stond a chydio yn un o fotymau côt Rieux. Baglai'r geiriau o'i geg ddiddannedd.

'Fel hyn mae hi, doctor. Os daw hi i'r pen mae'n ddigon hawdd dewis rhwng *ond* ac *a*. Ond mae'n anos dewis rhwng *a* ac *wedyn*. Mae'n anos fyth pan ddaw hi at *wedyn* ac *yna*. Ond does dim dwywaith nad y peth anoddaf oll ydi gwbod a ddylid rhoi *a* ai peidio.'

'Wela i,' meddai Rieux a chychwyn ar ei ffordd.

Roedd y llall i'w weld yn chwithig ac fe'i daliodd eto.

'Mae'n ddrwg gin i,' meddai'n drwsgl. 'Dwn i ddim be sy wedi dŵad drosta i heno!'

Rhoes Rieux ffatan iddo ar ei ysgwydd a dweud ei fod am fod o gymorth iddo a'i fod yn ymddiddori'n fawr yn ei stori. Roedd Grand i'w weld dipyn siriolach ac wedi cyrraedd ei dŷ, ar ôl ennyd, gofynnodd i'r doctor ddod i mewn am funud. Derbyniodd Rieux.

Yn y stafell fwyta dywedodd Grand wrtho am eistedd wrth fwrdd llawn papurau'n sgrifen traed brain fechan fach drostynt.

'Ia, dyna hi,' meddai, yn ateb i'r doctor a'i holai â'i lygaid. 'Ond gymrwch chi joch bach? Mae gin i dipyn o win.'

Gwrthododd Rieux ac edrych ar y papurau.

'Peidiwch ag edrych,' meddai Grand. 'Dyna mrawddeg gynta i. Dwi mewn byd efo hi. Mewn byd, cofiwch.'

Roedd yn edrych ar yr holl bapurau a'i law fel pe'n cael ei thynnu'n ddiwrthdro at un ohonynt, a gododd at y bylb trydan heb gysgodlen fel bod y golau'n tywynnu drwyddi. Crynai'r dudalen yn ei law. Gwelodd Rieux fod talcen y clerc yn chwys diferol.

'Steddwch,' meddai, 'a'i ddarllan i mi.'

Edrychodd y llall arno a gwenu â rhyw fath o ddiolch.

'Ia,' meddai, 'fasa'n dda gin i, dwi'n meddwl.'

Arhosodd ennyd, yn dal i edrych ar y dudalen, wedyn eistedd. Ar yr un pryd clywai Rieux ryw fath o rwnian fel petai'r ddinas yn ateb chwibanu'r pla. Yr union funud honno gwelodd y dref, yn glir fel crisial, wrth ei draed, ei byd caeedig a'r udo erchyll a fygai gefn nos. Cododd Grand ei lais yn ddwys:

'Ar fore teg ym mis Mai, rhodiai marchoges gain, ar gefn caseg winau wych, lwybrau blodeuog Bois de Boulogne.' Distawrwydd wedyn ac yn ei sgil sŵn annelwig y dref dan wewyr. Rhoes Grand y dudalen i lawr a dal i edrych arni. Ymhen munud cododd ei lygaid:

'Be ddeudwch chi?'

Atebodd Rieux fod y cychwyn yn codi awydd arno clywed rhagor. Ond, meddai'r llall, nid fel yna'r oedd ei gweld hi. Trawai'r papurau â chledr ei law.

'Dim ond braslun ydi hwn. Unwaith y bydda i wedi llwyddo i gyfleu i'r dim y llun sy gin i yn fy mhen, pan fydd fy mrawddeg i'n cyfleu'r un swyn â'r tro hwnnw ar duth, un-dau-tri, un-dau-tri, fydd y gweddill yn haws ac yn anad dim, o'r cychwyn cynta fydd yna'r fath hudoliaeth fel y bydd modd deud *Tynnwch eich capiau!*'

Ond er mwyn hynny roedd ganddo gryn dipyn eto i'w wneud. Ni feddyliai fyth am anfon y frawddeg fel ag yr oedd hi at gyhoeddwr. Er ei bod wrth fodd ei galon o bryd i'w gilydd, gwyddai o'r gorau nad oedd eto'n taro'r hoelen ar ei phen o ran realaeth a bod iddi o hyd i ryw raddau oslef arwynebol oedd yn perthyn – o bell, ond yn perthyn serch hynny – i ystrydeb. Dyna be roedd yn ei ddweud fwy neu lai pan glywsant ddynion yn rhedeg dan y ffenest. Cododd Rieux.

'Gewch chi weld y ca i hwyl arni,' meddai Grand ac wedyn dweud gan droi at y ffenest, 'pan fydd hyn i gyd ar ben.'

Ond daeth sŵn traed ar frys eto. Roedd Rieux eisoes ar y grisiau a phan gyrhaeddodd y stryd aeth dau ddyn heibio iddo. Yn ôl pob golwg, ar eu ffordd i byrth y ddinas roedden nhw. A dweud y gwir, rhwng y gwres a'r pla, roedd rhai o'n cyd-ddinasyddion yn colli'u pennau'n lân. Eisoes gwelsid trais a phob nos rhoddai rhywun gynnig ar sleifio heibio i'r gwarchodwyr a dianc o'r ddinas.

# V

Roedd eraill hefyd, megis Rambert, yn gwneud eu gorau i ddianc o'r awyrgylch yma o ddychryn mwyfwy, ond yn fwy cyndyn a deheuig, er nad yn fwy llwyddiannus. I ddechrau aethai Rambert rhagddo drwy ddulliau swyddogol. Chwedl yntau, roedd yn meddwl erioed fod styfnigrwydd yn concro popeth yn y diwedd ac o un safbwynt dod i'r lan oedd hanfod ei waith. Felly aethai ar ofyn sawl gwas sifil a phobl roedd eu cymhwyster fel arfer yn ddiymwad. Ond yn hyn o beth doedd eu cymhwyster yn dda i ddim. Gan amlaf dynion oedd y rhain oedd yn deall eu pethau i'r dim ym maes bancio, neu allforio, neu lemonau ac orenau, neu hwyrach y fasnach win; yn ddiymwad yn wybodus o ran problemau cyfreitha ac yswiriant, heb sôn am gymwysterau rhagorol ac ewyllys da amlwg. A dyna be oedd yn taro rhywun fwyaf – eu hewyllys da. Ond o ran y pla roedd eu cymwysterau'r nesaf peth i ddim.

Fodd bynnag, o flaen pob un, a phob tro'r oedd dichon ei wneud, roedd Rambert wedi pledio ei achos. Ei ddadl bob amser yn y bôn oedd dweud ei fod yn estron yn ein dinas ac o ganlyniad dylid archwilio'i achos yn arbennig. At ei gilydd roedd y dynion y siaradai â nhw'n cydnabod hynny o'u gwirfodd. Ond, medden nhw fel arfer, roedd yna gryn dipyn o bobl yn yr un sefyllfa, felly doedd ei achos ddim mor arbennig ag y tybiai. Gallai Rambert ateb hyn gan ddweud nad oedd hynny'n effeithio dim ar ei ddadl, a'u hateb nhw oedd ei fod yn effeithio ar yr anawsterau gweinyddol oedd yn rhwystr i unrhyw gam roddai ffafriaeth a pheryg gosod be alwen nhw – fel petai blas drwg ar y gair – yn gynsail. Mewn sgwrs â'r doctor Rieux, yn ôl Rambert yr holltwyr blew oedd y categori yma. Ochr yn ochr â nhw ceid y cysurwyr yn sicrhau'r deisyfwr na fedrai'r sefyllfa oedd ohoni yn ei byw bara ac, yn llawn cynghorion da pan ofynnid am benderfyniadau, yn cysuro Rambert drwy synio mai helynt dros dro'n unig oedd dan sylw. Ac wedyn roedd yna'r pwysigion a ofynnai i Rambert adael crynodeb o'i achos a dweud wrtho y rhoddent wybod iddo am eu penderfyniad maes o law. Y gwamalwyr a gynigiai dalebau llety iddo neu gyfeiriadau llety rhad;

y cysetlyd yn llenwi ffurflen a'i ffeilio; y rhai hyd at eu clustiau mewn gwaith yn codi eu breichiau tua'r nef a'r rheini a'i câi'n bigyn yn y glust yn edrych draw; yn olaf roedd yna'r hen deip, y mwyaf niferus o dipyn, yn argymell swyddfa arall i Rambert neu ffordd arall o fynd o'i chwmpas hi.

Ar ôl yr holl ymweliadau roedd y newyddiadurwr wedi diffygio ond wedi dirnad cryn dipyn ar brosesau cyngor neu *préfecture* yn sgil aros ar fainc ledr ffug o flaen hysbysiadau mawr yn ei annog i fuddsoddi mewn Cynilion Cenedlaethol di-dreth, neu i listio yn y Fyddin Wladfaol, yn sgil mynd i swyddfeydd lle'r oedd yr wynebau'r un mor ddi-ddweud â'r cypyrddau ffeilio a'r silffoedd llawn ffeiliau. O'i blaid, meddai Rambert wrth Rieux braidd yn chwerw, roedd hyn oll yn celu'r gwir sefyllfa rhagddo. I bob pwrpas ni wyddai ddim oll am hynt y pla. Ac at hynny âi'r dyddiau heibio'n gyflymach ac, o gofio'r sefyllfa'r oedd y dref gyfan ynddi, roedd pob dydd âi heibio yn dod â phob copa walltog – a bwrw ei fod byw – yn nes at ddiwedd ei brofedigaeth. Digon gwir, meddai Rieux, ond ei fod hwyrach yn wirionedd tipyn rhy gyffredinol.

Am ennyd gwelodd Rambert lygedyn o obaith. Daethai ffurflen wybodaeth wag i law gan y *préfecture* roedd gofyn iddo'i llenwi'n fanwl gywir. Holi'r oedd y ffurflen ynghylch pwy oedd yntau, ei sefyllfa o ran teulu, ei fywoliaeth cynt ac ar hyn o bryd, a'r hyn roedden nhw'n ei alw'i *curriculum vitae*. Cafodd yr argraff bod a wnelo hi ag ymholiad fyddai'n rhestru achosion y bobl allai gael eu hanfon at eu cartrefi arferol. Clywodd si yn un o'r swyddfeydd oedd fel petai'n cadarnhau'r argraff yma. Ond, wedi chwilio dyfal, daeth i wybod o ba swyddfa y daethai'r ffurflen a dywedwyd wrtho mai diben casglu'r wybodaeth oedd "rhag ofn".

'Rhag ofn be?' gofynnodd Rambert.

Rhag ofn iddo glafychu o'r pla. Pe byddai farw, yn un peth byddai gofyn rhoi gwybod i'w deulu; yn ail, byddai gofyn gwybod a oedd rhaid i gyllideb y ddinas ymorol am ei gostau ysbyty ynteu a ellid disgwyl i'w deulu eu had-dalu. Roedd hyn, wrth reswm, yn profi nad oedd yn gwbl ysgar â'r hon a'i harhosai – roedd y gymdeithas yn meddwl amdanyn nhw. Ond doedd hynny fawr o gysur. Y peth rhyfeddaf a drawodd ben Rambert wedyn oedd bod rhyw swyddfa, ar ganol trychineb, yn dal i fynd drwy'i phethau a chymryd camau megis cynt – yn ddiarwybod i'r awdurdodau uwch – dim ond am mai'r camau hynny oedd ei diben.

I Rambert y cyfnod wedyn oedd yr hawsaf ac ar yr un pryd yr anoddaf – cyfnod o laesu dwylo. Buasai ym mhob swyddfa, cymryd pob cam posib, a phob llwybr o'r math yna bellach ar gau iddo. Felly gwagsymerai o'r naill gaffi i'r llall. Yn y bore eisteddai ar deras, gwydraid o gwrw cynnes o'i flaen, yn darllen papur newydd gan obeithio gweld rhyw arwyddion bod y clefyd ar fin dod i ben, gwylio wynebau'r bobl yn mynd heibio ar y stryd, troi draw'n wfftio eu golwg ddigalon ac wedyn, ar ôl darllen ar eu canfed arwyddion y siopau gyferbyn, hysbysebion yr *apéritifs* yr oedd mynd mawr arnyn nhw ond oedd heb fod ar gael bellach, codi a loetran ar hap ar hyd strydoedd melynion y dref. Rhwng rhodio ar ei ben ei hun i gaffis ac o gaffis i dai bwyta, âi'r amser heibio nes iddi nosi. Un noson gwelodd Rieux y newyddiadurwr wrth ddrws caffi roedd yn gyndyn o fynd iddo. Yn ôl pob golwg penderfynodd, a mynd i eistedd yn y pen draw. Dyma'r awr pan oedd caffis dan orchymyn i gynnau'r golau cyn hwyred ag y bai modd. Roedd y gwyll fel dŵr llwyd yn y stafell, tywynnai rhos y machlud yn y drychau a sgleiniai marmor y byrddau'n bŵl yn y llwydnos. Yng nghanol y stafell wag roedd Rambert fel cysgod coll. Dyna'r awr pan deimlai fwyaf unig. Ond dyna'r funud pan deimlai carcharorion y dref hefyd eu hunigrwydd a bod gofyn gwneud rhywbeth i gyflymu eu hachub. Trodd Rieux draw.

Treuliai Rambert hefyd hydoedd yn yr orsaf. Roedd mynd i'r platfformau'n waharddedig. Ond roedd y stafelloedd aros hygyrch o'r tu allan yn dal i fod yn agored, ac o bryd i'w gilydd ar ddiwrnodiau poeth âi cardotwyr yno gan eu bod yn gysgodol ac yn oer. Deuai Rambert yno i ddarllen hen amserlenni, rhybuddion rhag poeri a rheolau'r rheilffordd. Wedyn eisteddai mewn cornel. Roedd y stafell yn dywyll. Hen stof haearn heb ei chynnau ers misoedd yng nghanol patrymau ffigiwr wyth sgeintiadau cynt. Ar y parwydydd posteri'n brolio gwyliau braf yn Bandol neu Cannes. Ac yno y teimlai Rambert flas chwerw'r rhyddid hwnnw sydd i'w gael ym mhwll adfyd. Ond, yn ôl be ddywedodd wrth Rieux, y lluniau a gâi anoddaf eu dioddef oedd lluniau Paris. Lluniau hen gerrig a dŵr, colomennod y Palais-Royal, y Gare du Nord, mannau gweigion y Panthéon, a mannau eraill mewn dinas na wyddai ei fod yn ei charu gymaint – i gyd yn plagio Rambert ac yn nadu iddo wneud dim byd penodol. Yn nhyb Rieux roedd yn uniaethu'r lluniau yma â'i gariad. A'r diwrnod y dywedodd Rambert wrtho'i fod wrth ei fodd yn deffro am bedwar y bore a meddwl am ei ddinas, hawdd gan Rieux ddyfalu, yn ôl ei brofiad ei hun, mai deffro'r oedd yn ei gof yr hon a adawsai. Dyna'r awr pan oedd hi'n eiddo iddo. Am bedwar y bore anaml y mae rhywun yn gwneud dim; cysgu mae rhywun, hyd yn oed os bu hi'n noson o frad. Ie, cysgu mae rhywun ar yr awr honno, a hynny'n gysur gan mai dyhead mawr y galon ofidus ydi meddu ar yr anwylyd yn ddiddiwedd neu, pan ddaw absenoldeb ar ei warthaf, medru ei drochi i drwmgwsg heb freuddwydion na ddônt i ben tan awr yr aduno.

# VI

Cyn pen dim ar ôl y bregeth daeth gwres mawr yr haf. Tua diwedd mis Mehefin oedd hi. Drannoeth y glaw hwyr ar Sul y bregeth, ar amrantiad roedd yr awyr yn llawn haf uwch bennau'r tai. I ddechrau cododd gwynt cryf poeth, chwythu am ddiwrnod a sychu'r muriau. Dan yr haul disymud boddai'r dref dan donnau o wres a golau o fore gwyn tan nos. Ar wahân i'r rhodfeydd dan do a'r tai doedd yna'r un twll na chornel yn y dref i ddianc rhag y golau tanbaid. Heliai'r haul ein cyd-ddinasyddion i bob cornel ar hyd y stryd a tharo pan arhosen nhw. Cyd-drawodd y gwres cyntaf yma â llam yn nifer y meirw – agos i saith gant yr wythnos – a daeth rhyw ddigalondid dros y dref. Yn y maestrefi, roedd llai o fynd ar hyd y strydoedd gwastad rhwng y tai teras ac, yn y rhannau yma lle mae pobl yn byw byth a hefyd ar garreg y drws, roedd y drysau a'r llenni i gyd ar gau – pa un ai i'w gwarchod rhag y pla ynteu'r haul, does wybod. Deuai griddfan o ambell i dŷ. Cynt, pan ddigwyddai hyn, roedd y chwilfrydig i'w gweld yn aml yn aros i wrando ar y stryd. Ond ar ôl bod gyhyd ar bigau drain, caledodd calonnau a phawb yn cerdded neu'n byw yn sŵn y cwynfan fel petai'n iaith naturiol dynion.

Yn sgil sgarmesoedd wrth y pyrth a'r *gendarmes* yn gorfod defnyddio'u harfau, clywid cynnwrf annelwig. Cawsai rhai eu clwyfo, bid siŵr, ond yn y dref lle câi popeth ei chwyddo gan y gwres a chan ofn, roedd sôn am rai'n cael eu lladd. Beth bynnag, does dim dwywaith nad oedd anniddigrwydd ar dwf a'r awdurdodau, yn ofni'r gwaethaf, yn ystyried camau i'w cymryd petai'r boblogaeth, yn gaeth gan y pla, yn gwrthryfela. Cyhoeddai'r papurau newydd ordinhadau'n ailadrodd y gwaharddiad rhag gadael y dref ac yn bygwth carchar ar y troseddwyr. Âi patrolau o gwmpas y dref. Yn aml ar y strydoedd gweigion, llethol o boeth, clywid sŵn carnau ar gerrig y ffordd yn cyhoeddi plismyn ar gefn ceffylau yn mynd rhwng y rhesi o ffenestri ar gau. Wedi i'r patrôl fynd heibio deuai distawrwydd drwgdybus dros y dref dan fygythiad. Bob hyn a hyn clywid clecian saethu gan y minteioedd arbennig, yn ôl gorchymyn diweddar, ar berwyl difa cŵn a chathod allai drosglwyddo chwain, a'r ergydion sychion yn chwyddo'r awyrgylch gwyliadwrus yn y dref.

Yn y gwres a'r distawrwydd ac yng nghalonnau ofnus ein cyd-ddinasyddion, o hynny allan roedd popeth o fwy o bwys. Am y tro cyntaf roedd pawb yn ymwybodol o liw'r awyr ac oglau'r tir sy'n nodi treigl y tymhorau. Deallai pawb, a brawychu, y byddai'r gwres o gymorth i'r haint ac ar yr un pryd gwelai pawb fod yr haf wedi dod. Roedd cri'r gwenoliaid yn feinach yn yr awyr fin nos uwchlaw'r ddinas. Doedd hi'n ddim byd tebyg i'r cyfnosau hynny o Fehefin yn ein gwlad sy'n gwthio'r gorwel ymhell. Cyrhaeddai'r blodau'r marchnadoedd, nid yn eu blagur, ond eisoes yn eu blodau a'u petalau ar hyd y palmentydd llychlyd ar ôl marchnad y bore. Roedd yn amlwg bod y gwanwyn wedi diffygio, wedi'i sbyddu – yn filoedd o flodau ar hyd ac ar led – a bellach ar drai, wedi'i fathru gan bwysau deublyg y pla a'r gwres. I'n holl gyd-ddinasyddion un ystyr oedd i awyr yr haf a'r ffyrdd hyn yn llwyd gan arlliwiau o lwch a diflastod, sef yr un ystyr bygythiol yn union â'r cant o feirwon yn pwyso ar y dref bob dydd. Bellach doedd yr haul diddiwedd, yr oriau ac arnyn flas cwsg a gwyliau, ddim yn gwahodd fel cynt i hwyl a sbri ar lan y môr. Yn hytrach roedd sŵn gwag arnyn nhw yn y ddinas ddistaw gaeedig, wedi colli llewyrch euraid hafau hapus. Roedd haul y pla'n diffodd y lliwiau i gyd ac yn lladd pob llawenydd.

A dyna un o chwyldroadau mawr y clefyd. Fel arfer roedd ein cyd-ddinasyddion i gyd yn croesawu'r haf yn llawen. Ymagorai'r dref tua'r môr a thywallt ei phobl ifanc i'w draethau. Yr haf hwnnw, i'r gwrthwyneb, roedd y môr dan waharddiad a'r corff heb hawliau i'w bleserau. Be oedd i'w wneud dan y fath amgylchiadau? Unwaith eto, Tarrou sy'n rhoi'r darlun mwyaf ffyddlon o'n bywyd yr adeg honno. Roedd yn dilyn hynt y pla'n gyffredinol, wrth reswm pawb, a soniodd fod tro yn yr haint i'w glywed ar y radio, sef peidio â sôn am rai cannoedd o feirwon yr wythnos ond, yn hytrach, am ddeuddeg a phedwar ugain, cant a saith, a chant ac ugain o feirwon y diwrnod. "Mae'r papurau newydd a'r awdurdodau'n chwarae mig efo'r pla. Maen nhw o'r farn eu bod yn sgorio pwyntiau ar gorn y pla am fod cant a deg ar hugain yn rhif llai na naw cant a deg." Crybwyllodd hefyd yr agweddau trawiadol neu wefreiddiol ar yr haint, megis y wraig honno, mewn stryd wag lle'r oedd y llenni i gyd ar gau, yn agor ffenest uwchlaw yn ddisymwth, rhoi dwy waedd fawr, wedyn ei chau drachefn ar dywyllwch dudew'r stafell. Soniodd hefyd nad oedd dim golwg o fferins mint yn y fferyllfeydd gan fod llawer yn eu sugno i'w gwarchod rhag cael eu heintio.

Daliai i wylio'i hoff gymeriadau hefyd. Yn ôl pob golwg daethai tristyd i ran hen ŵr y cathod. Un bore clywsid sŵn clecian ergydion gwn yn y stryd ac yn ôl Tarrou lladdwyd y rhan fwyaf o'r cathod gan y poeriadau plwm a chafodd y gweddill fraw a gadael y stryd. Yr un diwrnod daethai'r hen ŵr bach allan ar ei falconi, ar yr un awr ag arfer, edrych yn syn, gwyro drosodd, craffu ar ddeupen y stryd a bodloni ar aros. Drymiai ei fysedd ar farrau'r balconi. Arhosodd am dipyn eto, mynd yn ôl i'r tŷ, dod allan drachefn, wedyn, ar ôl rhyw hyd, troi ar ei sawdl a chau'r ffenestri Ffrengig yn flin ar ei ôl. Digwyddodd yr un olygfa am rai dyddiau wedyn ond roedd tristwch a dryswch i'w gweld fwyfwy ar wyneb yr hen ŵr bach. Ar ôl wythnos, yn ofer y disgwyliai Tarrou weld yr ymddangosiad dyddiol ac ar gau'n gyndyn roedd y ffenestri, ar dor calon hawdd ei ddeall. "Ar adeg pla, dim poeri ar gathod" oedd diweddglo'r cofnod yma.

Fodd bynnag, pan ddeuai Tarrou adref fin nos, bob gafael deuai ar draws cysgod tywyll y gwyliwr nos yn cerdded yn ôl ac ymlaen yn y cyntedd. Dywedai hwnnw bob gafael wrth bawb ddeuai heibio ei fod wedi rhagweld hyn. Cofiai Tarrou iddo ddarogan trychineb ond fe'i hatgoffai mai daeargryn fuasai ganddo mewn golwg ac ateb yr hen ŵr oedd, 'A! O na bai'n ddaeargryn! Ysgytwad go lew a dyna ddiwadd arni... Cyfri'r meirwon, y byw ac mae'r cyfan ar ben. Ond y sglyfath fadwch 'ma! Mae hyd yn oed y rheini sy'n holliach yn ei gario yn eu calonnau.'

Roedd rheolwr y gwesty'r un mor ddigalon. I ddechrau, gan eu bod yn methu gadael y dref, cadwodd y teithwyr eu stafelloedd. Ond o dipyn i beth, a'r haint yn dal i fynd, roedd yn well gan lawer fynd i aros at ffrindiau. Ac am yr union reswm roedd stafelloedd y gwesty i gyd yn llawn cynt, roedden nhw bellach yn wag gan nad oedd dim teithwyr newydd yn dod i'n dinas. Tarrou oedd un o'r ychydig westeion a chollai'r rheolwr fyth mo'r cyfle i ddweud wrtho, oni bai ei fod am fod yn glên wrth ei gwsmeriaid olaf, y byddai wedi cau'r sefydliad ers tro. Gofynnai byth a hefyd am amcangyfrif am ba hyd roedd yr haint yn debygol o bara.

'Yn ôl pob sôn,' meddai Tarrou, 'mae'r ocrfel yn atal clefydau o'r math yma.' Collai'r rheolwr ei limpin. 'Ond dydi hi byth yn oer go iawn yma, syr. A beth bynnag, fasa hynny ddim am ddau neu dri mis eto. Ac at hynny, mi fydd teithwyr yn wfftio'r ddinas am beth amser eto, raid chi'm peryg. Mae hi wedi canu ar dwristiaeth diolch i'r hen bla 'ma.'

Yn y tŷ bwyta, wedi absenoldeb byr, roedd Monsieur Othon – y dylluan o ddyn – i'w weld eto ond bellach dim ond ei ddau gi bach i'w ganlyn. Cafodd Tarrou ar ddeall i'w wraig fod yn gofalu am ei mam a'i chladdu a'i bod mewn cwarantin.

'Dda gin i mo hyn,' meddai'r rheolwr wrth Tarrou. 'Cwarantin ai peidio, mae hi dan amheuaeth, a nhwtha hefyd.'

O'r safbwynt yna, meddai Tarrou wrtho, roedd pawb dan amheuaeth. Ond roedd y llall yn ddiysgog a chanddo farn bendant:

'Dach chi'n methu, syr, dydach chi na mi ddim dan amheuaeth, ond y nhw, ydyn.'

Ond doedd Monsieur Othon ddim ar fedr newid ei arferion oherwydd rhywbeth mor bitw – châi'r un pla'r llaw uchaf arno yntau. Deuai i mewn i'r stafell fwyta yn yr un ffordd yn union ag erioed, eistedd cyn ei blant a chodi sgwrs â nhw'n gain ac yn gas. Dim ond y bachgen bach oedd fymryn yn wahanol yr olwg. Yn ei ddu, 'run fath â'i chwaer, wedi mynd fwy fyth i'w gilydd, fel cysgod bach ei dad. Roedd yn gas gan y gwyliwr nos Monsieur Othon ac meddai wrth Tarrou ynghynt:

'Mi fydd nacw farw yn ei ddillad parch. Dim angan ei ymgeleddu. Barod i fynd, ar ei ben.'

Soniai Tarrou hefyd am bregeth Paneloux, ond â'r rhagymadrodd yma: "Rwy'n deall y tanbeidrwydd, nid drwg o beth. Ar ddechrau plâu ac ar ôl iddyn nhw ddod i ben, mae rhywun bob amser yn mynd i hwyl. Ar y dechrau mae'r arferiad yno fyth ac ar ôl iddyn nhw ddod i ben mae wedi ailgydio'n barod. Ar awr trychineb y mae'r gwirionedd yn ennill ei blwy, sef distawrwydd. Gawn ni weld."

Ar y diwedd cyfeiriodd Tarrou at sgwrs hir â'r doctor Rieux a dwyn i gof amdani ddim ond iddi ddwyn y maen i'r wal, a sôn ynghlwm â hyn am liw brown golau llygaid Madame Rieux gan ddweud, yn rhyfedd ddigon, y byddai golwg mor glên bob gafael yn gryfach na'r pla. Wedyn soniodd yn bur faith am un o gleifion Rieux, yr hen ŵr caeth ei frest.

Buasai'n rhoi tro amdano efo Rieux ar ôl eu sgwrs. Croesawu Tarrou â checian chwerthin a rhwbio ei ddwylo wnaethai'r hen ŵr. Roedd ar ei eistedd yn y gwely a'r ddwy badell o bys o'i flaen:

'A! Un eto,' meddai pan welodd Tarrou, 'y byd â'i ben i lawr, mwy o feddygon nag o gleifion. Mae'n mynd fel cath i gythral, yn tydi? Mae'r offeiriad yn llygad ei le, eitha gwaith i ni, wir.' Drannoeth aethai Tarrou yn ei ôl yno'n ddirybudd.

Yn ôl cofnodion Tarrou, pan gyrhaeddodd ei hanner cant roedd yr hen ŵr – gwerthwr dillad wrth ei waith – wedi penderfynu ei fod wedi cael llond bol. Aethai i'w wely ac roedd heb godi oddi yno byth wedyn. Roedd ei asthma'n well cyn belled â'i fod ar ei eistedd. Buasai incwm bach yn ddigon i'w gadw hyd at ei bymtheg a thrigain ac roedd yn ddigon bodlon ei fyd. Roedd gweld watsh yn codi pwys arno ac yn wir, doedd yna'r un ar gyfyl y tŷ. 'Watsh,' meddai, 'hen beth drud a hen beth gwirion.' Mesurai'r amser – ac uwchlaw popeth amser bwyd, yr unig amser oedd o bwys iddo – â dwy badell, un ohonyn nhw'n llawn pys pan ddeffroai. Llenwai'r llall, y naill bysen ar ôl y llall, ar gyflymdra cyson a rheolaidd. Yn y modd yma mesurai ei ddyddiau â phedyll a gwyddai'n union faint o'r gloch oedd hi. 'Bob pymtheg padall,' meddai, 'mae'n bryd i mi gael tamaid i aros pryd. Hawdd fel baw.'

Yn ôl ei wraig, ers ei lasoed dangosai arwyddion o'i alwedigaeth. Fu ganddo erioed ddiddordeb mewn dim – na'i waith, na'i ffrindiau, na chaffis, na cherddoriaeth, na merched, na sgyrsiwns – dim yw dim. Aethai erioed allan o dref ei eni heblaw am un diwrnod pan fu'n rhaid iddo fynd i Alger ar berwyl teuluol, pan ddisgynnodd o'r trên yn yr orsaf nesaf at Oran, yn methu mynd gam ymhellach ar ei antur. Daethai adre'n ôl ar y trên nesaf.

O weld Tarrou yn synnu at ei fywyd cysgodol, eglurodd yn fras fod bywyd dyn, yn ôl crefydd, yn ddau hanner: y cyntaf yn esgyniad a'r hanner arall yn ddisgynfa; ac yn ystod y ddisgynfa nad oedd dyddiau dyn bellach yn perthyn iddo – gellid eu cipio oddi arno ar unrhyw funud – felly doedd dim y medrai ei wneud â nhw a'r peth gorau oedd peidio gwneud dim â nhw. Fodd bynnag, doedd gwrthddweud yn mennu dim arno: toc wedyn dywedodd wrth Tarrou, yn bendifaddau, nad oedd Duw'n bod, petai'n bod fyddai dim angen offeiriaid. Ond, a barnu wrth sylwadau wnaeth wedyn, cafodd Tarrou ar ddeall fod yr athroniaeth yma ynghlwm yn glòs â'r casgliadau mynych i'r plwy oedd yn codi'i wrychyn. Ond diweddglo portread yr hen ŵr oedd dymuniad hwnnw – ocdd i'w weld yn daer ac a ailadroddodd sawl gwaith – sef cyrraedd gwth o oedran.

"Tybed ydi o'n sant?" meddai Tarrou wrtho'i hun. Ac ateb: "Ydi, os mai crynswth o arferion ydi seintioldeb."

Ar yr un pryd roedd Tarrou yn ymgymryd â disgrifiad manwl diwrnod yn y dref yn nyddiau'r pla, sy'n tynnu llun cywir o arferion a bywyd ein cyd-ddinasyddion yn ystod yr haf hwnnw: "Does neb yn chwerthin ar wahân i feddwon," meddai Tarrou, "a'r rheini'n chwerthin gormod." Wedyn dechreuodd ei ddisgrifiad:

Ar doriad dydd rhed awelon drwy'r dref wag. Dyma'r awr sydd rhwng y marw gefn nos a gwewyr marw'r dydd, fel petai'r pla'n llaesu dwylo ac yn cael ei wynt ato. Mae'r siopau i gyd ar gau. Ond ar ambell un mae'r hysbysiad "Ar gau oherwydd y pla" yn cyhoeddi na fydden nhw'n agor cyn hir ynghyd â'r lleill. Mae'r gwerthwyr papurau newydd rhwng cwsg ac effro a heb fod yn gweiddi'r newyddion, ond yn pwyso yn erbyn waliau ar gorneli'r strydoedd yn gwerthu eu nwyddau i'r polion lampau fel dynion yn cerdded yn eu cwsg. Cyn bo hir mae'r tramiau'n eu deffro a hwythau'n mynd drwy hyd a lled y ddinas yn dal o hyd braich y tudalennau lle nad oes dim dianc rhag y gair PLA. A wnaiff hi hydref o'r pla? Ateb yr Athro B... yw: "Na wnaiff." "Cyfanswm meirwon pedwerydd diwrnod ar ddeg ar hugain y pla: cant a phedwar ar hugain."

Er gwaetha'r argyfwng papur sy'n waethwaeth ac wedi peri i rai cylchgronau gyfyngu ar nifer eu tudalennau, cychwynnodd papur arall, *Le Courrier de l'Épidémie*, a chanddo'n orchwyl "hysbysu ein cyd-ddinasyddion, yn fawr ei ofal i fod yn fanwl gywir ac yn wrthrychol, o lanw neu drai'r clefyd; rhoi iddynt y farn fwyaf awdurdodol ar ddyfodol yr haint; cynnig ei golofnau'n gefn i bawb, boed hysbys neu anhysbys, sydd am frwydro yn erbyn y pla; codi calon y boblogaeth, trosglwyddo gorchmynion yr awdurdodau ac, mewn byr o eiriau, uno pob ewyllys da i frwydro'n effeithiol yn erbyn y drwg ddaeth ar ein gwarthaf." Fel y bu hi, buan y daeth y papur hwn yn ddim ond hysbysebion cynhyrchion newydd, di-feth yn erbyn y pla.

Tua chwech o'r gloch y bore mae'r papurau hyn ar werth i'r ciwiau o flaen drysau'r siopau, fwy nag awr cyn iddyn nhw agor, wedyn i'r teithwyr o'r tramiau'n cyrraedd dan eu sang o'r maestrefi. Y tramiau bellach ydi'r unig gludiant, yn rhygnu mynd, eu stepiau a'u canllawiau'n heigio gan bobl. Ond dyma beth rhyfedd, mae pawb, cyn belled ag y bo modd, yn troi eu cefnau i osgoi heintio'i gilydd. Ym mhob arhosfa mae llwyth o ddynion a merched yn tywallt o'r tram, ar frys i hel eu traed a bod ar eu pennau'u hunain. Yn bur aml mae yna godi twrw, dim ond oherwydd hwyliau drwg, sy'n mynd dros ben llestri.

Ar ôl i'r tramiau cyntaf fynd heibio mae'r dre'n deffro o dipyn i beth, y caffis cynnar yn agor eu drysau ac ar eu cownteri fflyd o arwyddion "Dim coffi", "Dewch â'ch siwgr eich hun" ac yn y blaen. Wedyn mae'r siopau'n agor, y strydoedd yn bywiogi. Ar yr un pryd mae hi'n goleuo ac awyr Gorffennaf bob yn dipyn yn blymliw gan y gwres. Dyma'r awr pan fo'r rheini sy'n segur yn ei mentro hi'r stryd. Yn ôl pob golwg mae'r rhan fwyaf ohonyn nhw'n benderfynol o fwrw allan y pla â sioe o foeth. Bob dydd tua'r un ar ddeg ar y priffyrdd mae llanciau a llancesi'n llu, yn brawf o'r awch am fyw sydd wrth wraidd trychinebau mawr. Fel y lledaena'r haint, felly hefyd y llacia moesau a chawn weld eto drythyllwesti Milano ar lannau'r beddi.

Am ganol dydd mae'r tai bwyta'n llenwi ar amrantiad. Cyn pen dim mae'r rheini sydd heb gael lle yn dyrrau bychain wrth y drysau. Mae'r awyr yn pylu gan y gwres llethol. Dan y cysgodlenni mawr mae'r rheini sydd am gael bwyd yn aros eu tro ar fin y ffordd sy'n ffrwtian dan yr haul. Mae'r tai bwyta dan eu sang am eu bod yn fwy cyfleus i lawer na gwneud neges. Ond dydi hyn ddim yn dofi dim ar ofn heintio a'r gwesteion wrthi am hydoedd yn sychu'u platiau'n ddiwyd. Cyn bo hir byddai rhai tai bwyta'n cyhoeddi: "Yma, mae'r platiau wedi'u sterileiddio". Ond o dipyn i beth rhoesant y gorau i hysbysebu dim gan fod rhaid i'r cwsmeriaid ddod. A beth bynnag, mae'r cwsmer yn gwario'n ffri o'i wirfodd. Gwinoedd da, neu honedig dda, yr ychwanegion drutaf, yn dechrau ras wyllt. Yn ôl y sôn hefyd bu braw mewn tŷ bwyta am i gwsmer welwi, codi, simsanu a chythru tua'r drws.

Tua dau o'r gloch mae'r ddinas yn gwagio bob yn dipyn a dyma'r awr pan fo'r distawrwydd, y llwch, yr haul a'r pla'n cyfarfod ar y stryd. Ar hyd y tai mawr llwyd mae'r gwres yn llifo'n ddi-baid. Maen nhw'n oriau maith o gaethiwed sy'n dod i ben mewn nosweithiau llosg yn disgyn dros y dref boblog barablus. Yn ystod dyddiau cynta'r gwres, o bryd i'w gilydd, does wybod yn y byd pam, roedd y strydoedd yn wag fin nos. Ond bellach mae yna ymlacio, os nad gobaith, yn dod yn sgil yr awelig wannaf. Mae pawb yn mynd allan i'r stryd, yn sgwrsio nerth esgyrn eu pennau, yn cecru neu'n caru, ac o dan awyr goch Gorffennaf mae'r dref, yn heigio gan ddeuoedd a dwndwr, yn dirwyn tua'r nos aflonydd. Yn ofer, bob nos ar y rhodfeydd, mae hen ŵr selog, het feddal am ei ben a'i dei'n hirllaes, yn mynd drwy'r dyrfa'n gweiddi fel tôn gron: 'Mawr yw'r Arglwydd, deuwch ato', ond mae pawb yn brysio'n hytrach ar ryw berwyl annelwig, a chanddyn nhw reitiach pethau i'w gwneud na rhoi tro am Dduw. I ddechrau, pan gredai pawb mai clefyd 'run fath â phob un arall oedd hwn, roedd crefydd yn iawn yn ei lle. Ond o weld ei fod yn ddifrifol roedd pawb am gael hwyl. Yn y gwyll tanbaid llychlyd mae'r holl wewyr meddwl sydd i'w weld ar eu hwynebau yn ystod y dydd yn gweddnewid yn gyffro gwyllt, yn rhyddid chwithig sy'n gwenwyno'r gwaed.

A minnau, dwi 'run fath yn union â nhw. Naw wfft iddo! Dydi marw'n ddim o beth i ddynion fel fi. Dim ond digwyddiad sy'n profi'u bod yn llygad eu lle.

# VII

Tarrou ofynsai i Rieux am gael y sgwrs ag o mae'n sôn amdani yn ei ddyddiaduron. Y noson honno, yn union cyn iddo gyrraedd, syllai'r meddyg ar ei fam ar ei heistedd mewn cadair yng nghornel y stafell fwyta. Yno y treuliai ei diwrnodiau ar ôl iddi orffen y gwaith tŷ. Arhosai, ei dwylo ymhleth ar ei glin. Wyddai Rieux ddim i sicrwydd hyd yn oed ai fo'i hun roedd yn aros amdano. Ond beth bynnag, newidiai rhywbeth yn wyneb ei fam pan ddôi i'r golwg. Y funud honno diflannai holl olion oes o lafurio, a llonyddwch mud ei hwyneb yn bywiogi drwyddo. Wedyn distawai drachefn. Y noson honno syllai drwy'r ffenest ar y stryd wag. Roedd goleuadau'r nos yn llai o ddwy ran o dair a dim ond yma a thraw y taflai un o'r lampau lygedyn o olau yng nghysgodion y ddinas.

'Fydd y goleuadau'n bŵl tra pery'r pla?' meddai Madame Rieux.

'Mwy na thebyg.'

'Gobeithio na phery o ddim tan y gaea. Fasa hynny'n annifyr iawn.'

'Basa,' meddai Rieux.

Gwelodd ei fam yn llygadu ei dalcen a gwyddai fod arno ôl poeni a lladdfa'r diwrnodiau cynt.

'Aeth petha ddim yn dda heddiw?'

'O! 'Run fath ag arfer, sti.'

'Run fath ag arfer! Hynny ydi, yn ôl pob golwg roedd y serwm newydd o Baris yn llai effeithiol na'r cyntaf a nifer y meirw'n chwyddo. Doedd dim modd eto brechu neb â'r serwm ataliol heblaw'r teuluoedd oedd eisoes wedi'u heintio. Byddai angen peth wmbredd ohono i fedru brechu pawb. Roedd y rhan fwyaf o'r llinorod yn cau tyllu, fel petai'n dymor caledu arnyn nhw, ac yn arteithio'r cleifion. Ers y diwrnod cynt roedd dau achos yn y dref o ffurf newydd ar yr haint, a'r pla bellach ar y sgyfaint. Y diwrnod hwnnw, mewn cyfarfod o'r meddygon wedi ymlâdd o flaen *préfet* ffwndrus, gofynsai'r meddygon am gamau newydd – a'u cael – i osgoi'r heintio geg yng ngheg sydd ynghlwm â phla'r sgyfaint. 'Run fath ag arfer, wydden nhw affliw o ddim.

Edrychodd ar ei fam. Deffrodd golwg dyner ei llygaid brown ynddo flynyddoedd o hoffter.

'Oes arnat ti ofn, Mam?'

'Yn f'oed i, ychydig o betha mae rhywun yn eu hofni.'

'Mae'r diwrnodia'n faith a minna byth yma.'

'Dwi'n malio dim aros amdanat ti, o wbod y doi di'n ôl. A phan na fyddi di ddim yma fydda i'n meddwl am be wyt ti'n neud. Oes gin ti ryw newydd?'

'Oes. Popeth yn iawn, yn ôl y telegram dwytha. Ond dwi'n gwbod yn iawn ei bod hi'n deud hynny i dawelu fy meddwl i.'

Canodd cloch y drws.

Gwenodd y doctor ar ei fam a mynd i agor y drws. Yn y gwyll ar y landin roedd Tarrou fel arth fawr lwyd. Rhoes Rieux gadair i'w ymwelydd o flaen ei ddesg. Arhosodd yntau ar ei draed y tu ôl i'w gadair freichiau. Rhyngddyn roedd yr unig olau yn y stafell, y lamp ar y ddesg.

'Dwi'n gwbod y medra i siarad efo chi heb flewyn ar dafod,' meddai Tarrou heb hel dail.

Nodiodd Rieux ei fod yn cytuno.

'Ymhen pythefnos neu fis fyddwch chi wedi cyrraedd pen eich tennyn yma, mae pethau'n drech na chi.'

'Digon gwir,' meddai Rieux.

'Does 'na ddim trefn ar y gwasanaeth iechyd. Does gennych chi na'r bobol na'r amser.'

Unwaith eto cydnabu Rieux mai dyna'r gwir amdani.

'Dwi wedi cael ar ddeall fod y *préfecture* yn meddwl am ryw fath o wasanaeth sifil i orfodi dynion tebol i roi help llaw.'

'Gwir y gair. Ond mae 'na anniddigrwydd yn barod a'r *préfet* yn betrus.'

'Be am ofyn am wirfoddolwyr?'

'Wedi'i neud, heb fawr o lwc.'

'Iawn, maen nhw wedi rhoi cynnig arni yn y ffordd swyddogol, heb fawr o arddeliad. Be sy isio ydi tipyn bach o ddychymyg. Dydyn nhw byth ddim ffit i fynd i'r afael â phlâu. Ac o ran y camau ataliol maen nhw'n synio amdanyn nhw – prin maen nhw'n ddigon at annwyd yn y pen. Os gadwn ni lonydd iddyn nhw, marw fydd eu hanes nhw a ninnau i'w canlyn.'

'Mwy na thebyg,' meddai Rieux. 'Ond mi ddylwn i ddeud wrthoch chi, maen nhw hefyd wedi meddwl am garcharorion ar gyfer – ddeudwn ni – y gwaith caib a rhaw.'

'Fasa'n well gin i weld dynion rhydd yn ei neud.'

'A minnau. Ond ga i ofyn pam?'

'Gas gin i weld condemnio dynion i farw.'

Edrychodd Rieux ar Tarrou.

'Ac felly?' meddai.

'Ac felly. Mae gen i gynllun mewn golwg ar gyfer minteioedd gwirfoddol. Os ydach chi mewn lle i f'awdurdodi i roi cynnig arno fedrwn ni fynd o'r tu arall i'r awdurdodau. At hynny mae gan yr awdurdodau ddigon ar eu plât. Mae gen i ffrindiau o bob lliw a llun wnaiff gnewyllyn i roi cychwyn arni. Ac wrth reswm pawb mi wna i fy rhan.'

'Siŵr iawn,' meddai Rieux, 'a dwi'n derbyn â chroeso. Mae angen help llaw, yn enwedig yn y gwaith yma. Dwi'n addo mynd ar ôl y peth efo'r *préfecture*. Does ganddyn nhw ddim dewis ond derbyn. Ond...'

Roedd Rieux yn sad-gysidro.

'Ond mae'r gwaith yma'n beryg bywyd, mi wyddoch chi hynny o'r gorau. A beth bynnag, mae'n rhaid i mi'ch rhybuddio chi. Ydach chi wedi pwyso a mesur?'

Edrychai Tarrou arno â'i lygaid llwyd.

'Be ydi'ch barn chi ar bregeth Paneloux, doctor?'

Holodd yn ddigon didaro ei oslef ac atebodd Rieux yn yr un modd.

'Dwi wedi byw a bod ormod mewn ysbytai i gymryd at y syniad o gosb dorfol. Ond fel y gwyddoch chi, mae Cristnogion yn siarad fel'na weithiau, heb fyth ei feddwl o go iawn. Maen nhw'n well na maen nhw i'w gweld.'

'Ond serch hynny, rydach chi o'r un farn â Paneloux, bod 'na ryw ddaioni'n deillio o'r pla – agoriad llygad, cael gennym ni feddwl!'

Ysgydwodd y doctor ei ben yn ddiamynedd.

''Run fath â holl glefydau'r byd 'ma. Ond mae be sy'n wir am holl ddrygau'r byd hwn yn wir am y pla hefyd. Mae'n gneud i rai pobol ddod i oed. Ond o weld y gofid a'r gwayw sy'n dod yn ei sgil mae gofyn bod yn hurt, yn ddall neu'n llwfr i blygu i drefn y pla.'

Prin roedd Rieux wedi codi ei lais. Ond gwnaeth Tarrou ystum fel petai am iddo bwyllo. Gwenodd.

'Wel ia,' meddai Rieux gan godi ei sgwyddau. 'Ond dach chi heb f'ateb i. Ydach chi wedi pwyso a mesur?'

Sythodd Tarrou ychydig yn ei gadair ac estyn ei wyneb i'r golau.

'Dach chi'n credu yn Nuw, doctor?'

Unwaith eto roedd y cwestiwn yn ddigon didaro ei oslef. Ond y tro yma petrusodd Rieux.

'Nac ydw. Ond be mae hynny'n feddwl? Dwi yn y nos, yn gneud fy ngorau i weld yn glir ynddi. Ond dwi'm yn cael hynny'n wreiddiol ers tro byd.'

'Ac onid dyna'r bwlch rhyngoch chi a Paneloux?'

'Go brin. Sgolor ydi Paneloux. Heb weld digon o farw, dyna pam mae'n siarad yn enw rhyw wirionedd. Ond mae'r offeiriad cefn gwlad mwya di-nod sy'n gweini ar ei blwyfolion ac wedi clywed rhwnc angau o'r un farn â fi. Ei ofal cynta fasa lleddfu poen dyn, nid ei mawrygu.'

Cododd Rieux, ei wyneb bellach yn y cysgod.

''Dawn ni ddim ar ôl hynny,' meddai, 'gan nad oes arnoch chi ddim isio ateb.'

Gwenodd Tarrou heb symud o'i gadair.

'Ga i ateb â chwestiwn?'

Gwenodd y doctor yn ei dro.

'Dirgelwch ydi'ch pethau chi'n te,' meddai. 'Ffwr â chi.'

'Hyn sy gen i,' meddai Tarrou. 'Pam ydach chi'ch hun yn dangos cymaint o ymroddiad, a chithau heb fod yn credu yn Nuw? Hwyrach bydd eich ateb chi'n gymorth i minnau ateb.'

Heb ddod allan o'r cysgod, dywedodd y doctor ei fod eisoes wedi ateb – petai'n credu mewn Duw hollalluog rhoddai'r gorau i wella dynion, Ef fyddai piau gwneud hynny. Ond doedd neb ar wyneb daear, na, dim hyd yn oed Paneloux, oedd yn credu'i fod yn credu ynddo, yn credu mewn Duw o'r math yna, am na fyddai neb yn ildio'n llwyr ac yn hynny o beth, o leiaf, credai Rieux ei fod ar y trywydd iawn, yn brwydro yn erbyn y greadigaeth fel ag yr oedd.

'A!' meddai Tarrou. 'Dyna sut dach chi'n synio am eich galwedigaeth, felly?'

'Mwy neu lai,' atebodd y doctor gan ddod yn ôl i'r golau.

Chwibanodd Tarrou yn isel ac edrychodd y doctor arno.

'Ia,' meddai. 'Mae gofyn balchdra, meddach chi. Ond coeliwch chi fi, does gen i ddim mwy o falchdra na'r gofyn. Dwn i ddim be sy'n f'aros i na be ddigwydd pan ddaw hyn i gyd i ben. Am y tro mae 'na gleifion ac mae gofyn eu gwella nhw. Wedyn hwyrach y byddan nhw'n cnoi cil, a minnau. Ond y mater brys ydi eu gwella.

Dwi'n eu hamddiffyn nhw orau medra i a dyna ni.'

'Yn erbyn pwy?'

Trodd Rieux tua'r ffenest. Gwelai'r môr o bell, yn ddim ond cysgod tywyllach ar y gorwel. Theimlai ddim byd ond ei flinder ac ar yr un pryd ymladdai yn erbyn awydd sydyn ac afresymol bwrw'i fol wrth y dyn hwn, un hynod ond i'w glywed yn gydnaws.

'Dwn i ddim wir, Tarrou, yn wir i chi, dwn i ddim. Pan gychwynnais i yn yr yrfa yma, roedd yn rhywbeth difeddwl, fel petai, roedd arna i'i heisio, roedd hi'n swydd 'run fath â phob swydd arall, yn un sy'n uchelgais gan bobol ifanc. Hwyrach hefyd am ei bod yn arbennig o anodd i fab gweithiwr 'run fath â fi. Ac wedyn roedd rhaid gweld pobol yn marw. Wyddoch chi fod 'na bobol sy'n cau'n glir â marw? Glywsoch chi erioed ddynes yn gweiddi: 'Byth!' ar fin marw? Dwi wedi'i glywed, cofiwch. Ac mi wyddwn o'r funud honno na fedrwn i fyth ymgodymu â hynny. Llanc oeddwn i ac roedd holl drefn pethau'n codi pwys arna i. Wedyn ddois i'n fwy gwylaidd. Heb flewyn ar dafod, dwi ddim eto wedi ymgodymu â gweld pobol yn marw. Dyna'r cwbl wn i. Ond wedi'r cyfan...'

Tawodd Rieux ac eistedd yn ei ôl. Roedd ei geg yn sych.

'Wedi'r cyfan?' meddai Tarrou yn dawel.

'Wedi'r cyfan,' meddai'r doctor wedyn, a dal i betruso, yn craffu ar Tarrou, 'mae'n rhywbeth y medar dyn fel chi ei ddeall, siawns, ond gan mai marw sy'n rheoli trefn y byd hwyrach y byddai'n well peth i Dduw i ni beidio â chredu ynddo ond ymlad nerth deg ewin yn erbyn marwolaeth heb godi'n golygon tua'r nefoedd 'ma lle mae'n eistedd heb ddeud gair.'

'Medra,' meddai Tarrou, 'mi fedra i ddeall. Ond dros dro bydd eich buddugoliaethau chi i gyd bob amser, a dyna ni.'

Tywyllodd wyneb Rieux.

'Bob amser, wn i. Ond dydi hynny'n ddim rheswm dros roi'r gorau i frwydro.'

'Nac ydi, dim rheswm. Ond dwi'n gweld rŵan be ydi'r pla 'ma i chi.'

'Ia,' meddai Rieux. 'Curfa ddiddiwedd.'

Craffodd Tarrou ar y doctor am eiliad, wedyn codi a cherdded yn drwm tua'r drws. Aeth Rieux ar ei ôl. Roedd bron yn ei ymyl pan ddywedodd Tarrou, oedd yn edrych ar ei draed:

'Pwy ddysgodd hyn i gyd i chi, doctor?'

Daeth yr ateb yn syth:

'Diodde.'

Agorodd Rieux ddrws ei swyddfa ac yn y coridor dweud wrth Tarrou ei fod yn mynd allan, a chanddo glaf i ymweld ag o yn y maestrefi. Cynigiodd Tarrou fynd yn gwmni iddo a derbyniodd y doctor. Ym mhen draw'r coridor daethant ar draws Madame Rieux a chyflwynodd y doctor Tarrou iddi.

'Ffrindia i mi,' meddai.

'O!' meddai Madame Rieux. 'Mae'n dda gen i'ch cwarfod chi.'

Gwyliodd Tarrou hi'n gadael. Ar y landin rhoes y doctor gynnig ar gynnau'r golau ond yn ofer. Roedd y grisiau fel bol buwch. Tybed ai effaith mesur arbed eto oedd hyn, meddyliodd y doctor, ond doedd wybod yn y byd. Ers peth amser, yn y tai ac yn y dref, roedd popeth yn draed moch. Hwyrach, heb hel dail, bod hyn am nad oedd y *concierges*, na'n cyd-ddinasyddion at ei gilydd, yn gofalu am ddim. Ond chafodd y doctor ddim cyfle i'w holi ei hun ymhellach; daeth llais Tarrou o'r tu ôl iddo:

'Gair bach eto, doctor, hyd yn oed os cewch chi o braidd yn wirion. Dach chi yn llygad eich lle.'

Cododd Rieux ei sgwyddau – er ei fwyn ei hun yn y tywyllwch.

'Dwn i ddim wir, a dyna'r gwir amdani. Ond be wyddoch chithau?'

'O!' meddai'r llall yn ddigynnwrf. 'Chydig sy gen i i'w ddysgu.'

Arhosodd y doctor a'r tu ôl iddo llithrodd troed Tarrou ar ris. Sadiodd Tarrou ei hun ar ysgwydd Rieux.

'Dach chi'n meddwl eich bod chi'n gwbod pob peth am fywyd?' meddai hwnnw.

Daeth yr ateb o'r tywyllwch, yn yr un llais llonydd.

'Ydw.'

Pan aethant allan i'r stryd gwelsant ei bod eisoes yn hwyr, un ar ddeg efallai. Roedd y dref yn fud ond am ambell i siffrwd. O bell canai cloch ambiwlans. Aethant i'r car a chychwynnodd Rieux yr injan.

'Rhaid i chi ddod i'r ysbyty fory,' meddai, 'i gael y brechiad ataliol. Ond yn ola, a chyn i ni gychwyn ar y busnes 'ma, mae gofyn i chi wbod mai un siawns o dair sy gennych chi o ddod drwyddi.'

'Does 'na ddim sens mewn clandro fel'na, doctor, mi wyddoch chi gystal â minnau. Gan mlynedd yn ôl ddaru haint ladd holl drigolion tref ym Mhersia, heblaw am yr union ddyn oedd yn golchi'r cyrff ac yntau wedi dal i neud ei waith o'r dechrau i'r diwedd.'

'Mi gadwodd ei un siawns o dair, dyna'r cwbl,' meddai Rieux, a'i lais yn sydyn yn is. 'Ond mae'n wir mai'r nesa peth i ddim wyddon ni am y peth hyd yma.'

Roedden nhw wedi cyrraedd y maestrefi. Goleuai lampau'r car y strydoedd gweigion. Daethant i ben y daith. O flaen y car gofynnodd Rieux i Tarrou a oedd am ddod i mewn. Oedd, meddai'r llall. Roedd llygedyn o olau o'r awyr ar eu hwynebau. Yn sydyn chwarddodd Rieux yn gyfeillgar.

'Dewch o 'na, Tarrou,' meddai, 'be sy'n gneud i chi ymhél â hyn?'

'Dwn i ddim. Fy nghod moesol hwyrach.'

'Hynny ydi?'

'Crebwyll.'

Trodd Tarrou tua'r tŷ ac ni welodd Rieux mo'i wyneb eto tan y funud roedden nhw yn nhŷ'r hen ŵr caeth ei frest.

# VIII

Drannoeth aeth Tarrou ati a chynnull ei dîm cyntaf a deuai llawer eto ar ei ôl. Ond dydi hi ddim yn fwriad gan yr adroddwr roi mwy o bwys ar y minteioedd yma nag oedd ganddyn nhw. Yn ei le yntau mae'n siŵr y byddai llawer o'n cyd-ddinasyddion yn ildio i demtasiwn ac yn gorliwio'u rôl. Ond mae'r adroddwr, yn hytrach, yn cael ei demtio fwy i gredu bod rhoi gormod o bwys ar weithredoedd da yn y pen draw yn talu teyrnged – yn anuniongyrchol ond yn rymus – i ddrygioni. Mae rhoi pwys felly ar weithredoedd da yn awgrymu nad ydyn nhw o fawr o werth ond yn gymaint â'u bod yn brin ac mai mileindra a difaterwch sy'n gyrru gweithredoedd dynion yn amlach na heb. Dydi'r adroddwr ddim o'r farn honno. Bron bob amser o anwybodaeth y mae'r drygioni sydd yn y byd yn deillio, ac ewyllys da'n medru gwneud yr un faint o ddifrod â mileindra os nad ydi o'n oleuedig. Mae dynion yn dda yn hytrach nag yn ddrwg, a beth bynnag dydi hynny nac yma nac acw. Ond maen nhw'n fwy neu'n llai anwybodus a dyna be elwir yn rhinwedd neu'n ddrygioni, a'r drygioni mwyaf anobeithiol ydi hwnnw sy'n meddwl ei fod yn gwybod popeth a chan hynny'n mynnu'r hawl i ladd. Mae enaid llofrudd yn ddall a does dim gwir ddaioni na gwir gariad heb graffter o'r mwyaf.

Dyna pam mae gofyn bod yn wrthrychol pan ymfalchïwn yn ein minteioedd iechyd, ddaeth i fod diolch i Tarrou. Dyna pam na fydd yr adroddwr ddim yn canu clodydd yn rhy ffri ewyllys ac arwriaeth nad oedd, i'w dyb o, yn ddim mwy na rhesymol. Ond bydd yn dal i adrodd hanes calonnau briw, ysol ein cyd-ddinasyddion dan y pla.

A dweud y gwir, ddylai'r rheini ymroes i'r minteioedd iechyd ddim bod yn fawr eu clod, a hynny am eu bod yn gwybod mai dyna'r unig beth i'w wneud ac mai'r peth anhygoel fyddai dewis peidio â'i wneud. Rhoddai'r minteioedd yma le i'n cyd-ddinasyddion dreiddio i'r pla a'u hargyhoeddi'n rhannol, gan fod y salwch yno, fod gofyn gwneud popeth roedd eisiau i frwydro yn ei erbyn. Gan i'r pla yn y modd yma ddod yn ddyletswydd rhai, roedd i'w weld yr hyn oedd, mewn gwirionedd, sef busnes pawb.

Purion peth. Ond ni fyddem yn brolio athro am ddysgu bod dau a dau yn gwneud pedwar. Hwyrach y byddem yn ei frolio am ddewis gyrfa ardderchog. Dywedwn felly ei bod yn glodwiw i Tarrou ac eraill ddewis profi bod dau a dau yn gwneud pedwar yn hytrach na'r gwrthwyneb, ond yn hyn o beth dweud yr ydym fod ganddyn nhw'r ewyllys da yma ar y cyd â'r athro, ac â phawb a chanddyn nhw'r un galon â'r athro ac sydd, er clod i ddynion, yn fwy niferus na'r dyb gyffredin – o leiaf dyna farn yr adroddwr. Ar y llaw arall, mae yntau'n gweld yn iawn be ellid ei ddweud yn groes iddo, sef bod y dynion hyn yn mentro'u hoedl. Ond mae yna ennyd bob amser mewn hanes pan fydd yr hwn sy'n meiddio dweud bod dau a dau yn gwneud pedwar yn cael cosb angau. Gŵyr yr athro hyn yn iawn. A'r peth dan sylw ydi nid gwybod be ydi gwobr neu gosb y rhesymu hwn. Y peth dan sylw ydi gwybod a ydi dau a dau yn gwneud pedwar – ai peidio. O ran ein cyd-ddinasyddion oedd yn mentro eu heinioes, penderfynu oedd piau hi a oedden nhw yng nghanol y pla – ai peidio – ac a oedd gofyn brwydro yn ei erbyn – ai peidio.

Yr adeg honno âi llu o egin foesolwyr o gwmpas ein tref yn dweud nad oedd dim yw dim i'w wneud ond plygu i'r drefn. A medrai Tarrou, a Rieux, a'u cyfeillion ateb fel hyn ac fel arall, ond yr un peth oedd y casgliad bob tro sef be wydden nhw: roedd rhaid brwydro fel hyn neu fel arall a pheidio â phlygu i'r drefn. Y peth hanfodol oedd achub cynifer o bobl ag oedd modd rhag marw a'r gwahanu terfynol. At hynny dim ond un dull oedd, sef brwydro yn erbyn y pla. Nid gwirionedd clodwiw mo hwn – roedd yn dilyn yn rhesymegol.

Gan hynny roedd yn naturiol i'r hen Castel hyderu'n ddiffuant mewn serwm yn y fan a'r lle a gweithio nerth deg ewin i'w gynhyrchu â'r holl adnoddau oedd ganddo wrth law. Gobeithiai Rieux ac yntau y byddai serwm wedi'i gynhyrchu â chyfryngau'r un microb oedd yn y dref yn fwy uniongyrchol effeithiol na serwm o'r tu allan gan fod y microb fymryn yn wahanol i fasilws y pla yn ôl ei ddiffiniad clasurol. Gobeithiai Castel y byddai ganddo ei serwm cyntaf cyn bo hir.

Gan hynny roedd yn naturiol hefyd i Grand, heb fod ynddo ruddin arwr, ysgwyddo gwaith rhyw fath o ysgrifennydd y minteioedd iechyd. Roedd rhai o'r timau ffurfiodd Tarrou yn ymwneud â chymorth ataliol yn y rhannau mwyaf poblog, yn ceisio gwella'r glanweithdra yno, yn rhestru'r croglofftydd a'r seleri oedd heb eu diheintio. Cynorthwyai timau eraill y meddygon yn ymweld â chartrefi, yn ymorol am gludo'r rhai dan y pla a hyd yn oed, gan nad oedd arbenigwyr ar gael, gyrru cerbydau'r cleifion a'r meirwon. At hyn oll roedd gofyn gwaith cofrestru ac ystadegau ac ymgymerodd Grand â'r dasg.

O'r safbwynt yna, yn nhyb yr adroddwr, Grand – rhagor na Rieux neu Tarrou – oedd gwir gynrychiolydd y rhinwedd tawel a symbylai'r minteioedd. Dywedodd ie heb betruso, â'r ewyllys da oedd iddo. Yr unig beth a ofynnodd oedd rhoi help llaw mewn gwaith ysgafn, roedd yn rhy hen i'r gweddill. Medrai roi o'i amser rhwng chwech ac wyth o'r gloch yr hwyr. A phan ddiolchodd Rieux iddo'n wresog, meddai'n syn: 'Dydi hynny'n fawr o beth. Mae'r pla arnon ni, rhaid i ni'n hamddiffyn ein hunain wrth reswm pawb. O na bai pob peth mor syml!' Ac âi yn ei ôl at ei frawddeg. O bryd i'w gilydd gyda'r nos pan oedd y cofnodion wedi'u gorffen, câi Rieux a Grand sgwrs. Ymhen yr hir a'r hwyr daeth Tarrou yn rhan o'r sgwrs a siaradai Grand heb flewyn ar dafod â'i ddau gydymaith, yn fwyfwy amlwg wrth ei fodd. Ymddiddorai'r ddau mewn dilyn y gwaith amyneddgar roedd Grand yn dal i fwrw iddo yng nghanol y pla. Yn y diwedd daeth yn hoe fach iddyn nhw ill dau hefyd.

'Sut hwyl sy ar y farchoges?' holai Tarrou yn aml. Ac atebai Grand bob gafael, 'Mynd ar drot, mynd ar drot,' gan wenu'n gam. Un noson dywedodd Grand ei fod wedi cefnu'n bendant ar yr ansoddair "cain" ar gyfer y farchoges ac y byddai o hynny allan yn ei disgrifio'n "lluniaidd". 'Mae'n fwy diriaethol,' meddai wedyn. Dro arall darllenodd i'w ddau wrandäwr y frawddeg gyntaf ar ei newydd wedd, "Ar fore teg o Fai, rhodiai marchoges luniaidd, ar gefn caseg winau wych, lwybrau blodeuog Bois de Boulogne."

'Mae hi i'w chlwad yn well,' meddai Grand, 'yn tydi? Ac mi oedd yn well gin i "Ar fore teg o Fai" am fod "ym mis Mai" yn arafu'r trotian braidd.'

Wedyn roedd i'w weld mewn byd efo'r ansoddair "gwych". Doedd o'n cyfleu dim byd, meddai, ac roedd ar drywydd y gair fyddai'n tynnu llun ar amrantiad y gaseg fendigedig oedd yn ei feddwl. Wnâi "llyfndew" mo'r tro, roedd yn ddiriaethol ond braidd yn ddifrïol. Roedd "gloyw" yn ei ddenu am ennyd, ond doedd y rhythm ddim yn cyd-fynd. Un noson cyhoeddodd yn orfoleddus ei fod wedi dod i'r lan: "caseg winau ddu". Roedd du bob amser yn cynnil ddynodi ceinder, yn ei dyb o.

'Fedrwch chi ddim,' meddai Rieux.

'Pam, felly?'

'Nid yr hil mo gwinau, ond y lliw.'

'Pa liw?'

'Wel, dwn i ddim – lliw nad ydi o ddim yn ddu beth bynnag!'

Roedd Grand wedi cymryd ato'n arw.

'Diolch,' meddai, 'a diolch byth eich bod chi yma. Ond welwch chi mor anodd ydi hi.'

'Be fasech chi'n ddeud wrth "godidog"?' meddai Tarrou.

Edrychodd Grand arno. Roedd yn cnoi cil.

'Ia,' meddai, 'ia!'

Ac o dipyn i beth daeth gwên dros ei wyneb.

Beth amser wedyn cyfaddefodd fod y gair "blodeuog" yn ddraenen yn ei ystlys. Ac yntau heb erioed nabod unman ond Oran a Montélimar, o bryd i'w gilydd byddai'n gofyn i'w ffrindiau am ryw amcan o'r ffordd roedd llwybrau'r Bois yn flodeuog. A dweud y gwir chawsai na Rieux na Tarrou erioed mo'r argraff eu bod yn flodeuog, ond roedd y clerc bach mor siŵr o'i bethau fel y dechreusant simsanu. Roedd yn synnu at eu hansicrwydd. 'Dim ond artistiaid sy'n medru gweld.' Ond un tro cafodd y doctor o'n fawr ei gyffro. Yn lle "blodeuog" rhoesai "llawn blodau". Rhwbiai ei ddwylo. 'O'r diwadd, maen nhw i'w gweld, i'w clwad. *Tynnwch eich capiau, foneddigion!* Darllenodd y frawddeg yn orfoleddus, "Ar fore teg o Fai, rhodiai marchoges luniaidd, ar gefn caseg winau odidog, lwybrau llawn blodau Bois de Boulogne." Ond, o'u darllen yn uchel, roedd yn dal i glywed y tri gair genidol ar ddiwedd y frawddeg yn chwithig a baglai Grand drostynt. Eisteddodd, wedi torri ei grib. Wedyn gofynnodd i'r doctor am gael mynd. Roedd arno angen meddwl tipyn.

Ar yr adeg yma, fel y cafwyd gwybod wedyn, y dechreuodd ddangos arwyddion o fod yn anghofus yn y swyddfa, oedd yn bur anffodus a chyngor y dref ar y pryd yn gorfod dod i ben â mwy o ddyletswyddau a llai o weithwyr. Roedd hyn yn effeithio'n andwyol ar ei adran a chafodd gerydd llym gan ei bennaeth a'i hatgoffodd ei fod yn cael ei dalu am waith nad oedd, gyda phob tegwch, yn ei wneud. 'Yn ôl pob golwg,' meddai'r pennaeth, 'rydych yn gwneud gwaith gwirfoddol yn y minteioedd iechyd, y tu allan i oriau gwaith.

Nid fy musnes i mo hynny. Ond fy musnes i ydi'ch gwaith chi. A'r bennaf ffordd i chi fod o fudd dan yr amgylchiadau ofnadwy yma ydi gwneud eich gwaith yn ddiwyd. Fel arall, dydi'r gweddill yn dda i ddim.'

'Mae yn llygad ei le,' meddai Grand wrth Rieux.

'Ydi, yn llygad ei le,' meddai'r doctor.

'Ond fedra i ddim hoelio fy sylw, methu'n lân â dod i'r lan â diwadd fy mrawddeg.'

Buasai'n ystyried hepgor "de Boulogne" gan feddwl y byddai pawb yn deall pa Bois oedd dan sylw. Ond wedyn roedd y cymal fel petai'n gysylltiedig â "blodau" oedd ynghlwm â "llwybrau". Buasai'n meddwl hefyd tybed sut byddai sgrifennu, "llwybrau'r Bois llawn blodau". Ond roedd rhoi "Bois" rhwng enw ac ansoddair a gwahanu'r ddau'n fympwyol yn ddraenen yn ei ystlys. Rai nosweithiau, heb air o gelwydd, roedd i'w weld yn fwy blinedig na Rieux.

Oedd, roedd wedi blino'n lân dan bwysau'r ymchwil oedd yn mynd â'i holl fryd ond ni phallodd ddim yn clandro ac yn casglu'r ystadegau'r oedd eu hangen ar y minteioedd. Yn amyneddgar, y naill noson ar ôl y llall, rhoddai drefn ar y cofnodion, ynghyd â graffiau, a gwneud ei orau glas i gyflwyno ei ddata mor fanwl gywir ag y bai modd. Yn amlach na heb âi at Rieux yn un o'r ysbytai a gofyn am fwrdd mewn swyddfa neu glafdy, ac ymgartrefu yno efo'i bapurau yn union yr un fath â'i fwrdd yn neuadd y dref. Ac yn yr awyr drom gan ddiheintydd a gan y salwch ei hun chwifiai ei bapurau i sychu'r inc. Gwnâi ymdrech ddiffuant i beidio â meddwl am ei farchoges a gwneud dim ond be oedd rhaid.

Purion, os mai'r ffaith amdani ydi bod yn dda gan bobl gael esiamplau a modelau maen nhw'n eu galw'n arwyr, ac os oes rhaid wrth arwr yn yr hanes yma, mae'r adroddwr yn cynnig yr union arwr di-nod a gwylaidd hwn heb ddim er ei glod ond mymryn o ddaioni yn ei galon a delfryd oedd i'w gweld yn chwerthinllyd. Rhydd hyn i'r gwirionedd ei haeddiant, adio dau a dau yn gyfanswm o bedwar, ac i arwriaeth yr ail le sef ei phriod le, yn union ar ôl – a byth o flaen – yr hawl fawrfrydig i hapusrwydd. Hynny hefyd fydd yn rhoi i'r cronicl yma ei anian, a ddylai fod yn anian hanes a adroddir â theimladau da, sef teimladau sydd heb fod nac yn amlwg ddrwg nac yn mynd dros ben llestri ac yn gwneud sioe ohonyn eu hunain.

Dyna, o leiaf, oedd barn y doctor Rieux pan ddarllenai yn y papurau newydd neu glywed ar y radio'r negeseuon a'r calondid anfonai'r byd o'r tu allan at y dref dan bla. Ar yr un pryd â'r cymorth drwy'r awyr a thros dir, bob nos dros y tonnau awyr neu yn y wasg disgynnai cawodydd o sylwadau tosturiol neu lawn edmygedd ar y ddinas fyddai ar ei phen ei hun o hynny allan. A phob tro, roedd yr oslef arwrgerdd neu araith wobrwyo yn dân ar groen Rieux. Iawn, gwyddai o'r gorau nad cydymdeimlad cogio mohono. Ond roedd fel pe na bai modd ei gyfleu ond yn yr iaith gonfensiynol mae pobl yn ei defnyddio i gyfleu'r hyn sy'n eu clymu wrth y ddynoliaeth – iaith nad oedd a wnelo hi ddim ag ymdrechion bach beunyddiol Grand, er enghraifft, gan na fedrai gyfleu arwyddocâd Grand yng nghanol y pla.

Weithiau am ganol nos yn nistawrwydd mawr y ddinas oedd bellach yn wag, pan âi i'w wely i gysgu am rhy fyr o dro, rhoddai'r doctor y radio i fynd. Ac o bedwar ban byd, ar draws miloedd o filltiroedd ceisiai lleisiau anhysbys a brawdol gyfleu eu cydsafiad yn drwsgl. A'i gyfleu a wnaent yn wir, ond ar yr un pryd â dangos mor ofnadwy o ddiymadferth ydi pawb o'i gael ei hun yn methu rhannu go iawn ddolur na wêl mohono. 'Oran! Oran!' Yn ofer y croesai'r neges y moroedd. Yn ofer y gwrandawai Rieux yn astud a buan y chwyddai'r huodledd a dinoethi fwy fyth y gagendor hanfodol a wnâi Grand a'r siaradwr yn ddieithriaid. 'Oran! Ie, Oran!' Ond na, meddyliai'r doctor, caru neu farw gyda'ch gilydd, dyna'r unig ffordd. Maen nhw'n rhy bell.

# IX

A be yn union sydd ar ôl i'w adrodd cyn cyrraedd brig y pla, ac yntau'n magu'i holl rym i'w luchio ar y dref a'i meddiannu'n derfynol? Ymrafael maith undonog ambell un, megis Rambert, i adfer eu hapusrwydd a nadu i'r pla gipio'r rhan ohonyn nhw'r oedden nhw'n fodlon ymladd i'r pen drosti. Dyna'u ffordd o wrthsefyll y caethiwed oedd yn eu bygwth ac er nad oedd y gwrthsefyll hwn i'w weld mor effeithiol â'r llall, ym marn yr adroddwr roedd iddo ei ddiben ac roedd hefyd yn dyst, hyd yn oed yn ei oferedd a'i anghysondeb, i'r balchder oedd eto ynom bob un.

Brwydrai Rambert i nadu i'r pla gael y llaw uchaf arno. Ar ôl cael ar ddeall yn ddigamsyniol nad oedd dim modd cyfreithlon iddo adael y ddinas, dyma benderfynu, meddai wrth Rieux, defnyddio dulliau eraill. Cychwynnodd y newyddiadurwr â gweision caffis. Mae gwas caffi bob amser ynddi hi o ran popeth. Ond chafodd o fawr o hwyl efo'r ychydig cyntaf a holodd – dim ond o ran y gosb drom ynghlwm â mentrau o'r fath roedden nhw ynddi hi. Un tro fe'i camgymerwyd am gorddwr. Nid cyn iddo gyfarfod Cottard yn nhŷ Rieux y dechreuodd ennill tir. Y diwrnod hwnnw buasai Rieux ac yntau'n sgwrsio am ei ymdrechion seithug efo'r awdurdodau. Ddiwrnod neu ddau wedyn cyfarfu Cottard â Rambert ar y stryd a'i gyfarch yn rhadlon fel y gwnâi bellach bob amser.

'Dim hwyl arni byth?' meddai.

'Dim yw dim.'

'Bois y bensal? Dach chi fawr callach o ddibynnu arnyn nhw. Nid dallt mo'u petha nhw.'

'Dach chi yn llygad eich lle. Ond dwi'n mynd ar ôl pethau eraill. Mae'n drybeilig o anodd.'

'A!' meddai Cottard. 'Wela i.'

Gwyddai yntau am ffordd o fynd o'i chwmpas hi ac, o weld Rambert yn edrych yn syn, eglurodd ei fod yn hel caffis drwy hyd a lled Oran ers peth amser, bod ganddo ffrindiau yno a'i fod wedi cael gwybod am "frawdoliaeth" oedd yn ymhél â phethau o'r fath. Y gwir oedd bod Cottard, ar ôl mynd i fyw yn uwch na'i stad, wedi mynd ynghlwm â mentrau smyglo nwyddau wedi'u dogni. Roedd yn ailwerthu sigaréts a gwirodydd sâl a phrisiau'r rheini'n codi'n ddi-baid ac yn prysur hel tipyn o gelc iddo.

'Dach chi'n hollol siŵr o hyn?'

'Ydw, ges i gynnig fy hun.'

'Ond ddaru chi mo'i dderbyn?'

'Does dim isio i chi fod yn ddrwgdybus,' meddai Cottard yn glên, 'ddaru mi mo'i dderbyn am nad oes arna inna ddim isio gadael. Mae gin i fy rhesyma.'

Wedyn ymhen ennyd meddai,

'Chlywa i monach chi'n gofyn be ydi fy rhesyma i.'

'Dydi hynny mo musnes i, decini,' meddai Rambert.

'Ar un wedd, dio mo'ch busnes chi, nac ydi. Ond ar wedd arall... Yn y pen draw, does dim dwywaith nad ydw i'n well fy lle rŵan bod y pla yn ein mysg ni.'

Aeth Rambert ddim ar ôl hynny.

'Sut mae ymuno â'r "frawdoliaeth" 'ma?'

'A!' meddai Cottard. 'Nid ar chwara bach. Dewch efo mi.'

Roedd hi'n bedwar o'r gloch y pnawn. O dan awyr drom roedd y dre'n mudlosgi, cysgodlenni'r siopau i gyd i lawr a'r ffyrdd i gyd yn wag. Aeth Cottard a Rambert ar hyd rhodfeydd dan do a cherdded am beth amser heb ddweud gair. Dyma'r awr pan oedd y pla dan gudd. Gallasai'r distawrwydd, dim lliwiau na symud, berthyn i'r haf gymaint bob tamaid ag i'r pla. Doedd dim modd gwybod a oedd yr awyr yn drwm gan beryg ynteu gan y llwch a'r gwres. Roedd gofyn craffu a chnoi cil er mwyn taro ar y pla – dim ond diffyg pethau oedd yn ei ddatgelu. Roedd Cottard yn gydnaws â hyn a thynnodd sylw Rambert, er enghraifft, at y diffyg cŵn a fyddai fel arfer yn peuo ar eu hyd ar riniogau'r cynteddau, ar drywydd oerni nad oedd yn bod.

Troesant i Boulevard des Palmiers, croesi Place d'Armes a mynd i lawr tua rhan y Marine. Ar y chwith cysgodai caffi wedi'i beintio'n wyrdd dan gysgodlen letraws o gynfas melyn bras. Pan aethon nhw i mewn sychodd Cottard a Rambert eu talcenni, wedyn eistedd ar gadeiriau gardd plygu wrth fyrddau metal gwyrdd. Doedd dim enaid byw yno ac roedd yr awyr yn frith o bryfed. Mewn caetsh melyn ar y cownter simsan clwydai parot â'i blu i gyd yn hongian yn llipa. Ynghrog ar y parwydydd roedd hen luniau golygfeydd milwrol, yn saim i gyd ac yn dew gan we pryfed cop. Ar yr holl fyrddau metal ac o flaen Rambert ei hun roedd baw cywion ieir yn sychu, yn dipyn o ddirgelwch iddo nes i rywbeth godi stŵr mewn cornel dywyll ac wele geiliog gwych yn hopian i'r golwg.

Y funud honno roedd hi i'w chlywed yn codi'n boethach fyth. Tynnodd Cottard ei siaced a tharo'r bwrdd. Daeth dyn bach, ar goll mewn barclod hir glas, o'r cefn, cyfarch Cottard o bell cyn gynted ag y'i gwelodd, dod atyn nhw gan hel y ceiliog oddi ar ei ffordd â chic go dda a thrwy glwcian yr aderyn gofyn beth fynnai'r gwŷr bonheddig. Gwin gwyn roedd Cottard am ei gael a holodd ynghylch rhyw Garcia. Yn ôl y corrach roedden nhw heb ei weld yn y caffi ers rhai dyddiau.

'Dach chi'n meddwl y bydd o yma heno 'ma?'

'Hy! Dwi ddim yn llawiach ag o. Ond mi wyddoch chi'i oria fo?'

'Gwn, ond dio fawr o bwys. Isio cyflwyno ffrindia iddo fo.'

Sychodd y gwas caffi ei ddwylo tamp ar flaen ai farclod.

'A! Mae'r gŵr bonheddig mewn busnes hefyd?'

'Ydi,' meddai Cottard.

Snwffiodd y corrach.

'Dewch yn ôl heno, ta. Anfona i'r crwt i ddeud wrtho fo.'

Ar y ffordd allan gofynnodd Rambert pa fusnes oedd dan sylw.

'Smyglo, wrth gwrs. Maen nhw'n dod â'r nwydda i mewn drwy byrth y ddinas. Gwerthu am grocbris.'

'Wela i,' meddai Rambert. 'Maen nhw'n nabod y bobol iawn, debyg?'

'Ydyn tad.'

Gyda'r nos roedd y gysgodlen wedi'i chodi, y parot yn clegar yn ei gaetsh a'r byrddau metal yn llawn dynion yn llewys eu crysau. Cododd un ohonyn nhw pan ddaeth Cottard i mewn. Roedd ei het wellt ar du ôl ei ben, ei grys gwyn yn agored yn dangos ei frest lliw terracotta, wynepryd destlus a lliw haul arno, llygaid bychain duon, dannedd gwynion, dwy neu dair modrwy ar ei fysedd, tua'r deg ar hugain yn ôl ei olwg.

'S'mae?' meddai. 'Gymwn ni lasiad wrth y cownter.'

Gymeron nhw dair rownd heb ddweud gair.

'Be am ei throi hi?' meddai Garcia.

Aethant i lawr tua'r porthladd a gofynnodd Garcia be fynnen nhw ganddo. Nid at ddibenion masnach yn union roedd am gyflwyno Rambert iddo, meddai Cottard, dim ond be alwai'n 'dro bach'. Cerddai Garcia yn syth yn ei flaen yn smocio. Gofynnai gwestiynau gan alw Rambert yn "fo" fel pe na bai'n sylwi ei fod yno.

'I be?' meddai.

'Gynno fo wraig yn Ffrainc.'

'A!'

Ac ar ôl ennyd:

'Be ydi'i waith o?'

'Newyddiadurwr.'

'Gwaith tafodrydd.'

Ddywedodd Rambert ddim.

'Mae o'n ffrindia i mi,' meddai Cottard.

Aethant yn eu blaenau heb ddweud gair. Roeddent wedi cyrraedd yr harbwr lle'r oedd giatiau mawr yn gwahardd mynd ymhellach. Ond aethant tua bar bach lle clywent oglau sardîns wedi'u ffrio ar werth.

'Beth bynnag,' meddai Garcia yn y diwedd, 'nid y fi sy'n ymhél â hynny, ond Raoul. Ac mae gofyn i mi gael gafael arno fo a dydi hynny ddim yn hawdd.'

'A!' meddai Cottard yn frwd. 'Mae'n cadw yn y cudd felly?'

Atebodd Garcia ddim. Yn ymyl y bar arhosodd a throi at Rambert am y tro cyntaf.

'Drennydd, am un ar ddeg y bora, ar gornal y barics tollau yn rhan ucha'r dre.'

Roedd fel petai ar fin gadael ond trodd yn ei ôl tua'r ddau ddyn.

'Mi gyst i chi, cofiwch,' meddai, fel sylw.

'Debyg iawn,' meddai Rambert.

Toc wedyn diolchodd y newyddiadurwr i Cottard.

'Tewch â sôn,' meddai hwnnw'n siriol. 'Mae'n bleser gen i neud cymwynas â chi. Ac wedyn, newyddiadurwr dach chi, mi gewch chi gyfle i wneud tro da â mi ryw ddydd.'

Drennydd dringodd Rambert a Cottard y strydoedd llydain digysgod sy'n arwain at ran uchaf ein tref. Trawsnewidiwyd rhan o'r barics tollau yn ysbyty, ac o flaen y drws mawr safai pobl ddeuai yno'n gobeithio ymweld â chlaf na chaniateid fyth mohono neu ar drywydd rhyw newydd fyddai'n hen cyn pen yr awr. Beth bynnag, roedd yna gryn dipyn o fynd a dod ac mae'n debyg mai dyna pam y dewiswyd y fan i Garcia a Rambert gyfarfod.

'Dwi'n ei gael yn beth rhyfadd,' meddai Cottard, 'eich bod chi'n mynnu gadael. I mi mae be sy'n digwydd yma'n ddigon diddorol, cofiwch.'

'Ond ddim i mi,' atebodd Rambert.

'Wel ia, debyg iawn, dan ni'n ei mentro hi. Ond wedi'r cyfan, roedden ni'n ei mentro hi cynt, cyn y pla, yn croesi lôn brysur.'

Y funud honno arhosodd car Rieux yn eu hymyl. Tarrou oedd yn gyrru a Rieux i'w weld yn hanner cysgu. Deffrodd i gyflwyno pawb.

'Dan ni'n nabod ein gilydd,' meddai Tarrou, 'yn byw yn yr un gwesty.'

Cynigiodd bàs yn ôl i'r dref i Rambert.

'Dim diolch, mae gynnon ni gyfarfod yma.'

Edrychodd Rieux ar Rambert.

'Ia,' meddai hwnnw.

'A!' meddai Cottard yn syn. 'Mae'r doctor yn gwbod?'

'Tewch, dacw'r ynad archwilio,' meddai Tarrou gan edrych ar Cottard.

Newidiodd gwep Cottard. Roedd Monsieur Othon yn dod i lawr y stryd tuag atyn nhw ar frasgam buan. Cododd ei het wrth ddod gyferbyn.

'Bore da, Monsieur Othon!' meddai Tarrou.

Dywedodd yr ynad bore da wrth y ddau yn y car, wedyn edrych ar Cottard a Rambert oedd yn y cefndir a rhoi nòd fach ddifrif iddynt. Aeth Tarrou rhagddo i gyflwyno Cottard a'r newyddiadurwr. Syllodd yr ynad ar yr awyr am ennyd ac ochneidio gan ddweud ei fod yn gyfnod trist.

'Rwy wedi clywed sôn eich bod ynghlwm â rhoi'r camau clwyfataliol ar waith, Monsieur Tarrou. Ardderchog o beth, chwarae teg i chi'n wir. Be ydi'ch meddwl chi, doctor, ydi'r clefyd yn debygol o ledaenu?'

Nac oedd gobeithio, meddai Rieux a dywedodd yr ynad yn ei dro fod rhaid gobeithio bob amser, bod cynlluniau Rhagluniaeth yn annirnad. Gofynnodd Tarrou iddo a oedd ganddo fwy o waith yn sgil y digwyddiadau.

'I'r gwrthwyneb, mae achosion yr hyn alwn ni'n gyfraith gwlad yn brinnach. Mae bron y cwbl o'm gwaith i'n awr yn ymwneud ag ymholiadau i droseddau difrifol yn erbyn y rheolau newydd. Fu yna erioed gymaint o barch tuag at yr hen ddeddfau.'

'Am eu bod i'w gweld yn dda o'u cymharu, decini,' meddai Tarrou.

Rhoes yr ynad y gorau i'w olwg freuddwydiol, ei lygaid wedi'u hoelio ar yr awyr, a chraffu'n oeraidd ar Tarrou.

'Dyw hynny nac yma nac acw. Nid y ddeddf sy'n cyfrif ond y ddedfryd. Rhaid i ni i gyd blygu i'r drefn honno.'

'Nacw,' meddai Cottard ar ôl i'r ynad fynd, 'ydi'r pen-bandit ma isio cadw llygad arno fo.'

Cychwynnodd y car.

Toc wedyn sylwodd Rambert a Cottard ar Garcia'n cyrraedd. Daeth atyn nhw heb unrhyw arwydd ac yn gyfarchiad dweud, "Rhaid i ni aros."

O'u cwmpas arhosai'r dyrfa, merched gan mwyaf, mewn tawelwch llethol. Roedden nhw bron i gyd yn cario basgedi gan obeithio'n ofer medru'u sleifio i mewn at eu perthnasau claf a chan goleddu'r syniad gwirionach fyth y medrai'r rheini ddefnyddio'u bwydydd. Gwarchodai gwylwyr arfog y glwyd ac o bryd i'w gilydd yn yr iard rhwng y barics a'r glwyd atseiniai cri ryfedd. Ac yn y dyrfa troai wynebau pryderus tua'r ysbyty.

Roedd y tri dyn yn edrych ar yr olygfa yma pan ddaeth 'bora da' clir isel o'r tu ôl iddyn nhw a gwneud iddyn nhw droi. Er gwaetha'r gwres roedd Raoul fel pìn mewn papur mewn siwt dywyll ddwbl-brest a het feddal. Dyn tal, praff oedd Raoul, ei wyneb yn llwydwelw, llygaid brown a cheg dynn. Siaradai'n gyflym ac yn gwta.

'Awn ni i lawr i'r dre,' meddai. 'Garcia, gei di fynd.'

Taniodd Garcia sigarét ac aros yn ei unfan. Cerddodd y tri arall i ffwrdd, yn gyflym, Raoul yn y canol yn pennu'r cyflymdra.

'Mae Garcia wedi egluro i mi,' meddai. 'Mae modd ei neud. P'run bynnag, mi gyst ddeng mil ffranc i chi.'

Atebodd Rambert ei fod yn derbyn.

'Dewch i ginio canol dydd efo fi fory, yn y tŷ bwyta Sbaenaidd yn y Marina.'

'Iawn,' meddai Rambert. Ysgydwodd Raoul ei law dan wenu am y tro cyntaf. Ar ôl iddo fynd esgusododd Cottard ei hun. Doedd o ddim yn rhydd drannoeth a beth bynnag, doedd ar Rambert mo'i angen bellach.

Drannoeth pan aeth y newyddiadurwr i mewn i'r tŷ bwyta Sbaenaidd trodd pob pen i'w wylio. Seler lwydolau oedd hi, islaw lôn fach felen wedi'i chrasu gan yr haul. Dim ond dynion oedd yn mynd yno, Sbaenwyr yn ôl eu golwg. Ond cyn gynted ag yr amneidiodd Raoul, wrth fwrdd yn y pen draw, ar y newyddiadurwr a Rambert wedi mynd ato, ciliodd y chwilfrydedd o'r wynebau a aeth yn ôl at eu platiau. Wrth fwrdd Raoul roedd cono tal, tenau wedi rhyw fudr siafio, sgwyddau llydan fel llidiard, pryd a gwedd fel ceffyl, a gwallt tenau. Roedd ei lewys wedi'u torchi, yn dangos breichiau hir main yn flew du drostyn. Nodiodd deirgwaith pan gyflwynwyd Rambert iddo. Ynganwyd mo'i enw a phob tro y siaradai Raoul amdano fe'i galwai'n "ein cyfaill".

'Mae ein cyfaill yn meddwl ei fod yn gallu'ch helpu. Mae'n mynd i...'

Tawodd Raoul gan fod y weinyddes wedi dod i gymryd archeb Rambert.

'Mae'n mynd i'ch rhoi chi mewn cysylltiad â dau o'n ffrindia ni fydd yn eich cyflwyno i warchodwyr y medrwn ni ddibynnu arnyn nhw. Ond nid dyna ddiwedd y gân. Y gwarchodwyr eu hunain piau penderfynu ar y funud iawn. Y peth hawsa ydi i chi aros am noson ne ddwy efo un ohonyn nhw sy'n byw yn ymyl y pyrth. Ond cyn hynny mae gofyn i'n cyfaill roi'r cysylltiadau sy isio i chi. Pan fydd pob peth yn ei le, iddo fo talwch chi'r costau.'

Nodiodd y cyfaill ei ben ceffyl unwaith eto heb roi'r gorau i gnoi'r salad tomatos a phuprynnau'r oedd yn ei sglaffio. Wedyn siaradodd ag awgrym o acen Sbaeneg. Gofynnodd i Rambert ei gyfarfod drennydd am wyth o'r gloch y bore yng nghyntedd yr eglwys gadeiriol.

'Deuddydd eto,' meddai Rambert.

'Nid chwarae bach mono fo,' meddai Raoul. 'Mae gofyn dod o hyd i'r hogia.'

Nodiodd y ceffyl unwaith eto a chytunodd Rambert yn ddiffrwt. Bwriwyd gweddill y cinio'n chwilio am destun sgwrs. Ond daeth haul ar fryn pan gafodd Rambert ar ddeall fod y ceffyl yn chwarae pêl-droed. Buasai yntau'n dipyn o giamstar yn y maes, felly buont yn sgwrsio am bencampwriaeth Ffrainc, rhinweddau timau proffesiynol Lloegr a'r dacteg W. Ar ddiwedd y cinio roedd y ceffyl wedi bywiogi drwyddo, yn galw "ti" ar Rambert ac yn gwneud ei orau i'w ddarbwyllo mai'r hanerwr canol oedd y safle gorau yn y tîm o ddigon.

'Yr hanerwr canol, dallta,' meddai, 'ydi'r un sy'n rhedag y sioe. A rhedag y sioe, dyna be ydi pêl-droed, te.' Roedd Rambert yn gytûn er mai canolwr blaen fuasai yntau erioed. Aeth hi'n drafodaeth frwd nes i'r radio dorri ar ei thraws. Ar ôl dyrnaid o alawon distaw dagreullyd cyhoeddodd fod cant tri deg saith wedi marw o'r pla'r diwrnod cynt. Adweithiodd neb yno ddim. Cododd y dyn pen ceffyl ei sgwyddau a chodi o'i gadair. Gwnaeth Raoul a Rambert yr un fath.

Ar fynd, ysgydwodd yr hanerwr canol law Rambert yn egnïol.

'Gonzalès ydi f'enw i,' meddai.

I Rambert roedd y ddeuddydd yn teimlo'n ddiderfyn. Rhoes dro am Rieux a rhoi'r hanes i gyd iddo. Wedyn aeth yn gwmni i'r doctor ar un o'i ymweliadau. Canodd yn iach iddo wrth ddrws y tŷ ac ynddo glaf roedd lle i amau bod y pla arno. Yn y coridor sŵn traed a lleisiau'n rhoi gwybod i'r teulu fod y doctor wedi cyrraedd.

'Gobeithio na fydd Tarrou fawr o dro,' meddai Rieux dan ei wynt.

Roedd golwg wedi blino arno.

'Yr haint yn mynd ar garlam?' gofynnodd Rambert. Nid dyna be oedd, meddai Rieux, ac roedd hyd yn oed graff yr ystadegau'n codi'n arafach. Heb flewyn ar dafod, doedd dim digon o foddion brwydro yn erbyn y pla.

'Dan ni'n brin o offer,' meddai. 'Ym mhob byddin ar wyneb daear, fel rheol os oes prinder offer mae rhywun yn rhoi dynion yn ei le. Ond dan ni'n brin o ddynion hefyd.'

'Ond mae meddygon a gweithwyr iechyd wedi dod o'r tu allan?'

'Ydyn,' meddai Rieux. 'Deg meddyg a tua chant o gynorthwywyr. Cryn dipyn yn ôl pob golwg. Ond prin mae'n ddigon i ddod i'r lan â phethau fel ag y maen nhw. Os lledaenith y clefyd fyddan nhw'n dda i ddim.'

Gwrandawodd Rieux ar y sŵn o'r tŷ, wedyn gwenu ar Rambert.

'Ia,' meddai, 'well i chi styrio.'

Daeth cysgod dros wyneb Rambert.

'Nid dyna pam dwi'n mynd, fel y gwyddoch chi,' meddai'n isel. Gwyddai, meddai Rieux ond aeth Rambert yn ei flaen:

'Dwi'm yn meddwl mod i'n llwfrgi, o leia rhan amla. Dwi wedi cael cyfle i roi prawf ar hynny. Dim ond bod 'na bethau nad oes fiw meddwl amdanyn nhw.'

Edrychodd y doctor ym myw ei lygaid.

'Mi'i gwelwch chi hi eto,' meddai.

'Hwyrach wir, ond fedra i ddim diodde meddwl bydd hyn yn para a hithau'n heneiddio o ddydd i ddydd. Ar ôl cyrraedd y deg ar hugain mae rhywun yn dechrau heneiddio ac mae gofyn gneud yn fawr o bob munud. Dwn i ddim fedrwch chi ddallt.'

'Dwi'n meddwl y medra i,' meddai Rieux yn dawel. Ar y gair cyrhaeddodd Tarrou, yn fawr ei gyffro.

'Dwi newydd ofyn i Paneloux ddod aton ni.'

'Wel?' gofynnodd y doctor.

'Mi bendronodd am funud, wedyn deud ia.'

'Siort ora,' meddai'r doctor. 'Mae'n dda gen i weld ei fod yn well dyn na'i bregeth.'

'Felly mae pawb,' meddai Tarrou. 'Dim ond rhoi cyfle iddyn nhw sy isio.'

Gwenodd a wincio ar Rieux.

'Dyna mhethau i yn y dwthwn hwn – rhoi cyfle i bobol.'

'Maddeuwch i mi,' meddai Rambert, 'ond rhaid i mi'i throi hi.'

Ar y dydd Iau yn ôl y trefniad aeth Rambert i gyntedd yr eglwys gadeiriol, bum munud cyn wyth o'r gloch. Roedd hi'n dal i fod yn oer braf. Yn yr awyr nofiai cymylau bach gwynion crwn y byddai'r gwres mawr cyn bo hir yn eu llyncu ar ei ben. Roedd rhyw fymryn o oglau lleithder yn dal i godi o'r lawntiau er eu bod yn sych grimp, a'r haul y tu ôl i dai'r dwyrain o hyd a dim ond helmed Jeanne d'Arc yn smotyn aur yn y sgwâr. Clywodd gloc yn taro'r awr. Cerddodd ychydig gamau'n ôl a blaen yn y cyntedd gwag. Clywai lafarganu aneglur o'r tu mewn ar don o hen oglau seler a thus. Yn sydyn tawodd y canu. Daeth rhyw ddeg o siapiau bach duon allan o'r eglwys a'i chychwyn hi am y dref ar drot. Roedd Rambert yn dechrau colli amynedd. Daeth siapiau duon eraill i fyny'r grisiau mawr tua'r cyntedd. Taniodd sigarét, wedyn meddwl hwyrach na châi smocio yn y fan honno.

Am chwarter wedi wyth dechreuodd yr organ ganu'n ddistaw bach. Aeth Rambert i mewn, i'r tywyllwch. Ar ôl ennyd medrai weld y cysgodion aethai heibio iddo, i gyd efo'i gilydd mewn cornel o flaen rhyw fath o allor dros dro ac arni ddelw Sant Roch wedi'i saernïo ar frys yn un o weithdai'r dref. Ar eu gliniau, roedden nhw i'w gweld wedi crebachu fwy fyth, ar goll yn y llwydwyll fel tameidiau o gysgod wedi ceulo, yma ac acw, prin yn fwy trwchus na'r niwl y nofient ynddo. Uwch eu pennau canai'r organ amrywiadau diderfyn.

Pan aeth Rambert allan roedd Gonzalès eisoes ar ei ffordd i lawr y grisiau ac yn ei chychwyn hi am y dref.

'Ro'n i'n meddwl dy fod wedi mynd,' meddai wrth y newyddiadurwr. 'Faswn i 'di synnu dim.'

Eglurodd ei fod wedi mynd i gyfarfod ei gyfeillion yn y man cytûn, heb fod ymhell, am ddeng munud i wyth, ac aros am ugain munud heb olwg ohonyn nhw'n dod.

'Rhyw rwystr, raid chdi'm peryg. Mae 'na ryw helbul byth a hefyd yn ein gwaith ni.'

Cynigiodd gyfarfod arall drannoeth, yr un amser, o flaen cofgolofn y meirwon. Ochneidiodd Rambert a gwthio'i het yn ôl.

'Dio'n ddim o beth,' meddai Gonzalès dan chwerthin. 'Meddylia am funud am yr holl ochorgamu a'r rhediada a'r pasio sy isio i sgorio gôl.'

'Debyg iawn,' meddai Rambert. 'Ond dim ond awr a hanner mae'r gêm yn para.'

Mae cofgolofn meirwon Oran yn yr unig fan o ble gwelir y môr, rhyw fath o bromenâd gweddol fyr ar hyd y clogwyni uwchlaw'r porthladd. Drannoeth roedd Rambert, y cyntaf i gyrraedd, yn darllen yn astud restr y meirw ar faes y gad. Funud neu ddau wedyn daeth dau ddyn tuag ato, edrych arno'n ddi-hid, wedyn mynd i benelinio ar ragfur y promenâd, yn ôl pob golwg eu holl sylw wedi'i hoelio ar y glanfeydd gweigion. Roedd y ddau o'r un taldra, ill dau'n gwisgo trowsus glas a jympers llongwyr, llewys cwta. Ymbellhaodd y newyddiadurwr ychydig, wedyn eistedd ar fainc lle medrai eu gwylio wrth ei bwysau. Gwelodd nad oedden nhw'n sicr ddim mwy nag ugain oed. Ar y gair gwelodd Gonzalès yn cerdded tuag ato.

'Dacw'n ffrindia ni,' meddai a mynd ag o at y ddau lanc a gyflwynodd dan yr enwau Marcel a Louis. Roedd y ddau'n debyg iawn eu pryd a'u gwedd a thybiodd Rambert eu bod yn frodyr.

'Dyna ni,' meddai Gonzalès. 'Rŵan dan ni'n nabod ein gilydd. Mae'n bryd i ni drefnu'r mater ei hun.'

Dywedodd Marcel neu Louis fod eu cyfnod ar wyliadwriaeth yn cychwyn ymhen deuddydd, yn para wythnos a bod gofyn taro ar y diwrnod mwyaf addas. Roedden nhw'n bedwar yn gwarchod porth y gorllewin a'r ddau arall yn filwyr proffesiynol. Doedd dim dichon eu cynnwys nhw yn y mater. Doedden nhw ddim yn dryst a beth bynnag, byddai hynny'n chwyddo'r gost. Ond ambell i noswaith byddai'r ddau gydymaith yn treulio rhan o'r noson yn stafell gefn bar roedden nhw'n ei fynychu. Felly cynigiodd Marcel neu Louis fod Rambert yn dod i aros atyn nhw, yn ymyl y pyrth, a disgwyl i rywun ddod i'w nôl. Wedyn byddai mynd drosodd yn ddigon hawdd. Ond roedd gofyn styrio gan fod yna sôn ers tipyn am ddyblu nifer y safleoedd gwarchod y tu allan i'r dref.

Cytunodd Rambert a chynnig o'i sigaréts olaf. Dyma'r un oedd heb eto siarad yn gofyn i Gonzalès a oedd mater y gost wedi'i bennu ac a oedd modd cael blaendal.

'Nac oes,' meddai Gonzalès, 'nid felly mae hi, mae o'n fêt. Geith o dalu pan eith o.'

Trefnwyd cyfarfod arall. Cynigiodd Gonzalès eu bod yn ciniawa drennydd yn y tŷ bwyta Sbaenaidd heb fod ymhell o dŷ'r gwarchodwyr.

'Mi ddo i'n gwmni i ti'r noson gynta,' meddai wrth Rambert.

Drannoeth roedd Rambert yn mynd i'w stafell pan gyfarfu Tarrou ar risiau'r gwesty.

'Dwi'n mynd i gyfarfod Rieux,' meddai hwnnw, 'oes arnoch chi isio dŵad?'

'Dwi byth yn siŵr nad ydw i'n tarfu arno fo,' meddai Rambert ar ôl ennyd.

'Go brin, mae o wedi sôn cryn dipyn wrtha i amdanoch chi.'

Pendronodd y newyddiadurwr.

'Clywch,' meddai. 'Os oes gennych chi funud ar ôl cinio, yn hwyr hyd yn oed, dewch i far y gwesty eich dau.'

'Fo piau penderfynu,' meddai Tarrou, 'a'r pla.'

Ond am un ar ddeg daeth Rieux a Tarrou i mewn i'r bar bach cul, oedd yn heigio gan ryw ddeg ar hugain o bobl yn siarad nerth esgyrn eu pennau. Yn syth o'r dref oedd yn ddistaw gan y pla, arhosodd y newydd-ddyfodiaid am ennyd, wedi'u byddaru. Dyma ddeall y cynnwrf o weld bod gwirodydd yn dal i fod ar gael yno. Roedd Rambert ar stôl ym mhen draw'r cownter ac amneidiodd arnyn nhw. Aeth y ddau i sefyll o boptu iddo, Tarrou yn gwthio o'r neilltu'n ddigynnwrf un o'i gymdogion swnllyd.

'Dim ots gynnoch chi ddiod gadarn?'

'Ddim o gwbl,' meddai Tarrou, 'siort ora.'

Ffroenodd Rieux oglau perlysiau chwerw ei ddiod. Roedd hi'n anodd siarad yn y fath dwrw, ond roedd Rambert i'w weld â'i fryd ar yfed yn fwy na dim. Fedrai'r doctor ddim dweud a oedd wedi meddwi eto. Wrth un o'r byrddau yng ngweddill y stafell gul roedd swyddog yn y llynges, dynes o bob tu iddo, yn adrodd hanes brigiad o'r teiffws yn Cairo wrth ddyn tew, wynepgoch.

'Gwersylloedd,' meddai, 'roedden nhw wedi codi gwersylloedd

i'r brodorion, efo pebyll i'r cleifion a gwarchodwyr yn gylch o'u cwmpas oedd yn saethu aelodau o'r teulu pan rodden nhw gynnig ar sleifio i mewn un o'r hen feddyginiaethau gwraig hysbys 'na. Peth garw, ond teg.'

Wrth y bwrdd arall lle'r oedd pobl ifanc yn grand o'u coeau, doedd dim dirnad ar y sgwrs, wedi'i boddi gan guriadau 'Saint James Infirmary' o chwaraewr recordiau'n union uwch eu pennau.

'Dach chi'n cael hwyl arni?' meddai Rieux gan godi'i lais.

'Dan ni'n dod i'r lan,' meddai Rambert. 'Wythnos yma, hwyrach.'

'Biti,' gwaeddodd Tarrou.

'Pam?'

Edrychodd Tarrou ar Rieux.

'O,' meddai hwnnw, 'mae Tarrou'n deud hynna am ei fod o'n meddwl medrech chi fod yn gaffaeliad i ni yma. Ond o'm rhan i, dwi'n deall yn iawn pam mae arnoch chi isio mynd.'

Cynigiodd Tarrou ddiod arall. Disgynnodd Rambert oddi ar ei stôl ac edrych ym myw ei lygaid am y tro cyntaf.

'Ym mha ffordd baswn i'n gaffaeliad i chi?'

'Yn ein minteioedd iechyd, debyg iawn,' meddai Tarrou yn estyn am ei ddiod wrth ei bwysau.

Daeth ei olwg feddylgar ystyfnig fynych dros wyneb Rambert ac eisteddodd ar ei stôl drachefn.

'Dach chi'm yn gweld y minteioedd 'ma'n fuddiol?' meddai Tarrou oedd newydd gymryd llwnc a chraffu ar Rambert.

'Yn fuddiol iawn,' meddai'r newyddiadurwr ac yfed.

Sylwodd Rieux fod ei law yn crynu a meddwl ei fod yn ddiamau'n chwil ulw.

Drannoeth pan aeth Rambert eildro i'r tŷ bwyta Sbaenaidd, aeth drwy ganol criw bach o ddynion aethai â'u cadeiriau allan o flaen y drws i gael blas ar yr hwyrnos werdd ac aur oedd yn dechrau oeri'n braf. Roedden nhw'n smocio tybaco egr ei oglau. Roedd y tŷ bwyta bron yn wag. Aeth Rambert i eistedd wrth y bwrdd yn y pen draw lle cyfarfu Gonzalès y tro cyntaf. Dywedodd wrth y weinyddes ei fod yn aros. Roedd hi'n saith o'r gloch. O dipyn i beth daeth y dynion yn eu holau i'r tŷ bwyta ac eistedd. Dechreuodd y weinyddes ddod â'u bwyd a llenwodd y scler â sŵn cyllyll a ffyrc a sgwrsio distaw. Am wyth o'r gloch dal i aros roedd Rambert. Cynheuwyd y golau. Daeth cwsmeriaid newydd ac eistedd ar y cadeiriau eraill wrth ei fwrdd. Archebodd ei ginio. Am hanner awr wedi wyth roedd wedi gorffen bwyta heb weld na lliw na llun o Gonzalès na'r ddau lanc. Smociodd sawl sigarét. Roedd y stafell yn gwagio'n ara deg. Y tu allan roedd hi'n nosi'n gyflym. Codai chwa gynnes o'r môr lenni'r drysau Ffrengig yn ysgafn. Am naw o'r gloch sylwodd Rambert fod y stafell yn wag a'r weinyddes yn rhythu arno. Talodd a mynd allan. Am y ffordd â'r tŷ bwyta roedd caffi'n agored. Eisteddodd Rambert wrth y cownter a gwylio drws y tŷ bwyta. Am hanner awr wedi naw trodd hi am ei westy gan feddwl tybed sut y medrai gysylltu â Gonzalès gan nad oedd ganddo mo'i gyfeiriad, yn wangalon o feddwl am yr holl gamau'r oedd gofyn eu cymryd eilwaith.

Y funud honno – ys dywedodd wedyn wrth y doctor Rieux – a'r nos yn frith gan ambiwlansys ar wib, y sylweddolodd fod ei wraig rywsut wedi mynd dros gof ac yntau'n ymroi'n llwyr i chwilio am fwlch yn y muriau a'u gwahanai. Ond y funud honno hefyd, a phob llwybr unwaith eto wedi'i gau, y'i cafodd ei hun yn hiraethu amdani o eigion calon o'r newydd, â'r fath wayw sydyn nes peri iddo ddechrau rhedeg tua'i westy i ddianc rhag y gwewyr llosg nad oedd dim lleddfu arno, yn gur cyson yn ysu ei ben.

Yn fore iawn drannoeth aeth i edrych am Rieux i ofyn iddo sut i gael gafael ar Cottard.

'Yr unig beth sy ar ôl mi,' meddai, 'ydi ailgychwyn ar y trywydd.'

'Dewch heibio nos fory,' meddai Rieux. 'Gofynnodd Tarrou i mi wadd Cottard, dwn i ddim wir pam. Mi ddylai ddod am ddeg o'r gloch. Dowch am hanner awr wedi.'

Pan gyrhaeddodd Cottard dŷ'r doctor drannoeth, roedd Tarrou a Rieux yn sôn am wellhad annisgwyl un o gleifion Rieux.

'Siawns un mewn deg. Mi fuo'n lwcus,' meddai Tarrou.

A!' meddai Cottard. 'Nid y pla felly.'

Y pla oedd, heb os nac oni bai, meddai'r ddau arall.

'Digon o waith, a fonta wedi gwella. Mi wyddoch chi gystal â minna fod y pla'n ddidrugaredd.'

'Fel arfer, ydi,' meddai Rieux. 'Ond o ddygnu arni weithiau daw haul ar fryn.'

'Ddim yn ôl pob golwg. Glywsoch chi'r ffigyra heno 'ma?'

Edrychai Tarrou'n hynaws ar Cottard a dweud ei fod yn gyfarwydd â'r ffigyrau, bod y sefyllfa'n ddifrifol, ond be oedd hynny'n ei brofi? Roedd yn profi bod gofyn camau llymach fyth.

'Ond maen nhw yn eu lle'n barod!'

'Ydyn, ond mae gofyn i bawb eu parchu.'

Syllai Cottard ar Tarrou heb ddeall. Dywedodd hwnnw fod gormod o bobl heb dynnu ewinedd o'r blew, bod a wnelo'r pla â phob copa walltog ac y dylai pob copa walltog wneud ei ddyletswydd. Roedd y minteioedd iechyd yn agored i bawb.

'Mae'n syniad, ydi,' meddai Cottard, 'ond waeth i chi heb. Mae'r pla'n rhy gry.'

'Gawn ni weld,' meddai Tarrou yn amyneddgar ei oslef, 'ar ôl i ni roi cynnig ar bob peth.'

Yn ystod hyn roedd Rieux wrth ei ddesg yn copïo adroddiadau. Daliai Tarrou i edrych ar Cottard yn gwingo yn ei gadair.

'Pam na ddowch chi efo ni, Mistar Cottard?'

Cododd hwnnw, wedi digio a chodi ei het gron:

'Nid y fi pia gneud hynny.' Wedyn yn rhyfygus, 'Beth bynnag, mae'r pla i'r dim i mi a wela i ddim pam dyliwn i ymhél â rhoi pen arno fo.'

Trawodd Tarrou ei dalcen fel petai rhyw wirionedd mawr wedi taro'i ben yn sydyn.

'A! Debyg iawn, ro'n i wedi anghofio, heb y pla fasech chi 'di cael eich restio.'

Rhoes Cottard naid a chydio yn y gadair fel petai ar fin syrthio. Rhoesai Rieux y gorau i sgrifennu ac edrychai arno'n ddifrif ac â diddordeb.

'Pwy ddeudodd wrthoch chi?' sgrechiodd Cottard.

Roedd golwg syn ar Tarrou ac meddai:

'Ond y chi. Neu o leia dyna be oedd y doctor a fi'n meddwl ein bod wedi cael ar ddeall.'

Yn sydyn daeth cynddaredd llethol dros Cottard a phoerodd siarad yn annealladwy.

'Peidiwch â chynhyrfu,' meddai Tarrou wedyn. 'Nid y doctor na fi fydd y rhai achwynith arnoch chi. Dan ni'n malio'r un ffadan am eich hanes chi. A beth bynnag, fuo gynnon ni erioed fawr i'w ddeud wrth yr heddlu. Dowch, steddwch.'

Edrychodd Cottard ar ei gadair ac eistedd ar ôl ennyd. Ymhen munud ochneidiodd.

'Hen hanas dio, maen nhw wedi'i ailgodi. Ro'n i'n meddwl ei fod wedi mynd dros go'. Ond ddaru rhywun breblian. Ddaru nhw anfon amdana i a deud wrtha i am beidio syflyd o'r fan tan ddiwedd y cwest. Ro'n i'n meddwl yn siŵr mai cael fy restio fyddai fy hanas i.'

'Ydi o'n rhywbeth difrifol?' gofynnodd Tarrou.

'Dibynnu be dach chi'n feddwl pan ddeudwch chi "difrifol". Nid llofruddiaeth na dim byd felly.'

'Carchar neu lafur calad?'

Roedd Cottard yn bur benisel.

'Carchar os bydda i'n lwcus...'

Ond ar ôl ennyd meddai wedyn yn daer:

'Camgymeriad oedd o. Mae pawb yn gneud camgymeriada. A gas gin i feddwl amdanyn nhw'n dod amdana i am hynny, mynd â fi o nghartra, oddi wrth f'arferion i, pawb dwi'n nabod.'

'A,' gofynnodd Tarrou, 'dyna ddaeth dros eich pen chi'n eich crogi'ch hun?'

'Ia, debyg iawn, fel o'n i mwya gwirion.'

Siaradodd Rieux am y tro cyntaf a dweud wrth Cottard ei fod yn deall ei bryder ond efallai y byddai popeth yn iawn.

'Debyg iawn! Ar hyn o bryd does gin i ddim byd i'w ofni.'

'Ddowch chi ddim yn rhan o'n minteioedd ni felly.'

Roedd Cottard yn troi ei het yn ei ddwylo ac edrychodd yn betrus ar Tarrou.

'Peidiwch â dal dig.'

'Ddim o'r fath beth. Ond wnewch chi o leia,' meddai Tarrou dan wenu, 'neud eich gora i beidio â lledaenu'r haint?'

Protestiodd Cottard na fu arno erioed eisiau'r pla, ei fod wedi brigo ar hap ac nad arno fo oedd y bai os oedd yn rhoi popeth yn ei le iddo fo ar hyn o bryd. A phan ddaeth Rambert at y drws bytheiriodd:

'Ac at hynny, i nhyb i fyddwch chi fawr callach.'

Cafodd Rambert ar ddeall na wyddai Cottard mo gyfeiriad Gonzalès ond bod modd bob amser mynd yn ôl i'r caffi bach. Trefnwyd i gyfarfod drannoeth. A gan i Rieux ddweud bod arno eisiau gwybod sut yr âi pethau, gwahoddodd Rambert yntau a Tarrou i'w stafell ddiwedd yr wythnos ar ba awr bynnag o'r dydd neu'r nos.

Y bore trannoeth aeth Cottard a Rambert i'r caffi bach a gadael neges i Garcia i'w cyfarfod gyda'r nos neu drannoeth os oedd heno'n amhosib. Gyda'r nos arhosodd y ddau amdano'n ofer. Drannoeth roedd Garcia yno. Gwrandawodd ar hanes Rambert heb ddweud gair. Wyddai yntau fawr ddim, ond bod rhannau cyfan o'r dref wedi'u cau am bedair awr ar hugain er mwyn gwneud chwiliadau tai. Hwyrach na fedrodd Gonzalès a'r ddau lanc groesi'r rhwystrau ffyrdd. Ond yr unig beth y medrai ei wneud oedd eu rhoi mewn cysylltiad â Raoul eto ac wrth reswm, fyddai hynny ddim cyn drennydd.

'Wela i,' meddai Rambert, 'felly mae gofyn ailddechrau. O'r cychwyn cynta.'

Drennydd, ar gornel stryd, cadarnhaodd Raoul fod Garcia'n iawn: roedd y rhannau isaf o'r dref wedi'u cau. Roedd gofyn cysylltu o'r newydd â Gonzalès. Dradwy roedd Rambert yn ciniawa gyda'r pêl-droediwr.

'Mae'n hurt bost,' meddai yntau, 'roedd gofyn trefnu ffordd o gael gafael ar eich gilydd eto.'

Roedd Rambert yn gytûn.

'Awn ni i edrych am yr hogia bora fory a thrio dod i'r lan.'

Drannoeth doedd y llanciau ddim gartref. Dyma adael neges i gyfarfod am ganol dydd drannoeth yn y sgwâr o flaen yr Ysgol Fawr. Ac aeth Rambert yn ôl i'w westy â golwg ar ei wyneb a drawodd Tarrou cyn gynted ag y'i gwelodd y pnawn hwnnw.

'Ddim yn cael hwyl arni?' gofynnodd Tarrou.

'Ma isio ailddechrau,' meddai Rambert. 'Cofiwch ddod heno, yn gnewch.'

Y noson honno pan aeth y ddau i stafell Rambert roedd ar ei hyd ar ei wely. Cododd a llenwi'r gwydrau oedd wedi'u gosod yn barod. Cymerodd Rieux ei wydr a gofyn oedd pethau'n mynd yn iawn. Dywedodd y newyddiadurwr ei fod wedi gwneud yr un hen gylchdro a chyrraedd y fan lle'r oedd ar y dechrau un, ac y byddai ei gyfarfod olaf cyn bo hir. Yfodd a dweud wedyn:

'A ddôn nhw ddim, wrth reswm pawb.'

'Dowch o 'na, does dim dal na ddôn nhw ddim tro 'ma,' meddai Tarrou.

'Dach chi'm yn deall,' atebodd Rambert gan godi ei sgwyddau.

'Be felly?'

'Y pla.'

'A!' meddai Rieux.

'Naci, dach chi'm yn deall mai dyna be mae'n feddwl, yr un peth dro ar ôl tro.'

Aeth Rambert i gornel ei stafell a rhoi chwaraewr recordiau bach i fynd.

'Be di'r gân 'ma?' gofynnodd Tarrou. 'Dwi'n ei nabod hi.'

Atebodd Rambert mai 'Saint James Infirmary' oedd hi.

Ar ganol y record clywsant ddau ergyd gwn yn y pellter.

'Ci ne rywun yn trio dianc,' meddai Tarrou.

Y funud wedyn gorffennodd y record a daeth cloch ambiwlans o fewn clyw, chwyddo, mynd heibio dan ffenestri stafell y gwesty, pellhau ac o'r diwedd mynd yn ddim.

'Hen gân ddiflas,' meddai Rambert. 'A dyma'r ddegfed waith i mi'i rhoi hi heddiw.'

'Dach chi'n lecio hi gymaint â hynny?'

'Nac ydw, ond dyma'r unig un sy gen i.'

Ac ar ôl ennyd:

'Fel o'n i'n deud dyna be mae'n feddwl, yr un peth dro ar ôl tro.'

Gofynnodd i Rieux sut roedd y minteioedd yn mynd. Roedd yna bum mintai wrthi. Y gobaith oedd ffurfio rhagor. Ar ei eistedd ar ei wely'r oedd y newyddiadurwr, i'w weld mewn byd yn edrych ar ei ewinedd. Craffai Rieux ar ei gorff byr, praff, yn ei gwman ar ymyl ei wely. Yn sydyn sylwodd fod Rambert yn edrych arno.

'Wyddoch chi, doctor,' meddai, 'dwi 'di meddwl gryn dipyn am eich timau chi. Mae gen i fy rhesymau fy hun dros beidio â bod o'ch plaid chi. A nid bod arna i ofn mentro nghroen eto – fuom i'n cwffio yn Rhyfel Cartre Sbaen.'

'Ar ba ochr?' gofynnodd Tarrou.

'Y rheini drechwyd. Ond ers hynny dwi 'di cnoi cil dipyn.'

'Am be?' meddai Tarrou.

'Gwroldeb. Erbyn hyn mi wn fod dyn yn medru cyflawni gorchestion. Ond os nad ydi o'n medru teimlo o eigion calon waeth gen i hebddo fo.'

'Siawns nad ydi o'n medru gneud y ddau,' meddai Tarrou.

'Ddim o gwbl. Fedar o ddim diodde na bod yn hapus am hir. Felly fedar o neud dim byd sy'n werth chweil.'

Edrychodd ar y ddau, wedyn:

'Ylwch, Tarrou, fedrech chi farw dros gariad?'

'Dwn i ddim, go brin, ar hyn o bryd.'

'Dyna daro'r hoelen ar ei phen. Ond fedrwch chi farw dros syniad, mae hynny cyn amlyced â dim. Go dacia, o'm rhan i dwi 'di cael llond bol ar ddynion sy'n marw dros syniad. Dwi ddim yn credu mewn arwriaeth, mae'n hawdd, mi wn, ac mi wn ei bod yn llofrudd. Be sy'n mynd â mryd i ydi byw a marw dros be mae rhywun yn ei garu.'

Buasai Rieux yn gwrando'n astud ar y newyddiadurwr. Heb dynnu'i lygaid oddi arno meddai'n addfwyn:

'Nid syniad mo dyn, Rambert.'

Llamodd y llall o'i wely, ei wyneb ar dân.

'Syniad ydi o, a syniad digon tila hefyd, unwaith mae'n cefnu ar gariad. Ac yn wir i chi, dan ni'n methu caru bellach. Waeth i ni roi'r ffidil yn y to ddim, doctor. Gawn ni weld be ddaw ac os nad oes modd go iawn, dewch i ni aros am y waredigaeth ddaw i ni i gyd heb chwarae arwyr. A dyna ddiwedd arni o'm rhan i.'

Cododd Rieux fel pe bai wedi blino'n sydyn.

'Dach chi yn llygad eich lle, Rambert, yn llygad eich lle a fynnwn i ddim am y byd eich darbwyllo chi i beidio â gneud be sy gennych chi ar y gweill – sy'n deg ac yn iawn i'm tyb i. Ond rhaid i mi ddeud wrthoch chi: does nelo hyn oll ddim ag arwriaeth. Gonestrwydd piau hi. Syniad chwerthinllyd ella, ond yr unig ffordd i frwydro yn erbyn y pla ydi gonestrwydd.'

'A be ydi gonestrwydd ta?' meddai Rambert yn ddifrif ei wedd.

'Dwn i ddim wir be ydi o'n gyffredinol. Ond o'm rhan i, mae'n golygu gneud fy ngwaith.'

'A!' meddai Rambert yn gynddeiriog. 'Dwn i ddim be ydi ngwaith i! Ella mod i ar gam yn dewis cariad.'

Edrychodd Rieux ym myw ei lygaid.

'Nac ydach,' meddai efo arddeliad, 'dach chi ddim ar gam.'

Edrychodd Rambert arno'n synfyfyriol.

'Chi'ch dau, sgennych chi ddim byd i'w golli yn yr holl gybôl 'ma, am wn i. Felly mae'n haws bod o du'r angylion.'

Yfodd Rieux ei ddiod ar ei dalcen.

'Dowch,' meddai, 'mae gynnon ni bethau i'w gneud.'

Aeth allan.

Dilynodd Tarrou ond roedd fel petai'n oedi ar fin mynd allan a throdd at y newyddiadurwr a dweud wrtho:

'Wyddoch chi fod gwraig Rieux mewn cartre nyrsio rai cannoedd o filltiroedd oddi yma?'

Safodd Rambert yn syfrdan stond ond roedd Tarrou eisoes wedi mynd.

Drannoeth yn fore iawn ffoniodd Rambert y doctor.

'Fasech chi'n fodlon i mi weithio efo chi nes i mi gael ffordd i adael y dre?'

Distawrwydd ar ben arall y llinell, wedyn:
'Ar bob cyfri, Rambert. Diolch i chi.'

# Y DRYDEDD RAN

Ac felly, drwy'r wythnos, ymlafniai carcharorion y pla orau medren nhw. Daeth ambell un, 'run fath â Rambert, hyd yn oed i gredu – fel sydd i'w weld – eu bod yn dal i fod yn rhydd, eu bod yn dal i fedru dewis. Ond mewn gwirionedd medrem ddweud ar y funud hon yng nghanol mis Awst fod y pla wedi llyncu popeth. Bellach doedd gan neb mo'i dynged ei hun, dim ond hanes ar y cyd, sef y pla, a theimladau ar y cyd. Y teimlad mwyaf oedd bod yn ysgar ac yn alltud a'r holl ofn a gwrthryfela ddeuai yn sgil hynny. Dyna pam mae'r adroddwr o'r farn mai da o beth, ar frig y gwres a'r clefyd, fyddai disgrifio'r sefyllfa gyffredinol, er enghraifft ein cyd-ddinasyddion byw yn mynd dros ben llestri, claddu'r celanedd a gwewyr cariadon ysgar.

Ar ganol y flwyddyn honno y cododd y gwynt a chwythu am ddyddiau lawer dros y dref dan y pla. Mae trigolion Oran yn arswydo rhag y gwynt gan nad oes mo'r un rhwystr naturiol ar ei ffordd tuag at y llwyfandir lle saif, a chan hynny mae'n sgubo drwy'n strydoedd yn ei rym. Ar ôl y misoedd meithion hynny heb yr un diferyn o law i'w ffresio roedd y dref yn grwst llwyd drosti a hwnnw'n plicio yn y gwynt, yn gymylau o lwch a phapurach a gurai goesau'r cerddwyr bythol brinnach. Roedden nhw i'w gweld yn brysio ar hyd y strydoedd, yn eu cwman, hances neu law dros eu cegau. Fin nos, yn lle'r torfeydd yn gwneud eu gorau i estyn gymaint ag y gallent bob dydd a fyddai – am a wydden nhw – eu diwrnod olaf, doedd dim i'w weld ond dyrneidiau bychain o bobl ar frys i fynd adref neu i gaffis. Felly am rai dyddiau roedd y strydoedd yn wag a dim ond y gwynt yn cwynfan yn ddi-baid yn y gwyll tipyn cynharach. O'r môr yn nannedd y ddrycin, oedd yn wastad yn anweledig, codai oglau gwymon a heli. Yn wyn gan lwch, yn drwm gan oglau'r môr, yn atseinio gan gri'r gwynt, griddfanai'r dref wag fel ynys dan felltith.

Hyd hynny, ar y cyrion – oedd yn fwy poblog a'r trigolion heb fod yn dda eu byd – buasai farw llawer mwy o'r pla nag yng nghanol y dref. Ond yn sydyn, ymgripiodd y pla'n nes ac ennill ei blwy hefyd yn yr ardal fusnes. Rhoddai'r trigolion y bai ar y gwynt am gario germau'r haint. 'Mae'n shifflo'r cardia,' meddai rheolwr y gwesty. Am ba reswm bynnag, gwyddai ardaloedd y canol fod eu tro wedi dod, gan glywed yn eu hymyl gefn nos, yn amlach amlach, glychau'r ambiwlansys dan eu ffenestri yn canu galwad brudd, ddideimlad y pla.

Syniad yr awdurdodau, o ran canol y dref, oedd ynysu'r rhannau gafodd yr ergyd drymaf a gwahardd pawb rhag gadael heblaw pobl roedd eu gwasanaethau'n anhepgor. Fedrai trigolion yr ardaloedd yma ddim llai na theimlo hyn yn waradwydd wedi'i anelu'n arbennig atyn nhwythau a meddwl, o'u cymharu, bod trigolion ardaloedd eraill yn bobl rydd. Roedd y rhain, ar y llaw arall, ar eu hawr wannaf, yn cael rhyw gysur o feddwl bod eraill yn llai rhydd fyth na hwythau. 'Mae 'na bob amser rywun yn rhywle'n fwy o garcharor na fi' oedd yn crynhoi'r unig obaith posib.

Tua'r adeg yma chwyddodd y nifer o danau, yn enwedig yn yr ardaloedd crand yn ymyl pyrth gorllewinol y dref. Erbyn holi, cafwyd ar ddeall mai pobl wedi dod yn eu holau o gwarantin oedd wrthi, yn wyllt gan alar a thrallod yn rhoi eu tai ar dân gan dybio y byddai'r fflamau'n lladd y pla. Roedd brwydro yn erbyn y tanau hyn yn gryn helbul, a'u hamlder yn peryglu ardaloedd cyfan oherwydd y gwynt mawr. Ar ôl dangos yn ofer fod y diheintio wnâi'r awdurdodau ar y tai yn ddigon i nadu unrhyw beryg heintio, bu'n rhaid deddfu i osod cosbau tra llym yn erbyn y tanwyr diniwed. A does dim dwywaith nad yr hyn a ataliai'r trueiniaid hyn – yn hytrach na'r syniad o garchar – oedd y sicrwydd ym meddyliau'r holl drigolion fod cosb carchar yn gyfystyr â chosb angau gan gynifer oedd yn marw yng ngharchar y ddinas. Ac yn wir, roedd yna sail i'r gred honno. Am resymau amlwg, roedd y pla i'w weld yn ymosod yn arbennig o ffyrnig ar y rheini oedd yn arfer â byw mewn tyrrau, sef milwyr, mynaich a lleianod, a charcharorion. Er bod rhai carcharorion mewn celloedd ar eu pennau'u hunain, cymdeithas ydi carchar ac, yn brawf o hyn, yn ein carchar dinesig roedd y gwarcheidwaid yn gymaint â'r carcharorion yn talu'u toll i'r clefyd. Y pla oedd frenin ac o'i safbwynt o roedd pawb, o'r rheolwr hyd at y carcharor olaf, dan gollfarn a hwyrach am y tro cyntaf teyrnasai cyfiawnder llwyr yn y carchar.

Yn ofer y ceisiodd yr awdurdodau gyflwyno rhyw hierarchiaeth i'r gwastatáu hwn drwy'r syniad o arwisgo'r gwarcheidwaid carchar fuasai farw wrth eu gwaith. Gan fod y gwarchae'n ddeddf a'r gwarcheidwaid, ar un wedd, wedi'u byddino, roedd lle i roi iddyn nhw'r fedal filwrol wedi eu marw. Ond, er na ddaeth yna'r un siw na miw o wrthwynebiad o du'r carcharorion, roedd y cylchoedd milwrol yn uchel eu cloch yn ei erbyn gan wneud sylw, yn ddigon teg, o'r ffaith y gallai hyn beri cryn benbleth anffodus ym meddyliau'r cyhoedd. Addefwyd eu bod yn llygad eu lle a dyma feddwl yn hytrach mai'r peth symlaf fyddai dyfarnu medal yr haint i'r gwarcheidwaid marw. Ond o ran y rhai cyntaf, rhy hwyr codi pais ar ôl piso, doedd dim modd eu diosg o'u medal ar unrhyw gyfrif, ond roedd y fyddin yn dal i rwgnach. At hynny, roedd i fedal yr haint ei hanfantais gan nad oedd iddi mo'r un effaith foesol â medal filwrol – ar adeg haint ceiniog a dimai ydi gwerth medal o'r fath. Doedd neb wedi'u plesio.

Ac roedd gan weinyddiaeth y carchar faen tramgwydd arall sef methu gwneud fel y gwnâi'r awdurdodau crefyddol ac, i raddau llai, yr awdurdodau milwrol. Roedd mynaich y ddwy fynachlog yn y dref wedi'u gwasgaru ac yn aros dros dro ar aelwydydd teuluoedd duwiol. Yn yr un modd, lle bynnag y bai modd, tynnwyd minteioedd bychain o'r barics a'u lletya mewn ysgolion neu adeiladau cyhoeddus. Gan hynny, roedd y clefyd fel petai wedi gorfodi ar y trigolion gydsafiad pobl dan warchae ac ar yr un pryd chwalai gymdeithasau traddodiadol a hel dynion i'w hunigedd. Roedd hyn yn peri tryblith.

Fel y gellid meddwl, roedd yr holl amgylchiadau hyn, ar ben y gwynt, hefyd yn rhoi tân dan ysbryd ambell un. Unwaith eto gwelwyd ymosod ar byrth y ddinas gefn nos, a hynny sawl gwaith, ond y tro yma minteioedd arfog oedd wrthi. Bu saethu, anafu a dihangodd rhai. Cyfnerthwyd y safleoedd gwarchod a buan y peidiodd yr ymgeisiau hyn. Ond buont yn ddigon i fegino gwynt gwrthryfel yn y dref a barodd helynt. Ysbeiliwyd tai, wedi'u llosgi neu eu cau am resymau iechyd. A dweud y gwir, go brin bod y gweithredoedd hyn wedi'u rhagfwriadu. Gan amlaf, cyfle sydyn ysgogai ddynion – hyd hynny'n barchus – i fynd ar gyfeiliorn ac wedyn eraill yn eu dynwared yn syth. Roedd yna rai wedi colli arnynt yn eu hyrddio'u hunain i dai oedd eto ar dân, yng ngŵydd y perchennog oedd yn syfrdan gan loes. O'i weld yn ddifraw, dilynai llawer o'r gwylwyr esiampl y cyntaf ac yn y stryd dywyll, yng ngolau'r tân, roedd cysgodion i'w gweld yn gwibio i bob man wedi'u llurgunio gan y fflamau ar ddarfod a'r petheuach neu'r dodrefn ar eu sgwyddau. Y digwyddiadau hyn barodd i'r awdurdodau newid y stad oedd ohoni a'r deddfau ynghlwm â hi – bellach nid 'dan bla' ond 'dan warchae' oedd piau hi. Saethwyd dau leidr ond go brin i hynny effeithio fawr ar y gweddill – yng nghanol marw lluoedd roedd dienyddio dau islaw sylw, nac yma nac acw. Ac, a dweud y gwir, roedd pethau o'r fath i'w gweld yn bur aml heb i'r awdurdodau gogio ymyrryd. Yr unig gam oedd i'w weld yn gwneud argraff ar y trigolion oedd y cyrffyw. O'r un ar ddeg allan, yn ddu fel bol buwch, roedd y ddinas yn ddinas y meirwon.

Dan yr awyr loergan dacw'i muriau gwynion yn rhesi, ei ffyrdd syth heb yr un cysgod tywyll coeden, heb sŵn troed na chyfarth ci. Bellach doedd y ddinas fawr dawel yn ddim ond casgliad o dalpiau anferth disymud a rhyngddynt dim ond delwau distaw cymwynaswyr wedi mynd dros gof neu fawrion dyddiau fu yn eu hefydd yn ceisio dwyn i gof, â'u hwynebau ffug carreg neu haearn, ddelwedd bŵl o'r hyn fuasai dyn. Dan awyr drom, y delwau di-ddim hyn oedd yn ben ar y cyffyrdd meirwon, bwystfilod dideimlad yn corffori i'r dim yr atal llwyr oedd arnom neu o leiaf be fyddai yn y pen draw, sef tre'r meirw lle rhoddai'r pla, carreg a'r nos daw'n derfynol ar bob llais.

Ond roedd y nos hefyd ym mhob calon, a dim mwy o gysur i'n cyd-ddinasyddion yn y gwirioneddau nag oedd yn y rhaffu celwyddau am y claddu. Maddeuwch i'r adroddwr – mae gofyn sôn am y claddu. Gŵyr o'r gorau y gellid edliw hyn iddo, ond ei unig gyfiawnhad ydi bod yna gladdu yn y cyfnod hwn ar ei hyd a'i bod ar ryw wedd yn orfodaeth arno – 'run fath â'i gyd-ddinasyddion i gyd – ymhél â chladdu. Nid bod defodau o'r fath at ei ddant, gan fod yn well ganddo gwmni'r byw ac, er enghraifft, ymdrochi yn y môr. Ond, yn y pen draw, roedd ymdrochi yn y môr dan waharddiad ac roedd peryg i gwmni'r byw – a hynny fwyfwy o ddydd i ddydd – ildio'i le i gwmni'r meirw. Roedd y dystiolaeth i'w gweld yn glir. Wrth reswm pawb, roedd modd peidio â'i gweld, cau ein llygaid yn dynn a'i gwadu, ond mae tystiolaeth yn hyrddwynt sy'n sgubo popeth ymhen yr hir a'r hwyr. Er enghraifft, sut mae modd wfftio cynhebrwng pan fo angen cynhebrwng un a garwch?

Yn y lle cyntaf, yn y bôn nodwedd amlycaf ein dull o gladdu oedd ei fod ar wib! Roedd pob defod wedi'i symleiddio ac at ei gilydd doedd yna fawr o ddefod gladdu. Roedd y cleifion yn marw ymhell o'u teuluoedd a gwylnosau wedi'u gwahardd, felly roedd y sawl fyddai farw gyda'r hwyr ar ei ben ei hun drwy'r nos a'r sawl fyddai farw yn ystod y dydd yn cael ei gladdu'n ddiymdroi. Rhoddid gwybod i'r teulu, wrth reswm pawb, ond gan amlaf roedden nhw'n methu dod i'r cynhebrwng gan eu bod mewn cwarantin oherwydd byw'n agos at y claf. Os nad oedd y teulu'n byw gyda'r ymadawedig, câi ddod ar yr awr benodol sef awr ymadael am y fynwent, a'r corff eisoes wedi'i olchi a'i roi yn yr arch.

Bwriwn ni fod y ddefod hon yn digwydd yn yr ysbyty atodol dan ofal y doctor Rieux. Roedd yna fynedfa i'r ysgol y tu ôl i'r prif adeilad a'r eirch mewn stordy mawr yn arwain oddi ar y coridor. Yn y coridor ei hun câi'r teulu un arch eisoes wedi'i chau. Yn syth at graidd y mater, y penteulu'n llofnodi'r papurau. Wedyn trosglwyddo'r corff i gerbyd, naill ai hers go iawn neu ambiwlans wedi'i ailwampio. Âi'r teulu i un o'r tacsis oedd yn cael rhedeg o hyd a'r cerbydau'n mynd ar wib i'r fynwent ar hyd ffyrdd y cyrion. Wrth y pyrth roedd y *gendarmes* yn stopio'r cynhebrwng, yn rhoi sêl bendith ar y drwydded swyddogol – oedd yn hanfodol er mwyn cael be alwai ein cyd-ddinasyddion yn orffwysfa derfynol – yn camu'n ôl a'r cerbydau'n dod i ben eu taith ger llain o dir lle'r oedd sawl bedd yn aros ei breswyliwr. Deuai offeiriad i dderbyn y corff gan fod gwasanaethau cynhebrwng bellach wedi'u gwahardd yn yr eglwys. Dygid yr arch allan dan ei weddïau, ei chlymu â rhaff, ei llusgo, llithrai a tharo'r gwaelod, chwifiai'r offeiriad ei ysgeintiwr ac yn ddiymdroi drybowndiai'r pridd cyntaf ar y caead. Gadawsai'r ambiwlans ychydig ynghynt i gael ei ddiheintio. A'r naill rawiad o bridd ar ôl y llall yn diasbedain yn drymach drymach, âi'r teulu i'r tacsi. Chwarter awr wedyn roedden nhw adre'n ôl.

Felly ar wib o'r mwyaf â'r peryg lleiaf fyw fyd bosib oedd piau hi. Ac o leiaf ar y dechrau does dim dwywaith nad oedd hyn yn digio'r teulu. Ond ar adeg pla mae effeithiolrwydd yn achub y blaen ar ystyried teimladau naturiol. Ar y dechrau, digon gwir, roedd y drefn yn dipyn o ysgytwad – mae awydd cynhebrwng gweddus yn fwy cyffredin nag a dybid. Ond cyn pen dim, wrth lwc, daeth trafferthion bwyd yn daerach a throes sylw'r trigolion at bryderon mwy enbyd. Sefyll mewn ciwiau, llenwi ffurflenni a chwilota am nwyddau oedd yn mynd â holl fryd y bobl, os oedden nhw am fwyta, felly doedd dim amser i feddwl am sut roedd neb yn marw o'u cwmpas nac am sut y bydden nhw farw ryw ddydd. Gan hynny, daethai'r anawsterau ymarferol, ddylsai fod yn dân ar y croen, yn rhywbeth er lles yn y pen draw. Buasai popeth o'r gorau oni bai, fel y gwelsom eisoes, i'r haint ledaenu.

Roedd yna lai o eirch, deunydd yn brin ar gyfer amdoeau a dim lle yn y fynwent. Roedd gofyn ffordd o fynd o'i chwmpas hi. Yn ôl pob golwg, ac am resymau effeithiolrwydd o hyd, y ffordd symlaf oedd cynhebrwng ar y cyd a theithio'n amlach rhwng yr ysbyty a'r fynwent lle bai angen. O ran uned Rieux, ar un adeg pum arch oedd ar gael ganddi. Unwaith roedden nhw'n llawn, fe'u rhoed yn yr ambiwlans. Yn y fynwent gwagid y blychau, a rhoddid y cyrff llwydion ar stretsieri i aros mewn sied wedi'i chodi i'r pwrpas. Câi'r eirch eu strelio â hylif antiseptig, eu cludo'n ôl i'r ysbyty ac felly ymlaen gynifer o weithiau ag oedd gofyn. Roedd y drefn yn gweithio i'r dim a chafodd sêl bendith y *préfet*. Aeth mor bell â dweud wrth Rieux fod hyn yn well na throliau'r meirwon roedd y Negroaid yn eu gyrru, chwedl croniclau plâu dyddiau fu.

'Ydi,' meddai Rieux, 'mae'r claddu'r un fath ond rydym ninnau'n cadw cofnodion. Tipyn o gam ymlaen, ddwedwn i.'

Er gwaethaf llwyddiant eu gweinyddu, bellach roedd blas annifyr ar y defodau a gorfododd hyn y *préfecture* i wahardd y teulu o'r claddu. Caent ddod at borth y fynwent a dim pellach a doedd hyd yn oed hynny ddim yn swyddogol. Roedd hyn am fod y ddefod derfynol yn bur wahanol. Ym mhen draw'r fynwent ar dir moel yng nghysgod lentysgbrennau roedd dau fedd enfawr wedi'u cloddio. Bedd y dynion a bedd y merched. Yn hyn o beth roedd yr awdurdodau'n parchu moesau ac nid tan gryn dipyn yn ddiweddarach, drwy rym pethau, y diflannodd y gwedduster olaf yma a phawb yn cael eu claddu blith draphlith, y naill ar ben y llall, yn ddynion a merched, heb feddwl dim am weddeidd-dra. Diolch i'r drefn, dim ond ym munudau ola'r pla'r oedd y cywilydd terfynol yma. Yn y cyfnod dan sylw roedd y ddau fedd ar wahân a'r *préfecture* yn rhoi pwys mawr ar hyn. Ar waelod y ddau roedd haen drwchus o galch brwd yn stemio ac yn berwi. Ar ymylon y twll codai swigod o dwmpath o'r un calch brwd a ffrwydro yn yr awyr uwchben. Ar ddiwedd teithiau'r ambiwlansys cludid y stretsieri mewn gorymdaith, tywalltid eu llwythi i'r gwaelod, fwy neu lai ochr yn ochr, yn gyrff noeth ceimion, eu gorchuddio yn y fan â chalch brwd, wedyn pridd, ond dim ond hyd at uchder neilltuol er mwyn gadael lle i'r gwesteion nesaf. Drannoeth câi'r teulu ddod i lofnodi cofrestr – y gwahaniaeth rhwng dynion a chŵn, er enghraifft, mae marw dynion ar ddu a gwyn.

Roedd gofyn pobl ar gyfer hyn oll ac yn aml roedden nhw ar fin mynd yn brin. Buasai farw o'r pla lawer o'r nyrsys a'r torwyr beddau – gweithwyr rheolaidd yn gyntaf, wedyn gweithwyr dros dro. Waeth be fai'r rhagofalon, yr haint gâi'r llaw uchaf. Ond erbyn meddwl, roedd yn syndod nad oedd yna fyth ddiffyg dynion oedd yn fodlon gwneud y gwaith, o ddechrau tan ddiwedd yr haint. Ychydig cyn i'r pla gyrraedd ei anterth y daeth y funud dyngedfennol, yn unol â phryderon y doctor Rieux. Doedd dim digon o weithlu nac i'r swyddi uwch nac i'r gwaith caib a rhaw, chwedl yntau. Ond o'r ennyd roedd y ddinas ym mhalf y pla, yn rhyfedd iawn daeth manteision yn sgil hyn gan fod bywyd masnach y dref mewn anhrefn a llawer o bobl yn ddi-waith. Gan mwyaf doedden nhw ddim yn addas at waith uwch ond i'r dim at waith caib a rhaw. Ac o'r funud honno roedd cyni i'w weld yn gryfach nag ofn, yn enwedig gan fod gwaith o'r fath yn dwyn tâl yn ôl ei beryg. Roedd gan yr awdurdodau iechyd restr aros ceiswyr gwaith a chyn gynted ag yr oedd lle gwag rhoddid gwybod i'r cyntaf ar y rhestr ac – oni bai eu bod hwythau wedi mynd ar wyliau – roedd y rheini'n ymgynnig bob gafael. Gan hynny roedd y *préfet* – fuasai'n gyndyn o ddefnyddio carcharorion, boed fyrdymor neu am oes, ar gyfer gwaith o'r fath – mewn lle i osgoi'r cam eithafol hwnnw. Cyhyd ag y bai dynion di-waith, yn ei dyb o roedd modd aros.

Er gwell, er gwaeth, a than ddiwedd mis Awst, gellid cludo ein cyd-ddinasyddion i dŷ eu hir gartref, os nad yn weddus, o leiaf yn ddigon trefnus i'r awdurdodau fod yn dawel eu meddwl eu bod yn gwneud eu dyletswydd. Ond yn y fan hon rhaid neidio ambell i bennod a bwrw trem ymlaen i sôn am y byd yr aethom iddo pan ddaeth hi i'r pen. O fis Awst allan roedd y pla ar ei anterth a nifer y meirw'n drech o lawer na'n mynwent fach. Doedd hi ddim yn ddigon bylchu'r muriau er mwyn i'r meirwon ennill tir cyfagos, roedd gofyn taro ar ddull arall yn ddiymdroi. I ddechrau penderfynwyd claddu liw nos i roi lle i'r defodau ddiosg eu dillad parch. Roedd modd pentyrru mwy fyth o gyrff i'r ambiwlansys. Ac o bryd i'w gilydd byddai'r ychydig oedd, yn erbyn pob rheol, ar hyd y stryd yn y cyrion yn hwyr ar ôl y cyrffyw (neu'r rheini oedd yno oherwydd eu gwaith) yn gweld ambiwlansys hir gwynion yn gwibio heibio ar ras wyllt a'u clychau lleddf yn diasbedain drwy ffyrdd gweigion y nos. Câi'r cyrff eu lluchio'n frysiog i'r beddi. Prin roedden nhw'n llonydd nag y disgynnai'r cawodydd o galch brwd ar eu hwynebau a'r pridd yn eu gorchuddio'n anhysbys, mewn tyllau dyfnach ddyfnach.

Ond cyn pen dim bu'n rhaid chwilio man draw ac ehangu gorwelion. Yn ôl gorchymyn gan y *préfecture* cafodd trigolion beddrodau oes eu hel o'u haelwydydd, gyda thyrchu'u gweddillion a'u cludo i'r amlosgfa. Cyn hir amlosgi oedd hanes meirwon y pla hwythau. Ond roedd gofyn defnyddio'r hen amlosgfa ar ochr ddwyreiniol y dref y tu allan i'r pyrth. Symudwyd y safle gwarchod ymhellach draw a thrawodd un o weithwyr y cyngor ar syniad fu'n fendith i'r awdurdodau, sef defnyddio'r dramffordd ar hyd ffordd y glannau, oedd bellach yn segur. Felly dyma ailwampio tramiau a threlars drwy dynnu'u seddi a dargyfeirio'r ffordd tua'r amlosgfa, sef pen draw'r lein.

Ac ar hyd diwedd yr haf a thrwy lawogydd yr hydref, gefn trymedd nos ar hyd ffordd y glannau âi rhesi rhyfedd o dramiau heibio, heb deithwyr, dan sgrytian uwch y môr. Ymhen yr hir a'r hwyr cawsai'r trigolion ar ddeall be oedd ar droed. Ac, er gwaetha'r patrolau'n gwahardd mynediad i ffordd y glannau, yn aml llwyddai tyrrau bychain i sleifio drwy'r creigiau oedd yn bargodi dros y môr a lluchio blodau i'r trelars fel yr âi'r tramiau heibio. A hwyrnosau'r haf roedd y cerbydau i'w clywed yn cloncian mynd dan eu baich o gyrff a blodau.

Beth bynnag, ar lasiad dydd yn y diwrnodiau cyntaf roedd tarth tew cyfoglyd yn hofran dros rannau dwyreiniol y dref. Yn ôl yr holl feddygon, er eu bod yn anghynnes, wnâi'r tarthau hyn ddim drwg i neb. Ond bygythiai trigolion y rhannau hyn eu gadael yn y fan, yn argyhoeddedig bod y pla'n syrthio'n gawod arnyn nhw o'r awyr. Bu'n rhaid dargyfeirio'r mwg â system sianelu gymhleth a daeth y trigolion at eu coed. Dim ond ar ddiwrnodiau o wynt mawr y deuai oglau ysgafn o'r dwyrain i'w hatgoffa eu bod yn byw mewn byd newydd a fflamau'r pla'n llowcio'u tollau bob nos.

Dyna ganlyniadau anterth yr haint. Ond diolch i'r drefn na waethygodd neu buasai'n drech na holl ddyfeisgarwch ein gweinyddiaeth, trefniadau'r *préfecture* a hyd yn oed faint allai'r amlosgfa ei losgi. Gwyddai Rieux fod sôn am atebion enbyd, megis taflu'r celanedd i'r môr, a medrai eu dychmygu'n ewyn ffiaidd ar y cefnfor glas. Gwyddai hefyd, petai'r niferoedd yn dal i godi, na fyddai'r un sefydliad dan haul, waeth pa mor effeithlon, yn gallu dod i'r lan, y byddai dynion yn marw'n domenni, yn pydru ar y stryd, er gwaetha'r *préfecture*, ac y gwelai'r ddinas, ar y sgwâr ac ar y stryd, y rheini ar drengi yn ymgripio yn y byw, o gyfiawn gas yn gymysg â gobaith gwirion.

P'run bynnag, tystiolaeth ac ofnau fel hyn gadwai'n fyw yng nghof ein cyd-ddinasyddion eu hymdeimlad o alltudiaeth ac unigedd. Yn hyn o beth gŵyr yr adroddwr o'r gorau mor resynus ydi methu cofnodi yma ddim byd trawiadol, er enghraifft rhyw arwr atgyfnerthol neu weithred aruthrol megis yn yr hen chwedlau. Yn y bôn does dim byd llai trawiadol na phla, a thrychinebau mawr yn mynd yn undonog o'u hir barhau. Yng nghof y rheini fu fyw drwyddynt nid fflamau mawr ysblennydd a chreulon mo dyddiau erchyll y pla, ond troedio trwm diddiwedd yn mathru popeth dan draed.

Na, doedd a wnelo'r pla ddim â'r lluniau mawr gwefreiddiol a gerddai feddwl y doctor Rieux pan frigodd. Uwchlaw popeth, roedd yn drefnydd destlus, doeth, yn troi fel deiol. Dyna pam, gyda llaw – er mwyn bod yn driw i'r ffeithiau ac yn anad dim yn driw iddo fo'i hun – y bu gwrthrychedd yn bennaf nod yr adroddwr. Prin y newidiodd ddim er mwyn celfyddyd, heblaw at ddibenion sylfaenol adrodd stori fwy neu lai'n drefnus. A gwrthrychedd ei hun sy'n peri iddo ddweud yn y fan hon: hwyrach wir mai bod yn ysgar oedd poen fwya'r dyddiau hyn – y ddyfnaf yn ogystal â'r fwyaf cyffredinol – ond os oes gofyn iddo, ar ei galon, sôn am hyn fel yr oedd yn y cyfnod yma ar y pla, mae'r un mor wir dweud bod y boen hon hefyd yn dechrau colli'i min.

Tybed oedd ein cyd-ddinasyddion – o leiaf y rheini a deimlai fwyaf yr ysgaru hwn – yn dechrau ymgodymu? Fyddai hi ddim yn deg dweud hynny. Rheitiach peth dweud eu bod yn nychu, yn y cof 'run fath ag yn y corff. Ar ddechrau'r pla roedd yr un a gollid yn fyw yn y cof ac roedd yn chwith ganddynt ar ei ôl. Ond os oedden nhw'n cofio'n iawn yr wyneb hoff, y chwerthiniad, y tro a'r tro'r oedden nhw – o edrych yn ôl – yn cofio bod yn hapus, roedd yn anodd ganddyn nhw ddychmygu be allai'r llall fod yn ei wneud ar yr ennyd y daeth i gof ac mewn mannau oedd bellach mor bell. Yn y bôn, ar yr ennyd hwnnw roedd yr atgof yn dal yn fyw ond y dychymyg yn ddiffygiol. Yn ail gyfnod y pla aeth yr atgof yntau dros gof. Nid eu bod wedi anghofio'r wyneb hwnnw ond – ac i'r fan hon mae hi'n dod yn y diwedd – roedd wedi colli ei gig a gwaed a doedden nhw ddim bellach yn ei deimlo ym mêr eu hesgyrn. Yn yr wythnosau cyntaf roedd yna gwyno mai cysgodion eu cariad yn unig oedd weddill, ond wedyn dyma sylweddoli bod cysgodion hwythau'n nychu ac yn colli'r wawr o liw a'u cadwai'n fyw yn y cof. Ar ôl bod gyhyd yn ysgar doedd dim modd dwyn i gof bellach yr agosatrwydd fu rhyngddyn – byw ochr yn ochr â rhywun, gallu estyn llaw i'w gyffwrdd pryd mynnon nhw.

Yn hyn o beth roedden nhw wedi cymhathu â threfn y pla ei hun, a hithau'n fwy llethol fyth am ei bod mor ddi-ddim. Bellach doedd gan neb yn ein plith deimladau o eigion calon. Teimladau undonog oedd gan bawb. 'Mae'n hwyr bryd i hyn ddod i ben,' meddai ein cyd-ddinasyddion, gan fod dyheu am ddiwedd dioddef ar y cyd yn naturiol ar adeg pla, a gan eu bod mewn gwirionedd yn dyheu am i hyn ddod i ben. Ond dywedem hyn oll heb na fflam na naws egr y dechrau, dim ond rhoi llafar i'r ychydig grebwyll oedd eto'n groyw yn ein meddyliau. Ar ôl angerdd mawr gwyllt yr wythnosau cyntaf daethai digalondid. Byddem ar gam o'i alw'n blygu i'r drefn ond serch hynny roedd yn rhyw fath o gydsynio dros dro.

Roedd ein cyd-ddinasyddion wedi cydymffurfio, wedi cymhathu fel petai, am nad oedd dim arall i'w wneud. Wrth reswm pawb, roedd tristwch a thrallod yn dal i bwyso ond wedi colli'u hawch. O ran y gweddill, y doctor Rieux yn eu plith, yn eu tyb nhw dyna'r trallod mewn gwirionedd, bod hir arfer ag anobaith yn waeth na'r anobaith ei hun. Gynt, doedd y rhai ysgar ddim ym mhwll digalondid, yn eu poen roedd yna lygedyn o olau. A hwnnw newydd ddiffodd. Bellach roedden nhw i'w gweld ar gorneli stryd, mewn caffis neu yn nhai eu ffrindiau, yn ddigyffro, eu meddwl ymhell, eu llygaid mor bŵl gan ddiflastod nes bod y dref drwyddi draw, diolch iddyn nhw, i'w gweld fel stafell aros. O ran y rheini a chanddyn nhw waith, aent o'i chwmpas hi ar yr un cyflymdra â'r pla, yn drylwyr ac yn ddi-fflach. Roedd pawb yn ddiddrwg ddidda. Am y tro cyntaf doedd y rhai ysgar ddim yn gyndyn o sôn am yr un absennol, mewn iaith pen stryd, craffu ar eu gwahanu fel y craffent ar ystadegau'r haint. Hyd hynny buasent yn gwarchod eu poen yn eiddigus rhag y digalondid ar y cyd, bellach roedden nhw'n fodlon derbyn eu bod yn yr un potes. Heb atgof a heb obaith, byw yn y presennol oedd piau hi. A dweud y gwir, doedd dim byd amdani ond y presennol. Mae'n rhaid dweud: roedd y pla wedi lladd ym mhawb gynneddf cariad, cyfeillgarwch hyd yn oed. Mae cariad yn galw am ddyfodol ac i ni doedd dim ar ôl ond yr ennyd awr.

Braslun sydd yma, debyg iawn. Digon gwir mai dyma hanes pawb oedd yn ysgar, ond ddim i gyd ar yr un pryd ac, at hynny, unwaith roedden nhw yn y meddylfryd newydd hwnnw, deuai ambell i fflach, bwrw trem yn ôl, golau gwibiol i ailgynnau yn y dioddefwyr deimladau glasach, mwy cignoeth. Deuai'r munudau hynny pan gaen nhw'u hunain yn cynllunio rhywbeth gan fwrw bod y pla ar ben. Neu deimlo'n sydyn, drwy ryw ryfedd ras, bigiad rhyw genfigen ddi-sail. Câi eraill ddadeni sydyn, bwrw'u syrthni ar rai diwrnodiau o'r wythnos, ar y Sul wrth gwrs a phnawniau Sadwrn am mai dyna'r diwrnodiau defodol arbennig yn nyddiau'r un absennol. Neu hwyrach pruddglwyf ar derfyn dydd yn eu rhybuddio, weithiau'n ddiachos, bod atgofion ar lifo'n ôl. Mae'r awr hon fin nos – awr archwilio'r cydwybod i gredinwyr – yn awr anodd i'r carcharor neu'r alltud a dim byd ganddo i'w archwilio ond gwagle. Am ennyd fe'u daliai ynghrog, wedyn eu gollwng yn ôl i'w syrthni, yn garcharorion y pla drachefn.

Gwelsom eisoes mai ymwrthod oedd hyn â'r peth mwyaf personol oedd ganddyn nhw. Yn nyddiau cynta'r pla, be trawai nhw oedd y manylion bychain fyrdd oedd yn golygu'r byd i gyd iddyn nhw ond yn ddim i neb arall, a chan hynny clywent eu byd bach eu hunain. Ond bellach, i'r gwrthwyneb, yr unig beth oedd yn mynd â'u bryd oedd be âi â bryd eraill, dim ond y syniadau ar y cyd oedd ganddyn nhw a hyd yn oed eu cariad bellach ddim ond ar wedd haniaethol. Erbyn hynny roedden nhw wedi ymollwng i'r pla i'r fath raddau nes eu cael eu hunain weithiau'n dyheu am ei gwsg ac yn meddwl, 'Dewch, linorod, da chi, gael i ni roi pen arni!' Ond mewn gwirionedd roedden nhw eisoes yn cysgu a dim ond cwsg maith oedd yr holl gyfnod hwnnw. Cerddwyr drwy'u hun oedd trigolion y ddinas, dim ond yn deffro'n awr ac yn y man, gefn nos, a'r clwy oedd i'w weld wedi cau yn ailagor ar amrantiad. Ac wedi deffro'n ddisymwth, teimlo'u clwyfau llidiog, ailddarganfod eu poen fel mellten, yn fyw o'r newydd ac yn ei sgil wyneb gofidus eu cariad. Yn y bore mynd yn ôl at y pla, y drefn feunyddiol.

Sut olwg, felly, oedd ar y bobl ysgar yma? Yn y bôn, golwg dim byd. Neu, os ydi'n well gennych, golwg 'run fath â phawb, di-ddim. Roedden nhw'n rhan o lonyddwch a miri plentynnaidd y ddinas.

Collent bob arlliw o synnwyr beirniadol a magu golwg *sang-froid*. Roedd y mwyaf deallus o'u plith, er enghraifft, i'w gweld 'run fath â phawb yn cogio chwilio yn y papurau newydd neu hwyrach yn yr adroddiadau ar y radio am resymau dros gredu y deuai'r pla i ben yn fuan, ac i'w gweld yn llunio gobeithion rhithiol neu'n dychryn yn ddi-sail o ddarllen rhywbeth y digwyddodd rhyw newyddiadurwr ei daro ar bapur dan agor ei geg gan ddiflastod. O ran y gweddill, yfent eu cwrw, gofalu am eu cleifion, diogi neu flino'n lân, ffeilio dogfennau neu wrando ar recordiau 'run fath â phawb arall. Mewn geiriau eraill doedden nhw'n dewis dim. Roedd y pla wedi cipio'u crebwyll. Ac roedd hyn i'w weld yn y ffaith nad oedd neb yn malio'r un ffadan am na'r dillad na'r bwyd a brynai. Dim ond derbyn popeth yn ei grynswth.

Yn olaf, roedd y cariadon ysgar bellach heb y fraint ryfedd oedd yn eu gwarchod ar y dechrau. Roedden nhw wedi colli hunanoldeb cariad a'r lles sy'n deillio ohono. O leiaf erbyn hyn roedd hi'n amlwg sut roedd pethau, roedd a wnelo'r pla â phawb. Pob copa walltog ohonom, yng nghanol yr ergydion gwn yn clecian wrth byrth y ddinas, dyrnodiau'r stampiau rwber a gurai rythm ein heinioes a'n marw, yng nghanol y tanau a'r papurach, y braw a'r stryffig, dan amod i farw dim uwch baw sawdl ond wedi'i gofrestru, ymhlith y mygdarthau dychrynllyd a chlychau didaro'r ambiwlansys, yn bwyta'r un bara, bara'r alltud, gan aros yn ddiarwybod yr un aduno a'r un hedd ysgytwol. Does dim dwywaith nad oedd ein cariad yno o hyd, ond heb flewyn ar dafod doedd yn dda i ddim, yn bwysau mawr disymud ynom, yn ddiffrwyth fel trosedd neu gollfarn. Yn ddim byd bellach ond amynedd heb ddyfodol a disgwyl cyndyn. Ac yn hyn o beth roedd rhai o'n cyd-ddinasyddion yn dwyn i gof y cynffonnau hir y tu allan i siopau bwyd drwy hyd a lled y dref. Yr un olwg plygu i'r drefn a'r un hirymaros, yn ddi-ben-draw ac ar yr un pryd yn ddi-rith. Un gwahaniaeth oedd: byddai gofyn i stad y ceiswyr bwyd fod ar ei chanfed i fod yn hafal i'r ysgaru. Newyn nad oedd dim diwallu arno oedd hwnnw.

Beth bynnag, er mwyn tynnu llun byw o gyflwr meddwl cariadon ysgar ein tref, mae gofyn deffro yn y cof y nosweithiau diderfyn, euraid a llychlyd yn y ddinas heb goed, a dynion a merched yn tyrru i'r strydoedd. Yn rhyfedd iawn, yn lle iaith arferol trefi – sŵn cerbydau a pheiriannau, bellach yn fud – be godai rŵan i'r terasau, eto yn llygad yr haul, oedd twrw enfawr traed a lleisiau isel, llithro dolurus miloedd o wadnau yn un â rhythm chwibanu'r pla yn yr awyr drom, troediad diddiwedd myglyd yn llenwi'r dref o dipyn i beth, y naill noson ar ôl y llall, yn rhoi llafar ar ei fwyaf ffyddlon a'i fwyaf prudd i'r cyndynrwydd dall a ddisodlodd gariad yn ein calonnau ni oll.

# Y BEDWAREDD RAN

## I

Ar hyd misoedd Medi a Hydref cadwodd y pla'r dref dan ei balf. Stelcian oedd piau hi, cannoedd o filoedd o bobl yn dal i stelcian, ar hyd wythnosau diddiwedd. Niwl, gwres a glaw y naill ar ôl y llall yn yr awyr. Heidiau distaw o ddrudwyod a bronfreithod, yn dod o'r de, yn mynd heibio yn yr entrychion gan osgoi'r dref fel petai fflangell Paneloux, y darn rhyfedd hwnnw o bren, yn chwibanu uwch bennau'r tai, yn eu cadw draw. Ddechrau mis Hydref sgubai glawogydd mawr y strydoedd. Ac ar hyd yr adeg yma doedd dim byd o bwys ar fynd, dim ond y stelcian mawr.

Yn y fan hon sylweddolodd Rieux a'i gyfeillion eu bod wedi chwythu'u plwc. Bellach roedd dynion y minteioedd iechyd yn methu dod i'r lan yn eu blinder. Fe'i gwelai'r doctor Rieux o sylwi ar ryw ddifaterwch rhyfedd yn ei gyfeillion ac ynddo yntau. Er enghraifft, y dynion fuasai hyd hynny'n ymddiddori'n frwd yn holl newyddion y pla bellach yn malio dim. Gwyddai Rambert – oedd yn gyfrifol dros dro am un o'r tai cwarantin oedd newydd ei sefydlu yn ei westy – yn union faint oedd ganddo dan wyliadwraeth. A gwyddai i'r dim fanylion lleiaf y drefn roesai yn ei lle ar gyfer symud yn ddiymdroi'r rheini ddangosai'n sydyn arwyddion o'r clefyd. Roedd ffigyrau effeithiau'r serwm ar y rheini mewn cwarantin wedi'u serio ar ei gof. Ond doedd ganddo ddim syniad be oedd nifer wythnosol meirw'r pla ac yn y bôn wyddai o ddim a oedd yn chwyddo ynteu'n lleihau. Ac er gwaethaf popeth daliai i obeithio dianc ymhen yr hir a'r hwyr.

O ran y gweddill – wedi ymgolli yn eu gwaith ddydd a nos, heb na darllen y papurau newydd na gwrando ar y radio – doedd rhywun fawr gwell o sôn wrthynt am gael y llaw uchaf ar y pla. Cogio ymddiddori oedd piau hi, ond clywed y newydd yn ddifraw ddifater – yr un fath, dybiwn ni, â milwyr mewn rhyfeloedd mawr, wedi blino'n lân, yn ymroi i ddim ond gwneud eu gwaith beunyddiol heb obaith mwyach gweld na brwydr derfynol na dydd y cadoediad.

Daliai Grand i glandro ffigyrau'r pla ond yn ddi-os fyddai ganddo'r un amcan be oedd y duedd gyffredinol. Yn groes i Tarrou, Rieux a Rambert oedd yn amlwg yn bur wydn, un llegach fuasai erioed. A bellach, ar ben ei waith yn y cyngor, roedd ganddo'i waith ysgrifennydd i Rieux a'i waith nos. Roedd i'w weld wedi diffygio byth dragywydd, dim ond dau neu dri syniad cymhellol yn ei gynnal – mynd ar wyliau go iawn ar ôl y pla, am wythnos o leiaf, i gael ymroi'n gyfan gwbl mewn modd *tynnwch eich capiau* i'r gwaith oedd ganddo ar y gweill. Weithiau hefyd âi ei deimladau'n sydyn yn drech nag o a'r pryd hynny roedd yn barod ei dafod yn sôn wrth Rieux am Jeanne, yn meddwl tybed lle'r oedd hi'r funud honno ac a oedd yn darllen y papurau newydd ac yn meddwl amdano. Ac wrtho yntau – er mawr syndod iddo – y cafodd Rieux ei hun ryw ddiwrnod yn sôn am ei wraig a hynny yn y modd mwyaf ffwr-â-hi, rhywbeth na wnaethai erioed cynt. Gan amau faint o goel y medrai ei roi ar delegramau ei wraig oedd bob amser yn galonogol, penderfynsai anfon telegram at brif feddyg yr ysbyty. Roedd y claf wedi gwaethygu, oedd yr ateb, ond eu bod yn gwneud popeth er mwyn atal y gwaeledd. Soniodd 'run gair wrth neb am y newydd a wyddai ddim pam – heblaw blinder – y medrodd ei rannu â Grand. Ar ôl sôn wrtho am Jeanne, holodd hwnnw am ei wraig ac atebodd Rieux.

'Maen nhw'n gwneud gwyrthia efo hynny rŵan, wchi,' meddai'r hen Grand. Cytunodd Rieux a dweud mai bod yn ysgar gyhyd oedd yn dweud arno, ac yntau hwyrach mewn lle i fod yn gefn i'w wraig i wella o'i salwch ond ei bod bellach ar ei phen ei hun bach. Wedyn tawodd ac ateb cwestiynau Grand yn ochelgar.

Roedd hi'r un fath ar bawb arall. Roedd Tarrou yn dal ei dir yn well ond, a barnu yn ôl ei ddyddiaduron, er bod ei chwilfrydedd i'w weld 'run faint roedd wedi colli ei amrywiaeth. A dweud y gwir, yn ystod yr holl adeg yma, doedd ddim fel petai'n ymddiddori yn neb ond Cottard. Fin nos yng nghartre Rieux lle'r aethai i aros ar ôl i'w westy gael ei droi'n dŷ cwarantin, prin y gwrandawai ar Grand na'r doctor yn mynd dros ffigyrau'r diwrnod. Troai'r sgwrs yn syth at ei hoff bwnc sef mân betheuach bywyd Oran.

Dewch i ni sôn am Castel, a'r diwrnod y daeth i ddweud wrth Rieux fod y serwm yn barod a'r ddau'n penderfynu rhoi prawf arno'n gyntaf ar fachgen bach Monsieur Othon, oedd newydd ei ddwyn i'r ysbyty a'i achos i'w weld i Rieux yn anobeithiol. Wedyn roedd Rieux yn rhoi'r ystadegau diweddaraf i'w hen gyfaill pan sylwodd fod yr olaf yn cysgu'n sownd yn ei gwman yn y gadair. Edrychodd Rieux ar yr wyneb roedd ei addfwynder a'i eironi fel arfer yn rhoi iddo olwg fythol ifanc. O'i weld, yn ddisymwth ar awr wan, diferyn o boer rhwng y gwefusau cilagored, yn dangos ôl traul y blynyddoedd, teimlodd Rieux lwmp yn ei wddw.

Yn ôl munudau felly o wendid y mesurai Rieux ei flinder. Roedd ei deimladrwydd yn dechrau mynd yn drech nag o. Dan glo'r rhan amlaf, caledodd a sychu a rŵan ac yn y man ffrwydrai a'i adael yn sglyfaeth i deimladau'r oedd bellach yn methu'u ffrwyno. Ei unig amddiffyniad oedd cilio i'r caledu hwnnw a thynhau drachefn y cwlwm oedd ynddo. Gwyddai'n iawn mai dyna'r ffordd iawn o fynd rhagddo. O ran y gweddill, ychydig o bethau'r oedd yn dal i'w dwyllo'i hun yn eu cylch a'r ychydig hynny'n prysur fynd yn ddim yn sgil ei flinder. Am ryw hyd – doedd wybod am ba hyd – canfyddai nad gwella mo'i rôl. Diagnosio oedd ei rôl. Darganfod, gweld, disgrifio, cofrestru, wedyn condemnio, dyna'i waith. Byddai gwragedd yn cydio yn ei arddwrn ac yn gweiddi: 'Doctor, achubwch ei fywyd o, da chi!' Ond nid i achub bywyd roedd yno, i orchymyn ynysu'r oedd yno. Be oedd diben y cas a welai ar eu hwynebau? 'Sgynnoch chi ddim calon,' meddai gwraig wrtho un diwrnod. Oedd, roedd ganddo galon. Calon a'i cynhaliai am yr ugain awr y dydd pan welai farw dynion a wnaed i fyw. Calon roddai le iddo ailgychwyn bob dydd. Digon o galon at hynny am y tro – o drwch blewyn. Sut gallai'r galon honno fod yn ddigon i roi bywyd?

Na, nid cymorth roedd yn ei rannu drwy'r dydd, ond gwybodaeth. Go brin mai gwaith dyn oedd hwnnw. Ond, yn y pen draw, gan bwy, ymhlith y dyrfa wedi dychryn, wedi'i difrodi, yr oedd y cyfle i wneud ei waith dyn? Gwyn ei fyd bod ganddo ei flinder. Petasai Rieux o gwmpas ei bethau, buasai'r oglau marwolaeth ym mhob man yn ddigon â'i wneud yn sentimental. Ond ar ôl cysgu am ddim ond pedair awr does yna fawr o le i fod yn sentimental. Mae rhywun yn gweld pethau fel ag y maen nhw, yn ôl cyfiawnder, cyfiawnder hagr, chwerthinllyd. A'r gweddill, y rheini dan ddedfryd marwolaeth, roedden nhw hefyd yn gwybod o'r gorau. Cyn y pla câi ei groesawu'n iachawdwr. Tair pilsen a phigiad a byddai popeth yn iawn a gwasgent ei fraich a'i dywys ar hyd y coridorau. Rhoddai dipyn o hwb i rywun ond roedd yn beryg. Erbyn hyn deuai at y drws efo milwyr ac roedd gofyn curo'r drws â charnau reiffls i gael gan y teulu ei agor. Buasai'n dda ganddyn nhw'i lusgo yntau a llusgo holl deulu dyn i'w canlyn i'r bedd. Gwir y gair! Fedar dyn ddim dod i ben heb ei gyd-ddyn, ac yntau'r un mor anghenus â'r trueiniaid hyn ac yn haeddu'r un wefr fach honno o drugaredd ddeuai drosto ar ôl eu gadael.

Beth bynnag, dyma'r pethau âi drwy feddwl Rieux drwy'r wythnosau diddiwedd hynny, ynghyd â meddwl am fod ar wahân i'w wraig. Ac adlewyrchiad y rhain a welai hefyd yn wynebau ei ffrindiau. Ond roedd un peth yn anad dim yn beryglus yn sgil y lludded oedd o dipyn i beth yn cael y llaw uchaf ar y rheini oedd ynghlwm â brwydro yn erbyn y pla; ac nid y dihidrwydd mo hwnnw, yn wyneb digwyddiadau allanol a theimladau pobl eraill, ond eu bod nhw'u hunain yn mynd rhwng y cŵn a'r brain. Roedden nhw wedi mynd i osgoi unrhyw symudiad oedd heb fod yn gwbl anhepgor, unrhyw beth nad oedd ganddyn nhw mo'r nerth i'w wneud. Dyna sut y daeth y dynion hynny'n fwy chwannog o esgeuluso, yn fythol amlach, yr union reolau glanweithdra roesen nhw yn eu lle, anghofio ambell un o'r camau diheintio di-rif roedden nhw i fod i'w defnyddio'u hunain, mynd ar ras weithiau, heb eu gwarchod eu hunain rhag haint, at gleifion ac arnyn nhw'r pla ar y sgyfaint, wedi cael gwybod ar y funud olaf fod gofyn mynd i dŷ heintus a dim eisiau'r strach o fynd yn ôl i rywle neu'i gilydd i gael yr hidlad gofynnol. Dyna'r gwir beryg, gan mai'r frwydr ei hun yn erbyn y pla a'u gwnâi'n fwyaf agored i niwed gan y pla. Mewn byr o eiriau, roedden nhw'n mentro ar siawns a dydi siawns ddim yn was i neb.

Ond roedd un gŵr yn y dref nad oedd i'w weld nac wedi ymlâdd nac wedi digalonni, yn wir, roedd i'w weld ar ben ei ddigon. Sef Cottard. Daliai i gadw o hyd braich ar yr un pryd â chadw cysylltiad ag ambell un. Tarrou oedd ei ddewis gwmnïaeth pryd bynnag y caniatâi gwaith Tarrou. Yn un peth am fod Tarrou yn gybyddus â'i sefyllfa ac yn ail am ei fod bob amser yn estyn croeso iddo. Drwy ryw ryfedd wyrth, roedd Tarrou, er gwaetha'i waith, bob amser yn glên ac yn barod i wrando. Hyd yn oed os oedd weithiau wedi hario gyda'r nos, drannoeth câi egni o'r newydd. 'Fedar rhywun ddal pen rheswm efo nacw,' meddai Cottard unwaith wrth Rambert. 'Hen foi iawn. Bob amsar yn dallt y dalltins.'

Dyna pam mae cofnodion Tarrou yn y cyfnod yma yn tueddu o dipyn i beth tua chymeriad Cottard. Tynnu llun Cottard oedd gan

Tarrou mewn golwg – ei adweithiau a'i feddyliau, yn ôl be ymddiriedai Cottard ynddo ac yn ôl be oedd yntau'n ei ddehongli. Dan y pennawd "Perthynas Cottard â'r pla" mae yna sawl tudalen o'r darlun hwn ac, yn nhyb yr adroddwr, nid drwg o beth fyddai bwrw cip arnynt yma. At ei gilydd, dyma farn Tarrou ar y dyn bach: "Mae'n gymeriad sy'n prifio." O'r gweddill cawn ar ddeall mai prifio o ran hwyliau da oedd hyn. Doedd y tro ddaethai ar fyd yn mennu dim arno. O bryd i'w gilydd byddai'n bwrw'i fol ac yn dweud pethau fel hyn wrth Tarrou: 'Does 'na fawr o wella ar betha, nac oes. Ond o leia dan ni i gyd yn yr un crochan.' Ac meddai Tarrou wedyn:

Debyg iawn, mae dan fygythiad 'run fath â phawb arall, ond dyna piau hi, 'run fath â phawb arall. Ac at hynny, dydi o ddim yn meddwl go iawn, a dwi'n argyhoeddedig o hyn, y caiff o'r pla. Mae o wedi cymryd yn ei ben – ddim mor hurt â hynny, hwyrach – fod dyn sy'n sglyfaeth salwch enbyd neu bryder dwfn yn ddiogel ar ei ben rhag unrhyw salwch neu bryder arall. 'Dach chi wedi sylwi,' meddai wrtha i, 'na fedrwch chi ddim rhaffu gwaeledda? Ddeudwn ni fod arnoch chi salwch difrifol ne ddiwella, cansar difrifol neu'r diciáu, chewch chi fyth mo'r pla na'r teiffws, dim ffiars o beryg. Ac ar ben hynny, welsoch chi rioed rywun ac arno gansar yn cael ei ladd mewn damwain car.' Gwir neu gau, roedd y syniad yma'n codi calon Cottard. Yr unig beth sy'n gas ganddo ydi bod ar wahân i bobl eraill. Mae'n well ganddo fod dan warchae efo pawb arall na bod yn garcharor ar ei ben ei hun. Diolch i'r pla, does dim byd ar fedr digwydd – nac ymholiadau gan yr heddlu, coflenni, ffurflenni, cyfarwyddiadau dirgel na restio. I bob pwrpas does yna ddim heddlu, dim troseddau na hen na newydd, dim troseddwyr, dim ond dynion dan gollfarn yn gobeithio cael pardwn cwbl fympwyol, a'r heddlu eu hunain yn eu plith.

Gan hynny – yn ôl fel roedd Tarrou yn ei gweld hi – roedd gan Cottard sail dda dros ei foddhad goddefgar a'i ddirnadaeth, o weld gwewyr meddwl a dryswch ein cyd-ddinasyddion. Fyddai "Daliwch chi i breblian – y fi gafodd o gynta" ddim ymhell ohoni.

Doeddwn i ddim haws â dweud wrtho mai'r unig ffordd o

beidio â bod ar wahân i bobl eraill, yn y pen draw, oedd bod yn glir ei gydwybod. Edrychodd yn filain arnaf a dweud, 'Os felly, does 'na fyth neb ynghyd â neb arall.' Ac wedyn, 'Deudwch chi be fynnoch chi, dwi'n deud wrthoch chi. Yr unig ffordd o ddwyn pobol at ei gilydd ydi anfon y pla atyn nhw. Drychwch o'ch cwmpas, da chi.' Dwi'n gweld yn iawn be sy ganddo ac mor braf arno ydi bywyd y dyddiau hyn. Debyg iawn ei fod yn hen gyfarwydd bob gafael â'r adweithiau, sef ei adweithiau yntau: pawb yn gwneud ei orau glas i beidio â chodi gwrychyn neb; bod yn gymwynasgar a rhoi rhywun sydd ar goll ar ben y ffordd a throi'r tu min dro arall; pobl yn cythru am dai bwyta moethus, wrth eu boddau o'u cael eu hunain yno a loetran; y dorf yn ciwio ddydd ar ôl dydd y tu allan i'r pictiwrs, yn heidio i theatrau cerdd a hyd yn oed neuaddau dawns, yn torri'n benllanw brochus hyd y strydoedd a'r sgwariau; cilio rhag pob cyffyrddiad ac ar yr un pryd crefu'r cynhesrwydd dynol sy'n cymell pobl at ei gilydd, gorff yng nghorff, ryw yn rhyw. Does dim dwywaith nad oedd Cottard yn gyfarwydd â hynny oll o'u blaenau nhw. Heblaw am hel merched – digon o waith efo'r wep yna... Ac am wn i, pan fydd arno awydd mynd i hwrio mae'n ymatal rhag ofn iddo gael enw drwg a hynny'n farc du yn ei erbyn ryw ddydd.

At ei gilydd, mae ar ei ennill o'r pla. Mae'r pla wedi gwneud yn gyd-gynllwyniwr ddyn unig mae'n gas ganddo'i unigrwydd. Mae'n bendifaddau'n gyd-gynllwyniwr ac wrth ei fodd. Mae'n gyd-gynllwyniwr ym mhopeth mae'n ei weld: yr ofergoelion, y braw di-sail, pobl yn groendenau fel ieir ar dranau; eu cyndynrwydd o sôn am y pla ar yr un pryd â methu peidio â sôn amdano; eu cynhyrfu a'u gwelwi o deimlo'r cur pen lleiaf o wybod mai dyna arwydd cynta'r clefyd; ac yn olaf eu teimladau piwis, croendenau, ansad yn gwneud môr a mynydd o bopeth – mân esgeulustod yn mynd yn bechod marwol a cholli limpin o golli botwm trywsus.

Yn bur aml âi Tarrou allan gyda'r nos yng nghwmni Cottard ac wedyn sôn yn ei ddyddiaduron amdanyn nhw'n plymio gyda'i gilydd i dyrfa dywyll y gwyll neu'r nos, ochr yn ochr, yn ymgolli mewn fflyd ddu a gwyn a lamp yma a thraw yn taro golau egwan, ac yn dilyn yr haid ddynol at bleserau cynnes i'w hamddiffyn rhag oerni'r pla. Yr hyn roedd Cottard yn chwilio amdano rai misoedd ynghynt, ar y stryd, yn y sgwâr, moeth a bywyd braf, yr hyn y breuddwydiai amdano heb fedru'i gael, sef mwynhad di-ffrwyn – bellach roedd y boblogaeth gyfan ar ei drywydd. A phrisiau popeth yn codi'n ddiwrthdro, roedd pawb yn sbyddu pres fel na fu erioed o'r blaen, y mymryn angenrheidiol yn aml yn brin ond fu erioed mo'r fath wario ar geriach diangen. O ddydd i ddydd, mwy a mwy o chwaraeon awr hamdden erbyn hyn yn chwaraeon diweithdra. O dro i dro dilynai Tarrou a Cottard am funudau bwygilydd un o'r deuoedd fyddai gynt yn mynd ati i guddio'u perthynas ond oedd rŵan yn cerdded yn dalog, yn gwasgu'i gilydd yn dynn, ar draws y dref heb weld y dyrfa o'u cwmpas, yn bell eu meddwl dan gyfaredd cariad mawr. A byddai Cottard dan deimlad. 'Hen hogia iawn!' meddai. A chodai ei gloch, yn cael modd i fyw yn y cyffro ar y cyd, y cildyrnau tywysogaidd yn tincial a charwriaethau ar y gweill dan eu trwynau.

Fodd bynnag, ychydig o fileindra welai Tarrou yn agwedd Cottard. Roedd yna fwy o wayw nag o orfoledd yn ei ddywediad "y fi gafodd o gynta". Ac meddai:

Dwi'n rhyw feddwl ei fod yn dechrau cymryd at y bobl yma, yn garcharorion rhwng yr awyr a muriau'u dinas. Er enghraifft, byddai'n dda ganddo egluro iddyn nhw, o gael y cyfle, nad oedd hi cynddrwg â hynny. 'Dach chi'n eu clwad nhw,' meddai. 'Ar ôl y pla mi wna i'r peth a'r peth, ar ôl y pla mi wna i'r llall a'r llall... Maen nhw'n gwenwyno'u bywyda yn lle bod yn fodlon eu byd. Dydyn nhw ddim yn gwbod eu geni. Oeddwn inna'n medru deud, 'Ar ôl fy restio mi wna i'r peth a'r peth'? Dechra ydi restio, nid diwadd. Tra mae'r pla yn... Wyddoch chi be dwi'n feddwl? Maen nhw'n anhapus eu byd am na wnân nhw ddim rhoi'r ffrwyn iddyn nhw'u hunain. A dwi'n gwbod fy mhetha.'

A does dim dwywaith nad ydi o'n gwybod ei bethau. Mae'n bur graff o ran anghysondeb trigolion Oran sydd ar yr un pryd yn teimlo i'r byw angen cynhesrwydd closio ond yn methu ymollwng iddo oherwydd yr amheuaeth sy'n eu cadw ar wahân. Fel y gŵyr pawb, does dim dichon i'ch cymydog chi fod yn dryst, medrai fanteisio ar funud wan a'ch heintio â'r pla yn ddiarwybod i chi. Hawdd deall hyn pan fo dyn, fel Cottard, wedi treulio'i amser yn gweld pawb yn ddarpar heddlu cudd ac eto eisiau eu cwmni. Mae o'n cydymdeimlo i'r carn â phobl sy'n byw lawlaw â'r syniad y medar y pla, o'r naill ddiwrnod i'r llall, roi ei balf ar eu hysgwydd a'i fod hwyrach yn hwylio i wneud yr union beth hwnnw ar yr ennyd pan fo rhywun yn morio yn y ffaith ei fod eto'n fyw ac iach. Cyn belled ag y bo modd, mae'n dda ei fyd yn y braw. Ond am iddo deimlo hyn oll o'u blaenau nhw, i'm tyb i does dim dichon iddo deimlo go iawn ar y cyd â nhw greulondeb yr ansicrwydd yma. Mewn gair, ynghyd â phawb ohonon ni sydd heb eto farw o'r pla, mae'n gwybod yn iawn fod ei ryddid a'i fywyd o ddydd i ddydd ar fin cael eu difa. Ond am iddo yntau fyw mewn braw, eitha peth ganddo ydi i bobl eraill ei brofi yn eu tro. Neu, yn nes ati, mae'r braw i'w glywed yn llai o faich iddo na phan oedd ar ei ben ei hun. Ond yn hyn o beth mae'n methu a hyn yn ei wneud yn anos ei ddeall na'r gweddill. Ond, yn y pen draw, dyna pam mae hi'n fwy gwerth chweil ceisio ei ddeall.

Yn y diwedd mae tudalennau Tarrou yn dod i ben â hanes sy'n darlunio'r ymwybod rhyfedd ddaeth i ran Cottard ar yr un pryd â dioddefwyr eraill y pla. Mae'r hanes yma'n cyfleu bron i'r dim awyrgylch annifyr y cyfnod hwn a dyna pam mae'r adroddwr yn rhoi cryn bwys arno.

Aethai'r ddau i Dŷ Opera'r Ddinas i weld *Orphée et Eurydice*. Cottard roesai wahoddiad i Tarrou. Cwmni oedd hwn ddaethai i Oran yng ngwanwyn y pla i roi cyfres fer o berfformiadau yn y dref. Dan glo oherwydd y clefyd, yn ôl cytundeb â'r Tŷ Opera, roedd gofyn i'r cwmni roi ei sioe unwaith yr wythnos. Felly, ers misoedd, bob nos Wener roedd theatr y dref yn atseinio gan alarganu persain Orphée a chrefu ofer Eurydice. Ond roedd y sioe'n dal i fynd â hi a'r lle bob amser dan ei sang. Yn y seddi drutaf, roedd Cottard a Tarrou yn edrych dros lawr y theatr dan ei sang o'n dinasyddion yn grand o'u coeau. Wrth ddod i mewn gwnaent ati i dorri cyt. Yn y golau llachar cyn codi'r llen, a'r cerddorion yn cyweirio'u hofferynnau'n ddistaw bach, ceid dawns y newydd-ddyfodiaid, o reng i reng, ambell un yn ei dro yn troi draw i ymgrymu'n osgeiddig.

Yn nwndwr distaw sgwrsio boneddigaidd medrent fagu drachefn yr hyder roedden nhw'n brin ohono awr neu ddwy ynghynt ar strydoedd tywyll y dref. Roedd côt gynffon fain yn foddion i'r dim at y pla.

Drwy gydol yr act gyntaf galarai Orphée dros ei Eurydice goll yn huawdl, a merched mewn tiwnigau'n rhoi sylwebaeth swynol ar ei drallod, a chanwyd serch ar bytiau o ariâu. Prin oedd y rhai a sylwodd fod Orphée, yn ei gân yn yr ail act, yn cyflwyno ambell i gryndod dros ben a'i fod dros ben llestri'n crefu ar i arglwydd y Fall drugarhau wrth ei ddagrau. Gwnâi ambell i ystum plyciog ond i'r selogion yn y gynulleidfa roedd y rhain yn ychwanegu fwy fyth at ddehongliad y canwr.

Ddim tan ddeuawd mawr Orphée ac Eurydice yn y drydedd act (yr union ennyd pan fo Eurydice yn ymadael â'i chariad) yr aeth rhyw syndod drwy'r tŷ. Bron fel petasai'r canwr yn aros am y symudiad yma gan y gynulleidfa neu, yn debycach fyth, fod y murmur yma o seddi'r llawr wedi cadarnhau'r hyn roedd yntau'n ei deimlo, dewisodd y funud hon i hercian yn wrthun tua'r godre, ei freichiau a'i goesau ar led yn ei wisg hynafol a syrthio ar ei hyd yn y gorlan ar y set – fuasai'n gamamserol erioed ond dyma'r tro cyntaf i'r gynulleidfa ei gweld felly, a hynny yn y modd mwyaf brawychus. Ac ar yr un pryd tawodd y gerddorfa, cododd y bobl yn seddi'r llawr a dechrau gadael y tŷ yn ara deg, i ddechrau mewn distawrwydd 'run fath â gadael eglwys ar ddiwedd y gwasanaeth, neu stafell ymadawedig ar ôl canu'n iach, y merched yn codi eu sgerti ac yn mynd allan â'u pennau wedi'u plygu, y gwŷr yn tywys eu cymdeithion gerfydd eu peneliniau rhag iddyn daro yn erbyn y seti codi. Ond o dipyn i beth cyflymodd pawb, aeth y sibrwd yn ebychu ac yn y diwedd heidiai'r dyrfa tua'r drysau lle'r aeth yn dagfa, wedyn gwthio drwodd yn groch. Dim ond sefyll ar eu traed wnaethai Cottard a Tarrou ac roedd y ddau ar eu pennau'u hunain yn syllu ar ddarlun eu bywydau ar y pryd: y pla ar lwyfan ar wedd clerwr wedi sigo ac yn y tŷ holl betheuach moeth, bellach yn ddiwerth, yn ffaniau wedi'u hanghofio a siolau les wedi'u gadael ar y seddi coch.

# II

Yn ystod diwrnodiau cyntaf mis Medi buasai Rambert yn gweithio'n ddiwyd ochr yn ochr â Rieux. Dim ond un diwrnod rhydd y gofynnodd amdano, sef y diwrnod roedd i fod i gyfarfod Gonzalès a'r ddau lanc o flaen yr ysgol fechgyn.

Y diwrnod hwnnw am ganol dydd gwelodd Gonzalès a'r newyddiadurwr y ddau fachgen yn dod dan chwerthin. Chawson nhw ddim hwyl arni'r tro cynt, medden nhw, ond roedd hynny i'w ddisgwyl. Beth bynnag, doedden nhw ddim ar wyliadwraeth yr wythnos honno a byddai'n rhaid wrth amynedd tan yr wythnos wedyn ac ailgychwyn. Amynedd oedd piau hi, meddai Rambert a chynigiodd Gonzalès gyfarfod y dydd Llun wedyn. Ond y tro yma byddai'n rheitiach peth i Rambert fynd i aros at Marcel a Louis. 'Drefnwn ni gyfarfod, ni'n dau. Os na ddo i, dos di'n syth atyn nhw, ddeudwn ni wrthat ti lle maen nhw'n byw.' Ond, meddai Marcel neu Louis ar y gair, y peth hawsaf fyddai mynd â'r cyfaill yno'n syth. Cyn belled nad oedd ddim yn fisi roedd yna ddigon i'w fwyta iddyn nhw ill pedwar. 'Wedyn fyddwch chi'n siŵr o'ch petha.' Syniad da, meddai Gonzalès ac aethant at yr harbwr.

Ym mhen draw ardal y dociau'r oedd Marcel a Louis yn byw, yn ymyl y pyrth at ffordd y glannau. Tŷ bychan Sbaenaidd, muriau trwchus, cloriau pren wedi'u peintio, y stafelloedd yn foel ac yn dywyll. Reis oedd yn fwyd, yn cael ei weini gan fam y ddau lanc, hen Sbaenes wyneb rhychiog yn wên i gyd. Roedd Gonzalès yn syn gan fod reis eisoes yn brin yn y dref. 'Dan ni'n dod i ben wrth y pyrth,' meddai Marcel. Bwytaodd Rambert lond ei fol ac yfed yn harti. Roedd yn un o'r hen deip, meddai Gonzalès – a dim byd ar feddwl y newyddiadurwr ond yr wythnos roedd rhaid iddo aros.

Fel y bu hi roedd yna bythefnos i aros oherwydd estyn y cyfnodau gwyliadwraeth yn bymtheng niwrnod i gwtogi ar nifer y stemiau. Ac yn ystod y pythefnos hwnnw gweithiai Rambert yn ddiflino, yn ddiddiwedd, ei lygaid ar gau fel petai, o fore gwyn tan nos. Âi i'r gwely yn hwyr y nos a chysgu fel pathew. Bu mynd o fywyd segur at waith oedd yn lladdfa yn gyfrwng ei adael bron heb freuddwydion a heb egni. Soniai fawr ddim am fod ar fin dianc. Dim ond un ffaith sy'n werth ei nodi: ar ôl wythnos cyfaddefodd i'r doctor ei fod wedi meddwi'r noson cynt, am y tro cyntaf. Ar ôl gadael y bar, yn sydyn clywodd ei afl yn chwyddo a'i freichiau'n anodd eu symud o'r gesail. Meddyliodd mai'r pla oedd arno. A'r unig adwaith drawodd ei ben – a Rieux ac yntau'n gytûn nad oedd ddim yn gall – fu rhedeg i ben ucha'r dref ac yno, mewn sgwâr fach lle na welid y môr ond o leiaf ychydig mwy o'r awyr, bloeddiodd ar ei wraig nerth esgyrn ei ben dros furiau'r ddinas. Wedi mynd adref a heb weld 'run arlliw o fadwch ar ei gorff, roedd arno gywilydd o'i bwl sydyn. Roedd Rieux yn deall yn iawn, meddai, fod modd gwneud y fath beth. 'Beth bynnag,' meddai, 'hawdd gweld awydd ei wneud.'

'Soniodd Monsieur Othon wrtha i amdanoch chi bore 'ma,' meddai Rieux wedyn yn sydyn pan oedd Rambert ar fin gadael. 'Gofynnodd i mi oeddwn i'n eich nabod. "Rhowch air o gyngor iddo felly, i beidio â mynd ar gyfyl smyglwyr. Mae'n tynnu sylw," medda fo wedyn.'

'Be mae hynna i fod i feddwl?'

'Bod well i chi styrio.'

'Diolch,' meddai Rambert gan ysgwyd llaw'r doctor.

Ar ben y drws trodd yn sydyn. Sylwodd Rieux ei fod, am y tro cyntaf ers dechrau'r pla, yn gwenu.

'Pam na nadwch chi i mi fynd ta? Mae gynnoch chi'r dull a'r modd.'

Ysgydwodd Rieux ei ben yn ôl ei arfer a dweud mai busnes Rambert oedd hynny, ei fod wedi dewis hapusrwydd ac nad oedd ganddo yntau, Rieux, ddadl yn erbyn hynny. O'i ran ei hun, doedd ganddo ddim syniad be oedd er gwell, er gwaeth yn y mater.

'Os felly, pam deud wrtha i am frysio?'

Gwenodd Rieux yn ei dro.

'Ella am fod arna innau isio gneud fy mhwt er mwyn hapusrwydd.'

Drannoeth soniwyd 'run gair am y peth er bod y ddau'n cydweithio. Yr wythnos wedyn roedd Rambert o'r diwedd yn y tŷ bychan Sbaenaidd. Roedd gwely wedi'i wneud iddo yn y gegin fawr. Gan nad oedd y ddau lanc yn dod adref i ginio ac wedi'i siarsio i fynd allan cyn lleied ag oedd modd, gan mwyaf ar ei ben ei hun roedd yn byw yno neu'n codi sgwrs â'r hen wraig eu mam. Hen grimpen fach oedd hi, yn brysur fyth dragywydd, yn ei du, ei hwyneb yn frown ac yn grychlyd dan ei gwallt gwyn fel pìn mewn papur. Un ddi-ddweud oedd hi, dim ond ei llygaid yn wên i gyd pan welai Rambert.

Dro arall gofynnai iddo onid oedd arno ofn heintio'i wraig â'r pla. Oedd, meddai, ond doedd fawr o beryg yn ei dyb o, ond petai'n aros yn Oran hwyrach na welen nhw fyth mo'i gilydd eto.

'Hen hogan glên, decini?' meddai'r hen wraig dan wenu.

'Clên iawn.'

'Un ddel?'

'I mi.'

'A!' meddai hi. 'Dyna pam 'lly.'

Pendronodd Rambert. Ie, dyna pam, doedd dim dwywaith, ond nid dyna'r unig reswm, doedd bosib.

'Dach chi'm yn credu yn Nuw?' meddai'r hen wraig, fyddai'n mynd i'r offeren bob bore.

Addefodd Rambert nad oedd a 'dyna pam 'lly,' meddai'r hen wraig wedyn.

'Rhaid i chi fynd 'nôl ati, dach chi yn llygad eich lle. Heb hynny, be fyddai gynnoch chi ar ôl?'

Weddill yr amser prowliai Rambert o gwmpas y parwydydd plaster moel yn bodio'r ffaniau wedi'u hoelio yno neu'n cyfri'r peli gwlân ar ridens y lliain bwrdd. Deuai'r llanciau adref gyda'r nos. Doedd ganddyn nhw fawr i'w ddweud, dim ond nad oedd hi eto'n bryd. Ar ôl cinio canai Marcel y gitâr a chaen nhw joch o wirod blas anis. Roedd Rambert i'w weld yn bell ei feddwl.

Ar y dydd Mercher daeth Marcel adref a dweud, 'Nos fory fydd hi, am ganol nos. Cofia fod yn barod mewn pryd.' O blith y ddau ddyn oedd yn rhannu stem â nhw, roedd y pla ar y naill, a'r llall, oedd fel arfer yn rhannu stafell ag o, dan wyliadwriaeth. Felly byddai Marcel a Louis ar eu pennau'u hunain am ddeuddydd dri. Yn ystod y nos byddent yn trefnu'r manylion olaf. Drannoeth byddai'n bosib. 'Dach chi'n falch?' gofynnodd yr hen wraig. Oedd, meddai, ond roedd ei feddwl ar rywbeth arall.

Drannoeth, dan awyr drom, roedd y gwres yn llaith ac yn fyglyd. Roedd newydd drwg am y pla. Ond roedd yr hen Sbaenes yn dal i fod yn ddigyffro. 'Mae 'na ddrygioni yn y byd,' mcddai, 'bc sy i'w ddisgwyl?' Roedd Rambert, 'run fath â Marcel a Louis, yn noeth hyd at ei fogail ond serch hynny llifai'r chwys rhwng ei sgwyddau ac i lawr ei frest. Yn llwydolau'r stafell dan gaeadau roedd eu cyrff yn frown wedi cael farnis. Troai Rambert yn ei unfan heb ddweud gair. Ar amrantiad, am bedwar o'r gloch y pnawn gwisgodd amdano a dweud ei fod yn mynd allan.

'Tendia,' meddai Marcel, 'ar ben hannar nos. Mae pob peth yn ei le.'

Aeth Rambert i dŷ'r doctor. Dywedodd mam Rieux ei fod yn yr ysbyty ar ben ucha'r dref. O flaen bwth y gwarchodwr roedd yr un dyrfa'n dal i weu drwy'i gilydd. 'Styrwich!' meddai sarjant â llygaid llyffant. A symudai'r dorf ond bob amser yn ei hunfan. 'Waeth i chi heb â disgwyl dim byd yma,' meddai'r sarjant, a'r chwys yn dod drwy'i siaced. Gwyddai'r dyrfa hynny o'r gorau, ond dal i aros er gwaetha'r lladdfa o wres. Dangosodd Rambert ei drwydded i'r sarjant a'i cyfeiriodd at swyddfa Tarrou. Roedd ei drws ar yr iard. Cyfarfu'r Tad Paneloux ar ei ffordd allan o'r swyddfa.

Mewn hen stafell fach wen fudr ac arni oglau cyffuriau a llieiniau tamp eisteddai Tarrou y tu ôl i ddesg o bren du, wedi torchi llewys ei grys, yn sychu â hances y chwys a ddiferai o blygiad ei fraich.

'Dal yma?' meddai.

'Ydw, liciwn i gael gair â Rieux.'

'Mae o yn y ward. Ond os oes modd gneud hyn hebddo fo gorau oll.'

'Pam?'

'Mae o 'di ymlâdd. Dwi'n gneud fy ngorau i'w arbed o gymaint ag y medra i.'

Edrychodd Rambert ar Tarrou. Roedd wedi teneuo a blinder yn pylu ei lygaid a'i bryd a gwedd, ei sgwyddau cedyrn yn grwm. Dyma gnoc ar y drws a daeth nyrs i mewn a masg gwyn am ei hwyneb. Rhoddodd sypyn o gardiau ar ddesg Tarrou a thrwy'r lliain dweud yn fyngus dim ond, 'Chwech,' wedyn mynd allan. Edrychodd Tarrou ar y newyddiadurwr a dangos y cardiau iddo wedi'u taenu'n ffan.

'Cardiau bach twt, tydyn? Wel, meirwon 'dyn nhw. Meirwon neithiwr.'

Crychodd ei dalcen a chau'r cardiau'n sypyn.

'Cadw cyfrifon ydi'r unig beth sy ar ôl i ni.'

Cododd Tarrou gan bwyso ar y bwrdd.

'Dach chi'n gadael yn o fuan?'

'Heno 'ma am ganol nos.'

Dywedodd Tarrou ei fod yn falch o glywed ac y dylai Rambert gymryd gofal.

'Dach chi o ddifri?'

Cododd Tarrou ei sgwyddau.

'Yn f'oed i mae gofyn bod yn ddidwyll. Mae deud clwyddau'n ormod o stryffig.'

'Tarrou,' meddai'r newyddiadurwr, 'maddeuwch i mi, ond mi fasa'n dda gin i weld y doctor.'

'Wn i. Mae o'n fwy dynol na fi. Dowch ta.'

'Nid dyna be sy,' meddai Rambert yn chwithig, a thewi.

Edrychodd Tarrou arno a gwenu'n sydyn.

Aeth y ddau ar hyd coridor bach, ei barwydydd yn wyrdd golau lle nofiai goleuni fel petai dan ddŵr. Yn union cyn cyrraedd drws gwydr deuran a chysgodion yn symud yn annelwig y tu ôl iddo, aeth Tarrou â Rambert i stafell fechan fach, ei pharwydydd yn gypyrddau i gyd, agor un, tynnu dau fasg rhwydwe a rhoi un i Rambert i'w wisgo. Gofynnodd y newyddiadurwr a oedd yn dda i rywbeth. Nac oedd, meddai Tarrou ond roedd yn ennyn hyder yn y lleill.

Gwthiodd y ddau'r drws gwydr. Ward enfawr oedd hi, ffenestri'n aerglos er gwaetha'r tymor. Yn union dan y nenfwd grwniai ffaniau trydan, eu llafnau crymion yn corddi'r awyr dew, boeth uwchben dwy res o wlâu llwyd. O bob tu deuai griddfan lleddf neu dreiddgar, yn cydgordio'n gwynfan undonog. Symudai dynion yn eu gwyn o gwmpas yn araf yn y golau didrugaredd oedd yn tywallt o'r ffenestri uchel barrog. Teimlai Rambert yn annifyr yng ngwres llethol y ward a phrin yr adnabu Rieux, yn gwyro dros gorff oedd yn griddfan. Roedd y doctor yn ffleimio gafl y claf roedd dwy nyrs o boptu'r gwely yn ei ddal ar led. Pan gododd gollyngodd ei offer i'r hambwrdd estynnai cynorthwywr iddo a sefyll yn llonydd am ennyd, yn edrych ar y dyn oedd yn cael ei rwymo.

'Unrhyw newydd?' gofynnodd i Tarrou oedd yn nesu ato.

'Mae Paneloux yn fodlon cymryd lle Rambert yn y safle cwarantin. Mae o wedi gneud peth wmbredd yn barod. Y cwbl sy ar ôl ydi ad-drefnu'r trydydd grŵp archwilio heb Rambert.'

Nodiodd Rieux.

'Mae Castel wedi gorffen ei baratoadau cynta. Mae'n cynnig rhoi prawf arno fo.'

'A! Da iawn,' meddai Rieux.

'Ac yn ola, mae Rambert yma.'

Trodd Rieux. Uwchben ei fasg culhaodd ei lygaid o weld y newyddiadurwr.

'Be dach chi'n da yma?' meddai. 'Dach chi i fod yn rhywle arall.'

Heno am ganol nos, meddai Tarrou, ac meddai Rambert wedyn, 'I fod.'

Bob tro siaraden nhw roedd y masgiau rhwydwe'n chwyddo ac yn lleithio lle'r oedd eu cegau gan wneud pob sgwrs braidd yn afreal, fel delwau'n sgwrsio.

'Roedd arna i isio cael gair â chi,' meddai Rambert.

'Awn ni o 'ma efo'n gilydd os leciwch chi. Rhoswch amdana i yn swyddfa Tarrou.'

Toc wedyn roedd Rambert a Rieux yng nghefn car y doctor. Tarrou oedd yn gyrru.

'Dim mwy o betrol,' meddai hwnnw'n cychwyn y car. 'Ar droed amdani fory.'

'Clywch, doctor,' meddai Rambert, 'dwi ddim yn mynd a dwi am aros efo chi.'

Heb droi blewyn, daliodd Tarrou i yrru. Roedd Rieux fel petai'n methu bwrw'i flinder.

'A hithau?' meddai â'i lais yn wag.

Roedd wedi meddwl ymhellach, meddai Rambert, ei fod yn dal i fod o'r un gred, ond petai'n gadael byddai arno gywilydd. A byddai hynny'n tarfu ar ei gariad tuag at yr un adawsai. Ond sythodd Rieux a dweud yn benderfynol ei fod yn siarad lol ac nad oedd dim cywilydd ynghlwm â dewis hapusrwydd.

'Nac oes,' meddai Rambert, 'ond ella bod 'na gywilydd ynghlwm â bod yn hapus ar fy mhen fy hun.'

Hyd hynny ddywedsai Tarrou ddim gair ond heb droi ei ben meddai,

'Os oes arnoch chi isio rhannu trallod pobol, fydd gennych chi ddim amser i fod yn hapus. Mae gofyn i chi ddewis.'

'Nid felly mae ei gweld hi,' meddai Rambert. 'Byth ers i mi ddod yma dwi'n teimlo fel dieithryn yn y dre ac nad oes nelo fi ddim â chi. Ond rŵan mod i wedi gweld be dwi wedi'i weld dwi'n gwbod mod i'n perthyn, o'm bodd neu f'anfodd. Rydan ni i gyd â'n rhan yn hyn.'

Atebodd yr un o'r ddau arall ac roedd Rambert i'w weld yn colli amynedd.

'Ond go dacia, mi wyddoch hynny o'r gorau! Neu be fasach chi'n da yn yr ysbyty 'na? Ydach chithau wedi dewis, a chefnu ar hapusrwydd?'

Dim gair o hyd gan na Tarrou na Rieux. Bu distawrwydd hir, bron nes iddyn nhw gyrraedd tŷ'r doctor. A gofynnodd Rambert ei gwestiwn olaf eilwaith, yn daerach fyth. Dim ond Rieux drodd ato. Cododd yn llafurus.

'Mae'n ddrwg gen i, Rambert,' meddai, 'ond dwn i ddim. Arhoswch efo ni os mynnwch chi.'

Trodd y car yn sydyn a thawodd Rieux. Wedyn ailgydiodd gan edrych yn syth o'i flaen.

'Does 'na ddim byd ar wyneb daear yn werth cefnu ar be mae rhywun yn ei garu. Ac eto dyna dwi'n ei neud heb wbod yn y byd pam.'

Suddodd yn ôl ar y glustog.

'Fel'na mae hi, a dyna ni,' meddai'n llesg. 'Felly waeth i ni dderbyn hynny ddim, a dod i'r casgliadau.'

'Pa gasgliadau?' gofynnodd Rambert.

'A!' meddai Rieux. 'Fedar dyn ddim iacháu a gwbod ar yr un pryd. Felly iachawn ni cyn gynted ag y gallwn ni. Dyna lle mae'r brys mwya.'

Am ganol nos roedd Tarrou a Rieux yn rhoi map i Rambert o'r ardal roedd yn gyfrifol am ei harchwilio pan edrychodd Tarrou ar ei watsh. Cododd ei ben ac edrych ym myw llygaid Rambert.

'Dach chi 'di deud wrthyn nhw?'

Edrychodd y newyddiadurwr draw.

'Anfonais i air,' meddai dan fustachu, 'cyn dod i'ch gweld chi.'

# III

Yn ystod dyddiau olaf mis Hydref y rhoddwyd prawf ar serwm Castel. I bob pwrpas, dyma obaith olaf Rieux. Petai'n methu, roedd y doctor yn argyhoeddedig y byddai'r dref ar drugaredd mympwyon y clefyd – a hwnnw naill ai'n dal i fynd am fisoedd lawer eto, neu'n penderfynu peidio heb reswm.

Y diwrnod cyn i Castel alw heibio i Rieux roedd mab Monsieur Othon wedi clafychu a'r teulu i gyd yn gorfod mynd i gwarantin. Ychydig ynghynt y daethai'r fam ohono, felly fe'i cafodd ei hun wedi'i hynysu eilwaith. Yn ôl y gorchmynion mewn bod, galwodd yr ynad y doctor Rieux cyn gynted ag y gwelodd arwyddion y clefyd ar gorff ei fab. Pan gyrhaeddodd Rieux, safai'r tad a'r fam wrth droed y gwely. Roedd y ferch fach wedi'i hanfon i ffwrdd. Yn y cyfnod gwendid roedd y plentyn a chymerodd ei archwilio'n ddi-gŵyn. Pan gododd y doctor ei ben cyfarfu ei lygaid â golygon yr ynad a'r tu ôl iddo wyneb llwyd y fam, hances wrth ei cheg, yn dilyn symudiadau'r doctor yn llygadrwth.

'Y pla sydd, yn te?' meddai'r ynad mewn llais oeraidd.

'Ia,' atebodd Rieux gan edrych eto ar y plentyn.

Agorodd llygaid y fam led y pen ond heb iddi eto ddweud 'run gair, na'r ynad chwaith, wedyn meddai'r olaf, yn is ei oslef:

'Wel, doctor, rhaid i ni wneud yn ôl y gofyn.'

Osgôdd y doctor edrych ar y fam oedd â'i hances wrth ei cheg o hyd.

'Fydda i fawr o dro,' meddai'n betrus braidd, 'os ca i ddefnyddio'ch ffôn chi.'

Dywedodd yr ynad yr âi ag o ato ond cyn mynd trodd y doctor tua'r wraig.

'Mae'n ddrwg gen i. Well i chi hwylio'ch pethau. Wyddoch chi fel mae hi.'

Roedd Madame Othon fel petai'n syfrdan syn, yn syllu ar y llawr.

'Ia,' meddai gan nodio, 'mi a' i ati rŵan hyn.'

Cyn eu gadael fedrai Rieux ddim llai na gofyn a oedd arnynt

angen rhywbeth. Daliai'r wraig i syllu arno'n fud. Ond y tro yma trodd yr ynad ei lygaid draw.

'Nac oes.' Wedyn llyncodd ei boer. 'Ond da chi, achubwch fy mhlentyn.'

I ddechrau dim ond mater o ffurf fuasai'r cwarantin ond ers hynny roedd Rieux a Rambert wedi'i drefnu'n llym. Yn neilltuol, mynnu bod aelodau'r un teulu bob amser wedi'u gwahanu. Os oedd un aelod o'r teulu wedi'i heintio'n ddiarwybod roedd hi'n hanfodol peidio â chwyddo peryg cael y clefyd. Eglurodd Rieux y rhesymau hyn i'r ynad a oedd yn gytûn. Ond o weld y cipolwg rhyngddo a'i wraig gwyddai'r doctor y byddai'r ddau ar gyfeiliorn o'u gwahanu. Gellid rhoi llety i Madame Othon a'i merch fach yn y gwesty cwarantin roedd Rambert yn ei redeg. Ond doedd dim lle i'r ynad heblaw am y gwersyll ynysu'r oedd y *préfecture* wrthi'n ei drefnu ar faes chwarae'r dref, mewn pebyll ar fenthyg gan y gwasanaeth ffyrdd. Ymddiheurodd Rieux ond dywedodd Monsieur Othon fod yna un rheol i bawb a bod rhaid ufuddhau.

Aethpwyd â'r plentyn i'r ysbyty atodol, mewn hen stafell ddosbarth a deg gwely ynddi. Ymhen tuag ugain awr roedd ei achos yn anobeithiol hyd y gwelai Rieux. Ysai'r haint ei gorff bychan heb unrhyw ymateb. Roedd llinorod bychain, newydd dyfu ond poenus, yn cau cymalau ei aelodau tila. Roedd y frwydr eisoes ar ben. Dyna pam y meddyliodd Rieux am roi prawf ar serwm Castel arno. Y noson honno, ar ôl cinio, gwnaethant y brechiad oedd yn bur faith, heb ddim ymateb gan y plentyn. Drannoeth ar lasiad dydd roedd pawb wrth erchwyn y bachgen bach i bwyso a mesur y prawf tyngedfennol.

Wedi deffro o'i syrthni, roedd y plentyn yn troi a throsi yn ei gynfasau. Ers pedwar o'r gloch y bore buasai'r doctor, Castel a Tarrou yn ei ymyl yn dilyn bob yn gam lanw a thrai'r clefyd. Wrth ben y gwely roedd talp o gorff Tarrou yn ei gwman. Wrth droed y gwely, ar ei eistedd wrth ochr Rieux oedd ar ei draed, roedd Castel, i'w weld yn gwbl ddigyffro, yn darllen hen lyfr. Bob yn dipyn, a'r dydd yn glasu yn yr hen stafell ddosbarth, cyrhaeddodd y lleill. Paneloux yn gyntaf, a gymerodd ei le am y gwely â Tarrou, yn pwyso yn erbyn y pared. Roedd ei wyneb yn llawn galar, a blinder yr holl ddyddiau heb arbed dim arno'i hun wedi gadael ei ôl, yn rhychau ar ei dalcen gwritgoch. Cyrhaeddodd Joseph Grand yn ei dro. Roedd hi'n saith o'r gloch ac ymddiheurodd y clerc bach am fod yn fyr ei wynt. Dim ond munud oedd ganddo ond roedd am wybod a ddaethai rhywbeth pendant i'r fei. Heb ddweud gair dangosodd Rieux iddo'r plentyn, ei lygaid ar gau mewn wyneb wedi'i ddirdynnu, ei ddannedd wedi'u clensio â'i holl nerth, ei gorff yn ddisymud, ei ben yn troi a throsi ôl a blaen ar y gobennydd heb gynfas. Ymhen yr hir a'r hwyr roedd hi'n ddigon golau i weld olion hen syms ar y bwrdd du oedd yn ei le o hyd ym mhen draw'r stafell, a chyrhaeddodd Rambert. Pwysodd yn erbyn troed y gwely nesaf a thynnu paced o sigaréts, ond ar ôl cipolwg ar y plentyn rhoes y paced yn ôl yn ei boced.

Ar ei eistedd o hyd edrychodd Castel ar Rieux dros ei sbectol.

'A'r tad – pa newydd?'

'Dim,' meddai Rieux, 'mae o yn y gwersyll ynysu.'

Roedd y doctor yn gwasgu bar y gwely lle griddfanai'r plentyn. Ni thynnai ei lygaid oddi ar y claf bychan a aeth yn sydyn yn dynn drwyddo, ei ddannedd wedi'u clensio o'r newydd, plygu am ei ganol ac yn araf ymledodd ei freichiau a'i goesau. O'r corff bach, noeth dan y cwrlid milwrol, codai oglau gwlân a chwys egr. Ymlaciodd y plentyn o dipyn i beth a thynnu ei freichiau a'i goesau'n ôl tua chanol y gwely, ac yn ddall ac yn fud o hyd roedd i'w weld yn anadlu'n gyflymach. Cyfarfu llygaid Rieux a Tarrou ac edrychodd hwnnw draw.

Gwelsant eisoes farw plant – ers rhai misoedd ddangosai'r braw ddim ffafriaeth – ond heb eto wylio eu gwewyr y naill funud ar ôl y llall 'run fath â bore heddiw ers toriad dydd. Wrth reswm pawb, hyd y gwelen nhw, un peth ac un peth yn unig oedd peri'r fath loes i wirioniaid – ffiaidd. Ond hyd hynny o leiaf ffieiddio'n haniaethol mewn fford fuasen nhw, heb erioed wylio wyneb yn wyneb, dros oriau maith, wewyr marw plentyn.

Yn y fan plygodd y plentyn yn ei ddyblau drachefn, fel petai rhywbeth wedi'i frathu yn ei fol, a nadu'n dreiddgar. Arhosodd felly yn ei ddyblau am funudau bwygilydd, iasau a chryndodau dirdynnol yn ei sgrytian, fel petai'r corffyn eiddil yn plygu yn nannedd gwynt ffyrnig y pla ac yn torri dan gythymau mynych y dwymyn. Aeth y dymestl heibio ac ymlaciodd rywfaint, fel petai'r dwymyn wedi cilio a'i adael yn fyr ei wynt ar draeth llaith wedi'i wenwyno, yr hoe eisoes fel angau. Pan ddaeth y llanw llosg drosto drachefn am y drydedd waith a'i godi fymryn, crebachodd y plentyn, cilio at ymyl y gwely gan ofn y fflam a'i llosgai ac ysgwyd ei ben yn wyllt gan luchio'r blanced oddi arno. Dechreuodd dagrau mawr bistyllio oddi tan ei amrannau llidus a llifo ar hyd ei wyneb llwyd ac ar anterth y pwl – wedi ymlâdd, gan dynhau ei goesau esgyrnog a'i freichiau gollasai eu cnawd o fewn deuddydd – roedd y plentyn yn y llanast o wely fel croeshoeliad gwrthun.

Gwyrodd Tarrou a sychu â'i law fawr yr wyneb bach gwlyb gan ddagrau a chwys. Ar ôl munud caeodd Castel ei lyfr ac edrych ar y claf. Dechreuodd frawddeg ond bu'n rhaid iddo besychu cyn medru'i gorffen gan fod ei lais mor gryg.

'Fuo 'na ddim saib boreol, naddo, Rieux?'

'Naddo,' meddai Rieux, 'ond roedd y plentyn yn gwrthsefyll dipyn hwy na'r disgwyl.'

Roedd Paneloux i'w weld wedi mynd i'w gilydd yn erbyn y pared ac meddai'n farwaidd:

'Os oes rhaid iddo farw, bydd wedi diodde'n hwy.'

Trodd Rieux tuag ato'n sydyn ac agor ei geg i siarad, ond gwnaeth ymdrech amlwg i'w feistroli'i hun a brathu'i dafod a throi'i olygon yn ôl at y plentyn.

Roedd hi'n goleuo yn y stafell. Ar y pum gwely arall roedd y cyrff yn ymystwyrian ac yn griddfan ond fel pe'n fwriadol ddistaw. Dim ond un oedd yn gweiddi, ym mhen arall y stafell, bob hyn a hyn yn rhoi ebychiadau bach oedd yn fwy fel syndod na phoen. Roedd hi fel petai hyd yn oed y cleifion wedi colli golwg ar ddychryn y cyfnod cyntaf. Bellach roedd rhyw fath o ymostwng yn eu dull o dderbyn y clefyd. Dim ond y plentyn oedd yn brwydro â'i holl nerth. O bryd i'w gilydd teimlai Rieux ei guriad – nid yn gymaint am fod gofyn gwneud ond yn hytrach er mwyn dianc o'r diymadferthedd disymud lle'i câi ei hun – a chlywed, o gau ei lygaid, ei gynnwrf yn gymysg â therfysg ei waed ei hun. Wedyn, yn un â'r plentyn dan artaith, gwneud ei orau i'w gynnal â'r holl nerth oedd weddill iddo. Ond, yn un am ychydig eiliadau, buan y gwahanai curiadau'r ddwy galon, collai afael ar y plentyn a syrthiai ei ymdrech i'r gwagle. Gollyngai'r arddwrn tenau a mynd yn ôl i'w le.

Ar hyd y parwydydd gwyngalchog âi'r golau o liw rhos i felyn a gwres y bore'n dechrau clecian y tu draw i'r gwydr. Prin y clywsant Grand yn gadael gan ddweud y dôi yn ei ôl. Roedd y plentyn, ei lygaid ynghau o hyd, i'w weld ychydig yn dawelach, ei ddwylo fel crafangau'n plycio ymylon y gwely'n wachul. Wedyn cododd y plentyn ei ddwylo a chrafu'r cwrlid dros ei bengliniau, plygu ei goesau'n sydyn nes oedd ei gluniau uwchben ei fol ac aros yn llonydd. Agorodd ei lygaid am y tro cyntaf a syllu ar Rieux oedd yn union o'i flaen. Ym mhwll ei wyneb, bellach wedi'i fferru'n glai llwyd, agorodd ei geg ac yn y fan daeth cri ddi-dor ohoni, prin yn amrywio pan anadlai, yn llenwi'r stafell yn sydyn â phrotest undonog, aflafar ac mor annynol nes ei bod fel petai'n llais ar y cyd yn dod o enau holl ddynolryw ar yr un pryd. Clensiodd Rieux ei ddannedd a throdd Tarrou draw. Dynesodd Rambert at y gwely yn ymyl Castel, a gaeodd ei lyfr oedd yn agored ar ei lin. Edrychodd Paneloux ar y geg fach, aflan gan y clefyd, a'i llond o gri'r oesoedd. Syrthiodd ar ei ddeulin ac roedd i'w gweld yn gwbl naturiol i bawb ei glywed yn dweud yn fyngus ond yn glir uwchlaw'r dolefain dienw diddiwedd: 'Dduw mawr, arbed y plentyn hwn.'

Ond daliai'r plentyn i nadu a'r cleifion o'i gwmpas yn aflonyddu. Ym mhen draw'r stafell dyma'r un fuasai'n llefain yn ddi-dor yn cyflymu rhythm ei gwynfan nes bod hwnnw hefyd yn gri go iawn, a dechreuodd y gweddill riddfan yn uwch. Torrodd ton o wylofain dros y stafell gan foddi gweddi Paneloux a chaeodd Rieux ei lygaid, yn gwasgu asen y gwely, yn feddw gan flinder a ffieidd-dod.

Pan agorodd nhw drachefn cafodd Tarrou yn ei ymyl.

'Rhaid i mi fynd o 'ma,' meddai Rieux. 'Fedra i mo'u diodde nhw ddim mwy.'

Ond yn sydyn tawodd y cleifion eraill. Sylweddolodd y doctor fod cri'r plentyn wedi distewi, ei bod yn distewi fwy fyth a'i bod newydd dewi. O'i gwmpas ailgychwynnodd y cwynfan ond yn lleddf, fel adlais pell y frwydr oedd newydd ddod i'w therfyn. Aethai Castel at ochr arall y gwely: 'Mae ar ben.' Ei geg ar agor ond yn fud, gorffwysai'r plentyn ym mhant llanast y dillad gwely, wedi crebachu'n sydyn a'r dagrau eto'n wlyb ar ei fochau.

Dynesodd Paneloux at y gwely a gwneud arwyddion y fendith. Wedyn torchodd ei gasog a mynd allan ar hyd yr eil ganol.

'Oes gofyn ailddechrau o'r cychwyn cyntaf?' gofynnodd Rieux i Castel.

Ysgydwodd yr hen ddoctor ei ben.

'Hwyrach,' meddai gan wenu'n fingaead. 'Wedi'r cyfan, mi wrthsafodd yn hir.'

Ond roedd Rieux eisoes wedi gadael y stafell, ar y fath wib ac a'r fath olwg ar ei wyneb fel yr estynnodd Paneloux ei fraich i'w atal pan aeth heibio iddo.

'Dewch, doctor,' meddai.

Ar y gair trodd Rieux arno'n gandryll:

'O leia mi oedd nacw'n ddiniwed ac mi wyddoch hynny o'r gorau!'

Wedyn trodd ar ei sawdl, mynd drwy ddrysau'r stafell o flaen Paneloux ac i ben draw iard yr ysgol. Eisteddodd ar fainc rhwng y coed bach llychlyd a sychu'r chwys oedd eisoes yn llifo i'w lygaid. Roedd arno awydd gweiddi i ddatod y cwlwm ffyrnig a fathrai ei galon. Syrthiai'r gwres yn araf rhwng canghennau'r coed ffigys. Ymdaenai tarth gwyn yn gyflym dros awyr las y bore gan wneud yr awyr yn fwy myglyd fyth. Gorweddodd Rieux ar ei hyd ar y fainc ac edrych ar y canghennau a'r awyr a chael ei wynt ato o dipyn i beth a bwrw'i flinder gan bwyll bach.

'Pam ddaru chi siarad mor ddig wrtha i gynnau?' meddai llais y tu ôl iddo. 'Roedd be welson ni'r un mor annioddefol i mi.'

Trodd Rieux tuag at Paneloux.

'Dach chi yn llygad eich lle,' meddai. 'Mae'n ddrwg gen i. Ond mae blinder fel rhyw orffwylledd. Ar adegau yn y dre 'ma dwi'n teimlo dim ond gwrthryfel.'

'Dwi'n deall yn iawn,' meddai Paneloux yn ddistaw bach. 'A'r gwrthuni ydi ei fod y tu hwnt i'n deall ni. Ond hwyrach y dylen ni garu be dan ni'n methu'i ddeall.'

Sythodd Rieux yn y fan ac edrych ar Paneloux â'r holl rym ac angerdd oedd ganddo ac ysgwyd ei ben.

'Na, Nhad,' meddai. 'Dwi'n synio am gariad yn gwbl wahanol. A thra bydda i byw wna i ddim caru'r greadigaeth yma lle mae plant yn cael eu harteithio.'

Daeth cysgod cythrwfl dros wyneb Paneloux.

'A! Doctor,' meddai'n drist. 'Dwi newydd ddeall be ydi ystyr gras.'

Gorweddodd Rieux drachefn ar ei fainc. O bwll ei flinder o'r newydd atebodd yn dynerach:

'A does gen i mono fo, dwi'n gwbod yn iawn. Ond 'd a' i ddim i ddadlau am hynny efo chi. Dan ni'n cydweithio dros rywbeth sy'n ein huno ni uwchlaw cabledd a phader. Dyna'r unig beth sy o bwys.'

Eisteddodd Paneloux yn ymyl Rieux. Roedd i'w weld dan deimlad.

'Ia wir,' meddai, 'dach chithau'n gweithio dros iachawdwriaeth dyn.'

Gwnaeth Rieux ei orau i wenu.

'Mae iachawdwriaeth dyn yn dipyn o ddeud, i mi. Iechyd ydi mhethau i, iechyd yn gynta peth.'

Petrusodd Paneloux.

'Doctor,' meddai.

Ond tawodd. Roedd chwys yn dechrau tywallt ar ei dalcen yntau.

'Da boch chi,' meddai'n ddistaw bach ac roedd dagrau yn ei lygaid pan gododd. Roedd ar fin gadael a Rieux yn bell ei feddwl ond cododd yntau a chymryd cam tuag ato.

'Unwaith eto, mae'n ddrwg gen i,' meddai. 'Chlywch chi ddim hwrdd fel'na eto.'

Estynnodd Paneloux ei law a dweud yn drist:

'Ond dwi heb ddwyn perswâd arnoch chi chwaith!'

'Be di'r ots?' meddai Rieux. 'Be sy gas gen i ydi marw a phoen, fel y gwyddoch chi. Ac o'ch bodd neu o'ch anfodd dan ni efo'n gilydd i'w diodde nhw ac i ymladd yn eu herbyn nhw.'

Roedd Rieux yn dal ei afael yn llaw Paneloux.

'Welwch chi,' meddai heb edrych arno, 'fedar Duw ei hun mo'n gwahanu ni rŵan.'

# IV

Ers ymuno â'r minteioedd iechyd buasai Paneloux byth a hefyd mewn ysbytai a mannau lle deuai i gysylltiad â'r pla. O blith yr achubwyr rhoesai ei hun yn y rheng lle teimlai ei fod yn perthyn, sef y rheng flaen. Gwelsai farw cleifion fyrdd. Er bod brechiadau'n ei warchod yn ddamcaniaethol, gwyddai o'r gorau y gallai angau ei gipio yntau. Yn ôl pob golwg buasai bob amser yn ddigyffro. Ond o'r dydd hwnnw allan pan fu'n gwylio marw plentyn am hydoedd roedd fel petai wedi newid, a thyndra mwyfwy i'w weld ar ei wyneb. Ac un diwrnod pan ddywedodd wrth Rieux, dan wenu, ei fod wrthi'n sgrifennu ysgrif fer o'r enw "A all offeiriad ofyn cyngor meddyg?" cafodd y doctor yr argraff bod rhywbeth mwy difrif yn y fantol nag oedd goslef Paneloux yn ei awgrymu. Pan ddywedodd y doctor y byddai'n dda ganddo fwrw golwg ar y gwaith, dywedodd Paneloux wrtho ei fod yn pregethu yn offeren y dynion cyn hir ac y byddai'n dadlennu'r pryd hynny o leiaf rhai o'i safbwyntiau.

'Fasa'n dda gen i tasech chi'n dod, doctor, fydd y pwnc o ddiddordeb i chi.'

Roedd yn wynt mawr y diwrnod y rhoes y Tad ei ail bregeth. A dweud y gwir roedd y gynulleidfa'n brinnach nag ar achlysur y bregeth gyntaf. Yn y bôn collasai sioeau o'r fath eu sglein newyddbeth. Dan amgylchiadau anodd y dref, collasai hyd yn oed y gair "newyddbeth" ei ystyr. Ac at hynny, roedd y rhan fwyaf o bobl – a bwrw'u bod heb gefnu ar ddefodau crefyddol yn gyfan gwbl, neu'n eu cyfuno â bywyd personol anfoesol i'r carn – wedi troi at ofergoelion gwirion bost yn lle defodau crefyddol arferol. Roedd yn well ganddynt wisgo tlysau amddiffynnol neu swynoglau Sant Roch na mynd i'r offeren.

Er enghraifft, roedd ein cyd-ddinasyddion yn gwirioni ar broffwydoliaethau. Yn y gwanwyn buasai disgwyl i'r clefyd ddod i ben unrhyw funud, a neb yn meddwl gofyn i neb arall am ba hyd y byddai'n para gan fod pawb yn argyhoeddedig na fyddai fawr o dro. Ond fel yr âi'r dyddiau heibio dyma ddechrau ofni na ddeuai fyth i ben, ac yn y fan daeth diwedd yr haint yn nod gobeithion pawb.

Gan hynny, o law i law, âi proffwydoliaethau ar led wedi'u tadogi ar ddewiniaid neu saint yr Eglwys Gatholig. Buan y gwelodd argraffwyr y dref y gallent fod ar eu helw o'r gwirioni yma ac argraffu copïau'n llu o'r testunau oedd ar led. O weld nad oedd dim diwallu ar chwilfrydedd y bobl, gwnaethant ymchwil yn llyfrgelloedd y dref i'r holl dystiolaethau o'r fath oedd i'w cael mewn llên gwerin a'u lledaenu drwy'r dref. A phan oedd hanes yn hesb comisiynwyd proffwydoliaethau gan newyddiadurwyr oedd yn hyn o beth yr un mor gymwys â'u cyndadau mewn canrifoedd a fu.

Ymddangosai rhai o'r proffwydoliaethau hyn hyd yn oed yn gyfresi yn y papurau newydd ac fe'u darllenid yr un mor eiddgar â'r straeon slwtsh oedd i'w cael pan oedd pawb yn fyw ac iach. Roedd rhai o'r rhagolygon hyn wedi'u seilio ar glandro rhyfedd yn cynnwys milfed ran y flwyddyn, nifer y meirw a nifer y misoedd aethai heibio ers dechrau'r pla. Tynnai eraill gymariaethau â phlâu mawr hanes, codi cyffelybiaethau (cysonion, chwedl y proffwydoliaethau) a honni, ar ddull yr un mor rhyfedd, tynnu casgliadau am yr helbul presennol. Ond hoff broffwydoliaethau'r cyhoedd, heb os nac oni bai, oedd y rheini a gyhoeddai, yn iaith y Datguddiad, gyfres o ddigwyddiadau y gallai unrhyw un ohonynt fod yn berthnasol i brofiad y ddinas ac oedd mor gymhleth fel y gellid eu dehongli mewn unrhyw ffordd dan haul. Bob dydd ceid ymgynghori â Nostradamus a'r Santes Odile oedd yn dwyn ffrwyth bob gafael. Un peth oedd gan y proffwydoliaethau hyn i gyd ar y cyd sef eu bod yn gysur yn y pen draw. Ond nid felly'r pla.

Felly roedd yr ofergoelion hyd yn oed yn disodli crefydd ym mryd ein cyd-ddinasyddion a dyna pam y digwyddodd pregeth Paneloux mewn eglwys dim ond tri chwarter llawn. Ar noson y bregeth, pan gyrhaeddodd Rieux deuai'r gwynt i mewn yn hyrddiau drwy'r drysau a chwythu o gwmpas y gynulleidfa. A mewn eglwys oer, ddistaw, yng nghanol cynulleidfa'n ddynion i gyd, yr aeth at ei sedd a gweld y Tad yn esgyn i'r pulpud. Siaradai hwnnw'n dynerach ac yn fwy myfyriol na'r tro cyntaf. Droeon clywai'r gynulleidfa ryw betruso yn ei eiriau. A pheth rhyfedd arall, bellach nid "chi" ddywedai, ond "ni".

Fodd bynnag, o dipyn i beth cryfhaodd ei lais. Cychwynnodd drwy ddwyn i gof fod y pla yn ein plith ers misoedd lawer a'n bod yn ei adnabod yn well o'i weld droeon yn eistedd wrth ein bwrdd neu wrth erchwyn ein hanwyliaid, yn cerdded ochr yn ochr â ni ac yn aros amdanom yn ein gweithleoedd. Felly erbyn hyn hwyrach ein bod mewn gwell lle i dderbyn yr hyn roedd yn ei ddweud wrthym yn ddi-baid na chlywsom mohono'n iawn, hwyrach, yn y pensyndod cyntaf. Roedd yr hyn bregethodd y Tad Paneloux eisoes yn yr un lle yn dal i fod yn wir – roedd yn argyhoeddedig o hynny. Ac eto hwyrach – fel sy'n digwydd i ni i gyd, a churodd ei frest – iddo synio amdano a'i ddweud heb garedigrwydd. Fodd bynnag, roedd un peth yn wir byth, y dylem ei ddal mewn cof ym mhob peth a phob amser. Er daioni Cristion roedd y brofedigaeth greulonaf oll. Ac yn wir, yr hyn y dylai Cristion ei geisio ar awr ei brofedigaeth oedd y daioni hwnnw, beth ydoedd, a sut y gellid dod o hyd iddo.

Yn y fan hon, o gwmpas Rieux, roedd y dynion fel petaen nhw'n swatio yn erbyn breichiau eu seddi ac yn gwneud eu hunain mor gyfforddus ag y medrent. Roedd un o ddrysau clustogog y fynedfa'n clepian yn ddistaw. Aeth rhywun i'w gau. Tynnodd hyn sylw Rieux ac ni chlywodd yn iawn be aeth Paneloux rhagddo i'w ddweud. Byrdwn rhan nesa'i bregeth oedd nad oeddem ddim haws o geisio egluro'r pla ond y dylem geisio dysgu be oedd i'w ddysgu ganddo. Roedd Rieux yn rhyw fudr gasglu, yn ôl y Tad, nad oedd dim byd i'w egluro. Deffrodd ei ddiddordeb pan ddywedodd Paneloux yn rymus fod yna bethau ynglŷn â Duw y gellid eu hegluro ac eraill na ellid mo'u hegluro. Wrth reswm pawb, roedd yna ddaioni a drygioni ac fel arfer digon hawdd dirnad y gwahaniaeth rhwng y ddau. Ond deuai'r anhawster o graffu ar anian drygioni: yn ddrygau fyrdd ac yn eu plith nhw – poen. Er enghraifft, ceid poen oedd i'w weld yn angenrheidiol a phoen oedd i'w weld yn ddiangen. Don Juan wedi'i fwrw i Uffern a marw plentyn. Mae'n gyfiawn i'r merchetwr gael ei daro i lawr ond does dim dichon deall dioddefaint plentyn. Ac mewn gwirionedd, doedd yna un dim ar wyneb daear o fwy o bwys na dioddefaint plentyn a'r arswyd ddaw yn sgil y dioddefaint hwnnw a'r rhesymau mae gofyn i ni'u cael drosto. Ym meysydd eraill bywyd roedd Duw yn hwyluso popeth i ni a hyd hynny doedd dim teilyngdod i'n crefydd. Yma, ar y llaw arall, roedd yn ein rhoi mewn caethgyfle. Gan hynny roeddem oll dan furiau'r pla ac yn eu cysgod angheuol roedd rhaid i ni ddod i'r lan. Docdd y Tad Paneloux ddim ar fedr elwa ar fanteision hawdd roddai le iddo ddringo'r mur. Hawdd y gallai ddweud bod y gwynfyd hyd dragwyddoldeb oedd yn aros y plentyn yn gwneud iawn am ei ddioddefaint ond, mewn gwirionedd, be wyddai yntau? Pwy yn wir allai haeru bod gorfoledd hyd dragwyddoldeb yn gallu gwneud iawn am un eiliad o ddioddefaint dyn? Nid Cristion, yn bendifaddau, nid un o ddilynwyr y Meistr a deimlodd wewyr yn ei gorff ac yn ei enaid. Na, wrth droed y mur yr arhosai'r Tad, yn driw i'r artaith honno y mae'r groes yn symbol ohoni, wyneb yn wyneb â dioddefaint plentyn. A dywedai heb ofn wrth bawb oedd yn gwrando arno'r diwrnod hwnnw: 'Frodyr, daeth yr awr. Rhaid credu popeth neu wadu popeth. A phwy, pwy yn eich plith chi, feiddiai wadu popeth?'

Prin y cafodd Rieux gyfle i feddwl bod y Tad yn ymylu ar heresi nad oedd hwnnw'n ailgydio'n danbaid, yn haeru mai'r gorchymyn hwn, y peth hwn roedd gofyn ganddo, oedd braint y Cristion. Dyna hefyd oedd ei rinwedd. Gwyddai'r Tad y byddai'r hyn roedd ar fin sôn amdano, y gormodedd oedd i rinwedd, yn ysgytwad i feddyliau rhai, oedd yn fwy cyfarwydd â moesoldeb mwy goddefgar a chlasurol. Ond doedd dim modd i grefydd dyddiau pla fod yn grefydd pob dydd a thra gallai Duw ganiatáu – dymuno hyd yn oed – i'r enaid orffwys ac ymhyfrydu ar adeg dedwyddwch, yn nyddiau adfyd taer roedd yn gofyn llawer ganddo. Heddiw roedd Duw'n fawr ei gymwynas â'i greaduriaid, sef eu gosod yn y fath adfyd a wnâi iddynt ddarganfod o'r newydd a rhoi ar waith y rhinwedd mwyaf oll, sef Oll neu Ddim.

Yn y ganrif aeth heibio honnodd awdur lleyg ddadlennu cyfrinach yr Eglwys gan haeru nad oedd mo'r fath beth â'r Purdan. Yr hyn a awgrymai oedd nad oedd dim cyfaddawdu, dim ond Paradwys ac Uffern oedd yn bod, achubiaeth neu golledigaeth, yn ôl eich dewis. Ym marn Paneloux, gau gred oedd honno, na allai ddeillio ond o graidd enaid rhydd-dybiwr. Oedd, roedd y Purdan yn bod. Yn ddiamau buasai cyfnodau heb fawr o obaith ar y Purdan, cyfnodau pan na ellid sôn am bechod maddeuadwy. Roedd pob pechod yn farwol a phob dihidrwydd yn drosedd. Roedd yn oll neu'n ddim.

Tawodd Paneloux a'r funud honno clywodd Rieux yn gliriach, dan y drysau, gŵyn y gwynt oedd bellach yn hyrddio fwy fyth y tu allan. Yn y fan meddai'r Tad:

'Nid yn yr ystyr cyfyng cyffredin mae dirnad y rhinwedd derbyn llwyr sydd gen i dan sylw: nid rhinwedd di-ddim plygu i'r drefn na rhinwedd gostyngeiddrwydd anodd. Mae a wnelo â darostyngiad, ond darostyngiad lle mae gostyngeiddrwydd cytûn. Does dim dwywaith nad yw dioddefaint plentyn yn ddarostyngol i'r ysbryd a'r galon. Ond dyna pam mae gofyn ymgodymu ag ef. A dyna pam' – a sicrhaodd Paneloux ei wrandawyr nad peth hawdd ei ddweud mo'r hyn roedd ar fedr ei ddweud – 'mae rhaid ei ewyllysio gan mai dyna ewyllys Duw. Dyna'r modd, a'r unig fodd, y gall Cristion, yn ddiarbed, a phob drws ynghau iddo, fynd i graidd y dewis hanfodol. Dewis credu popeth er mwyn peidio â chael ei orfodi i wadu popeth. 'Run fath â'r gwragedd gwiw yn yr eglwysi ar hyn o bryd sydd wedi cael ar ddeall mai'r llinorod yw ffordd naturiol y corff o fwrw allan haint ac sy'n dweud, "O Dduw, dyro iddo linorod!", dyna sut y dylai'r Cristion ymroi i ewyllys Duw er nad yw'n ei ddeall. Does dim dichon dweud, "Rwy'n deall y peth a'r peth, ond mae'r peth a'r peth yn annerbyniol." Rhaid mynd i graidd yr annerbyniol sydd ar gynnig i ni, yn union er mwyn gwneud ein dewis. Dioddefaint plant yw ein bara chwerw ond heb y bara hwnnw byddai farw ein henaid o newyn ysbrydol.'

Ar gychwyn roedd y stwyrian ynghlwm â seibiau'r Tad Paneloux pan fwriodd y pregethwr iddi drachefn yn danbaid ac yn ddisymwth: 'Rwy'n fy rhoi fy hun yn eich lle chi'r gwrandawyr ac yn gofyn pa lwybr, felly, sydd well i ni ei ddilyn? Dwi'n amau dim mai'r geiriau "plygu i'r drefn" ddywedwch chi. Purion. Ond gadewch i mi ychwanegu'r geiriau "yn weithredol". Wrth reswm pawb, meddaf i eto, nid dynwared Cristnogion Abysinia piau hi, y soniais amdanynt eisoes. A does dim dichon meddwl am y Persiaid ar adeg pla yn lluchio'u dillad at y gweithwyr iechyd Cristnogol, gan floeddio ar i'r nefoedd fry roi'r pla i'r anffyddloniaid hynny oedd am frwydro yn erbyn pla a anfonwyd gan Dduw. Ar yr un pryd ni ddylem ddynwared mynaich Cairo, yn ystod heintiau'r ganrif aeth heibio, yn rhoi'r cymun, yr offeren, â gefel er mwyn peidio â chyffwrdd cegau gwlybion a chynnes lle gallai'r haint lechu. Roedd dioddefwyr pla Persia a'r mynaich yn pechu yn yr un modd. I'r cyntaf, doedd dioddefaint plentyn yn ddim ac i'r ail, i'r gwrthwyneb, roedd ofn gwewyr uwchlaw popeth. Yn y ddau, esgeulustod oedd y broblem. Doedd neb yn gwrando ar air Duw.'

Ond roedd yna enghreifftiau eraill roedd Paneloux am eu dwyn i'r cof. O gredu croniclwr pla mawr Marseille, o blith yr un mynach a phedwar ugain ym mynachlog Mercy, dim ond pedwar ddaeth drwy'r dwymyn. Ac o'r pedwar yma cymerodd tri'r goes. Dyna eiriau'r croniclwr a chroniclo'r ffeithiau oedd ei waith. Ond o ddarllen hyn oll câi Paneloux ei hun â'i holl feddwl ar yr un arhosodd, ar ei ben ei hun, er gwaetha'r ddau gorff ar bymtheg a thrigain ac er gwaetha'n anad dim be wnaeth ei frodyr. Dan daro ymyl y pulpud â'i ddwrn, gwaeddodd:

'Frodyr, mae gofyn bod yr un sy'n aros!

'Nid gwrthod cymryd y rhagofalon sydd dan sylw – peidio ag ufuddhau i'r drefn gall mae cymdeithas yn ei rhoi ar waith yng nghanol anhrefn pla. A dydym ni ddim haws chwaith o wrando ar y moesegwyr hyn sy'n dweud mai plygu glin sydd eisiau, a rhoi'r ffidil yn y to. Dechrau cerdded ymlaen sydd eisiau, yn y gwyll, yn hanner dall, a cheisio gwneud daioni. Am y gweddill, rhaid i ni ddal ati, ymddiried yn Nuw, hyd yn oed yn wyneb marw plant, heb chwilio am gymorth personol.'

Yn y fan hon crybwyllodd y Tad Paneloux y gwron yr esgob Belzunce yn ystod pla Marseille. Cofiodd fel y bu i'r esgob – tua diwedd yr haint, wedi gwneud popeth y dylai a chan gredu nad oedd meddyginiaeth – gilio i'w dŷ gyda bwyd a diod a chodi muriau o'i gwmpas. Roedd y trigolion yn ei ddarn-addoli ond – fel y gwelir adlach mewn eithafion gwewyr – dyma ddigio wrtho, pentyrru celanedd o gwmpas ei dŷ i'w heintio a hyd yn oed taflu cyrff dros y muriau er mwyn ymorol am ei farw. Ar funud wan roedd yr esgob yn meddwl ei ynysu'i hun ym myd angau ond dacw feirwon yn syrthio o'r awyr ar ei ben. O'n rhan ninnau: rhaid i ni'n darbwyllo'n hunain nad oes yna ddim ynys yn y pla. Na, does dim ffordd ganol. Rhaid i ni dderbyn y cyfyng-gyngor am fod rhaid i ni ddewis naill ai caru Duw neu ei gasáu. A phwy feiddiai ddewis cas Duw?

'Frodyr,' meddai Paneloux o'r diwedd, ei arwydd ei fod yn dirwyn i ben, 'mae caru Duw yn gariad anodd. Mae'n rhagdybio ein hildio'n hunain yn gyfan gwbl, ein dibrisio'n hunain. Ond dyna'r unig beth all ddileu dioddefaint a marw plant, dyna'r unig beth all ei gyfiawnhau gan nad oes dim dichon ei ddeall ac na ellir llai na'i ddeisyfu. Dyna'r wers anodd roeddwn am ei rhannu â chi. Dyna i chi'r ffydd, greulon yn llygaid dyn, bendant yn llygaid Duw, y mae rhaid i ni ddynesu ati. Rhaid i ni godi gyfuwch â'r ddelwedd ofnadwy hon ac edrych arni wyneb yn wyneb. Ar y copa hwnnw caiff popeth ei droi, ei roi yn y fantol a'r gwirionedd yn fflachio o'r anghyfiawnder ymddangosiadol. Gan hynny, yn llawer o eglwysi de Ffrainc, mae'r rheini sy'n llawn pla'n cysgu ers canrifoedd dan gerrig y gangell a'r offeiriaid yn llefaru uwch eu beddrodau a'r ysbryd maent yn ei ledaenu'n llifo o'r lludw mae'r plant hwythau'n rhan ohono.'

Pan aeth Rieux allan sgubai hyrddwynt drwy'r drws lledagored i wynebau'r ffyddloniaid. Deuai ag oglau glaw i'r eglwys, oglau pafin gwlyb domen yn rhoi gwybod iddyn nhw sut le fyddai'r dref cyn iddyn nhw fynd allan iddi. Bu ond y dim i hen offeiriad a diacon ifanc, yn mynd allan o flaen y doctor, golli eu penwisgoedd ond doedd hynny'n mennu dim ar yr hynaf o'r ddau oedd yn benderfynol o sôn am y bregeth. Roedd yn fawr ei glod i huodledd Paneloux ond yn poeni am feiddgarwch meddwl y Tad. Yn ei dyb o roedd y bregeth yn dangos mwy o bryder nag o rym ac yn oed Paneloux doedd gan offeiriad ddim lle i fod yn bryderus. Atebodd y diacon ifanc, ei ben i lawr rhag y gwynt, ei fod yn gweld cryn dipyn ar y Tad, yn dilyn datblygiad ei farn ac y byddai ei astudiaeth yn fwy beiddgar fyth a dim gobaith mul gweld ei chyhoeddi.

'Be sy ganddo fo, felly?' meddai'r hen offeiriad.

Roedden nhw bellach yn y sgwâr a'r gwynt yn oernadu o'u cwmpas a'r ieuaf yn methu siarad. Pan fedrodd ddweud gair, meddai:

'Os bydd offeiriad yn mynd at feddyg mae yna groes-ddweud.'

Pan adroddodd Rieux eiriau Paneloux wrth Tarrou, dywedodd hwnnw ei fod yn nabod offeiriad gollodd ei ffydd ar adeg rhyfel o weld wyneb gŵr ifanc a'i lygaid yn dwll.

'Mae Paneloux yn llygad ei le,' meddai Tarrou. 'Pan fydd llygaid gwirionyn yn dwll, rhaid i Gristion golli ei ffydd neu dderbyn cael ei lygaid yn dwll. Does ar Paneloux ddim isio colli ei ffydd ac mi eith tua'r pen. Dyna be oedd ganddo fo.'

Tybed ydi'r sylwad yma gan Tarrou yn taro rhywfaint o oleuni ar y digwyddiadau gresynus ddaeth wedyn ac ar ymddygiad Paneloux oedd i'w weld yn annealladwy i bawb o'i gwmpas? Cawn weld.

Ddeuddydd dri ar ôl y bregeth, wrthi'n mudo'r oedd Paneloux. Ar yr adeg honno roedd lledaenu'r clefyd yn peri mudo byth a hefyd yn y dref. Gan hynny, buasai'n rhaid i Tarrou adael ei westy a mynd i aros at Rieux, a bu'n rhaid i'r offeiriad adael ci randy a roesai ei urdd iddo a mynd i aros at hen wreigen, eglwyswraig bybyr heb eto gael y pla. Pan oedd wrthi'n mudo cawsai'r Tad ei hun yn fwyfwy blinedig a phryderus. A hyn dynnodd wg ei westywraig. Un tro pan oedd hi'n canu clodydd proffwydoliaethau'r Santes Odile dangosodd yr offeiriad ryw flewyn o ddiffyg amynedd, oherwydd ei flinder does dim dwywaith, a byth ers hynny, er gwneud ei orau glas i gael gan yr hen wreigen o leiaf ryw dir neb cyfeillgar, doedd dim yn tycio. Roedd wedi pechu. A phob nos cyn mynd i'w lofft oedd yn heigio gan antimacasars, roedd rhaid iddo weld cefn ei westywraig ar ei heistedd yn ei stafell fyw a chario i'w ganlyn y 'Nos da, Nhad' sychlyd a daflai ato dros ei hysgwydd. Ar noson felly, wrth fynd i'w wely a'i ben yn curo, y teimlodd yn ei arddyrnau a'i arleisiau, fel agor fflodiart, fflyd y dwymyn fuasai'n mudferwi ers rhai dyddiau.

Dim ond o enau'r hen wreigen y mae gennym hanes be ddigwyddodd wedyn. Drannoeth cododd yn fore yn ôl ei harfer. Ymhen tipyn, yn synnu o beidio â gweld y Tad yn dod allan o'i lofft, penderfynodd, yn bur betrus, guro ar ei ddrws. Fe'i cafodd yn ei wely o hyd, ar ôl noson heb gwsg. Roedd arno fyctod ac roedd yn fwy gwritgoch nag arfer. Yn ôl ei dyletswydd gofynnodd iddo'n gwrtais a ddylai alw meddyg, ond digio'n arw o glywed gwrthod ei chynnig yn bur swta. Doedd dim amdani ond ei adael. Toc wedyn canodd y Tad y gloch a gofyn am ei gweld. Ymddiheurodd am ei dymer ddrwg a mynnu nad y pla oedd arno, nad oedd ganddo'r un o'r symptomau ac mai blinder dros dro oedd hwn. Nid pryder o'r fath ysgogodd ei chwestiwn, meddai'r hen wraig yn urddasol. Nid ei diogelwch hi ei hun oedd ganddi mewn golwg – a oedd yn nwylo Duw – dim ond iechyd y Tad oedd yn ei meddwl gan ei bod yn ei theimlo'i hun yn rhannol gyfrifol amdano. Atebodd yntau ddim ond roedd yr hen wraig, meddai, am wneud ei dyletswydd a gofynnodd iddo drachefn a ddylai alw ei feddyg. Drachefn gwrthododd y Tad ond cawsai'r hen wraig ei resymau'n bur ddryslyd. Yr unig beth gafodd hi ar ddeall – a hyn i'w weld iddi'n gwbl annealladwy – oedd ei fod yn gwrthod gweld meddyg am fod hynny yn erbyn ei egwyddorion. Casglodd o hynny ei fod yn ffwndro a daeth â the iddo.

Yn benderfynol o wneud ei dyletswydd i'r dim, âi i edrych am y claf bob yn ddwyawr. Yr hyn a'i trawai fwyaf oedd cynnwrf diddiwedd y Tad o fore gwyn tan nos. Lluchiai'r dillad gwely oddi arno a'u casglu'n ôl drachefn, rhedeg ei law'n ddi-baid dros ei dalcen chwys diferol, codi ar ei eistedd yn aml i geisio pesychu mewn llais taglyd, cryg a llaith fel cyfog gwag. Roedd fel petai'n methu cael gwared ar ryw dalpiau o wadin yn ei fygu yng ngwaelod ei wddw. Ar ôl y pyliau hyn syrthiai'n ôl, i'w weld wedi ymlâdd. Yn y diwedd codai ar ei hanner eistedd drachefn ac edrych o'i flaen am funud fer, ei lygaid wedi'u fferru fwy fyth nag yn ystod y cynnwrf cynt. Ond roedd yr hen wraig yn dal i betruso rhag galw meddyg a digio'i chlaf.

Fodd bynnag, yn y pnawn rhoes gynnig ar siarad â'r offeiriad a chael dim ateb ond geiriau dryslyd. Cynigiodd drachefn. Ond yn y fan cododd y Tad ar ei eistedd ac yn hanner mygu, dweud wrthi'n groyw nad oedd arno ddim eisiau meddyg. Yn y fan honno penderfynodd yr hen wraig aros tan y bore trannoeth ac os na fyddai cyflwr y Tad yn well, galw'r rhif roddai asiantaeth RANSDOC ddengwaith y diwrnod ar y radio. Yn ddiwyd, penderfynodd edrych am ei lletywr dros nos ac aros ar ei thraed i'w wylio. Ond gyda'r nos, ar ôl rhoi ei de iddo roedd arni eisiau gorffwys ychydig ac ni ddeffrodd tan doriad dydd. Aeth ar ras i'w lofft.

Roedd y Tad ar ei hyd, heb syflyd dim. Ar ôl tagfa'r noson cynt roedd yn wyn fel y galchen, yn rhyfeddach fyth am fod ei wyneb eto'n llawn. Rhythai'r Tad ar ridens bach amryliw lamp oedd yn hongian uwch y gwely. Pan ddaeth yr hen wraig i mewn trodd ei ben tuag ati. Chwedl hithau, ar y funud honno roedd golwg brwydr drwy'r nos arno a cholli nerth i ymateb. Gofynnodd sut hwyl oedd arno. Ac mewn llais y clywai arno dinc rhyfedd o ddidaro dywedodd ei fod yn bur gwla, nad oedd arno ddim angen meddyg, digon ei gludo i'r ysbyty er mwyn dilyn y rheolau. Wedi dychryn drwyddi, rhedodd yr hen wraig at y ffôn.

Daeth Rieux am ganol dydd. Ar ôl clywed hanes yr hen wraig dywedodd fod Paneloux yn llygad ei le a siawns nad oedd hi'n rhy hwyr. Croesawodd y Tad o â'r un difaterwch. Aeth Rieux ati i'w archwilio a synnu o beidio â chael arno'r un o brif symptomau na'r pla llinorog na phla'r sgyfaint, ar wahân i gaethni a myctod y sgyfaint. Ond beth bynnag, roedd curiad y galon mor isel a'i gyflwr yn gyffredinol mor frawychus fel mai ychydig o obaith oedd.

'Does gennych chi ddim o brif symptomau'r clefyd,' meddai wrth Paneloux. 'Ond mae yna le i amau, felly rhaid i mi'ch ynysu chi.'

'Gwenodd y Tad yn rhyfedd, fel pe o ran cwrteisi, ond ni

ddywedodd air o'i ben. Aeth Rieux allan i ffonio, wedyn dod yn ei ôl. Edrychodd ar y Tad.

'Fydda i yn eich ymyl chi,' meddai'n dyner.

Roedd y llall fel pe'n bywiogi drwyddo a throdd at y doctor ei lygaid lle'r oedd rhyw fath o gynhesrwydd yn tanio. Wedyn llefaru'n fyngus fel nad oedd dim modd gwybod a oedd yn ei ddweud â thristwch ai peidio:

'Diolch,' meddai. 'Ond does gan offeiriaid ddim cyfeillion. Maen nhw wedi rhoi popeth i Dduw.'

Gofynnodd am y groes roesai ar ben y gwely a phan oedd yn ei ddwylo, ei throi i edrych arni.

Yn yr ysbyty ddywedodd Paneloux 'run gair. Ymostyngodd fel peth i bob triniaeth ond ni chollodd afael ar y groes. Fodd bynnag, roedd achos yr offeiriad yn dal i fod yn amwys a Rieux yn dal i amau ym mhwll ei galon. Y pla oedd ond nid y pla mohono. Ers peth amser bu'n chwarae mig â diagnosio. Ond yn achos Paneloux roedd be ddaeth wedyn yn dangos nad oedd yr ansicrwydd hwn o bwys yn y byd.

Cododd ei wres. Roedd ei beswch yn fwyfwy cras ac yn arteithio'r claf drwy'r dydd. O'r diwedd, fin nos, chwydodd y Tad y dolch oedd yn ei dagu. Roedd hi'n goch. Yng nghanol terfysg y dwymyn, golwg ddidaro oedd ar Paneloux fyth a'r bore trannoeth pan gawsant ei gorff marw, hanner allan o'i wely, doedd ei olwg yn cyfleu dim. Ysgrifennwyd ar ei gerdyn: "Achos amheus".

# V

Doedd Gŵyl yr Holl Saint y flwyddyn honno ddim 'run fath ag arfer. Roedd y tywydd yn dymhorol, bid siŵr. Newidiasai'n sydyn ac ias ynddi yn lle haf bach Mihangel. Fel blynyddoedd cynt chwythai gwynt oer yn ddi-baid. Rhuthrai cymylau mawr o'r naill orwel at y llall, yn gorchuddio'r tai â chysgod, ac wedyn tywynnai golau oer ac euraid awyr Tachwedd. Daethai'r cotiau glaw cyntaf i'r fei. Ond roedd llond gwlad o bethau rwber gloywon i'w gweld. Erbyn deall, buasai'r papurau newydd yn sôn am blâu mawr de Ffrainc, ddeucan mlynedd ynghynt, pan fyddai'r meddygon yn gwisgo oelcloth i'w gwarchod eu hunain. Elwodd y siopau o'r mwyaf ar hynny a hel stoc o ddillad rwber hen ffasiwn a phawb yn gobeithio y byddai'r rheini'n eu gwarchod.

Ond doedd dim modd i holl arwyddion y tymor wneud i neb anghofio bod y mynwentydd yn wag. Mewn blynyddoedd eraill roedd y tramiau'n llawn oglau gwiw ffarwél haf a merched yn rhes ar res yn mynd tuag at y mannau lle'r oedd eu hanwyliaid wedi'u claddu i roi blodau ar eu beddi. Dyna ddiwrnod gwneud iawn i'r meirw am y misoedd maith o fod ar eu pennau'u hunain yn angof. Ond y flwyddyn honno doedd ar neb eisiau meddwl am y meirw. Yn y bôn roedd pawb eisoes yn meddwl gormod amdanynt. Doedd neb fawr balchach o roi tro amdanynt â chysgod hiraeth a mawr brudd-der. Nid y gadawedig mohonyn nhw bellach, i fynd atynt un diwrnod y flwyddyn i hel esgusion, ond tresbaswyr i ddymuno'u hanghofio. Dyna pam nad oedd fawr o ddathlu ar Ddygwyl y Meirw y flwyddyn honno. Chwedl Cottard, y câi Tarrou ei iaith yn fwyfwy eironig, roedd hi'n Ddygwyl y Meirw bob dydd.

Ac yn wir, llosgai coelcerthi'r pla'n sioncach fyth yn yr amlosgfa. Doedd nifer y meirw'n ddim mwy o'r naill ddiwrnod i'r llall, bid siŵr. Ond roedd y pla fel petai wedi ymgartrefu'n braf ar ei anterth a'i lofruddio beunyddiol yn gysáct ac yn rheolaidd fel gwas sifil. O ran egwyddor, ac ym marn y rhai cymwys, roedd hyn yn arwydd da. Roedd y doctor Richard, er enghraifft, yn cael graff hynt y pla, ar i fyny'n ddi-baid wedyn y man gwastad hir, yn achos cysur:

'Mae'n graff da, yn graff ardderchog,' meddai. Yn ei dyb o roedd y clefyd wedi cyrraedd be alwai'n wastadedd. O hyn allan ni fedrai ond gostwng. I serwm newydd Castel roedd y diolch am hyn, meddai, a hwnnw newydd weld ambell i wellhad annisgwyl. Ddywedai'r hen Castel ddim yn groes, ond yn ei dyb o doedd dim modd rhagweld dim gan fod hanes heintiau'n llawn adlamau dirybudd. Ers tro buasai'r *préfecture* yn awyddus i godi calonnau'r bobl, a'r pla heb roi lle iddo wneud hynny, a chynigiodd gynnal cyfarfod o'r meddygon i ddwyn adroddiad. Yn union cyn dyddiad y cyfarfod cipiwyd y doctor Richard yntau gan y pla, ar ben gwastadedd y clefyd.

Heb os nac oni bai roedd hyn yn gryn ysgytwad ond, yn y pen draw, ni phrofai ddim a gwangalonnodd yr awdurdodau yr un mor ffwr-â-hi ag y buasent yn hyderu cynt. Roedd Castel wrthi'n paratoi ei serwm â gofal o'r mwyaf. Bellach doedd yna'r un adeilad cyhoeddus heb ei ailwampio'n ysbyty neu'n glafdy, ar wahân i'r *préfecture*, wrth gwrs, oedd yn anhepgor yn fan i gynnal cyfarfodydd. Ond at ei gilydd, gan fod y pla'n weddol sefydlog ar y pryd, roedd y drefn roesai Rieux yn ei lle yn dod i ben. Doedd dim gofyn i'r meddygon na'r cynorthwywyr – oedd eisoes yn gweithio hyd eithaf eu gallu – feddwl am eu llethu'u hunain fwy fyth. Dal i fynd dow-dow oedd piau hi, os ydi dow-dow yn addas i sôn am lafur goruwchddynol. Buasai ffurfiau'r haint ar y sgyfaint eisoes i'w gweld a'r rheini bellach yn chwyddo ym mhob cwr o'r dref fel petai'r gwynt yn cynnau ac yn megino'r tân ym mrestiau pobl. Yng nghanol eu chwydfeydd gwaed, câi'r cleifion eu cipio'n gyflymach o lawer. Roedd peryg i'r wedd newydd hon ar y clefyd fod yn fwy heintus fyth. Fuasai'r arbenigwyr erioed yn unfryd yn hyn o beth. Er diogelwch daliai'r gweithwyr iechyd i wisgo masgiau gwe diheintiedig. Ar yr olwg gyntaf, beth bynnag, dylsai'r clefyd ymledu ond roedd gostyngiad yn achosion y pla llinorog yn cadw'r ddysgl yn wastad.

Ond roedd achosion pryder eraill – roedd cyflenwi nwyddau'n drafferth fwyfwy gyda threigl amser. Bachodd y farchnad ddu ar ei chyfle a gwerthu am grocbris hanfodion oedd heb fod i'w cael yn y siopau. O ganlyniad roedd hi'n fain iawn ar deuluoedd tlawd, a theuluoedd cefnog yn weddol dda eu byd. Gan hynny, tra dylsai'r pla hybu cydraddoldeb ymhlith ein cyd-ddinasyddion, yn nhegwch di-feth ei ofalaeth, yn groes y bu: yn gêm arferol hunanoldeb, rhoddai fin ar yr ymdeimlad o anghyfiawnder yng nghalonnau dynion. Wrth reswm, roedd angau'n deg i'r llythyren ond doedd yna fawr o fynd ar y tegwch hwnnw. Roedd y tlodion yn newynog, yn meddwl yn fwy hiraethus byth am y trefi a'r cefn gwlad cyfagos lle'r oedd bywyd yn rhydd a bara'n rhad. Gan nad oedd modd eu bwydo'n ddigonol roeddent o'r dyb, afresymol bid siŵr, y dylent gael gadael y dref. Ymhen yr hir a'r hwyr aeth arwyddair ar led, weithiau i'w weld ar barwydydd, dro arall i'w glywed yn groch pan âi'r *préfet* heibio: 'Bara neu awyr iach'. Daeth yr ymadrodd eironig yma'n rhyfelgri gwrthdystiadau a atalid yn syth, ond doedd yna neb na welai eu bod yn ddifrifol.

Wrth reswm, roedd y papurau newydd yn ufuddhau i'w cyfarwyddyd i godi calon costied a gostio. Chwedl nhw, "esiampl wefreiddiol tawelwch a phwyll y boblogaeth" oedd pennaf nodwedd y sefyllfa. Ond mewn tref wedi'i chau amdani'i hun, heb gyfrinachau, doedd sôn am "esiampl" y gymdeithas yn twyllo fawr neb. Ac i gael syniad go dda o'r tawelwch a'r pwyll dan sylw, doedd rhaid ond mynd i fan cwarantin neu un o wersylloedd ynysu'r awdurdodau. Fel y bu hi roedd yr adroddwr ar berwyl arall a heb fod yno, felly tystiolaeth Tarrou'n unig sydd ganddo.

Yn ei ddyddiadur mae Tarrou yn sôn am ymweliad yng nghhwmni Rambert â'r gwersyll yn stadiwm y dref. Mae'r stadiwm yn union yn ymyl pyrth y dref – ar un ochr, y stryd lle mae'r tramiau'n mynd, ac ar yr ochr arall, y tir neb yn ymestyn tuag ymyl y llwyfandir lle mae'r dref wedi'i chodi. Roedd muriau semént uchel eisoes o'i gwmpas felly doedd rhaid ond gwarchod y pedair mynedfa a byddai'n bur anodd dianc ohono. Ar y naill law, roedd y muriau'n nadu i bobl o'r tu allan hambygio'r trueiniaid mewn cwarantin â'u chwilfrydedd. Ar y llaw arall, o fore gwyn tan nos, clywai'r rheini'r tramiau'n mynd heibio, heb eu gweld, a dyfalu, yn ôl eu sŵn uwch neu is, oriau mynd a dod o'r gwaith. A hyn yn eu hatgoffa byth a beunydd o'r bywyd o'u cwmpas, yn dal i fynd ddwylath o bellter oddi wrthyn nhw, a hwythau wedi'u cau allan ohono, a'r muriau semént yn gwahanu dau fyd mor ddieithr â dwy blaned.

Ar bnawn Sul y penderfynodd Tarrou a Rambert fynd i'r stadiwm. Yn gwmni iddyn nhw aeth Gonzalès, y chwaraewr pêl droed y daethai Rambert i gysylltiad ag o drachefn ac yntau wedi cytuno i oruchwylio'r stadiwm mewn stemiau. Dyma gyfle Rambert i gyflwyno Gonzalès i weinyddwr y gwersyll. Pan gyfarfu'r tri dywedodd Gonzalès wrth y ddau arall mai dyma'r awr, cyn y pla, pan fyddai'n gwisgo amdano at y gêm. Bellach, a'r stadia wedi'u hawlio gan y *préfecture*, roedd hynny ar ben a Gonzalès yn ei deimlo'i hun ar ddisberod ac yn wir, roedd golwg be 'na i arno. Dyna un rheswm dros iddo dderbyn y gwaith goruchwylio, ar yr amod bod rhaid iddo fod dros y Sul. Roedd hi'n lled gymylog. Brathodd Gonzalès ei drwyn i'r awyr.

'Dacia,' meddai, 'dim glaw, ddim yn rhy boeth – tywydd i'r dim i gêm dan gamp.' Wedyn ymroes i ddwyn i gof, orau gallai, oglau'r eli yn y stafelloedd newid, y standiau dan eu sang, y crysau lliwgar ar y cae melynllwyd, y lemonau ar hanner amser neu'r lemonêd yn cosi gyddfau sychion â mil o bigiadau'n eli i'r galon. Mae Tarrou yn sôn hefyd fod y chwaraewr, ar eu ffordd ar hyd strydoedd tolciog y faestref, byth a hefyd yn rhoi cic i'r holl gerrig mân a welai. Ei nod oedd eu cicio'n syth i'r manolau a phan lwyddai dywedai, 'Un-sero'. Ar ôl gorffen ei sigarét poerai'r bonyn o'i flaen a cheisio'i ddal ar flaen ei droed cyn iddo syrthio ar lawr. Yn ymyl y stadiwm roedd yna blant yn chwarae ac anfonodd bêl tua'r tri, a gwnaeth Gonzalès ati i'w chicio'n ôl yn ddel.

O'r diwedd aethant i'r stadiwm. Roedd y standiau dan eu sang, ond y cae'n llawn cannoedd o bebyll coch a'r tu mewn iddynt, i'w gweld o bell, ddillad gwely a phecynnau. Cadwyd y standiau'n agored at ddefnydd y carcharorion i ymochel rhag y glaw neu'r gwres. Ond roedd gofyn iddyn nhw fod yn ôl yn eu pebyll ar fachlud haul. O dan y standiau gosodwyd cawodydd ac ailwampio hen stafelloedd newid y chwaraewyr yn swyddfeydd ac ysbytai. Ar y standiau'r oedd y rhan fwyaf o'r carcharorion, eraill yn crwydro'r llinellau ystlys. Roedd ambell un ar ei gwrcwd o flaen ei babell yn syllu'n ddi-ddim ar bopeth. Roedd llawer ar y standiau ar bigau drain ac fel petaen nhw'n disgwyl rhywbeth.

'Be maen nhw'n neud drwy'r dydd?' gofynnodd Tarrou i Rambert.

'Dim byd.'

Ac yn wir, roedd bron pob un yn llaesu breichiau, yn waglaw. Roedd y dorf enfawr yma o ddynion yn rhyfedd o ddistaw.

'Y dyddiau cynta roedd hi'n fyddarol yma,' meddai Rambert. 'Ond o ddydd i ddydd maen nhw'n siarad llai a llai.'

Yn ôl ei gofnodion roedd Tarrou yn eu deall, yn eu gweld yn y dyddiau cynnar, wedi'u pentyrru yn eu pebyll, yn prysur wrando ar y pryfed neu'n eu crafu'u hunain, yn bloeddio eu dicter neu eu hofn os caen nhw glust a glywai. Ond o'r funud y daeth y gwersyll yn orlawn roedd yna leilai o glustiau a glywai. Felly'r unig beth oedd ar ôl iddyn nhw oedd tewi ac amau pawb a phopeth. Yn y bôn roedd yna ryw fath o ddrwgdybio'n disgyn o'r awyr lwyd oleuol dros y gwersyll coch.

Oedd, roedd golwg ddrwgdybus ar bawb. Gan eu bod wedi'u corlannu, roedd yna reswm dros hynny ac ar eu hwynebau olwg y rheini sy'n chwilio am resymau ac sy'n ofni. Roedd pob un welai Tarrou yn syllu'n gegrwth, pob un ac arno olwg dioddef gan yr ysgaru llwyr oddi wrth bopeth fuasai'n hanfod eu bywydau. A gan na fedrent feddwl yn ddi-baid am farw, meddylient am ddim byd. Roeddent ar eu gwyliau. Meddai Tarrou yn ei ddyddiadur:

Ond y peth gwaethaf oll ydi eu bod wedi mynd dros gof ac yn gwybod hynny. Mae eu cydnabod wedi eu hanghofio am fod ganddyn nhw bethau eraill ar eu meddyliau, wrth reswm pawb. O ran y rheini sy'n eu caru, maen nhw hefyd wedi'u hanghofio am eu bod yn gweithio nerth deg ewin i'w rhyddhau o'r gwersyll. Gan gymaint maen nhw'n meddwl am hynny, maen nhw wedi rhoi'r gorau i feddwl am y rheini mae gofyn eu rhyddhau. Mae hynny'n ddigon naturiol hefyd. Yn y pen draw, does yna neb yn gallu meddwl am neb arall go iawn, hyd yn oed yn y drychineb waethaf. Mae meddwl am rywun arall go iawn yn golygu meddwl amdanyn nhw bob munud awr, heb i ddim byd dynnu eu sylw, na gwaith tŷ, na phry'n fflio o gwmpas, na hwylio bwyd na chosi. Ond mae yna byth a hefyd ryw bry neu ryw gosi. Dyna pam mae bywyd yn anodd ei fyw. A'r rhain yn gwybod hynny'n iawn.

Daeth y pennaeth atyn nhw a dweud bod rhyw Monsieur Othon am eu gweld. Aeth â Gonzalès i'w swyddfa a mynd â'r ddau arall i gornel y standiau lle'r eisteddai Monsieur Othon ar ei ben ei hun. Cododd i'w cyfarch. Daliai i wisgo'r un dillad, a'r un goler galed. Bach o wahaniaeth welai Tarrou ynddo heblaw bod y twffiau gwallt ar ei arleisiau'n flêr a chareiau un o'i sgidiau wedi datod. Roedd golwg flinedig ar yr ynad ac nid edrychodd unwaith ym myw eu llygaid. Dywedodd ei fod yn falch o'u gweld a'u siarsio i ddiolch i'r doctor Rieux am bopeth wnaethai.

Ddywedodd y ddau arall ddim gair o'u pennau.

Ar ôl ennyd meddai'r ynad: 'Gobeithio na ddaru Philippe ddim diodde gormod.'

Dyna'r tro cyntaf i Tarrou ei glywed yn yngan enw ei fab a sylweddolodd fod rhywbeth wedi newid. Roedd yr haul yn machlud ar y gorwel a rhwng dau gwmwl deuai ei belydrau i'r standiau gan euro'r tri wyneb.

'Naddo,' meddai Tarrou. 'Prin ddaru o ddiodde.'

Pan adawson nhw roedd yr ynad yn dal i edrych tua'r haul.

Aeth y ddau i ganu'n iach i Gonzalès oedd yn craffu ar dabl y stemiau goruchwylio. Chwarddodd y chwaraewr gan ysgwyd eu dwylo.

'O leia dwi 'di ffeindio'r hen stafelloedd newid,' meddai. 'Dal i gredu!'

Toc wedyn roedd y pennaeth yn danfon Tarrou a Rambert at y drws pan ddaeth sŵn clecian mawr o'r standiau. Wedyn, yn drwynol, cyhoeddodd y cyrn siarad – fyddai yn y dyddiau dedwyddach gynt yn cyhoeddi canlyniadau gemau neu'n cyflwyno'r timau – fod gofyn i'r caethion fynd yn ôl i'w pebyll i gael eu pryd nos. Yn ara deg gadawodd y dynion y standiau a mynd i'w pebyll gan lusgo'u traed. Pan oedd pawb yn ei le aeth dau gerbyd bach trydan, 'run fath â'r rheini mewn gorsafoedd, rhwng y pebyll yn cario crochanau mawr. Estynnai'r dynion eu breichiau, plymiai dwy letwad i'r ddwy grochan, ac yna arllwys eu cynnwys i ddau dun bwyd. Âi'r cerbyd yn ei flaen. A'r un peth yn y babell nesaf.

'Mae'n wyddonol,' meddai Tarrou wrth y pennaeth.

'Ydi'n tad,' meddai hwnnw gan ysgwyd ei law, 'yn wyddonol siort ora.'

Roedd hi'n nosi, yr awyr yn glir a'r gwersyll dan olau mwyn, oer braf. Yn hedd y nos deuai sŵn llwyau a phlatiau o bob tu. Gwibiai stlumod yma a thraw dros y pebyll a diflannu ar amrantiad i'r gwyll. Gwichiodd tram ar y pwyntiau'r ochr draw i'r muriau.

'Druan o'r ynad,' meddai Tarrou'n ddistaw wrth wthio'r drysau. 'Fasa'n dda gen i neud rhywbeth drosto fo. Ond sut aflwydd mae helpu ynad?'

# VI

Roedd yna sawl gwersyll arall yn y ddinas ond fu'r adroddwr ddim yno, felly o ran egwyddor taw piau hi. Ond mae mewn lle i ddweud heb flewyn ar dafod fod bodolaeth y gwersylloedd hyn, yr oglau dynion godai ohonynt, llais mawr y cyrn siarad yn y gwyll, dirgelwch y muriau ac ofn y mannau melltigedig hynny'n pwyso'n drwm ar galonnau'r bobl ac yn ychwanegu'n ddirfawr at dryblith ac anesmwythder pawb. Gwelwyd mwy a mwy o dor cyfraith a gwrthdaro â'r awdurdodau.

Ond ddiwedd mis Tachwedd roedd yna ias ynddi ben bore. Golchodd curlaw'r strydoedd yn lân a hel y cymylau o'r awyr uwchlaw'r ffyrdd gloywon. Bob bore trawai haul gwan olau pefriol iasoer dros y dref. Ond fin nos cynhesai'r awyr drachefn. Ar noswaith felly y penderfynodd Tarrou ddweud ei hanes wrth Rieux.

Un noson, tua chwech o'r gloch, ar ôl diwrnod hir a blinedig, aeth Tarrou yn gwmni i Rieux ar ei ymweliad nos â'r hen ŵr caeth ei frest. Tywynnai'r awyr yn fwyn uwchben tai'r hen ardal. Chwythai awelig yn ddistaw dros y croesffyrdd tywyll. Daeth y ddau ddyn o dawelwch y strydoedd i glebran yr hen ŵr. Roedd rhai pobl wedi laru, harthiodd, yr un bobol oedd yn cael y jam ar y frechdan bob tro, amla'n y byd yr â'r ll'godan at y caws, mwya'r tebyg y caiff ei dal a mwy na thebyg, meddai, gan rwbio ei ddwylo, mi âi hi'n flêr. Daliodd i refru tra oedd y doctor yn ei archwilio.

Clywsant sŵn traed uwch eu pennau a phan welodd Tarrou yn ymddiddori eglurodd yr hen wraig fod y merched drws nesaf ar y teras. Roedd yr olygfa yno'n hyfryd a therasau cyfagos yn aml yn gysylltiedig â'i gilydd ar un ochr, felly medrai merched roi tro am ei gilydd heb fynd i'r stryd.

'Duwch, ia,' meddai'r hen ŵr, 'ewch i fyny 'na'n tad, mae 'na awyr iach braf yno.'

Cawsant y teras yn wag a thair cadair yno. Ar un ochr hyd y gwelai llygad, y naill deras ar ôl y llall yn dod i ben yn nhalp tywyll gerwin y bryn nesaf at y dref. O'r tu arall, uwchben strydoedd a'r porthladd anweledig, ymestynnai'r gorwel, yn gryndod niwlog lle'r ymdoddai môr ac awyr. Y tu draw i'r fan lle gwydden nhw'r oedd y clogwyni, yn ysbeidiol gyson deuai golau i'r fei na welen nhw mo'i darddle, sef goleudy'r sianel oedd yn dal i droi ers y gwanwyn er mwyn y llongau a drôi draw i borthladdoedd eraill. Yn yr awyr wedi'i sgubo a'i sgleinio gan y gwynt tywynnai sêr gloywon a goleuni pell y goleudy'n taflu llwch drostynt o dro i dro. Nofiai oglau perlysiau a charreg ar yr awel. Roedd hi cyn ddistawed â'r bedd.

'Mae hi'n braf yma,' meddai Rieux, 'fel tasa'r pla heb ddod ar gyfyl y lle.'

Roedd Tarrou â'i gefn ato'n edrych ar y môr.

'Ydi,' meddai ymhen tipyn, 'mae hi'n braf.'

Daeth i eistedd yn ymyl y doctor ac edrych arno'n astud. Deirgwaith roedd y golau i'w weld yn yr awyr. Cododd sŵn clecian llestri o'r stryd islaw. Yn y tŷ caeodd drws yn glep.

'Rieux,' meddai Tarrou yn ddigon didaro ei dinc, 'fuoch chi rioed yn meddwl tybed pwy ydw i? Dach chi'n fy nghyfri i'n ffrind?'

'Ydw,' atebodd y doctor, 'dwi'n eich cyfri chi'n ffrind. Ond hyd yma chawson ni fawr o gyfle arni.'

'Iawn, mae hynny'n fy nghalonogi. Be am i ni neud hon yn awr cyfeillgarwch?'

Gwên oedd unig ateb Rieux.

'Wel dyma ni ta...'

O stryd neu ddwy oddi yno daeth gwich hir car yn sglefrio ar y lôn wlyb. Aeth yn ei flaen ac wedyn rhyw weiddi o bell yn torri drachefn ar y distawrwydd. Yna, yn drwm gan yr awyr a'r sêr, daeth y distawrwydd yn ôl dros y ddau ddyn. Roedd Tarrou wedi codi i eistedd ar ganllaw'r teras yn wynebu Rieux yn ei gwman yn ei gadair. Doedd dim i'w weld ohono ond amlinell corff solet o flaen yr awyr. Siaradodd yn faith a dyma, fwy neu lai, be oedd ganddo i'w ddweud:

'Heb flewyn ar dafod, Rieux, roedd y pla arna i ymhell cyn i mi nabod y dre 'ma a'i gyfarfod yma. Sydd cystal â deud mod i'r un fath â phawb arall. Ond mae 'na rai pobol na wyddan nhw mo hynny ne sy'n fodlon eu byd felly, a phobol sy'n gwbod ac sy am newid eu stad. Mae arna i isio newid fy stad erioed.

'Pan oeddwn i'n llanc roeddwn i'n byw efo syniad fy niniweidrwydd, hynny ydi, heb syniad o fath yn y byd. Dwi ddim yn foi sy'n gwingo mewn gwewyr ac mi gychwynnais i siort ora. Pob peth yn mynd yn iawn i mi, yn cael fy lle'n iawn ym myd deall, yn dipyn o ferchetwr, ac os oedd ambell i beth yn fy mhoeni roedd wedi mynd gyda'r gwynt cyn pen dim. Un diwrnod ddechreuais i feddwl. Rŵan ta...

'Rhaid i mi ddeud wrthoch chi nad oedd hi ddim yn fain arna i 'run fath â chi. Erlynydd cyhoeddus oedd fy nhad, swydd dda. Ond fasech chi byth yn deud arno fo, roedd o'n hen foi clên. Roedd Mam yn syml a braidd yn swil, dwi'n dal i feddwl y byd ohoni ond well gen i beidio â sôn amdani. Roedd o'n annwyl iawn tuag ata i ac yn trio neall i, dwi'n meddwl. Roedd o'n hel merched, dwi'n ama dim, ond dwi ddim yn digio wrtho fo am hynny. Lle i bopeth a phopeth yn ei le a neb ddim callach. Mewn byr o eiriau, doedd o fawr o gymêr a rŵan ei fod o wedi marw dwi'n sylweddoli, er nad oedd o ddim yn sant, ei fod yn hen deip siort ora. Roedd o'n troedio'r llwybr canol a dyna ni, y math o ddyn sy'n ennyn rhyw hoffter – y math sy'n para.

'Ond roedd gan fy nhad ryw gast od – cyfeirlyfr mawr rheilffyrdd Chaix oedd ei betha fo. Nid ei fod yn mynd ryw lawer i nunlle, heblaw ar wyliau i Lydaw lle'r oedd ganddo fo dŷ ha'. Ond mi fedrai ddeud wrthoch chi i'r dim oriau gadael a chyrraedd Paris-Berlin, sut yn union i fynd o Lyon i Warsaw, faint yn union o gilomedrau oedd rhwng unrhyw brifddinasoedd ddwedech chi. Fedrwch chi ddeud sut mae mynd o Briançon i Chamonix? Fasa gorsaf-feistr ddim callach. Mi wyddai nhad i'r dim. Bron bob nos roedd o wrthi'n caboli ei alluoedd ac yn wirioneddol falch ohonyn nhw. Roeddwn i'n cael modd i fyw efo hyn ac yn gwirioni ar ei holi, wrth fy modd o wirio'i atebion yn y llyfr a chael ei fod yn llygad ei le. Ddaru ni glosio gryn dipyn o chwarae'r gêm trêns, yntau'n falch o gael gwrandäwr astud, o'i wirfodd, a minnau – deud y gwir o'n i'n cael yr athrylith yma ym maes rheilffyrdd gystal â'r un arall, am wn i.

'Ond dwi'n paldaruo rŵan a beryg i mi roi gormod o bwys ar yr hen wron. Yn y pen draw bach o ddylanwad uniongyrchol gafodd o ar fy mhenderfyniad i. Fan bella, rhoi cyfle i mi ddaru o. Pan o'n i'n ddwy ar bymtheg ddaru nhad fy ngwadd i fynd i wrando arno. Achos o bwys oedd o, yn y brawdlys, a does dim dwywaith nad oedd o'n meddwl y baswn i'n ei wcld o ar ci orau. Dwi'n meddwl ei fod o'n gobeithio hefyd y basa'r seremoni'n tanio dychymyg llanc ac yn f'annog i ddilyn ei ddewis yrfa fo. Dderbyniais i'r gwahoddiad, yn rhannol am fod hynny'n plesio nhad ac yn rhannol am fod gen i ryw fyrrath ei weld a'i glywed o mewn rôl wahanol i'r un roedd yn ei chwarae ar yr aelwyd efo ni. Dyna'r unig bethau oedd yn fy mhen i. Roedd be oedd yn digwydd mewn llys i'w weld yn hollol naturiol i mi erioed, 'run fath â pharêd y pedwerydd ar ddeg o Orffennaf ne seremoni wobrwyo. Rhyw frith syniad o'r peth oedd gen i, heb feddwl fawr amdano.

'Dim ond un llun o'r diwrnod hwnnw arhosodd y fy ngho' i, cofiwch – y troseddwr. Siŵr gen i ei fod o'n euog – does fawr o ots o be. Roedd y dyn bach 'na efo gwallt coch tenau, tua'r deg ar hugian, i'w weld mor awyddus i gyfadde pob peth, wedi dychryn drwyddo o ddifri at be oedd o di'i neud a be fasan nhw'n ei neud iddo fo; ar ôl munud ne ddau welwn i neb na dim ond y fo. Roedd arno fo olwg tylluan wedi'i dychryn gan olau rhy lachar. Cwlwm ei dei ychydig o chwith. Yn brathu gwinedd un llaw, y llaw dde. Taw piau hi, dach chi wedi deall – bod dynol oedd o.

'O'm rhan i, mi drawodd fy mhen i fel fflach, a minnau hyd hynny heb feddwl amdano fo ond yn y categori cyfleus "cyhuddedig". Fasa hi ddim yn iawn deud i mi anghofio nhad, ond mi afaelodd rhywbeth yn fy mherfedd a hoelio fy holl sylw i ar y diffynnydd. Chlywais i fawr ddim, dim ond teimlo bod arnyn nhw isio lladd y dyn byw 'ma a ddaru rhyw reddf enfawr fel ton fy sgubo i o'i du o mewn rhyw ddallineb styfnig. Ddeffrois i ddim yn iawn nes i nhad godi i roi araith ola'r erlyniaeth.

'Wedi'i weddnewid yn ei wisg goch, nac yn glên nac yn hoffus, ei geg yn berwi gan frawddegau enfawr yn pistyllio ohoni'n ddibaid fel nadroedd. A dyma fi'n sylweddoli ei fod yn gofyn am farwolaeth y dyn yma yn enw cymdeithas a'i fod hyd yn oed yn gofyn am dorri ei gorn gwddw. Nid dyna'i union eiriau, wrth gwrs – "Dylai dalu â'i ben" ydi'r frawddeg. Ond yn y pen draw bach o wahaniaeth sydd. Ac i'r un peth y daeth hi pan gafodd y pen roedd yn ei ofyn. Nid y fo'i hun oedd yn gneud y gwaith, siŵr iawn. Mi welais inna'r holl beth hyd at ei derfyn a theimlo mwy o agosatrwydd penfeddwol â'r truan hwnnw nag a deimlodd nhad erioed. Serch hynny, yn rhinwedd ei swydd fo oedd piau bod yn bresennol yn ystod – chwedl hwythau'n neis-neis – y munudau ola, ond be fyddai'n rheitiach peth ei alw'n llofruddio ar ei fwya ffiaidd.

'O'r diwrnod hwnnw allan roedd gweld cyfeirlyfr Chaix yn codi pwys arna i. O'r diwrnod hwnnw allan roeddwn i'n ymddiddori efo rhyw fath o arswyd mewn cyfiawnder, collfarnau marwolaeth, dienyddio, ac mi drawodd fy mhen i efo rhyw fath o bendro mae'n rhaid bod nhad wedi bod yn bresennol droeon mewn llofruddiaethau ac, yn wir, ei fod yn codi'n fore iawn rai diwrnodiau. Roedd o'n weindio'i gloc larwm y diwrnodiau hynny. Feiddiwn i ddim sôn am y peth wrth Mam, ond o hynny allan roeddwn i'n ei gwylio hi'n fwy astud a dyma sylweddoli nad oedd yna affliw o ddim rhyngddyn nhw bellach a'i bod hi wedi rhoi'r ffidil yn y to. Roedd hynny'n help i mi faddau iddi fel deudais i wrtha fy hun ar y pryd. Wedyn dois i wbod nad oedd 'na ddim byd i'w faddau iddi gan ei bod yn dlawd ar hyd ei hoes nes iddi briodi, a thlodi wedi dysgu iddi blygu i'r drefn.

'Dach chi'n disgwyl, decini, i mi ddeud mod i wedi gadael cartre'n syth. Naddo, arhosais i am rai misoedd eto, agos i flwyddyn. Ond roeddwn i'n glaf o galon. Un noson gofynnodd nhad am ei gloc larwm am fod rhaid iddo godi'n fore. Chysgais i ddim winc yn noson honno. Drannoeth, pan ddaeth o yn ei ôl, roeddwn i wedi gadael. Mewn byr o eiriau chwiliodd nhad a chael hyd i mi, es i'w weld a deud wrtho fo'n ddigyffro, heb air o eglurhad, y lladdwn fy hun petai o'n fy ngorfodi i fynd yn f'ôl. Yn y diwedd ges i sêl ei fendith – o'i anfodd, ond roedd o'n addfwyn ei natur. Mi roddodd bregeth i mi ar wiriondeb mynnu torri nghwys fy hun (dyna sut roedd o'n dehongli be 'nes i a ddaru mi mo'i ddadrithio fo damaid), cant a mil o gynghorion, a mygu'r dagrau didwyll. Ar ôl hynny – ond dipyn go lew – fyddwn i'n mynd i edrych am Mam yn rheolaidd ac felly'n ei weld yntau. Roedd o'n ddigon bodlon ei fyd ar hyn, dwi'n meddwl. O'm rhan i, doeddwn i'n teimlo dim cas tuag ato, dim ond rhyw fymryn o dristwch ym mhwll y galon. Pan fuo fo farw ddaeth Mam i fyw ata i ac yna basa hi fyth heblaw am ei marw hithau yn ei thro.

'Dwi 'di oedi dipyn go lew efo'r dechrau 'ma am ei fod o, mewn gwirionedd, yn ddechrau pob peth. Mi a' i o'i chwmpas hi'n gyflymach rŵan. Yn ddeunaw oed welais i dlodi ar ôl bywyd braf hyd hynny. 'Nes i gant a mil o swyddi i ennill fy nhamaid. Ges i hwyl go dda arni. Ond roedd comdemnio i farw yn chwilen yn fy mhen i. Roedd arna i isio setlo cyfrifon â'r dylluan bengoch 'na. O ganlyniad es i "wleidydda" fel maen nhw'n deud. Does arna i ddim isio bod yn llawn pla, dyna'r cwbl. I'm tyb i roedd y gymdeithas roeddwn i'n byw ynddi â'i sylfaen ar gomdemnio i farw ac, o frwydro yn erbyn y gymdeithas, mi fyddwn i'n brwydro yn erbyn y llofruddio. Roeddwn i o'r gred honno, eraill yn deud hynny wrtha i ac, yn y pen draw, roedd yn wir i raddau helaeth. Ymunais â charfan o bobol roeddwn i'n hoff ohonyn nhw, a dwi'n hoff ohonyn nhw byth. Fuom i efo nhw am gryn amser a does yna'r un wlad yn Ewrop na fûm i'n rhan o'i brwydrau hi. Ond stori arall 'di honna.

'Mi wyddwn i'n iawn, dwi'm yn deud, ein bod ninnau'n condemnio i farw o bryd i'w gilydd. Ond roedd marw'r ambell un yma'n angenrheidiol, medden nhw, er mwyn peri bod byd lle na châi neb ei ladd mwyach. Roedd yn wir mewn ffordd a hwyrach yn y pen draw na fedra i ddim sefyll yn gadarn o ran y mathau yna o wirionedd. Bid a fo am hynny roeddwn i'n simsanu. Ond digon oedd meddwl am y dylluan ac mi fedrwn fynd yn fy mlaen. Tan y noson pan welais i ddienyddio (yn Hwngari roedd hi) a ddaru'r un bendro ddod drosta i, y bendro ddaeth dros lygaid y llanc yn tywyllu fy llygaid yn ddyn.

'Welsoch chi saethu dyn erioed? Naddo, debyg iawn, ma isio gwahoddiad ac nid pawb sy'n cael gwadd. Felly'r cwbl wyddoch chi amdano ydi be welsoch chi mewn lluniau neu lyfrau. Mwgwd, polyn, milwyr yn y pellter. Nid felly mae hi! Wyddoch chi mai ddwylath o'r condemniedig y mae'r fintai saethu? Wyddoch chi, petai'r condemniedig yn cymryd dau gam yn ei flaen y basa'n taro'i frest yn erbyn y gynnau? Wyddoch chi, ar y pellter bach yma, fod y saethwyr yn canolbwyntio eu hannel ar ei galon a bod y rheini i gyd, efo'u bwledi mawr, yn gneud twll lle medrech chi roi'ch dwrn? Na, wyddech chi mo hynny achos dyna'r manylion nad oes 'na fyth sôn amdanyn nhw. I'r rheini sy'n llawn pla mae cwsg dynion yn fwy cysegredig na bywyd. Does fiw i ni nadu i bobol dda gysgu. Mi fasa hynny'n ddi-chwaeth a hanfod chwaeth dda ydi peidio â thaeru – fel y gŵyr pawb – felly taw piau hi. Ond dw innau heb gysgu'n iawn byth ers y cyfnod hwnnw. Mae gen i flas drwg yn fy ngheg o hyd a dwi rioed 'di rhoi'r gorau i daeru, a dwi'n dal i feddwl am y peth.

'A dyna sut dois i sylweddoli mod innau, o leia, yn llawn pla ar hyd y blynyddoedd hynny pan oeddwn i, yn rhyfedd iawn, â'm holl enaid, yn tybio mai brwydro yn erbyn y pla'r oeddwn i. Ddeallais i mod i wedi cydsynio'n anuniongyrchol â marw miloedd o ddynion, mod i hyd yn oed wedi achosi'r marw hwnnw drwy gymeradwyo gweithredoedd ac egwyddorion fasa'n anochel yn ei ddwyn yn eu sgil. Doedd hyn ddim fel petai'n mennu dim ar y lleill ne o leia doedden nhw fyth yn sôn amdano fo ohonyn nhw'u hunain. Ond roedd yn codi pwys arna i. Roeddwn i efo nhw ond eto ar fy mhen fy hun. Pan soniwn i am f'amheuon fydden nhw'n deud wrtha i bod gofyn ystyried be oedd yn y fantol ac yn rhoi rhesymau i mi – digon argyhoeddiadol – pam dylwn i wthio i lawr fy nghorn gwddw be na fedrwn i mo'i lyncu. Ond f'ateb i oedd bod gan y mawrion llawn pla, y rheini yn y gwisgoedd cochion, hefyd resymau tan gamp dros be wnaen nhw, a taswn i'n derbyn y rhesymau *force majeure* a rheidrwydd roedd y rhai bychain llawn pla yn eu cynnig, na fedrwn i ddim gwrthod rhesymau'r mawrion. Y ffordd orau, medden nhw wedyn, o gydnabod bod y gwisgoedd cochion yn iawn oedd neilltuo'r hawl i ddyfarnu cosb angau iddyn nhw. Ond roeddwn i'n dal i ddeud, tasa rhywun yn ildio unwaith nad oedd 'na ddim rheswm dros roi'r gorau i ildio. Ac mae hi i'w gweld i mi fod hanes wedi profi mod i yn llygad fy lle, heddiw mae pawb am y gorau i weld pwy laddith y mwya. Mae cyffro llofruddio ar bawb, a hwythau'n methu gneud fel arall.

'Beth bynnag, nid ymresymu oedd fy mhethau i. Y dylluan goch oedd fy musnes i, y mater afiach 'na pan gyhoeddodd cegau afiach llawn pla wrth ddyn mewn cadwyni ei fod yn mynd i farw a threfnu pob dim i ymorol ei fod yn marw, ar ôl nos ar ôl nos a dydd ar ôl dydd o wewyr meddwl ac yntau'n aros i gael ei lofruddio â'i lygaid ar agor. Y twll yn y frest oedd fy musnes i. Ac yn y cyfamser, meddwn i wrtha fy hun, o'm rhan i o leia, dderbyniwn i fyth 'run ddadl – dim un, dalltwch – i gyfiawnhau'r cigeiddio ffiaidd 'na. Do, dwi 'di dewis y dallineb styfnig 'ma nes i mi fedru gweld yn glir.

'Dwi 'di newid dim ers hynny. Ers talwm mae arna i gwilydd, cwilydd ym mêr f'esgyrn – boed o bell, boed efo bwriadau da – o fod yn llofrudd yn fy nhro. Efo treigl amser, heb hel dail dwi 'di canfod bod hyd yn oed y rheini sy'n well na'i gilydd bellach yn methu peidio â lladd neu ganiatáu lladd am fod lladd yn rhan o'r rhesymeg maen nhw'n byw ac yn bod ynddi ac na fedrwn ni ddim syflyd yn y byd 'ma heb fentro peri lladd rhywun. Oes, mae arna i cwilydd o hyd. Dwi 'di sylweddoli'n bod ni i gyd yn llawn pla a dwi 'di colli fy heddwch meddwl. A hyd heddiw dwi'n chwilio amdano fo, yn gneud fy ngorau i ddallt pawb ac i beidio bod yn elyn marwol neb. Yr unig beth wn i ydi bod rhaid gneud be sy raid er mwyn peidio â bod yn llawn pla a dyna'r unig beth fedar neud i ni obeithio am heddwch, neu o leia cael marw mewn hedd. Dyna'r unig beth fedar roi cysur i ddyn ac, os nad ei achub, o leia gneud cyn lleied o ddrwg ag y bo modd iddo ac weithiau ella rhyw fymryn o les. A dyna pam dwi 'di penderfynu ymwrthod â phob peth, yn bell ac agos, am resymau da neu ddrwg, sy'n peri marw neu sy'n cyfiawnhau marw.

'A dyna pam nad ydi'r haint yma 'di dysgu cebyst o ddim i mi, heblaw bod rhaid i mi ymladd yn ei erbyn o ochr yn ochr â chi. A dwi'n gwbod i sicrwydd (ydw, Rieux, dwi'n nabod y byd o'i gwr, dach chi'n gweld yn iawn) fod pawb ohonon ni'n cario'r pla'r tu mewn iddo, achos does 'na'r un ohonon ni, 'run copa walltog, yn groeniach. A bod gofyn i ni dendio rownd y ril rhag anadlu yn wyneb rhywun ar funud ddi-hid a rhoi'r haint iddo yntau. Y meicrob sy'n naturiol. Mae'r gweddill i gyd – iechyd, gonestrwydd, purdeb os mynnwch chi – yn deillio o'r ewyllys, ewyllys nad oes fiw iddo arafu fyth. Y dyn gonest, hwnnw nad ydi'n heintio agos i neb, ydi'r dyn â'i lygad ar ei ysgwydd byth a hefyd. Ac mae isio ewyllys a meddwl fel gela i fod â'i lygad ar ei ysgwydd byth a hefyd! Ydi, Rieux, mae'n flinderus bod yn llawn pla. Ond mae'n fwy blinderus fyth bod isio peidio â bod yn llawn pla. Dyna pam mae pawb i'w gweld yn flinderus, am fod pawb y dyddiau hyn ac arno'r pla i ryw raddau. Ond dyna pam mae rhai ohonon ni, sy am fwrw'r pla, yn teimlo blinder mor llethol fel mai dim ond marw fedar ein gwared ni rhagddo fo.

'O hyn allan dwi'n gwbod nad ydw i'n dda i ddim i'r byd 'ma ac o'r funud pan benderfynais i roi'r gorau i ladd mod i wedi nghollfarnu i fod yn alltud hyd byth. Eraill fydd yn creu hanes. Dwi'n gwbod hefyd na fedra i ddim, yn ôl pob golwg, barnu eraill. Dwi heb 'run gynneddf neilltuol fedrai neud llofrudd call ohona i – diffyg, felly, nid rhagoriaeth. Ond am y tro dwi'n fodlon bod yr hyn ydw i, dwi 'di dysgu bod yn wylaidd.

'Dwi'n deud dim ond bod yna blâu ar y ddaear 'ma, a dioddefwyr, a chyn belled ag y medrwn ni mae gofyn i ni wrthod bod o du'r pla. Falla bod hynny i'w glywed yn syml i chi, a dwn i ddim a ydi o'n syml ai peidio, ond dwi'n gwbod ei fod o'n wir. Dwi 'di clywed llond gwlad o ddadleuon – fu ond y dim iddyn nhw droi mhen i a ddaru nhw droi pennau pobol eraill ddigon iddyn nhw gydsynio â llofruddio – nes gneud i mi ddeall bod holl anffawd dyn yn deillio o'r ffaith nad ydan ni ddim yn siarad heb flewyn ar dafod.

Felly dwi 'di mynd o blaid siarad heb flewyn ar dafod a gweithredu'r un fath er mwyn fy rhoi fy hun ar ben y ffordd. Felly dwi'n deud bod 'na blâu a bod 'na ddioddefwyr, a dyna ddiwedd y gân. Os ydw i, o ddeud hynny, yn mynd yn bla, o leia nid o'm bodd mae hynny. Dwi'n gneud fy ngora i fod yn llofrudd diniwed. Does gen i fawr o uchelgais, fel y gwelwch chi.

'Mae isio trydydd categori, wrth reswm pawb, meddygon go iawn, ond chydig o'r rheini sydd i'w cael, ffaith i chi, ac mae'n dipyn o waith. Dyna pam dwi 'di penderfynu rhoi fy hun ar ochr y dioddefwyr bob tro, i neud llai o niwed. Yn eu plith nhw, dwi mewn gwell lle i chwilio am y trydydd categori a chael hedd.'

Pan ddaeth i ben roedd Tarrou yn siglo'i goes gan daro'i droed yn ysgafn ar y teras. Ar ôl ennyd o ddistawrwydd sythodd y doctor fymryn a gofyn i Tarrou oedd ganddo syniad pa ffordd y dylai ei ddilyn i gyrraedd hedd.

'Oes, cydymdeimlad.'

Atseiniodd clychau dau ambiwlans yn y pellter. Roedd y gweiddi, fuasai yma a thraw gynnau, bellach yn casglu yng nghyffiniau'r dref heb fod ymhell o'r bryn caregog. Ar yr un pryd roedd rhywbeth tebyg i ffrwydrad i'w glywed. Wedyn y distawrwydd drachefn. Cyfrodd Rieux ddwy fflach o'r goleudy. Roedd yr awel fel petai'n cryfhau ac ar y gair daeth chwa o'r môr ag oglau heli. Bellach roedd dwfn anadlu'r tonnau yn erbyn y clogwyn i'w glywed yn glir.

'Yn y pen draw,' meddai Tarrou'n syml, 'be sy'n mynd â mryd i ydi sut i fynd yn sant.'

'Ond dach chi'm yn credu yn Nuw.'

'Yn hollol. Tybed fedar rhywun fod yn sant heb Dduw, dyna'r unig broblem, yr unig broblem go iawn sy gen i rŵan.'

Yn sydyn fflachiodd golau mawr o'r fan lle daethai'r gweiddi ac ar y gwynt daeth twrw aneglur at glustiau'r ddau ddyn. Diffoddodd y golau'n syth gan adael dim ond gwawr goch ymhell dros ymyl y terasau. Ar chwa o wynt roedd gweiddi dynion i'w glywed yn glir, wedyn sŵn ergyd a thwrw tyrfa. Cododd Tarrou a gwrando. Dim byd eto i'w glywed.

'Sgarmes eto wrth y pyrth.'

'Mae ar ben rŵan,' meddai Rieux.

Doedd hi byth ar ben, meddai Tarrou dan ei wynt – byddai yna ddioddefwyr eto, dyna drefn pethau.

'Falla wir,' atebodd y doctor, 'ond wyddoch chi, dwi'n fy nghael fy hun fwy o blaid y gorchfygedig na'r saint. Dydi arwriaeth a sancteiddrwydd ddim at fy nant i, cofiwch. Bod yn ddyn sy'n mynd â'm bryd i.'

'Ia, dan ni ar drywydd yr un peth, ond dwi'n llai uchelgeisiol.'

Roedd Rieux yn meddwl bod Tarrou yn tynnu coes ac edrychodd arno. Ond yn y golau gwan o'r awyr gwelodd wyneb trist a difrif. Daeth chwa o wynt eto ac fe'i teimlai Rieux yn gynnes ar ei groen. Ymysgydwodd Tarrou.

'Wyddoch chi be ddylen ni'i neud dros gyfeillgarwch?'

'Be fynnwch chi,' meddai Rieux.

'Mynd i ymdrochi yn y môr. Rhyw fwyniant bach digon diníw hyd yn oed i ddarpar sant, decini?'

Gwenodd Rieux.

'Efo'n trwydded fedrwn ni fynd at y lanfa. Twt, dan ni'n hurt bost yn byw dim ond er mwyn y pla. Mae gofyn i ddyn frwydro dros ei gleifion, dwi'm yn deud, ond os dio'n peidio â malio am ddim heblaw hynny, i be dâl brwydro?'

'Ia wir,' meddai Rieux. 'Dowch.'

Funud wedyn stopiodd y car yn ymyl pyrth yr harbwr. Roedd hi'n noson loergan a chysgodion llwydolau o'u cwmpas. Y tu ôl iddyn nhw ymgodai'r dref yn rhes ar res yn anadlu'n gynnes ac yn afiach arnyn nhw ac yn eu cymell tua'r môr. Dangosodd y ddau eu papurau i warcheidwad a graffodd arnyn nhw am beth amser. Cawsant fynd drwodd a'i gwneud hi am y lanfa, ar hyd tir agored yn frith gan gasgenni, yn oglau gwin a physgod. Yn union cyn iddyn nhw ei gyrraedd clywent oglau ïodin a gwymon yn dweud eu bod bron â chyrraedd y môr. Wedyn fe'i clywsant.

Roedd yn distaw sibrwd wrth draed blociau enfawr y lanfa ac wrth iddyn nhw'u dringo fe'i gwelsant, yn dew fel melfed, yn llithrig ac yn llyfn fel anifail. Eisteddodd y ddau ar greigiau'n wynebu tua'r môr. Ymchwyddai a disgynnai'r dŵr yn araf. Fel yr anadlai'r môr yn dawel, bob hyn a hyn deuai llygedyn o olew i'r golwg yma a thraw ar wyneb y dŵr a diflannu. O'u blaenau roedd y nos yn ddi-ben-draw. Clywai Rieux dan ei fysedd wyneb creithiog y creigiau a theimlo'i hun yn llawn rhyw lawenydd rhyfedd. Trodd at Tarrou a dirnad, ar wyneb tawel a difrif ei ffrind, yr un llawenydd nad anghofiai ddim, dim hyd yn oed llofruddio.

Tynnodd y ddau amdanyn. Rieux oedd y cyntaf i blymio. Roedd

y dŵr i'w glywed yn oer i ddechrau ond yn gynhesach o dipyn pan ddaeth yn ôl i'r wyneb. Ar ôl nofio ychydig câi fod y môr yn gynnes braf y noson honno – cynhesrwydd môr yr hydref sy'n codi'r gwres mae'r tir yn ei storio ers misoedd lawer. Nofiai'n rheolaidd. Y tu ôl iddo gadawai curo ei draed ewyn yn byrlymu; rhedai'r dŵr ar hyd ei freichiau i gau'n dynn am ei goesau. O glywed fflatsh fawr gwyddai fod Tarrou wedi plymio. Gorweddodd Rieux ar ei gefn yn ddisymud, yn wynebu bwa'r awyr llawn lleuad a sêr. Anadlodd yn ddwfn. Wedyn clywodd sŵn curo dŵr, yn uwch ac yn uwch, yn rhyfedd o glir yn nistawrwydd ac unigedd y nos. Roedd Tarrou yn nesu a chyn hir roedd ei anadlu i'w glywed. Trodd Rieux a nofio ochr yn ochr â'i ffrind yn yr un rhythm. Nofiai Tarrou yn fwy nerthol a bu'n rhaid i Rieux gyflymu. Ymhen rhai munudau roedd y ddau ar y cyd, yr un rhythm, yr un cryfder, ar eu pennau'u hunain, ymhell o'r byd, yn rhydd o'r diwedd o'r dref ac o'r pla. Rieux oedd y cyntaf i roi'r gorau iddi ac aeth y ddau yn eu holau'n ara deg, heblaw am un ennyd pan aethant i gerrynt oer. Heb ddweud gair, rhoes y ddau wib wedi'u chwipio gan hen dric gwael y môr.

Wedi gwisgo amdanyn, i ffwrdd â nhw heb ddweud gair. Ond roedden nhw o'r un galon, a'r atgof am y noson honno'n annwyl iddyn nhw ill dau. Pan welsant o bell wyliwr nos y pla, gwyddai Rieux fod Tarrou, 'run fath ag yntau, yn dweud bod y clefyd newydd eu hanghofio, a da o beth, ond bellach bod rhaid rhoi trwyn ar y maen drachefn.

# VII

Oedd, rhaid oedd rhoi trwyn ar y maen drachefn ac anghofiai'r pla fyth neb am fawr o dro. Yn ystod mis Rhagfyr fflamiodd ym mrestiau ein cyd-ddinasyddion, bwydo tân yr amlosgfa, poblogi'r gwersylloedd â chysgodion gwaglaw, heb arafu dim, yn herciog ond yn drwm ei droediad. Rhoesai'r awdurdodau eu ffydd yn oerni'r gaeaf i'w atal ond parhaodd yn ddi-saib drwy'r oerfel cyntaf. Roedd gofyn dal i aros. Ond wedi hir aros mae peryg rhoi'r ffidil yn y to ac roedd ein tref gyfan yn byw heb ddyfodol.

O ran y doctor, doedd dim trannoeth i'r ennyd byrhoedlog hwnnw o hedd a chyfeillgarwch. Cawsai ysbyty eto'i agor a bellach dim ond â chleifion y câi sgwrs. Ond sylwodd ar newid yn y cyfnod hwn ar yr haint. A'r pla bellach fwy ar y sgyfaint, roedd y cleifion fel petaen nhw'n helpu'r doctor. Yn lle ildio i lethdod neu orffwylltra'r cychwyn, yn ôl pob golwg roedd ganddynt well syniad o be oedd o les iddynt a gofynnent ar eu liwt eu hunain be fyddai orau iddynt. Gofynnent byth a hefyd am ddiod, ac roedd pawb am gadw'n gynnes. Er bod ei flinder yr un fath i'r doctor, ar yr adegau hyn teimlai'n llai unig.

Tua diwedd mis Rhagfyr cafodd Rieux lythyr gan Monsieur Othon, yr ynad, oedd yn dal i fod yn ei wersyll, yn dweud bod ei gyfnod cwarantin wedi dod i ben, bod y weinyddiaeth yn methu cael hyd i'w ddyddiad mynediad a'i fod yn sicr yn cael ei gadw yn y gwersyll ar gam. Aethai ei wraig, wedi'i rhyddhau ers peth amser, i'r *préfecture* i gwyno ond fe'i hanfonwyd ymaith yn bur swta gan ddweud wrthi nad oedd yna fyth gamgymeriadau. Gofynnodd Rieux i Rambert fynd ar ôl y mater a rhai dyddiau'n ddiweddarach daeth Monsieur Othon i'w weld. Do'n wir, buasai camgymeriad, ac roedd Rieux yn bur ddig. Ond y cwbl wnaeth Monsieur Othon – oedd wedi teneuo cryn dipyn – oedd codi llaw lipa a dweud, dan bwyso ei eiriau, heb ei wall, heb ei eni. Roedd rhywbeth wedi newid, meddyliodd Rieux.

'Be newch chi, Monsieur Othon? Mae gynnoch chi bentwr o waith yn eich aros chi, debyg.'

'Wel nac oes, cofiwch,' atebodd yr ynad, 'dwi wedi gofyn am saib.'

'Eitha peth i chi orffwys.'

'Nid felly mae'i gweld hi, dwi am fynd yn f'ôl i'r gwersyll.'

'Ond newydd ddod o 'na ydach chi!'

'Wnes i ddim egluro'n iawn. Dwi wedi cael ar ddeall fod yna wirfoddolwyr y llywodraeth yn y gwersyll 'na.'

Rholiodd yr ynad ei lygaid crynion a cheisio fflatio un o'i gudynnau gwallt.

'Fasa gen i waith i'w neud, welwch chi. Ac wedyn – peth gwirion i'w ddeud – ond faswn i'n teimlo'n nes at fy hogyn bach.'

Edrychodd Rieux arno. Doedd bosib bod tynerwch wedi dod yn sydyn i'r llygaid pysgodyn caled yna? Yn wir, roedden nhw'n llaith, wedi colli eu caledwch metal.

'Wrth gwrs,' meddai Rieux, 'gan mai dyna fynnwch chi, mi af ar ôl y peth yn syth.'

Ac yn ôl ei air aeth y doctor ar ei ôl, ac aeth bywyd y ddinas yn ei flaen tan y Nadolig. Daliai Tarrou i daenu ei effeithiolrwydd tawel. Dywedodd Rambert yn ddistaw bach wrth y doctor ei fod, diolch i'r ddau warchodwr bach, wedi medru rhoi yn ei lle drefn ddirgel i gysylltu â'i wraig a'i fod yn cael llythyr o bryd i'w gilydd. Cinigiodd gyfle i Rieux elwa ar ei drefn a derbyniodd hwnnw. Sgrifennodd, am y tro cyntaf ers misoedd lawer, a'i chael yn anodd. Roedd hon rywsut yn iaith goll. Anfonwyd y llythyr. Ddaeth dim ateb am beth amser. O ran Cottard, roedd yn gwneud arian fel y mwg o'i hapfasnachu. Ond ddeuai'r ŵyl â fawr o fudd i Grand.

Roedd Nadolig y flwyddyn honno'n fwy o ŵyl y Fall nag o ŵyl yr Efengyl. Y siopau'n wag ac yn ddiolau, fferins cogio neu focsys gweigion yn y ffenestri, y tramiau'n llawn wynebau prudd, dim byd yn dwyn i gof Nadoligau a fu. Ar yr ŵyl hon buasai pawb gynt, boed dlawd boed gefnog, yn un; bellach doedd dim lle ond i'r dathliadau distaw bach y medrai'r breintiedig eu prynu am grocbris i'w cynnal ar eu pennau'u hunain yng nghefn rhyw hen siop byglyd. Yn yr eglwysi clywid mwy o ddolefain nag o ddiolchgarwch. Yn y dref drist a rhynllyd roedd ambell i blentyn i'w weld yn rhedeg yma a thraw heb eto sylweddoli be oedd yn ei fygwth. Ond pwy feiddiai ddweud wrthyn nhw am groesawu duw'r dyddiau gynt, yn drwm dan anrhegion, yn hen fel poen dyn, ond yn ifanc fel gobaith glasoed. Doedd dim lle yng nghalon neb ond i obaith hen fel pechod a phrudd fel y bedd, y gobaith hwnnw sy'n nadu i ddynion roi'r gorau iddi a marw ac sy'n ddim oll ond cyndynrwydd i fyw.

Y noson cynt fuasai Grand ddim yn ei le. Roedd Rieux yn poeni braidd ac aeth heibio iddo ben bore ond heb ei gael gartref. Gofynnwyd i bawb gadw golwg amdano. Tuag un ar ddeg daeth Rambert i'r ysbyty i ddweud wrth Rieux iddo weld Grand o bell, yn crwydro'r strydoedd fel adyn. Wedyn collodd olwg arno. Aeth y doctor a Tarrou allan yn y car i chwilio amdano.

Am ganol dydd, ar awr rynllyd, disgynnodd Rieux o'r car wedi gweld Grand o bell, bron yn sownd wrth ffenest siop llawn teganau pren wedi'u cerfio'n fras. Llifai dagrau'n ddi-baid i lawr gruddiau'r hen glerc bach. Ac roedd Rieux dan deimlad o weld y dagrau hynny am ei fod yn eu deall ac yn eu teimlo ym mhwll ei galon. Cofiai am ddyweddïad yr hen greadur, o flaen siop Nadolig a Jeanne yn gwyro tuag ato ac yn dweud ei bod yn hapus. O bellteroedd y blynyddoedd, o eigion ei wirioni, yn bendifaddau llais yr eneth Jeanne oedd yn atseinio yng nghlustiau Grand. Gwyddai Rieux yn iawn be âi drwy feddwl yr hen ŵr ar y pryd, yr hen ŵr yn ei ddagrau, a'r un peth yn union âi drwy ei feddwl yntau, bod y byd hwn heb gariad fel byd marw a bod yna awr pan fo dyn yn laru ar garcharau, ar waith ac ar wroldeb, ac yn crefu wyneb enaid byw a chalon sy'n syfrdan syn gan dynerwch.

Ond gwelodd y llall o yn y gwydr. Yn dal i grio, trodd ei gefn ar y ffenest a'i wylio'n dod tuag ato.

'O! Doctor! O! Doctor!' meddai.

Nodiodd Rieux arno i'w gyfarch. Fedrai yntau ddim siarad, ei drallod yntau oedd y trallod yma a be deimlai o eigion calon y funud honno oedd y dicter llethol ddaw dros ddyn yn wyneb y boen sy'n dod i ran pawb.

'Ia, Grand,' meddai.

'Tasa gin i ond yr amsar i sgwennu ati. Iddi gal gwbod... a medru bod yn hapus heb edliw iddi'i hun...'

Bron yn arw, cydiodd Rieux ym mraich Grand a'i dynnu yn ei flaen. Daliai hwnnw i siarad, yn gadael iddo'i hun gael ei lusgo, yn mwmial pytiau o frawddegau.

'Mae hyn yn mynd ymlaen ers rhy hir. A chitha rownd bedlan isio rhoi'r ffrwyn i'ch teimlada, rhaid i chi. O! Doctor! Dwi i ngweld yn hen gono bach distaw ond dwi 'di gorod gweithio nerth deg ewin i ymddangos yn normal 'lly. A rŵan, wel, ma 'di mynd yn drech na fi.'

Safodd yn stond, yn crynu drosto a'i lygaid yn wyllt. Cymerodd Rieux ei law. Roedd yn llosgi.

'Rhaid i chi fynd adra.'

Ond ymryddhaodd Grand o'i afael a rhedeg cam neu ddau, wedyn aros, ei freichiau ar led, a dechrau siglo'n ôl ac ymlaen. Trodd yn ei unfan a syrthio ar y pafin rhewllyd, ar ei wyneb ôl y dagrau'n dal i lifo. Wrth fynd heibio safai pobl yn stond a gwylio o bell, heb feiddio nesáu. Bu'n rhaid i Rieux godi'r dyn bach yn ei freichiau.

Bellach yn ei wely, roedd Grand yn mygu, ei sgyfaint yn gaeth. Pendronodd Rieux. Doedd gan Grand ddim teulu. I be dalai ei symud? Medrai yntau a Tarrou ofalu amdano...

Roedd Grand wedi crebachu i'r gobennydd, ei groen yn llwydwyrdd, ei lygaid yn bŵl. Syllai ar y tewyn o dân roedd Rieux wedi'i gynnau yn y grât â gweddillion hen flwch. 'Dwi'n giami,' meddai. Ac o bwll ei sgyfaint ar dân, ynghyd â phopeth ddywedai, deuai rhyw sŵn clecian rhyfedd. Dywedodd Rieux wrtho am dewi ac y dôi yn ei ôl. Gwenodd y claf yn rhyfedd ac ar yr un pryd daeth rhyw fath o dynerwch dros ei wyneb. Winciodd gyda chryn drafferth. 'Os do i drwyddi, tynnwch eich cap, doctor!' Ond yn syth wedyn daeth gwendid mawr drosto.

Awr neu ddwy wedyn cafodd Rieux a Tarrou y claf ar ei hanner eistedd yn ei wely a dychrynodd Rieux o weld ar ei wyneb mor bell yr aethai'r haint oedd yn ei losgi. Ond roedd i'w weld yn ei iawn bwyll ac ar unwaith, mewn llais rhyfedd o wag, gofynnodd iddyn nhw ddod â'i lawysgrif o'r ddrôr. Rhoes Tarrou y tudalennau iddo ac fe'u gwasgodd ato heb edrych arnynt, wedyn eu hestyn at y doctor ac amneidio arno i'w darllen. Llawysgrif fer oedd hi, tua hanner cant o dudalennau. Bwriodd y doctor lygad arnyn nhw a chael mai'r un frawddeg oedd ar bob tudalen, wedi'i chopïo'n ddiderfyn, ei hailwampio, weithiau'n frasach, weithiau'n foelach. Dro ar ôl tro ar ôl tro roedd mis Mai, y farchoges a llwybrau'r Bois yn ffeirio llefydd ac yn gweu drwy'i gilydd. Roedd y gwaith hefyd yn cynnwys esboniadau, weithiau'n hirfaith, a rhestrau dewisiadau. Ond ar droed y dudalen olaf, mewn llawysgrifen gyfewin ddestlus, yr inc yn ffres o hyd: "F'annwyl Jeanne, mae hi'n ddiwrnod Dolig heddiw..." Uwch ei ben, wedi'i cheinlythrennu'n ofalus, roedd y wedd derfynol ar y frawddeg. 'Darllenwch,' meddai Grand. A darllenodd Rieux.

'Ar fore teg o Fai ar gefn caseg winau odidog, yng nghanol y blodau, rhodiai marchoges luniaidd lwybrau'r Bois...'

'Honna ydi hi?' meddai'r hen ŵr â'i lais yn gynhyrflyd. Chododd Rieux mo'i olygon ato.

'A!' meddai'r llall yn cyffroi drwyddo. 'Mi wn i'n iawn. Teg, nid teg mo'r gair iawn.'

Gafaelodd Rieux yn ei law dan y ddillad.

'Waeth heb, doctor. Fydd gin i'm amsar...'

Bustachodd i gael ei wynt ato a gweiddi'n sydyn:

'Llosgwch hi!'

Petrusodd y doctor ond rhoes Grand ei orchymyn eto mor ffyrnig ac â'r fath boen yn ei lais fel y taflodd Rieux y tudalennau i'r marwydos. Goleuodd y stafell yn y fan a chynhesu am fyr o dro. Pan ddaeth y doctor yn ei ôl at y claf roedd hwnnw wedi troi ei gefn a'i wyneb bron yn cyffwrdd y pared. Edrychai Tarrou drwy'r ffenest fel pe na bai'n perthyn yn yr olygfa. Ar ôl rhoi'r pigiad dywedodd Rieux wrth ei ffrind na fyddai Grand yn para'r nos a chynigiodd Tarrou aros yno. Cytunodd y doctor.

Drwy'r nos fedrai Rieux ddim ymwared â'r syniad bod Grand ar farw. Ond y bore trannoeth fe'i cafodd ar ei eistedd yn ei wely yn sgwrsio â Tarrou. Dim arlliw o'r dwymyn, dim ond arwyddion o ludded cyffredinol.

'Ha! Doctor,' meddai'r dyn bach, 'roeddwn i ar gam. Ond mi gychwynna i o'r newydd. Dwi'n cofio pob un dim, gewch chi weld.'

'Rhoswn ni,' meddai Rieux wrth Tarrou.

Ond am ganol dydd doedd dim newid. Gyda'r nos roedd modd dweud bod Grand wedi'i achub. Doedd Rieux yn deall dim ar yr atgyfodiad yma.

Ac eto tua'r un adeg daethpwyd â chlaf at Rieux, a oedd yn achos anobeithiol hyd y gwelai ac a ynysodd cyn gynted ag y cyrhaeddodd yr ysbyty. Roedd y ferch ifanc yn ffwndrus a chanddi holl symptomau pla'r sgyfaint. Ond y bore trannoeth roedd ei gwres wedi disgyn. Yr un fath â Grand, saib y bore, debygai'r doctor, yn hen gyfarwydd â'i weld yn arwydd drwg. Ond am ganol dydd doedd dim mwy o wres arni. Gyda'r nos, dim ond ychydig raddau'n uwch a'r bore trannoeth dim gwres o gwbl. Roedd y ferch ifanc, er ei bod yn wantan, yn anadlu'n rhydd yn ei gwely. Dywedodd Rieux wrth Tarrou ei bod wedi'i hachub yn erbyn yr holl reolau. Ond yn ystod yr wythnos gwelodd y doctor bedwar achos tebyg ymysg ei gleifion.

Ddiwedd yr un wythnos roedd yr hen ŵr caeth ei frest yn llawn arwyddion o gyffro mawr pan groesawodd y doctor a Tarrou.

'Choeliwch chi fawr,' meddai, 'dyma nhw'n dŵad allan eto.'

'Pwy?'

'Duwch annwl! Y llygod mawr!'

Ers mis Ebrill doedd yna'r un golwg o gorff llygoden fawr.

'Ydi hyn i gyd yn mynd i ailgychwyn?' meddai Tarrou wrth Rieux.

Roedd yr hen ŵr yn rhwbio ei ddwylo.

'Dew, tasach chi'n eu gweld nhw'n rhedag! Mae'n fodd i fyw.'

Gwelsai ddwy lygoden fawr yn dod i'r tŷ drwy ddrws y stryd. A dywedodd rhai o'i gymdogion wrtho eu bod hwythau wedi gweld llygod mawr. Mewn rhai adeiladau roedd y twrw i'w glywed o'r newydd – twrw aethai dros gof ers misoedd lawer. Arhosodd Rieux i glywed cyhoeddi'r ystadegau cyffredinol a gyhoeddid ddechrau pob wythnos. A'r rheini'n dangos bod y clefyd ar ffo.

# Y BUMED RAN

## I

Er bod y cilio sydyn yma yn y clefyd yn annisgwyl, doedd ein cyd-ddinasyddion ddim ar frys i orfoleddu ynddo. Ar yr un pryd â gwneud iddynt ddyheu fwyfwy am ryddid, roedd y misoedd aeth heibio wedi dysgu pwyll iddynt, ac ymgodymu â meddwl leilai am ddiwedd buan ar yr haint. Serch hynny, aeth y newydd yma ar gyrn a phibau ac yn nwfn y galon roedd yna obaith mawr er nad oedd dim sôn amdano. Roedd popeth arall yn cymryd ail le. Be oedd ots am sglyfaethod newydd y pla, o weld y ffaith syfrdanol yna: roedd y niferoedd yn llai. Un o'r arwyddion bod oes aur iechyd ar ddod – fawr o obaith amdani ar goedd ond gobaith amdani'n ddistaw bach – oedd bod ein cyd-ddinasyddion o'r funud honno, o'r frest – er eu bod yn cymryd arnynt fod yn ddi-hid – yn sôn am y bywyd newydd ar ôl y pla.

Roedd pawb yn gytûn na ellid adfer holl fwynderau'r bywyd cynt ar amrantiad a bod chwalu'n haws nag ailgodi, ond fan leiaf tybid y medrai'r sefyllfa o ran bwyd fod ychydig yn well ac y byddai'r pryder taeraf yn llai o'r herwydd. Ond yn y bôn, y tu ôl i'r sylwadau diniwed yma, ar yr un pryd roedd gobaith gwyllt yn ymhyllio a rhywun neu'i gilydd, o weld hynny, yn gorfod dweud, 'gan bwyll, beth bynnag y bo'r achos, nid fory y cawn ni'n rhyddhau'.

Ac yn wir, nid drannoeth y peidiodd y pla, er ei fod i'w weld yn gwanychu fwy na'r disgwyl. Daeth dyddiau cyntaf mis Ionawr ag oerfel iasoer i'w canlyn fel petai'n crisialu uwchlaw'r dref. Ac eto ni fuasai'r awyr mor las. Am ddyddiau bwygilydd roedd ei gogoniant digyfnewid ac oeraidd yn boddi ein tref â golau diddiwcdd. Yn yr awyr bur, yn ystod tair wythnos, gwymp ar ôl cwymp roedd y pla fel petai'n chwythu'i blwc, yn rhaffu lleilai o gyrff. Cyn pen fawr ddim collodd yr haint bron yr holl luoedd y buasai'n eu mwstro ers misoedd. O'i weld yn colli sglyfaethod wedi'u clustnodi, fel Grand neu ferch ifanc Rieux, yn gwaethygu am ddeuddydd dri mewn rhai rhannau o'r dref ac yn diflannu'n llwyr o rannau eraill, yn amlhau ei sglyfaethod ar y dydd Llun ac wedyn ar y dydd Mercher yn gadael i bron bob un ddianc, o'i weld felly'n colli'i wynt neu'n magu gwib, bron na ddywedai rhywun ei fod yn drysu o lesgedd a blinder, ei fod yn colli, ar yr un pryd â'i hunanreolaeth, yr effeithlondeb mathemategol a di-ffael fuasai'n gryfder iddo. Ar amrantiad cafodd serwm Castel gyfres o lwyddiannau na welsai hyd hynny. Yn y fan gwelwyd sawl cam – gymerodd y meddygon ynghynt heb unrhyw ganlyniad – yn mynd â'r maen i'r wal. Roedd hi fel petai'r pla yn ei dro wedi'i erlid o bant i bentan a'i wendid sydyn yn rhoi min i'r arfau fuasai gynt yn ddi-ffrwt yn ei erbyn. Dim ond bob yn hyn a hyn roedd y clefyd i'w weld yn casglu nerth, yn hyrddio'n ddall ac yn cipio tri neu bedwar claf roedd gobaith eu gweld yn gwella. Dyna anffodusion y pla, y rheini a laddai ym mlodau gobaith. Yn eu plith roedd yr ynad Othon y bu'n rhaid ei symud o'r gwersyll cwarantin. 'Chafodd o fawr o lwc,' meddai Tarrou. Tybed ai bywyd ynteu marw'r ynad oedd ganddo mewn golwg?

Ond at ei gilydd roedd yr haint yn cilio bob cam o'r ffordd a datganiadau'r *préfecture* – oedd i ddechrau'n hybu rhyw obaith egwan cudd – bellach yn dechrau cadarnhau cred y cyhoedd, sef ein bod wedi ennill y dydd a'r clefyd yn cilio o'i gadarnleoedd. Mewn gwirionedd anodd gwybod ai buddugoliaeth oedd dan sylw. Yr unig beth a wyddem i sicrwydd oedd bod y clefyd wedi ymadael fel y daeth. Doedd dim newid yn y strategaeth yn ei erbyn, ddoe'n ddi-fudd, heddiw yn ôl pob golwg yn cael hwyl arni. Yr argraff gryfaf oedd bod y clefyd wedi diffygio ohono'i hun neu ei fod wedi cilio ar ôl cyrraedd ei nod. Rywsut neu'i gilydd roedd ei rôl ar ben.

Er hynny doedd fawr o newid i'w weld yn y dref. Bob amser yn ddistaw liw dydd, gyda'r nos roedd y strydoedd yn llawn o'r un dyrfa, bellach yn eu cotiau mawr a'u sgarffiau. Roedd yr un faint o fynd ar y pictiwrs a'r caffis. Ond, o graffu, hwyrach y gwelech chi fod llai o dyndra ar wynebau a'u bod yn gwenu o bryd i'w gilydd. A dyna wnaeth i ni sylweddoli nad oedd neb hyd hynny'n gwenu ar y stryd. Y ffaith amdani oedd bod rhwyg newydd ymddangos yn y llen dywyll oedd dros y dref ers misoedd, a phob dydd Llun clywai pawb ar y newyddion ar y radio fod y rhwyg yn ymledu ac y gallen nhw anadlu o'r diwedd. Roedd yn dal i fod yn gysur pur ddi-ddim heb fawr o effaith ar fywyd neb. Ond – lle cynt y buasai'n anhygoel clywed sôn am drên yn gadael neu gwch yn cyrraedd, neu bod ceir yn cael mynd ar hyd y lle – ganol mis Ionawr doedd hi'n fawr o syndod clywed y pethau hyn. Rhyw ronyn, bid siŵr, ond roedd yr arlliw yma'n dangos y camau enfawr wnaethai ein cyd-ddinasyddion ar hyd ffordd gobaith. Ac o'r ennyd yma pan welodd y bobl obaith bychan bach roedd teyrnasiad y pla ar ben i bob pwrpas.

Ond rhaid dweud bod ymateb ein cyd-ddinasyddion, drwy gydol mis Ionawr, yn mynd o'r naill begwn i'r llall, o gyffro gwyllt i'r felan. Gan hynny bu sawl ymgais i ddianc ar yr union adeg pan oedd yr ystadegau'n ffafriol – er mawr syndod i'r awdurdodau, ac i'r gwylwyr hwythau gan fod y rhan fwyaf o'r ymgeisiau hynny'n llwyddo. Ond mewn gwirionedd roedd cymhellion dihangwyr y cyfnod hwnnw'n gwbl naturiol. Roedd y pla wedi gwreiddio yn rhai ohonyn nhw amheuaeth mor ddwfn fel na fedren nhw mo'i bwrw. Roeddent wedi colli craff ar obaith. Felly er bod y pla wedi mynd heibio roeddent yn dal i fyw yn ôl ei reolau, ar ôl yr oes. O ran eraill, yn gwbl groes – a'r rhain yn neilltuol y rhai fuasai'n byw hyd hynny'n ysgar â'u hanwyliaid – ar ôl y misoedd maith dan glo a dan y felan, cododd gwynt gobaith a thanio cyffro diamynedd a pheri'u bod yn colli arni. Dyma rusio o feddwl y gallent farw, mor agos at y diwedd, na welent fyth mo'r un hoff na chael iawndal am eu dioddef hir. Dros fisoedd, yn annelwig gyndyn, er gwaethaf carchar ac alltudiaeth, gallasent ddygnu arni ac aros, ond roedd y cip cyntaf ar obaith yn ddigon i chwalu be na fedrodd nac ofn nac anobaith ei ddofi. A dyma ruthro fel ynfytiaid i achub y blaen ar y pla, yn methu'n lân â mynd bob yn gam ag o tan y diwedd.

Ar yr un pryd mewn mannau eraill roedd arwyddion digymell o hyder i'w gweld. Gostyngodd prisiau gryn dipyn. O'r safbwynt economaidd roedd hyn yn rhyfedd. Yr un oedd yr anawsterau, rheolau cwarantin mewn grym o hyd wrth y pyrth a'r sefyllfa o ran bwyd ddim gwell. Felly hwb i'r galon oedd hwn, gael i ni weld cilio'r pla ym mhob maes. Ar unwaith â hyn roedd carfan eto ar ei hennill – y rheini fuasai'n byw mewn cymundodau a'r clefyd wedi'u gorfodi i fynd ar wasgar. Ailagorodd dwy fynachlog y dref a medru ailgydio yn eu bywyd ar y cyd. A'r un fath i'r milwyr, a unwyd drachefn yn y barics oedd eto'n rhydd, ac ailgychwynnodd bywyd garsiwn arferol. Pethau bach ond arwyddion mawr.

Bu fyw'r bobl yn y cynnwrf cudd yma tan y 25ain o Ionawr. Yr wythnos honno gostyngodd y niferoedd mor isel fel y cyhoeddodd y *préfecture*, ar ôl ymgynghori â'r comisiwn meddygol, y gellid ystyried bod yr haint wedi'i ffrwyno. Digon gwir, meddai'r datganiad wedyn – o ran pwyll, y byddai'r bobl yn ei gymeradwyo'n ddi-os – byddai pyrth y dref ar gau am bythefnos eto a'r camau clwyfataliol yn eu lle am fis. Yn ystod y cyfnod yma, petai'r arwydd lleiaf o beryg newydd "byddai gofyn cynnal y *status quo* ac adfer y camau o hynny allan". Serch hynny, roedd pawb yn unfryd mai gwag siarad swyddogol oedd hyn a gyda'r nos y 25ain o Ionawr roedd y dre'n berwi gan gyffro llawen. Er mwyn bod ar y cyd â'r gorfoleddu mawr, gorchmynnodd y *préfet* adfer goleuadau stryd y dyddiau iach. Yn y strydoedd golau, dan yr awyr iasoer bur, heidiodd ein cyd-ddinasyddion allan yn dyrrau, yn dwrw a chwerthin i gyd.

Mae'n wir bod y cloriau ar gau mewn llawer o dai a'r teuluoedd yn distaw wrando ar y tyrfaoedd yn llenwi'r noswaith â gweiddi. Fodd bynnag, roedd yn rhyddhad o eigion calon i lawer o'r galarwyr hynny, boed leddfu o'r diwedd ofn gweld cipio rhagor oddi ar yr aelwyd, boed beidio â gorfod poeni byth a beunydd amdanynt eu hunain. Ond y teuluoedd oedd ymhell bell oddi wrth y llawenhau cyffredinol, yn ddiymwad, oedd y rheini a chanddynt deulu dan y pla yn yr ysbyty a'r rheini – mewn tai cwarantin neu gartre – oedd yn aros i weld a oedd y pla wedi darfod â nhw go iawn, fel y darfu â'r lleill. Does dim dwywaith nad oedd y teuluoedd hyn yn gobeithio ond yn cadw'u gobeithion wrth gefn heb eu sbyddu cyn gwybod i sicrwydd fod ganddyn nhw'r hawl. Ac roedd yr aros hwn, y noswyl ddistaw, hanner ffordd rhwng gwewyr marw a gorfoledd, i'w glywed yn greulonach fyth yng nghanol y llawenychu mawr.

Ond mennai'r eithriadau hyn fawr ar lawenydd y gweddill. Doedd y pla ddim eto ar ben, bid siŵr, a byddai'n siŵr o'u hatgoffa o hyn. Ond, wythnosau ymlaen llaw, clywai pawb yn eu pennau'r trenau'n chwibanu wrth adael ar lwybrau heb ffiniau a gweld llongau'n cris-croesi moroedd tryloyw. Drannoeth byddai pawb yn dawelach eu hwyliau a'r amheuon yn dod yn eu holau. Ond am y tro roedd y dre'n siglo drwyddi, yn gadael y mannau caeedig, tywyll, disymud lle bwriodd ei gwreiddiau carreg, yn ei chychwyn hi o'r diwedd, hi a'i llwyth o oroeswyr. Y noson honno, roedd Tarrou, Rieux, Rambert a'r gweddill yn cerdded yng nghanol y dyrfa fel llongau ar lawn hwyl. Ymhell ar ôl gadael y prif strydoedd clywai

Tarrou a Rieux eto'r llawenydd hwnnw'n eu dilyn ar unwaith â mynd heibio i ffenestri â'u cloriau ar gau yn y strydoedd gweigion. Gan gymaint eu blinder, fedren nhw ddim gwahaniaethu rhwng y boen honno oedd ar fynd o hyd y tu ôl i'r cloriau hynny a'r llawenydd lond y strydoedd heb fod ymhell. Roedd wyneb y waredigaeth oedd ar ddod yn gymysg gan chwerthin a dagrau.

Ar funud pan oedd y twrw'n uwch ac yn fwy llawen, safodd Tarrou yn stond. Ar y pafin tywyll roedd yna gorff bach yn rhedeg yn fân ac yn fuan. Cath oedd yno, y gyntaf iddyn nhw'i gweld ers y gwanwyn. Arhosodd am ennyd ar ganol y ffordd, oedi, llyfu pawen, ei rhwbio'n gyflym dros ei chlust dde, ailgychwyn ar ei thaith ddistaw a diflannu i'r nos. Gwenodd Tarrou. Byddai'r hen ŵr bach yntau wrth ei fodd.

# II

Ond yr union funud pan oedd y pla i'w weld yn cilio i'r ffau anhysbys y sleifiodd ohoni, yn ôl dyddiaduron Tarrou roedd yna o leiaf un yn y dref oedd yn poeni'n ddirfawr am yr ymadael yma, sef Cottard.

A dweud y gwir, o'r adeg pan ddechreuodd y niferoedd ostwng, mae'r dyddiaduron hyn yn mynd yn bur ryfedd. Tybed ai oherwydd blinder? Mae'r llawysgrif yn anodd ei darllen ac mae yna neidio'n rhy aml o'r naill destun i'r llall. At hynny, ac am y tro cyntaf, mae'r dyddiaduron heb wrthrychedd, ac yn ei le ystyriaethau personol. Yng nghanol adrannau pur faith sy'n sôn am Cottard, mae rhyw bwt bach am hen ŵr y cathod. Yn ôl Tarrou, er gwaetha'r pla, ni pheidiodd erioed â meddwl am yr hen gono hwnnw'r oedd yn ymddiddori ynddo ar ôl yr haint, 'run fath â chynt, ond gwaetha'r modd doedd yr hen ŵr ddim yn chwannog i ddal i'w ddifyrru – a hynny nid o ddiffyg ewyllys da ar ran Tarrou. Gwnaethai ei orau i'w weld eto. Rai dyddiau ar ôl noswaith y 25ain o Ionawr aethai i sefyll ar gornel y stryd fach. Yno'r oedd y cathod, yn torheulo yn y clytiau o haul, yn eu lle arferol. Ond, ar awr y ddefod, ar gau'r oedd y cloriau o hyd. Yn ystod y diwrnodiau wedyn welodd Tarrou mohonynt ar agor unwaith. Yn rhyfedd ddigon daethai i'r casgliad bod yr hen ŵr bach naill ai wedi digio neu wedi marw. Os mai wedi digio, ei fod yn meddwl ei fod yn llygad ei le a'r pla wedi gwneud tro gwael ag o. Os mai wedi marw, y peth dan sylw oedd ('run fath â'r hen ŵr caeth ei frest) ai sant oedd? Doedd Tarrou ddim o'r farn honno ond tybiai, yn achos hen ŵr y cathod, fod yna ryw "awgrym". "Hwyrach," meddai'r dyddiaduron, "mai cyrraedd yn lled agos at sancteiddrwydd ydi'r gorau y medrwn ei wneud. Os felly mae gofyn i ni ymfodloni ar ddiawlineb cymhedrol a charedig."

Yn britho sylwadau am Cottard mae'r dyddiaduron hefyd yn cynnwys aml i sylw yma a thraw ar Grand, bellach yn cael ei gefn ato ac wedi mynd yn ôl i'w waith fel petai dim byd wedi digwydd, ac eraill yn sôn am fam y doctor Rieux. Mae'r ambell i sgwrs rhyngddynt – gan eu bod yn byw dan yr unto – ac agweddau'r hen wraig, ei gwên, ei barn ar y pla, i gyd wedi'u nodi'n fanwl ar ddu a gwyn. Mae Tarrou yn pwysleisio'n anad dim fod Madame Rieux mor encilgar; ei ffordd o fynegi popeth mewn brawddegau syml; ei hoffter arbennig o un ffenest yn wynebu'r stryd dawel lle byddai'n eistedd gyda'r nos, yn unionsyth, ei dwylo'n llonydd a'i llygaid yn effro nes i'r gwyll lenwi'r stafell a gwneud ohoni gysgod du yn y llwydolau a hwnnw'n tywyllu nes llyncu'r siâp llonydd; mynd yn ysgafndroed o'r naill stafell i'r llall; ei charedigrwydd na fyddai fyth yn ei baredio o flaen Tarrou ond roedd ei olau i'w weld ym mhopeth a wnâi neu a ddywedai; yn olaf ei bod, yn ei dyb o, yn gwybod popeth heb fyth bendroni a'i bod, yn gysgod distaw, yn hafal i unrhyw oleuni, hyd yn oed goleuni'r pla. O hyn allan roedd llawysgrifen Tarrou i'w gweld yn diffygio'n rhyfedd. Prin y gellid darllen y llinellau wedyn ac fel petai hyn yn arwydd o'r diffygio hwnnw y geiriau olaf oedd y rhai cyntaf oedd yn bersonol: "Un felly oedd Mam, roeddwn i'n dotio at yr un natur encilgar ynddi hi, ac mae arna i eisiau mynd yn f'ôl ati erioed. Ers wyth mlynedd fedra i ddim deud ei bod hi wedi marw. Dim ond ei bod wedi encilio fwy fyth a phan drois i rownd doedd hi ddim yno."

Ond mae'n bryd i ni ddod at Cottard. Ers i'r niferoedd ostwng rhoes dro am Rieux sawl gwaith, dan amryfal esgusion. Ond yn y bôn rhagolygon hynt y clefyd roedd yn holi Rieux amdanynt bob tro. 'Ydach chi'n meddwl y medar o ddod i ben, ffwt, fel'a, yn ddirybudd?' Go brin, yn ei dyb o, neu o leiaf dyna'r oedd yn ei haeru. Ond roedd y ffaith ei fod yn gofyn hynny byth dragywydd yn awgrymu ei fod yn llai siŵr o'i bethau. Ganol mis Ionawr buasai atebion Rieux yn bur hyderus. A phob tro, yn lle codi calon Cottard, deffroesai hyn ynddo ymatebion gwahanol o ddydd i ddydd – o hwyliau drwg i'r felan. O hynny allan buasai'r doctor yn gwneud ati i ddweud wrtho, er gwaethaf arwyddion ffafriol yr ystadegau, fod yn well peidio â gwario'r geiniog cyn ei chael.

'Mewn geiria eraill,' meddai Cottard, 'does wbod yn y byd – mi fedrai ailgychwyn o'r naill ddiwrnod i'r llall?'

'Medrai. Ac yn yr un modd mi fedrai'r gwella gyflymu.'

Buasai'r ansicrwydd yma, oedd yn peri pryder i bawb, yn amlwg yn rhyddhad i Cottard ac yng ngŵydd Tarrou codai sgwrs â siopwyr yn ei ran o o'r dref, yn gwneud ati i ledaenu barn Rieux. Roedd hynny'n ddigon hawdd. Ers berw'r fuddugoliaeth gyntaf a'r cyffro o glywed datganiad y *préfecture* yn cyhoeddi cilio'r pla, daethai amheuon i feddyliau lawer. Roedd gweld y pryder yma'n fêl ar fysedd Cottard. Ond dro arall byddai'n digalonni.

'Ia, gewch chi weld,' meddai wrth Tarrou, 'mi agoran nhw'r pyrth. Ac mi ro'n nhw'r hwi i mi, raid chi'm peryg!'

Hyd at y 25ain o Ionawr sylwai pobl ei fod yn oriog. Ar ôl gwneud ei orau glas ers cyhyd i gymodi â'i gymdogion a'i gydnabod, bellach ddydd ar ôl dydd doedd ganddo ddim i'w ddweud wrthynt. Roedd fel petai'n encilio o'r byd ac yn mynd i'w gragen am ddyddiau bwygilydd. Doedd dim golwg arno nac yn y tŷ bwyta, nac yn y theatr nac yn y caffis oedd yn hoff ganddo. Ond ar yr un pryd doedd ddim i'w weld yn ailafael yn ei fywyd pwyllog a di-nod cyn yr haint. Roedd yn byw'n hollol ar wahân i'r byd yn ei fflat ac yn cael gan dŷ bwyta cyfagos ddod â'i fwyd iddo. Dim ond fin nos y sleifiai allan i wneud neges, mewn siopau ar strydoedd lle'r oedd llai o fynd a dod. Pan drawai Tarrou arno doedd ganddo ddim i'w ddweud. Wedyn, yn sydyn, roedd yn gymdeithasgar o'r newydd, yn siarad fel melin bupur am y pla, yn gofyn barn pawb ac yn plymio i'r dyrfa bob nos wrth ei fodd.

Ar ddiwnod datganiad y *préfecture* diflannodd Cottard o'r golwg yn gyfan gwbl. Ddeuddydd wedyn daeth Tarrou ar ei draws yn crwydro'r strydoedd. Gofynnodd Cottard iddo fynd ag o adref ond roedd Tarrou wedi blino'n lân ar ôl ei ddiwrnod a phetrusodd. Mynnodd y llall. Roedd i'w weld wedi cynhyrfu'n lân, chwifiai ei freichiau'n wyllt a pharablu'n gyflym nerth esgyrn ei ben. Gofynnodd i'w gydymaith a oedd yn meddwl go iawn fod datganiad y *préfecture* yn golygu pen ar y pla. Wrth reswm pawb, meddai Tarrou, doedd datganiad gweinyddol ddim yn ddigon ynddo'i hun i roi pen ar bla, ond roedd lle i gredu'n rhesymol fod yr haint – heblaw am bethau annisgwyl – ar fin dod i ben.

'Ia,' meddai Cottard, 'heblaw am betha annisgwyl. Ac mae 'na bob amser betha annisgwyl.'

'Ond cofiwch,' meddai Tarrou, 'fod y *préfecture* wedi ymorol am bethau annisgwyl drwy roi ar waith oedi pythefnos cyn agor y pyrth.'

'A da o beth,' meddai Cottard, yn ddigalon ac yn aflonydd, 'achos fel ag y mae hi, synnwn i damad na fydd gofyn iddyn nhw lyncu'u geiria.'

'Hwyrach wir,' meddai Tarrou, 'ond i'm tyb i mi fasa'n well gobeithio gweld y pyrth yn agor yn fuan ac adfer bywyd normal.'

'Rhyngoch chi a'ch petha,' meddai Cottard, 'ond be, meddach chi, ydi bywyd normal?'

'Ffilmiau newydd yn y pictiwrs,' meddai Tarrou dan wenu.

Ond doedd dim gwên ar wyneb Cottard.

'Deudwch i mi,' meddai, 'fydd y pla heb newid dim ar y dre a phob peth yn ailgydio fel cynt? Fel pe na bai dim byd wedi digwydd?'

Roedd Tarrou o'r farn y byddai'r pla'n newid y ddinas ac na fyddai ddim yn ei newid. Hynny ydi, mai awch mwya'r bobl – heddiw ac yfory – oedd i bopeth fynd yn ei flaen fel y bu erioed a gan hynny fyddai dim byd wedi newid, ond ar yr un pryd does dim modd anghofio popeth, waeth faint mae rhywun am wneud hynny, a byddai'r pla yn gadael ei ôl – o leiaf mewn calonnau. Dywedodd y dyn bach nad oedd yn malio'r un ffadan beni am galonnau, 'run botwm corn. Roedd o â'i fryd ar wybod a fyddai trefn pethau wedi newid – er enghraifft a fyddai'r holl wasanaethau fel cynt. Wyddai Tarrou ddim am hynny, meddai – am a wyddai byddai'n gryn drafferth ailgychwyn yr holl wasanaethau a ddryswyd yn ystod yr haint. At hynny, siawns nad oedd yna drafferthion o'r newydd fyddai'n galw am ailwampio'r gwasanaethau hynny.

'Ha!' meddai Cottard. 'Felly ella bydd rhaid i bob peth ailddechra o'r cychwyn cynta.'

Roedd y ddau gerddwr bron wedi cyrraedd tŷ Cottard. Roedd hwnnw'n gynhyrfus, yn gwneud ei orau glas i fod yn hyderus. Gwelai yn ei feddwl y dref yn ailddechrau byw o'r newydd ac yn dileu ei orffennol yn llwyr.

'Dyna ni,' meddai Tarrou, 'siawns na ddaw haul ar fryn i chithau. Mae'n fywyd newydd i ni i gyd.'

Roedden nhw o flaen y drws ac yn ysgwyd llaw.

'Dach chi yn llygad eich lle,' meddai Cottard, yn fwyfwy cynhyrfus, 'cychwyn o'r newydd, dyna pia hi.'

Ond daethai dau ddyn i'r golwg o gysgodion y cyntedd. Prin y cafodd Tarrou gyfle i glywed ei gydymaith yn gofyn be oedd ar y ddau dderyn eisiau. Roedd golwg gweithwyr sifil yn eu dillad dydd Sul ar y ddau dderyn a dyma ofyn i Cottard ai Cottard oedd ei enw ac yntau, â rhyw ebychiad bloesg, yn troi yn ei unfan, wedyn diflannu fel mellten i'r nos cyn i'r ddau arall, na Tarrou, fedru syflyd bys. Ar ôl y syndod, gofynnodd Tarrou i'r ddau ddyn be oedd arnynt eisiau. 'Gwybodaeth,' medden nhw'n ochelgar ac yn gwrtais a'i chychwyn hi'n ddigyffro ar ôl Cottard.

Ar ôl mynd adref sgrifennodd Tarrou yr olygfa yma yn ei ddyddiadur ac wedyn dweud (fel oedd i'w weld ar ei lawysgrifen) ei fod wedi hario. Roedd ganddo eto lawer i'w wneud, meddai wedyn, ond nid oedd hynny'n ddim rheswm dros beidio â bod yn barod a tybed, meddai, oedd o'n barod? Ei ateb yn y pen draw – ac yma y daw dyddiaduron Tarrou i ben – oedd bod yna awr o'r dydd ac o'r nos pan fo dyn yn llwfr ac mai'r awr honno'n unig roedd yn ei hofni.

# III

Drennydd, rai dyddiau cyn ailagor y pyrth, ar ei ffordd adref am ganol dydd roedd y doctor Rieux, yn meddwl tybed gâi'r telegram roedd yn ei aros. Er bod ei ddiwrnodiau'r un mor flinedig â phan oedd y pla ar ei anterth, roedd rhyddid mewn golwg a hynny wedi bwrw'i holl flinder. Bellach roedd ganddo obaith a hynny'n codi ei galon. Fedar dyn mo'i gadw'i hun ar bigau drain a gweithio nerth deg ewin, a diolch o galon am gael datod o'r diwedd y cwlwm hwnnw o nerth oedd wedi'i glymu at y frwydr. Os oedd y telegram yn dod â newyddion da, medrai Rieux gychwyn o'r newydd. Ac mi fedrai pawb gychwyn o'r newydd.

Aeth heibio'r porthordy. Gwenodd y *concierge* newydd arno o'r tu ôl i'r gwydr. Wrth fynd i fyny'r grisiau, drachefn yn ei feddwl gwelai Rieux ei wyneb yn llwyd gan flinder a dioddef.

Byddai, byddai'n cychwyn o'r newydd pan oedd yr haniaethau ar ben ac â thipyn o lwc... Ond cyn gynted ag yr agorodd y drws dacw'i fam yn dweud bod Monsieur Tarrou yn teimlo'n gwla. Cododd y bore ond ni fedrodd fynd allan ac aeth yn ôl i'w wely. Roedd Madame Rieux yn poeni amdano.

'Dim byd mawr ella,' meddai ei mab.

Roedd Tarrou ar ei hyd, ei ben yn drwm ar y gobennydd, y cwrlid yn fynydd dros ei frest fawr. Roedd arno wres, cur yn ei ben. Dywedodd wrth Rieux mai symptomau annelwig oedden nhw ond y medren nhw'n hawdd fod yn symptomau'r pla.

'Na, dim byd penodol eto,' meddai Rieux ar ôl ei archwilio.

Ond roedd ar Tarrou syched anniwall. Yn y coridor dywedodd Rieux wrth ei fam y gallai fod yn ddechrau'r pla.

'O, digon o waith,' meddai hi, 'ddim rŵan, siawns!' Ac yn syth wedyn, 'Tyd i ni'i gadw o yma, Bernard.'

Pendronodd Rieux.

'Does gen i'm hawl,' meddai. 'Ond mi fydd y pyrth yn agored cyn hir. Dwi'n meddwl mai dyna'r hawl cynta baswn i'n ei gymryd arna fy hun oni bai dy fod ti yma.'

'Bernard, gad i ni aros, ein dau. Ti'n gwbod yn iawn mod i

newydd gael pigiad eto.'

'A Tarrou hefyd,' meddai'r doctor, 'ond ac yntau wedi blino hwyrach ei fod wedi anghofio'r pigiad dwytha ne wedi esgeuluso rhai o'r rhagofalon.'

Roedd Rieux eisoes ar ei ffordd i'w feddygfa. Pan ddaeth yn ôl i'r llofft gwelodd Tarrou fod y bocsiad o ffiolau mawr o serwm ganddo.

'A, dyna be sy, felly,' meddai.

'Naci, ond jyst rhag ofn.'

Heb ddweud dim estynnodd Tarrou ei fraich i gael y pigiad diddiwedd roesai yntau i gleifion eraill.

'Gawn ni weld heno 'ma,' meddai Rieux ac edrych ym myw llygaid Tarrou.

'A'r ynysu, Rieux?'

'Does 'na ddim sicrwydd mai'r pla sy arnoch chi.'

Gwnaeth Tarrou ei orau i wenu.

'Dyna'r tro cynta i mi'ch gweld chi'n rhoi'r pigiad heb orchymyn ynysu ar yr un pryd.'

Trodd Rieux draw.

'Neith Mam a fi ofalu amdanoch chi. Fyddwch chi'n well eich lle yma.'

Ddywedodd Tarrou ddim gair. Roedd y doctor yn cadw'r ffiolau yn eu bocs ac arhosodd iddo ddweud rhywbeth cyn troi'n ôl. O'r diwedd aeth at y gwely. Roedd y claf yn edrych arno, ei wyneb yn flinedig ond ei lygaid yn llonydd. Gwenodd Rieux arno.

'Cysgwch os medrwch chi. Ddo i yn f'ôl toc.'

Wrth y drws clywodd lais Tarrou yn galw arno. Trodd yn ôl ato. Ond roedd Tarrou fel petai'n cwffio yn erbyn rhoi llafar i be oedd ganddo i'w ddweud.

'Rieux,' meddai o'r diwedd, 'rhaid i chi ddeud yr holl wir wrtha i, mae arna i angen hynny.'

'Dwi'n addo.'

Crychodd y llall ei wyneb mawr yn wên.

'Diolch. 'Sarna i ddim isio marw ac mi gwffia i. Ond os dwi 'di colli'r gêm, dwi am roi diwedd da arni.'

Gwyrodd Rieux a gwasgu'i ysgwydd.

'Tewch, da chi,' meddai, 'i fynd yn sant, mae gofyn i chi fyw. Cwffiwch, ddyn.'

Buasai'n rhewi o oer ond yn ystod y dydd cynhesodd dipyn,

wedyn yn y pnawn gwneud cawodydd chwyrn o law a chenllysg. Ar fachlud haul goleuodd yr awyr dipyn ac oerodd yn filain eto. Daeth Rieux adref gyda'r nos. Heb dynnu ei gôt fawr aeth i lofft ei ffrind. Roedd ei fam yn gweu. Yn ôl pob golwg heb symud gewyn roedd Tarrou ond roedd ei frwydr i'w gweld ar ei wefusau gwyn gan dwymyn.

'Wel?' meddai'r doctor.

Cododd Tarrou ei sgwyddau llydan.

'Wel,' meddai, 'dwi'n colli'r gêm.'

Gwyrodd y doctor drosto. Roedd gieuglymau wedi ymffurfio dan y croen llosg, a'i frest i'w chlywed yn diasbedain gan holl dwrw gefail dan ddaear. Yn rhyfedd iawn dangosai Tarrou y ddwy gyfres o symptomau. Sythodd Rieux a dweud na chawsai'r serwm eto amser i weithio'n iawn. Ond cododd ffrwd o dwymyn yng ngwddw Tarrou a boddi'r ychydig eiriau oedd ar ei enau.

Ar ôl cinio daeth Rieux a'i fam at erchwyn y claf. Cychwynnodd y noson â brwydr a gwyddai Rieux mai brwydr ag angel y pla hyd doriad dydd fyddai hon. Nid sgwyddau cadarn na brest lydan Tarrou mo'i arfau gorau, ond y gwaed lifodd gynnau dan nodwydd Rieux ac, yn y gwaed hwnnw, y peth hwnnw oedd ym mêr esgyrn Tarrou, yn ddyfnach hyd yn oed na'i enaid, y peth hwnnw na fedrai gwaith dyn fyth mo'i ddatgelu. A'r unig beth y medrai Rieux ei wneud oedd gwylio ymlafnio ei ffrind. O ran be oedd ar fedr ei wneud – bywiogi'r cornwydydd, brechu moddion – ar ôl misoedd lawer o fethu gwyddai'n union pa mor effeithiol roedd y rheini. Ei unig orchwyl yn y bôn oedd rhoi cyfle i hap a damwain sy'n amlach na heb yn gyndyn i styrio heb eu procio. Ac roedd gofyn i hap a damwain styrio. Câi Rieux ei hun wyneb yn wyneb â gwedd ar y pla oedd yn benbleth iddo. Unwaith eto roedd yn gwneud ati i ddrysu'r strategaethau yn ei erbyn, yn dod i'r fei mewn mannau annisgwyl ac yn diflannu o'r mannau lle'r oedd eisoes wedi ennill ei blwy. Unwaith eto'n gwneud ati i syfrdanu.

Brwydrai Tarrou, yn ddisymud. Ddim unwaith ar hyd y nos yr ymrengiodd dan ymosodiadau'r boen, dim ond ymladd nerth ei esgyrn palff a'i ddistawrwydd. Ddywedodd o ddim gair o'i ben, ddim un waith, gan ddangos yn ei ffordd ei hun fod rhaid iddo bellach hoelio ei sylw. Dilynai Rieux gyfnodau'r frwydr yn llygaid ei ffrind, yn agor neu'n cau yn eu tro, yr amrannau'n gwasgu'n dynnach yng nghanhwyllau'r llygaid, dro arall yn llydan agored, yn syllu ar rywbeth neu'n dod yn ôl at y doctor a'i fam. Bob tro y cyfarfyddai eu llygaid gwnâi Tarrou ei orau glas i wenu ar y doctor.

Ryw ben clywsant sŵn traed ar frys yn y stryd fel petaent ar ffo o flaen rhyw ruo pell oedd yn nesáu o dipyn i beth ac yn y diwedd yn llenwi'r stryd â'i ffrwd – y glaw wedi ailgychwyn yn gymysg cyn hir â chenllysg yn curo ar y pafin. Clepiai cysgodlenni o flaen ffenestri. Yn nhywyllwch y stafell tynnwyd sylw Rieux am ennyd gan y glaw, wedyn edrychodd drachefn ar Tarrou yng ngolau'r un lamp erchwyn. Roedd ei fam yn gweu, yn codi ei phen o bryd i'w gilydd i graffu ar y claf. Bellach gwnaethai'r doctor bopeth oedd ganddo i'w wneud. Ar ôl y glaw dwysaodd y distawrwydd yn y llofft, a'i llond o dymestl fud rhyfel anweladwy. Wedi cyffio gan ddiffyg cwsg, tybiai'r doctor ei fod yn clywed ar ymylon y distawrwydd y chwibanu mwyn a rheolaidd oedd yn gwmni iddo ers dechrau'r haint. Gwnaeth arwydd ar ei fam i ddweud wrthi am fynd i'r gwely. Ysgydwodd ei phen a phefriodd ei llygaid, wedyn craffodd ar flaen ei gweill ar un o'r masgau nad oedd yn siŵr ohono. Cododd Rieux i roi diod i'r claf, wedyn eistedd yn ei ôl.

Yn elwa ar y gosteg yn y glaw, aeth pobl heibio ar frys ar y pafin, sŵn eu traed yn distewi i'r pellter. Am y tro cyntaf un sylweddolodd y doctor fod y noson honno, yn llawn cerddwyr hwyr a heb sŵn clychau ambiwlansys, 'run fath â nosau'r oes o'r blaen. Roedd hi'n noson heb y pla. Ac roedd fel petai'r clefyd, wedi'i ymlid gan yr oerni, y goleuadau a'r dyrfa, wedi dianc o ddyfnderoedd tywyll y dref a dod i ymochel yn y stafell gynnes yma i wneud ei gyrch olaf ar gorff disymud Tarrou. Rhoesai'r gorau i ffustio awyr y ddinas â'i fflangell. Ond chwibanai'n fwyn yn awyr drom y llofft. Dyna be oedd Rieux yn ei glywed ers oriau. Aros oedd piau hi, iddo roi'r gorau iddi yma hefyd, i'r pla gyhoeddi ei drechu yma hefyd.

Toc cyn y wawr gwyrodd Rieux tuag at ei fam.

'Ddylet ti fynd i'r gwely, i fedru cymryd fy lle i am wyth o'r gloch. A chofia gymryd dy ddiferion cyn mynd i'r gwely.'

Cododd Madame Rieux, plygu ei gweu a mynd at y gwely. Ers peth amser roedd llygaid Tarrou ar gau. Roedd y chwys yn cyrlio'i wallt ar ei dalcen cadarn. Ochneidiodd Madame Rieux ac agorodd y claf ei lygaid. Gwelodd yr wyneb tyner yn plygu drosto ac o ymchwydd tonnau'r dwymyn daeth y wên gyndyn i'r golwg eto. Ond caeodd ei lygaid yn syth. Ar ei ben ei hun, eisteddodd Rieux yng nghadair freichiau ei fam. Roedd y stryd yn ddistaw a dim smic i'w glywed. Dechreuodd oerni'r bore sleifio i'r llofft.

Pendwmpiodd y doctor ond deffro'n syth o glywed trol gynta'r wawr. Aeth rhyndod drosto ac edrychodd ar Tarrou a gweld bod yna osteg a'r claf yntau'n cysgu. Daliai olwynion pren a haearn y drol i bowlio yn y pellter. Roedd y dydd yn ddu o hyd yn y ffenestri. Pan aeth y doctor at y gwely edrychodd Tarrou arno â'i lygaid yn ddifynegiant fel petai eto'n hanner cysgu.

'Ddaru chi gysgu'n do?' gofynnodd Rieux.

'Do.'

'Dach chi'n anadlu'n well?'

'Dipyn bach. Ydi hynny'n golygu rhywbeth?'

Atebodd Rieux ddim, wedyn ar ôl ennyd:

'Nac ydi, Tarrou, dydi hynny'n golygu dim. Dach chi'r un mor gybyddus â minnau â lleddfiad y bore.'

Nodiodd Tarrou.

'Diolch,' meddai. 'Cofiwch ddeud yr union wir wrtha i bob gafael.'

Eisteddodd Rieux wrth droed y gwely. Teimlai goesau'r claf yn ei ymyl, yn hir ac yn galed fel coesau corffddelw. Anadlai Tarrou yn gryfach.

'Mi ddaw'r dwymyn yn ei hôl, yn daw, Rieux?' meddai'n fyr ei wynt.

'Daw, ond am ganol dydd mi fyddwn ni'n gwybod lle dan ni arni.'

Caeodd Tarrou ei lygaid fel petai'n mwstro'i nerth. Roedd golwg wedi blino'n lân ar ei wyneb. Disgwyliai ymchwydd y dwymyn oedd eisoes yn ymystwyrian yn rhywle ym mhwll ei gorff. Pan agorodd ei lygaid roedd ei olwg yn bŵl, dim ond yn goleuo pan welodd Rieux yn gwyro drosto.

'Yfwch hwn.'

Yfodd Tarrou a gollwng ei ben yn ôl.

'Mae'r sglyfath 'ma fel y nos.'

Gafaelodd Rieux yn ei fraich ond troesai Tarrou ei ben draw a doedd dim ymateb. Ar amrantiad ymchwyddodd y dwymyn yn ei hôl, i'w gweld ar ei dalcen, fel petai wedi torri drwy rhyw glawdd oddi mewn. Pan drodd Tarrou ei olygon at y doctor gwnâi'r olaf ei orau i'w galonogi â golwg dyner. Gwnaeth Tarrou ei orau glas i wenu ond roedd y genau wedi'u clensio'n nadu i'r wên ddod i'r wyneb a'r gwefusau wedi'u gludio gan ewynboer lledwyn. Ond yn yr wyneb wedi caledu daliai'r llygaid i ddisgleirio â holl lewyrch dewrder.

Am saith o'r gloch daeth Madame Rieux i'r llofft. Aeth y doctor i'w feddygfa i roi caniad i'r ysbyty ac ymorol am rywun yn ei le. Penderfynodd hefyd ohirio ei oriau ymgynghori a gorwedd am ennyd ar y difán ond cododd bron ar unwaith a mynd yn ei ôl i'r llofft. Roedd pen Tarrou wedi'i droi at Madame Rieux. Syllai ar y cysgod bach yn ei ymyl, ar gadair, ei dwylo ymhleth ar ei glin. Roedd llygaid Tarrou wedi'u hoelio arni a rhoes ei bys ar ei gwefusau a chodi i ddiffodd golau'r erchwyn. Ond roedd y dydd yn prysur lithro drwy'r llenni, a thoc wedyn pan ddaeth wyneb y claf i'r golwg o'r tywyllwch gwelai Madame Rieux ei fod yn dal i edrych arni. Gwyrodd drosto, twtio ei gwrlid ac wrth godi rhoi ei llaw am ennyd ar ei wallt gwlyb dryslyd. Ar hyn clywodd lais bloesg o bell yn diolch iddi ac yn dweud bod popeth yn iawn. Erbyn iddi eistedd yn ei hôl roedd Tarrou wedi cau ei lygaid, a'i wyneb blinedig, serch y geg wedi'i selio, fel petai'n gwenu o'r newydd.

Am ganol dydd roedd y dwymyn ar ei hanterth. Roedd rhyw fath o beswch o'r ymysgaroedd yn sgrytian corff y claf a ddechreuodd boeri gwaed. Peidiodd y gieuglymau â chwyddo. Roedden nhw yno o hyd, yn galed fel haearn Sbaen, wedi'u sodro yn y cymalau a dim dichon eu hagor yn nhyb Rieux. O bryd i'w gilydd rhwng yr ysbeidiau o dwymyn a phesychu daliai Tarrou i edrych ar ei ffrindiau. Ond cyn hir agorai ei lygaid yn lleilai aml a'r llewyrch a oleuai ei wyneb difrodedig yn wannach bob tro. Roedd y dymestl a sgrytiai ei gorff a gwneud iddo wingo'n ddirdynnol yn ei felltennu'n brinnach brinnach a Tarrou yn araf fynd efo'r llif yn llygad y ddrycin. Bellach doedd gan Rieux ddim o'i flaen ond mwgwd fyddai o hyn allan yn ddisymud a'r wên wedi diflannu oddi arno. Bellach roedd y corff dynol yma fuasai mor agos ato – ergydion gwaywffyn yn ei wanu, gwaeledd goruwchddynol yn ei ysu, dan lach holl gasineb gwyntoedd y nef – yn suddo dan ddyfroedd y pla ac yntau'n gwylio'r llongddryllio'n gwbl ddiymadferth. Roedd rhaid iddo sefyll ar y lan, yn waglaw, yn galonddrylliog, heb arfau a heb gymorth, unwaith eto, yn erbyn y drychineb yma. Ac ar y diwedd, dagrau diymadferth oedd yn dallu llygaid Rieux, na welodd mo Tarrou yn troi'n sydyn at y pared ac yn marw ag un griddfaniad o'r eigion fel torri tant hanfodol ym mhwll y galon.

Nid noson o frwydro mo'r noson wedyn, ond noson o

ddistawrwydd. Yn y stafell honno ymhell o'r byd, uwch y corff marw hwnnw bellach wedi'i wisgo, teimlai Rieux dreigl yr un llonyddwch rhyfedd â rhai nosweithiau ynghynt, ar y terasau uwchlaw'r pla toc wedi'r cythrwfl wrth y pyrth. Yn y fan honno roedd eisoes yn dwyn i'w gof y distawrwydd yn codi o'r gwlâu lle gadawsai i ddynion farw. Yma hefyd yr un saib oedd yno, yr un ysbaid ddwys, bob gafael yr un distawrwydd wedi'r frwydr, tawelwch y trechu. Ond amgaeai'r distawrwydd ei ffrind mor drwm, yn cydgordio â distawrwydd y nos yn y stryd a'r dref wedi'i rhyddhau rhag y pla, a gwyddai Rieux ym mêr ei esgyrn mai'r trechu terfynol oedd hwn, y trechu sy'n dwyn rhyfel i ben ac yn gwneud heddwch ei hun yn ddioddef heb wellhad. Wyddai'r doctor ddim a gawsai Tarrou hedd o'r diwedd ond o'i ran ei hun teimlai na châi yntau fyth hedd o hynny allan, dim mwy nag oes cadoediad i'r fam wedi colli'i mab nac i'r dyn sy'n claddu ei ffrind.

Yr un nos oer oedd y tu allan, y sêr wedi rhewi yn yr awyr glir iasoer. Yn y llofft lwydolau roedd yr oerfel i'w deimlo'n pwyso ar y ffenestri, anadlu llwm noson ysgethrin o oer. Roedd Madame Rieux yn dal i eistedd wrth erchwyn y gwely, yn ei hosgo cyfarwydd, lamp yr erchwyn yn goleuo ei hochr dde. Yng nghanol y stafell ymhell o'r golau arhosai Rieux yn y gadair freichiau. Bob hyn a hyn deuai ei wraig i'w gof ond gwthiai'r meddyliau ymaith bob tro.

Ar frig y nos atseiniai sodlau pobl yn mynd heibio yn yr oerni.

'Ti 'di gneud pob peth?' meddai Madame Rieux.

'Do, dwi 'di ffonio.'

Ac yn ôl â nhw at eu gwylnos ddistaw. O bryd i'w gilydd edrychai Madame Rieux ar ei mab. Pan ddaliai ei llygaid gwenai arni. Yn y stryd deuai synau cynefin y nos y naill ar ôl y llall. Er nad oedd caniatâd swyddogol eto, âi cryn dipyn o geir ar hyd y lle, sŵn eu sgubo'n chwim ar gerrig y ffordd, yn mynd yn ddim, wedyn yn dod yn ôl. Lleisiau, galw, y distawrwydd drachefn, sŵn carnau ceffyl, dau dram yn gwichian ar dro yn y ffordd, ambell i dwrw annelwig ac o'r newydd anadlu'r nos.

'Bernard?'

'Ia.'

'Dwyt ti'm 'di blino?'

'Nac ydw.'

Gwyddai be oedd ei fam yn ei feddwl a'i bod yn ei garu yn y fan honno. Ond gwyddai hefyd nad ydi caru rhywun nac yma nac acw

– neu'n hytrach nad ydi cariad fyth yn ddigon cryf i'w fynegi ei hun yn iawn. Mewn distawrwydd y byddai ei fam ac yntau'n caru'i gilydd hyd byth. Ac yn ei thro byddai hithau farw – neu yntau – heb fyth, ar hyd eu hoes, fedru mynd ymhellach na hyn o ran cyfleu eu hoffter. Yn yr un modd, buasai'n byw ochr yn ochr â Tarrou a hwnnw heno wedi marw heb i'w cyfeillgarwch gael y cyfle i fyw a bod go iawn. Roedd Tarrou wedi colli'r gêm, chwedl yntau. Ond be oedd o, Rieux, wedi'i ennill? Dim ond adnabod y pla a'i gofio, adnabod cyfeillgarwch a'i gofio, adnabod hoffter a gorfod ei gofio ryw ddydd. Y cwbl y medrai dyn ei ennill yng ngêm y pla a gêm bywyd oedd adnabod a chofio. Hwyrach mai dyna be oedd gan Tarrou mewn golwg pan soniodd am ennill y gêm!

Aeth car eto heibio a gwingodd Madame Rieux yn ei chadair. Gwenodd Rieux arni. Dywedodd hi nad oedd wedi blino a thoc wedyn:

'Mae isio i chdi fynd i orffwys i'r mynyddoedd, fan'cw.'

'Siŵr iawn, Mam.'

Debyg iawn, âi i orffwys yn "fan'cw". Pam lai? Byddai hefyd yn esgus dros gofio. Ond os mai dyna be oedd ennill y gêm, andros o beth oedd byw efo dim ond be mae rhywun yn ei wybod a'i gofio, heb be mae rhywun yn gobeithio amdano. Does dim dwywaith nad felly'r oedd Tarrou yn byw a'i fod yn teimlo i'r byw oferedd bywyd heb ledrith. Does dim hedd i'w gael heb obaith, a Tarrou – oedd yn gwahardd i ddynion yr hawl i gollfarnu'r un copa walltog, ar yr un pryd â gwybod yn iawn na fedar neb nadu iddo'i hun gollfarnu ac mai weithiau'r dioddefwyr oedd y dienyddwyr – buasai byw Tarrou mewn gwewyr a gwrth-ddweud, heb erioed adnabod gobaith. Ai dyna pam roedd arno eisiau bod yn sant a chwilio am hedd mewn gwasanaethu dynion? A dweud y gwir, doedd gan Rieux ddim syniad a doedd fawr o ots. Yr unig luniau o Tarrou y byddai'n eu dal yn ei gof oedd lluniau dyn yn cydio'n dynn yn llyw ei gar wrth yrru neu luniau'r clamp o gorff hwnnw, bellach ar ei hyd yn ddisymud. Cynhesrwydd bywyd a llun angau, dyna be oedd adnabod.

Does dim dwywaith nad dyna pam roedd y doctor Rieux yn ddigyffro'r bore trannaeth pan glywodd am farw ei wraig. Roedd yn ei feddygfa. Daethai ei fam, a'i gwynt yn ei dwrn, â thelegram iddo, wedyn mynd allan i roi cil-dwrn i'r gwas negesau. Pan ddaeth yn ei hôl roedd ei mab yn dal y telegram yn agored yn ei law. Edrychodd arno ond syllai yntau'n ddi-syfl drwy'r ffenest ar fore godidog yn codi ar y porthladd.

'Bernard,' meddai Madame Rieux.

Syllodd y doctor arni'n bell ei feddwl.

'Y telegram?' gofynnodd hithau.

'Dyna ni,' meddai'r doctor. 'Wyth diwrnod yn ôl.'

Trodd Madame Rieux ei phen tua'r ffenest. Ddywedodd y doctor ddim gair o'i ben. Wedyn siarsiodd ei fam i beidio â chrio, dyna be roedd yn ei ddisgwyl ond ei bod yn anodd serch hynny. Ac wrth ddweud hyn gwyddai fod y dioddef hwn yn hen gyfarwydd. Ers misoedd lawer ac ers deuddydd, yr un hen wayw, yfory a thrennydd a thradwy.

# IV

O'r diwedd agorodd pyrth y ddinas, ar doriad dydd ar ddiwrnod braf ym mis Chwefror, a chael croeso brwd gan y bobl, y papurau newydd, y radio a datganiadau'r *préfecture*. Y cwbl sydd weddill i'r adroddwr bellach ydi rhoi hanes yr oriau o lawenydd ar ôl agor y pyrth, er ei fod yntau ymhlith y rheini na fedrent ymuno yn y gorfoleddu â'u holl galon.

Roedd dathliadau mawr wedi'u trefnu at y diwrnod a'r noson. Ar yr un pryd dechreuodd mwg godi o'r trenau yn yr orsaf ac yn y cyfamser, o foroedd pell roedd llongau eisoes yn ei gwneud hi am ein porthladd – i gyd yn nodi yn eu gwahanol ffyrdd, i bawb fu'n torri eu calonnau o fod yn ysgar, mai dyma ddiwrnod yr aduno mawr.

Yn y fan hon mae'n hawdd dirnad canlyniadau'r teimlad ysgar hwnnw fuasai cynifer o'n cyd-ddinasyddion yn byw ac yn bod ynddo. O fore gwyn tan nos roedd y trenau, y rheini oedd yn dod i mewn i'r dref a'r rheini'n mynd allan, i gyd dan eu sang. Yn ystod pythefnos yr oedi cadwodd pawb le at y diwrnod hwnnw, ar bigau drain rhag ofn gweld diddymu penderfyniad y *préfecture*. Roedd rhai o'r teithwyr oedd yn dod i'r dre'n dal i fod braidd yn bryderus – er eu bod gan mwya'n gwybod hynt eu teulu a'u cyfeillion, wydden nhw ddim am y gweddill nac am y dref ei hun, a meddwl amdani'n ddychryn iddyn nhw. Ond mater arall oedd hi i'r rheini ar dân gan gariad ers hydoedd, ers dechrau'r clo.

Roedd y cariadon yn gaeth i'r un syniad cymhellol yn eu pennau. Dim ond un peth oedd wedi newid iddyn nhw. Yn ystod misoedd maith eu halltudiaeth buasent yn ysu am i amser brysuro, yn ei sbarduno i styrio. Ond, bellach yng ngolwg ein tref, roedden nhw am iddo arafu gael iddyn nhw ddal pob eiliad ynghrog unwaith y dechreuodd y trên frecio cyn yr orsaf. Yn annelwig ond yn ddwysbigog ar yr un pryd, teimlent golled yr holl fisoedd hynny o oes eu cariad – ac yn eu dryswch roeddent am gael iawndal, felly siawns na ddylai amser llawenydd fynd heibio'n arafach ddwywaith na'r amser aros. Ac roedd y rheini oedd yn eu haros mewn stafell neu ar y platfform – a Rambert yn eu plith, ei wraig wedi cael gair ers pythefnos ac wedi symud môr a mynydd i ddod yno – yr un mor ddiamynedd a dryslyd. Yn ystod misoedd y pla daethai'r cariad neu'r hoffter hwnnw'n haniaeth ac roedd Rambert yn aros, ar bigau drain, i'w gweld wyneb yn wyneb â'i tharddiad, yr un o gig a gwaed.

Buasai'n dda ganddo fod y dyn, ar ddechrau'r haint, oedd am gythru o'r ddinas nerth esgyrn ei draed i freichiau'r un a garai. Ond gwyddai'n iawn nad oedd dim dichon. Roedd wedi newid, y pla wedi plannu ynddo ryw bellter meddwl y gwnâi ei orau glas i'w wadu ond oedd serch hynny'n dal ynddo fel gwewyr meddwl mud. Mewn ffordd teimlai fod y pla wedi dod i ben yn rhy sydyn ac yntau heb gael cyfle i ddod at ei goed. Llawenydd yn cythru amdano fel cath i gythraul, y digwyddiad yn mynd o flaen y disgwyl. Deallai Rambert y câi popeth ei adfer iddo ar amrantiad ac mai llosgiad ydi llawenydd na chlyw rhywun mo'i flas.

Roedd pawb, yn fwy neu'n llai ymwybodol, yn teimlo'r un fath ac am bawb mae gofyn i ni sôn. Ar y platfform hwnnw lle'r oedden nhw'n ailgychwyn eu bywydau personol, teimlent fyth eu brawdoliaeth, yn smician llygad ac yn gwenu ar ei gilydd. Ond cyn gynted ag y gwelson nhw fwg y trên mygwyd eu teimlad o alltudiaeth gan ffrwd o lawenydd dryslyd a'u lloriodd. Pan arhosodd y trên rhoes derfyn ar y gwahanu diddiwedd – yn amlach na heb wedi cychwyn ar yr union blatfform hwnnw – ar amrantiad, yr union funud pan aeth breichiau, yn farus frwd, am y corff yr aethai ei ffurf fyw dros gof. Chafodd Rambert ddim cyfle i'w gweld yn rhedeg tuag ato cyn iddi'i lluchio'i hun ar ei frest. A'i freichiau'n dynn amdani, yn gwasgu ato ben na welai ddim arno ond y gwallt cynefin, llifodd ei ddagrau heb yn wybod iddo a oedden nhw'n tarddu o'i lawenydd presennol ynteu o boen oedd wedi'i mygu gyhyd, ond gwyddai o leiaf eu bod yn nadu iddo wybod ai'r wyneb yma dan ei gesail oedd yr wyneb y buasai'n breuddwydio gymaint amdano, ynteu wyneb dieithryn. Câi wybod maes o law. Am y tro roedd arno eisiau gwneud fel pawb arall o'i gwmpas, oedd i'w gweld yn credu bod y pla yn medru mynd a dod heb newid calonnau dynion.

Yn dynn ym mreichiau'i gilydd aeth pawb adref, yn ddall i weddill y byd, yn ôl pob golwg wedi trechu'r pla, pob tryblith yn angof ac yn angof hefyd y rheini ddaethai ar yr un trên heb neb i'w cyfarfod, wedi gorfod derbyn cadarnhau'r ofnau oedd eisoes yn eu calonnau yn sgil distawrwydd hir. O ran y rhain – heb ddim byd yn gwmni ond eu gwewyr cignoeth, ac eraill oedd yn ymroi'r funud honno i atgof oes am rywun na ddôi'n ôl – roedd pethau'n bur wahanol a gwayw gwahanu wedi cyrraedd ei anterth. I'r rheini – yn famau, gwŷr a gwragedd, cariadon wedi colli pob arlliw o lawenydd ynghyd â'r bod hwnnw, bellach ar goll mewn ffos anhysbys neu'n ddyrnaid mewn pentwr o ludw – yno o hyd roedd y pla.

Ond pwy oedd yn meddwl am y bobl unig yma? Am ganol dydd cafodd yr haul y gorau ar yr awelon main benben yn yr awyr ers y bore a thywallt llif llonydd ei oleuni'n ddi-dor ar y dref. Roedd y diwrnod wedi stopio'n stond. Ar gopaon y bryniau taranai gynnau mawr y caerau'n ddi-baid yn yr awyr lonydd. Rhuthrodd y dref gyfan allan i ddathlu'r union funud pan oedd amser dioddef yn dod i ben ac amser anghofio heb eto ddechrau.

Roedd yna ddawnsio ym mhob sgwâr. Ers y diwrnod cynt roedd cryn dipyn mwy o drafnidiaeth a'r ceir mwy niferus yn ei chael hi'n anodd mynd a dod ar hyd y strydoedd yn berwi gan bobl. Canai clychau'r dref am y gorau drwy'r pnawn, a'u hatseinio'n llenwi glesni ac aur yr awyr. Roedd gwasanaethau diolchgarwch ar fynd yn yr eglwysi i gyd. Ond ar yr un pryd roedd y mannau miri dan eu sang a'r caffis, heb feddwl am yfory, yn rhannu'n ffri eu poteli olaf o wirodydd. Wrth eu cownteri tyrrai llu o bobl yn gyffro i gyd ac yn eu plith, parau'n anwesu heb falio dim am wneud sioe ohonyn eu hunain. Roedd pawb yn gweiddi neu'n chwerthin. Ers misoedd, hel eu celc o fywyd fuasai eu hanes, eu heneidiau'n mudlosgi, a heddiw oedd diwrnod gwario'r celc, heddiw oedd diwrnod eu goroesi. Drannoeth byddai bywyd go iawn a'i holl ofalon yn ailgydio. Am y tro roedd pobl o bob lliw a llun ochr yn ochr, yn frodyr. Fedrodd presenoldeb angau ddim rhoi cydraddoldeb yn ei le, ond daeth yn sgil y gwaredu, o leiaf am awr neu ddwy.

Ond nid pethau pawb mo'r gorfoledd ceiniog a dimai ac aml un ymhlith yr heidiau ar y stryd ddiwedd y pnawn, ynghyd â Rambert, yn cuddio hapusrwydd cynilach dan wyneb digyffro. Golwg mynd am dro bach braf oedd ar lawer o ddeuoedd a theuluoedd hefyd. Ond mewn gwirionedd ar bererindod dwys roedd y rhan fwyaf, i'r mannau lle buont yn dioddef. Arddangosfa i'r newydd-ddyfodiaid oedd hon – arwyddion trawiadol neu gudd y pla, olion ei hanes. Ambell dro, tywyswyr oedden nhw, y rheini welsai hylltod o bethau, cydoeswyr y pla, yn sôn am y peryg heb ddeffro'r ofn yn y cof, a'r rhain yn bleserau digon diniwed. Dro arall, teithiau trwy'r teimladau oedd dan sylw a chariad, yn ymollwng i wewyr mwyn atgofion, yn dweud wrth ei gymar: 'Yn fa'ma, ar noson fel heno, roedd arna i rotsiwn hiraeth amdanat ti a doeddet ti ddim yna.' Hawdd nabod y twristiaid angerdd, yn ynysoedd bach o sibrwd a chyfrinachau yng nghanol y twrw. Yn well na'r cerddorfeydd ar y croesffyrdd, nhw oedd yn cyhoeddi'r waredigaeth wirioneddol. Y deuoedd yma – wrth eu boddau, ynghlwm ym mreichiau'i gilydd, yn brin eu geiriau – oedd yn cadarnhau, yng nghanol y twrw, yn holl orfoledd ac annhegwch hapusrwydd, fod y pla ar ben a'r braw wedi bwrw'i dymor. Roedden nhw'n gwadu'n dawel, yn erbyn pob tystiolaeth, ein bod wedi nabod erioed y byd hurt hwnnw lle'r oedd llofruddio dyn mor gyffredin â lladd pry, y cieiddiwch craff, y gorffwylltra gofalus, y carchar oedd yn dwyn yn ei sgil ryddid dychrynllyd o ran popeth oedd heb fod yn perthyn i'r funud honno, yr oglau marwolaeth oedd yn syfrdanu pawb nad oedd yn ei ladd. Yn y pen draw roedden nhw'n gwadu i ni fod erioed y boblogaeth syfrdan syn roedd carfan ohoni bob dydd yn cael ei phentyrru i enau popty i ddiflannu'n fwg seimlyd a'r garfan arall, yng nghadwyni diymadferthedd, yn aros ei thro.

Beth bynnag, dyna welai'r doctor Rieux, yn cerdded ar ei ben ei hun ddiwedd y pnawn ar ei ffordd i'r maestrefi, yng nghanol y clychau, y gynnau mawr, y gerddoriaeth a'r gweiddi byddarol. Dal i fynd roedd ei waith – does yna ddim gwyliau i gleifion. Yn y golau clir, oer braf dros y dref codai hen oglau cyfarwydd grilio cig a diod anis. O'i gwmpas codai wynebau siriol tua'r awyr, dynion a merched yn gafael yn dynn yn ei gilydd, eu bochau'n wridog, yn llawn cynnwrf a chrïau dyhead. Do, daethai'r pla i ben ynghyd â'r braw, a'r breichiau hynny ynghlwm yn datgan iddo fod yn alltudio ac yn wahanu ar eu hystyr dyfnaf.

Ers misoedd, ar wynebau'r bobl ar y stryd câi Rieux ryw olwg eu bod yn perthyn i'w gilydd ac am y tro cyntaf trawodd ar y rheswm. Doedd rhaid iddo ond edrych o'i gwmpas. A'r pla a'i holl drallod a chyni wedi dod i ben, yn y pen draw roedd yr holl bobl yma yng ngwisg y rôl roedden nhw eisoes yn ei chwarae ers cyhyd, rôl ymfudwyr a'u hwynebau'n gyntaf, a rŵan eu dillad, yn sôn am alltudiaeth hir o famwlad bell. O'r funud pan gaeodd y pla byrth y ddinas, roedden nhw'n byw'n ysgar, heb y cynhesrwydd dynol sy'n gyrru popeth dros gof. I raddau mwy neu lai, ym mhob cwr o'r dref, buasai'r dynion a'r merched hyn yn dyheu am aduniad oedd heb fod 'run fath i bawb ond oedd yr un mor amhosib i bawb. Gwaeddai'r rhan fwyaf nerth esgyrn eu pennau am yr un absennol, cynhesrwydd corff, tynerwch neu ddim ond arferion. Buasai ambell un, yn aml yn ddiarwybod, yn colli cwmni ffrindiau ac yn gwingo o fethu dod i gysylltiad â nhw yn y ffyrdd arferol – llythyrau, trenau a llongau. Rhyw ddyrnaid, hwyrach 'run fath â Tarrou, yn ysu am rywbeth na allent mo'i ddiffinio ond oedd i'w weld y peth mwyaf dymunol ar wyneb daear. Ac yn niffyg enw arall, weithiau roedden nhw'n ei alw'n heddwch.

Roedd Rieux yn dal i gerdded. Fel yr âi yn ei flaen cynyddai'r dorf o'i gwmpas, chwyddai'r twrw ac roedd y maestrefi, pen ei daith, i'w gweld yn pellhau fwyfwy. O dipyn i beth ymdoddodd i'r fflyd fawr groch a deall fwyfwy ei chri – ei gri yntau, o leiaf i ryw raddau. Do, dioddefodd pawb efo'i gilydd, yn gymaint yn eu cyrff ag yn eu heneidiau – dioddef gan wyliau caled, alltudiaeth heb leddfu arni a syched heb ddiwallu arno. Yng nghanol y tasau o gyrff, y clychau ambiwlansys, rhybuddion be mae dyn yn ei alw'n dynged, sŵn traed cyndyn ofn a gwrthryfel ofnadwy'r galon, yn ddi-ball roedd crochlef ar led yn deffro'r bobl mewn braw, yn dweud wrthyn fod rhaid iddyn fynd yn ôl i'w mamwlad. I bob copa walltog, y tu draw i furiau'r dref wedi'i mygu roedd y famwlad honno. Yn y prysgwydd pêr ar y bryniau'r oedd hi, yn y môr, yn y wlad rydd ac yn rhwymau cariad. A thuag ati hi, tuag at ddedwyddwch, roedd arnynt eisiau mynd a throi draw oddi wrth y gweddill â ffieidd-dod.

Doedd gan Rieux ddim syniad be oedd ystyr yr alltudiaeth honno a'r dyheu am aduno. Yn dal i gerdded, yn cael ei benelinio o bob tu, ei gyfarch o dro i dro, o dipyn i beth cyrhaeddodd strydoedd llai poblog a meddwl nad oedd fawr o bwys a oedd gan bethau ystyr ai peidio ac mai'r unig beth o bwys oedd gweld be oedd yr ateb roed i obeithion dynion.

O hynny allan gwyddai'r ateb ac fe'i gwelai'n well yn strydoedd cynta'r maestrefi oedd bron yn wag. Weithiau roedd y rheini a lynai at y mymryn roedden nhw, ac arnynt eisiau dim ond mynd yn ôl i gartre'u cariad, yn cael eu gwobr. Yn ddiau roedd rhai ohonyn nhw'n dal i rodio'r dref ar eu pennau'u hunain, heb yr un roeddent yn ei aros. Gwyn eu byd y rheini na chawson nhw eu gwahanu ddwywaith 'run fath â'r rhai na lwyddon nhw, cyn yr haint, i godi'u cariad ar sylfaen gadarn o'r cychwyn cyntaf ac sydd, wedi treulio blynyddoedd lawer yn ymbalfalu am y cytgord anniddig, ymhen yr hir a'r hwyr yn clymu dau gariad anghymharus. 'Run fath â Rieux ei hun buasai'r rheini'n flêr, yn dibynnu ar amser. Rŵan roedden nhw'n ysgar am byth. Ond roedd eraill fel Rambert – y dywedodd y doctor wrtho'r bore hwnnw: 'Pob hwyl! Rŵan mae gofyn i chi fod yn iawn.' – wedi eu cael yn ôl, y cariadon y credent eu bod wedi'u colli. O leiaf am ryw hyd fe fyddent yn hapus, ac yn gwybod bellach mai tynerwch dynol ydi'r un peth y medar rhywun ddyheu amdano'n ddi-baid ac weithiau ei gael.

Ond i'r lleill oedd â'u bryd ar rywbeth y tu hwnt i ddyn ac uwchlaw iddo, rhywbeth nad oedden nhw ddim hyd yn oed yn ei ddirnad, ddaeth yna'r un ateb. Roedd Tarrou yn ôl pob golwg wedi cyrraedd yr heddwch anodd hwnnw y soniodd amdano, ond dim ond mewn angau y cafodd hyd iddo, yn rhy hwyr i elwa arno. Ond os oedd eraill – a welai Rieux ar y rhiniog yn y gwyll, yn cofleidio nerth esgyrn eu breichiau ac yn syllu'n angerddol y naill ar y llall – wedi cael be fynnen nhw, roedd hynny am eu bod wedi gofyn am yr un peth oedd yn dibynnu arnyn nhw'n unig. Ac wrth droi i stryd Grand a Cottard meddyliodd Rieux ei bod yn deg – o leiaf bob hyn a hyn – i lawenydd wobrwyo'r rheini sy'n ymfodloni ar ddyn a'i gariad tlawd ond aruthrol.

# V

Mae'r cronicl yma'n dirwyn i ben. Mae hi'n bryd i'r doctor Bernard Rieux addef mai fo ydi'r awdur. Ond cyn olrhain y digwyddiadau olaf byddai'n dda ganddo o leiaf gyfiawnhau ei ymyriad a rhoi ar ddeall ei fod wedi gwneud ati i fod yn dyst diduedd. Drwy gydol y pla, yn rhinwedd ei swydd roedd mewn lle i weld y rhan fwyaf o'n cyd-ddinasyddion a chasglu eu barn. Felly roedd mewn lle da i adrodd be welodd ac a glywodd. Ond roedd am ei wneud yn weddus gynnil. At ei gilydd gwnaeth ei orau i adrodd dim ond y pethau welodd drosto'i hun, i beidio â siarad ar ei gyfer a thadogi ar ei gymdeithion yn y pla feddyliau na thrawsant eu pennau efallai, ac i ddefnyddio dim ond y dogfennau ddaeth i'w law drwy lwc – neu anlwc.

Wedi'i alw i fod yn dyst i ryw fath o drosedd, daliodd ddant ar ei dafod i raddau, fel sydd iawn i dyst o'i wirfodd. Ond ar yr un pryd, yn ôl gofynion calon onest, bu'n fwriadol o blaid y dioddefwyr a cheisiodd rannu â'r bobl, ei gyd-ddinasyddion, yr unig bethau sicr oedd ganddyn nhw ar y cyd, sef cariad, dioddef ac alltudiaeth. Gan hynny does yma ddim un o bryderon ei gyd-ddinasyddion nad oedd yntau'n rhan ohono, dim un sefyllfa nad oedd yntau'n rhan ohoni.

Er mwyn bod yn dyst ffyddlon, roedd gofyn iddo adrodd yn anad dim be oedd pobl yn ei sgrifennu, ei wneud a'i ddweud. Ond o ran be oedd ganddo'i hun i'w ddweud – ei hir aros, ei helbulon – roedd gofyn iddo ddal ei dafod. Os soniodd am y rhain, dim ond i ddeall neu i egluro ei gyd-ddinasyddion roedd hynny, ac i dynnu llun, mor fanwl ag y bai modd, be oedden nhw'n ei deimlo'n ddryslyd. A dweud y gwir, doedd dal ei dafod yn fawr o drafferth iddo. Bob tro y câi ei demtio i ychwanegu ei gyffes ei hun at fil o leisiau'r bobl dan bla, trawai ei ben nad oedd yna'r un dim roedd yntau'n ei ddioddef nad oedd pawb yn ei ddioddef a bod hynny'n fantais mewn byd pan fo gwewyr mor aml yn unig. Heb os fo oedd piau siarad dros bawb.

Ond mae yna o leiaf un o'n cyd-ddinasyddion na fedar y doctor Rieux ddim siarad drosto. Yr un dan sylw ydi hwnnw y dywedodd

Tarrou amdano wrth Rieux un diwrnod: 'Ei unig drosedd ydi ei fod wedi cymeradwyo yn ei galon be sy'n peri marw plant a phobol. Fedra i ddeall y gweddill ond at hynny mae gofyn pardwn.' Da o beth ydi i hwnnw ddwyn y cronicl yma i ben, hwnnw a chanddo galon ddiddeall, hynny ydi calon unig.

Ar ôl iddo adael strydoedd swnllyd y miri ac yntau ar fin troi i stryd Grand a Cottard, er mawr syndod iddo, cafodd y doctor Rieux ei stopio gan gadwyn o blismyn. Roedd y rhan yma o'r dref i'w chlywed yn ddistawach fyth oherwydd sŵn y miri yn y pellter a thybiodd ei bod mor wag ag yr oedd o ddistaw. Tynnodd ei gerdyn allan.

'Chewch chi ddim mynd heibio, doctor,' meddai'r plismon. 'Mae 'na ddyn o'i go'n saethu'n wyllt i bob man. Ond well i chi aros, ella bydd eich angen chi.'

Y funud honno sylwodd Rieux ar Grand yn dod tuag ato. Wyddai Grand ddim byd chwaith. Roedden nhw'n cau gadael iddo fynd heibio a chawsai ar ddeall bod y saethu'n dod o'r tŷ lle'r oedd yn byw. O bell roedd tu blaen y tŷ i'w weld, yn aur gan fachlud yr haul heb wres. Roedd y stryd o'i flaen ac o boptu iddo'n wag cyn belled â'r pafin gyferbyn. Yng nghanol y ffordd roedd het i'w gweld yn glir a cherpyn o ddefnydd budr. Yn bell ym mhen arall y stryd gwelai Rieux a Grand gadwyn o blismyn, 'run fath â'r rheini oedd yn nadu iddyn nhw fynd heibio, a'r tu ôl iddyn nhw ychydig o'r trigolion yn mynd a dod yn fân ac yn fuan. O graffu gwelsant hefyd blismyn, a gynnau yn eu dwylo, yn eu cwman yn nrysau'r adeiladau gyferbyn â'r tŷ. Roedd cloriau ffenestri hwnnw i gyd ar gau heblaw un ar yr ail lawr oedd yn hongian ar un bachyn. Roedd distawrwydd llethol yn y stryd. Dim ond pytiau o gerddoriaeth i'w clywed, yn dod o ganol y dref.

Ar un funud clepiodd dau ergyd gwn o un o'r adeiladau gyferbyn â'r tŷ a neidiodd ysgyrion o'r clawr oedd yn hongian oddi ar ei fachau. Wedyn daeth distawrwydd drachefn. O bell, ar ôl cynnwrf y diwrnod, roedd hyn i gyd i'w weld braidd yn afreal i Rieux.

'Ffenast Cottard 'di hi,' meddai Grand yn sydyn, wedi cynhyrfu drwyddo. 'Ond mae Cottard wedi diflannu oddi ar wynab daear!'

'Pam maen nhw'n saethu?' gofynnodd Rieux i'r plismon.

'Tynnu'i sylw fo maen nhw. Dan ni'n aros am fan efo'r petha sy angen – mae o'n saethu pawb sy'n trio mynd i mewn drwy'r drws. Mi saethodd blismon gynna.'

'Pam dechreuodd o saethu?'

'Does wbod yn y byd. Roedd 'na bobol yn cael hwyl ar y stryd. Pan glywon nhw'r ergyd cynta wydden nhw ddim be oedd o. Wedyn ar yr ail ddaeth 'na weiddi, rhywun wedi'i glwyfo a miglodd pawb o 'no. Dio'm hanner call, saff i chi!'

Yn y distawrwydd o'r newydd roedd y munudau'n llusgo. Yn sydyn gwelsant gi'n dod o ben arall y stryd, y cyntaf i Rieux ei weld ers tro byd, hen sbaniel budr roedd ei berchnogion wedi'i guddio hyd hynny, mae'n rhaid, ar drot ar hyd ymyl y wal. Ar ôl cyrraedd y drws, oedodd, wedyn eistedd ar ei ben ôl, troi yn ei ddyblau a dechrau chwilio am chwain. Chwibanodd rhai o'r plismyn arno. Cododd ei ben, wedyn penderfynu croesi'r ffordd yn ara deg i ffroeni'r het. Y funud honno daeth ergyd gwn o'r ail lawr a bwriodd y ci din dros ben fel crempog gan ysgwyd ei bawennau'n wyllt, wedyn syrthio ar ei ochr dan sgrytian. Yn ateb, daeth pump neu chwech o ergydion o'r drysau gyferbyn a thorri rhagor o ysgyrion yng nghlawr y ffenest. Distawrwydd eto. Roedd yr haul wedi troi a'r cysgod bron wedi cyrraedd ffenest Cottard. Gwichiodd brêcs yn isel yn y stryd y tu ôl i'r doctor.

'Dacw nhw,' meddai'r plismon.

Neidiodd nifer o blismyn o'r fan y tu ôl iddyn nhw a chanddyn nhw raffau, ysgol a dau becyn hirsgwar wedi'u lapio mewn oelcloth. Aethant i stryd o gwmpas y bloc o dai gyferbyn â thŷ Grand. Funud wedyn roedd rhyw gyffro, fwy i'w deimlo nag i'w weld, yn nrysau'r tai hynny. Wedyn aros. Roedd y ci bellach yn llonydd, mewn pwll tywyll.

Yn sydyn, o ffenestri'r tai lle'r oedd y plismyn, daeth cawod o fwledi gwn peiriant. Yn ystod y tanio syrthiodd clawr y ffenest yn eu hannel yn dipiau mân a gadael gagendor du lle na welai Rieux a Grand ddim oll o'r lle'r oeddent. Pan ddaeth y tanio i ben cleciodd eilwaith o ongl wahanol mewn tŷ ychydig ymhellach. Doedd dim dwywaith nad oedd y bwledi'n mynd drwy sgwâr y ffenest a chododd un damaid o fricsen. Yr eiliad hwnnw rhedodd tri phlismon dros y ffordd a rhuthro drwy'r drws ffrynt. Yn syth wedyn cythrodd tri eto yno a pheidiodd tanio'r gwn peiriant. Aros eto. Atseiniodd dau ergyd pell yn yr adeilad. Wedyn twrw'n chwyddo ac allan o'r tŷ, yn cael ei gario'n fwy na'i lusgo, dyn bach yn llewys ei grys yn gweiddi'n ddi-baid. Fel pe drwy wyrth, dyma holl gaeadau'r ffenestri yn y stryd yn agor led y pen a'r ffenestri'n llawn llygaid chwilfrydig, a haid o bobl yn dod allan o'u tai ac yn tyrru'r tu ôl i gadwyni'r plismyn. Am ennyd roedd y dyn bach i'w weld ar ganol y ffordd, ei draed bellach ar y ddaear, plismyn yn dal ei freichiau'r tu ôl i'w gefn. Roedd yn dal i weiddi. Aeth plismon ato a'i ddyrnu ddwywaith nerth esgyrn ei freichiau, yn ddigyffro, yn ddyfal ddiwyd.

'Cottard dio,' meddai Grand yn floesg. 'Mae o 'di colli arni.'

Roedd Cottard wedi syrthio. Rhoes y plismon andros o gic i'r domen oedd yn gorwedd ar lawr. Wedyn ymystwyriodd twr bach blêr a'i gwneud hi am y doctor a'i hen ffrind.

'Ffwr â chi!' meddai'r plismon.

Trodd Rieux ei lygaid draw pan aeth y twr heibio iddo.

Roedd hi'n nosi pan benderfynodd Grand a'r doctor ei throi hi. Fel petai'r stŵr wedi deffro'r ardal o'i syrthni, roedd y strydoedd diarffordd yn berwi gan suo'r bobl yn gorfoleddu. Ar y rhiniog canodd Grand yn iach i'r doctor. Roedd ei waith yn galw. Ond pan oedd ar fin mynd i fyny'r grisiau dywedodd ei fod wedi sgrifennu at Jeanne a'i fod bellach yn fodlon. Ac at hynny roedd wedi bwrw iddi ar ei frawddeg eto: 'Dwi 'di cal gwarad â'r ansoddeiria i gyd,' meddai.

Ac efo gwên fach ddireidus tynnodd ei het yn y cyfarchiad defodol. Ond am Cottard roedd Rieux yn meddwl, a sŵn marwaidd y dyrnau'n mathru'r wyneb a'r wyneb hwnnw'n ei ddilyn yr holl ffordd i dŷ'r hen ŵr caeth ei frest. Hwyrach ei bod yn fwy poenus meddwl am ddyn euog nag am ddyn marw.

Pan gyrhaeddodd Rieux dŷ ei hen glaf, roedd y nos yn ddu fel bol buwch. O'r llofft roedd twrw pell rhyddid i'w glywed a'r hen ŵr, bob amser yn yr un hwyliau, yn dal i symud pys o'r naill badell i'r llall.

'Maen nhw yn llygad eu lle'n cael hwyl,' meddai, 'dydi pawb ddim yn gwirioni 'run fath. A'ch cyd-weithiwr chi, doctor, be di'i hanas o?'

Roedd ffrwydradau i'w clywed, ond rhai heddychlon – plant yn tanio'u clecars.

'Mae o 'di marw,' meddai'r doctor, gan archwilio'r frest fel megin.

'A!' meddai'r hen ŵr braidd yn syn.

'O'r pla,' meddai Rieux wedyn.

'Wel ia,' meddai'r hen ŵr ymhen ennyd, 'y goreuon sy'n ei chael

hi. Fel'na mae hi. Ond roedd o'n ddyn oedd yn gwbod be oedd arno fo isio.'

'Pam dach chi'n deud hynna?' meddai'r doctor, yn cadw'i stethosgop.

'Dim rheswm. Doedd 'na ddim siarad gwag ar ei gyfyl o. Ddaru mi gymyd ato fo, wir. Ond fel'na mae'i gweld hi. "Y pla sy, fuon ni dan y pla," me nhw. 'Sach chi bron yn meddwl bod arnyn nhw isio medal. Ond be mae hynny i fod i feddwl, y pla? Bywyd dio a dyna ddiwadd arni.'

'Cofiwch eich moddion anadlu'n rheolaidd.'

'Peidiwch chi â phoeni. Ma gin i saith byw cath ac mi'u gwela i nhw i gyd yn eu beddi. Dwi'n gwbod sut mae byw, ylwch.'

Daeth bloeddiau o lawenydd yn ateb iddo o bell. Arhosodd y doctor yng nghanol y llofft.

'Fasa ots gynnoch chi i mi fynd i fyny i'r teras?'

'Ddim o gwbl! Isio'u gweld nhw o'r topia 'na dach chi, ia? Ond 'run peth ydyn nhw.'

Roedd Rieux ar fynd tua'r grisiau.

'Deudwch i mi, doctor, ydi'n wir bod nhw'n meddwl codi cofgolofn i'r rheini fuo farw o'r pla?'

'Felly ma'r papurau newydd yn deud. Maen coffa ne lechen.'

'O'n i'n meddwl yn siŵr. Ac mi fydd 'na areithia.'

Chwarddodd yr hen ŵr yn daglyd.

'Dwi'n eu clwad nhw o fa'ma. "Ein hannwyl ymadawedig..." Wedyn mynd i hel yn eu bolia.'

Roedd Rieux eisoes ar ei ffordd i fyny'r grisiau. Pefriai'r awyr fawr oer uwch bennau'r tai a'r sêr yn ymyl y bryniau'n galed fel cerrig. Doedd y noson hon fawr gwahanol i'r noson pan ddaeth Tarrou ac yntau i'r teras yma i anghofio'r pla. Y môr wrth droed y clogwyni'n fwy swnllyd na chynt. Yr awyr yn llonydd ac yn ysgafn, heb oglau'r heli oedd ar wynt cynnes yr hydref. Roedd sŵn y dref yn dal i guro fel tonnau ar droed y terasau. Ond heno sŵn eu gwared, nid eu gwrthryfel, oedd hwn. Yn y pellter dangosai düwch coch lle'r oedd y strydoedd mawr a'r sgwariau wedi'u goleuo. Ar y noson hon, noson rhyddid newydd, roedd dyheadau'n ddilyffethair a dyna'r sŵn glywai Rieux.

O'r porthladd tywyll codai rocedi cynta'r dathliadau swyddogol a'r ddinas yn eu croesawu ag ebychiad hir isel. Cottard, Tarrou, y rheini a honno'r oedd Rieux yn eu caru ac wedi'u colli – i gyd, yn

euog neu'n farw, wedi mynd dros gof. Roedd yr hen ŵr yn llygad ei le, roedd pobl i gyd 'run fath yn y bôn. Ond dyna be oedd eu nerth a'u diniweidrwydd ac yn y fan honno, uwchlaw gwewyr, roedd Rieux yn ei deimlo'i hun yn un â nhw. Yng nghanol y bloeddiadau, oedd yn fwy croch ac yn hwy, yn atseinio am hir ar droed y teras, tra ffrwydrai mwy a mwy o sypiau amryliw yn yr awyr, penderfynodd y doctor Rieux sgrifennu'r hanes sydd ar fin dod i ben, er mwyn peidio â bod ymhlith y rheini sy'n dal eu tafod, er mwyn tystio ar ran y rhai hyn dan y pla, er mwyn gadael rhywbeth i gofio'r anghyfiawnder a'r trais ddaethai i'w rhan, ac er mwyn dweud heb flewyn ar dafod be mae rhywun yn ei ddysgu ynghanol pla, sef bod yna fwy o bethau mewn pobl i'w hedmygu nag i'w dirmygu.

Ond gwyddai ar yr un pryd na fedrai'r cronicl yma fod yn gronicl buddugoliaeth derfynol. Dim ond cofnod sydd yma – be fu rhaid iddo yntau'i wneud ac yn ddi-os be fyddai rhaid i eraill eto ei wneud yn eu tro, yn erbyn braw a'i arf diflino – er gwaetha'u gloes calon eu hunain – sef pawb sy'n methu bod yn saint ond sy'n cau cydnabod plâu ac sydd er hynny'n gwneud eu gorau glas i fod yn feddygon.

Wrth wrando ar y bloeddiau o lawenydd o'r dref, atgoffodd Rieux ei hun fod y llawenydd yma dan fygythiad byth a hefyd. Gwyddai yntau be na wyddai'r dyrfa orfoleddus yma, be sydd i'w ddarllen mewn llyfrau: nad ydi basilws y pla byth yn marw nac yn diflannu, y medar aros am ddegau o flynyddoedd ynghwsg mewn dodrefn a llieiniau, yn aros ei dro yn hirymarhous mewn llofftydd, mewn selerydd, mewn cistiau, hancesi poced a phapurach, a hwyrach y deuai'r dydd – er gwewyr a goleuni dyn – y byddai'r pla yn deffro'i lygod mawr a'u hel allan drachefn i drengi mewn rhyw dre lon.

# Wrth fynd heibio ...

*Geirfa a mân bethau o ddiddordeb*

Llun y clawr: Dawns y Llygod Mawr

> *Cylch o gylch rhosynnau*
> *Poced llawn o flodau*
> *A-tish-ŵ! A-tish-ŵ!*
> *I lawr â ni.*

Mae yna ddamcaniaeth mai'r marw du oedd tarddiad y gêm – brech goch yn un o arwyddion cynta'r pla; pobl yn cario tuswau o berlysiau yn eu pocedi i'w gwarchod rhag y pla; tisian a phesychu yn arwyddion bod claf yn tynnu tua'i derfyn. A dim angen egluro'r llinell ola.

•

tud. 11: *préfecture* – llywodraeth ranbarthol neu leol, yn gyfrifol am rai agweddau ar ddeddfu, wedi'i lleoli ym mhrifddinas y rhanbarth

•

tud. 14: *concierge* – porthor gwesty neu floc o fflatiau

•

tud. 31: *préfet* – pennaeth y préfecture

•

tud. 88: *gendarmes* – llu milwrol ac iddo ddyletswyddau rhoi'r gyfraith ar waith ymhlith y boblogaeth – adran o'r lluoedd arfog sy'n plismona

•

Mae lliw llygaid Madame Rieux yn newid. Pan ddaw i Oran gyntaf (tud. 18) mae'n llygatddu, ond erbyn i Tarrou ei chyfarfod llygaid brown golau sydd ganddi (tud. 91) – un o sgil-effaithiau byw yng nghyffiniau'r pla, hwyrach.

•

tud. 145: O'r fath eironi: Cottard: 'Dach chi wedi sylwi na fedrwch chi ddim rhaffu gwaeledda? Ddeudwn ni fod arnoch chi salwch difrifol ne ddiwella, cansar difrifol neu'r diciâu, chewch chi fyth mo'r pla na'r teiffws, dim ffiars o beryg. Ac ar ben hynny, welsoch chi rioed rywun ac arno gansar yn cael ei ladd mewn damwain car.' Roedd Camus yn llawn diciâu ac fe'i lladdwyd mewn damwain car.

•

tud. 169: Ail bregeth y Tad Paneloux: *Mais lui seul peut effacer la souffrance et la mort des enfants, lui seul en tous cas la rendre nécessaire, parce qu'il est impossible de la comprendre et qu'on ne peut que la vouloir.* (*Ond dyna'r unig beth all ddileu dioddefaint a marw plant, dyna'r unig beth all ei gyfiawnhau gan na does dim dichon ei ddeall ac na ellir llai na'i ddeisyfu.*) Y lluosog la souffrance et la mort des enfants wedyn yr unigol la [rendre], la [comprendre] a la [vouloir]. Ymgynghori â Ffrancwyr a chyfieithwyr ynghylch y ramadeg. Ymgynghori â Chatholigion a Jesiwitiaid rhag ofn mai rhywbeth diwinyddol oedd dan sylw. Yn y diwedd dod i'r casgliad bod Camus/Paneloux yn synio am *la souffrance et la mort des enfants* fel un *peth*.

•

tud. 223: Ar y noson pan aeth Cottard dros ben llestri a saethu, roedd yna *drapeau* (fflag) a cherpyn ar ganol y lôn. Roeddwn yn ei chael yn od braidd bod modd adnabod fflag wedi'i lluchio ar y lôn a gwahaniaethu rhyngddi a'r cerpyn budr sydd yn ei hymyl. Yn y cyfieithiad Saesneg *hat* oedd yno, ac yn yr Eidaleg *cappello*, ill dau'n fwy synhwyrol, decini, na fflag. A dyma feddwl – mewn llawysgrifen flêr – a doedd llawysgrifen Camus ddim gyda'r delaf – fe allai *drapeau* a *chapeau* fod yn bur debyg i'w gilydd. Ac mewn llawysgrifen roedd Camus yn sgrifennu. Dyna ddatrys y broblem honno.

•